KB059830

양춘단
대학
탐방기

앙춘단 대학 탐방기

박지리 ★ 장편소설

사□계절

1

엄메 아베여, 춘단이 오늘 대학교 댕겨왔습니다. 무슨 대학교
냐고요, 아 엄메 아베 둘 다 지 초등학교도 중간에 그만두게 하
셨지 않허요. 그래서 지 혼자 힘으로 보란 듯이 대학교 갔어라.

엄메는 지 책가방도 안 사주셨지라. 그래서 지는 책 보재기를
어깨에 싸매고 학교에 갔었지요. 그라도 하나 챙피하지 않았어
라. 그때 어디 책가방 메고 온 얼라들이 있기나 했소. 맨 책 보재
기였제.

……그래도 순백색 원피스에 빨간 책가방 메고 온 방앗간 집
딸, 그려, 순애요, 엄메도 기억나지라, 갸 보면서 언젠가는 지도
저 책가방 한 번 메봐야지, 메봐야지 그랬당께요. 그래, 대학교
에 다니기로 결정난 날 제일 좋은 가방으로다가 하나 장만할라
고 시장에 갔는디, 가방이 억수로 많기도 많고 비싸기도 비쌉디
다. 그래도 여적까지 살면서 처음으로 사는 학교 가방이니께 바
가지를 쓰나 싶어도 제값 다 치르고 나왔당께요.

……그란디요, 대학에 가보니까요, 아, 뒤로 들쳐 메는 가방
갖고 다니는 얼라는 하나도 없고 다들 손바닥만 한 가방만 들고

댕기지 않허요. 고 손바닥만 한 거에 워디 책이 들어가기나 하겄소. 그러닝께 책이란 책은 다 손에 들고, 겨드랑이에 끼고, 머리에 이고, 어떤 얼라는 가방도 없이, 책도 없이 천둥벌거숭이마냥 오다가다 안 하요. 기가 막히지라.

……아, 그라고 세상이 좋아졌소. 이젠 책가방 없다고 땟국물나는 보재기 메고 다닐 필요도 없고, 기냥 이라고 당당하게 맨손에 책을 들고 다녀도 흉보는 아그들 하나도 없어라. 우리 때처럼 가방이 없어서 못 가지고 댕기는 게 아니라 멋 부리느라 그러는 거니께. 세상 참말로 많이 좋아졌지라.

……근디요, 워째 나는 그게 섭섭하기도 합디다. 고롷게 맨손에 휘청휘청 들고 다니는 것보다 이쁜 가방에 차곡차곡 책 넣어서 어깨에 척 들쳐 메면 을매나 의젓하니 보기도 좋아요.

……그래도 워쩌겄소. 세상 좋아져서 책가방 필요 없다는디.

엄메, 아베여. 춘단이 오늘 대학교 댕겨왔습니다. 학교 한가운데에 딱 버티고 있는 코끼리가 얼마나 멋있는지 몰라요. 책가방 없어도 대학 잘 다닌다니께 걱정할 것 하나 없어라. 맴 푹 놓고 있으쇼잉.

"안 잘 건가?"

"자야지라. 내일도 대학교 갈라믄."

2

영일이 마을을 떠나겠다고 했을 때 송정리 사람들 열의 아홉은 코웃음을 쳤다. 영일의 말을 진지하게 받아들인 사람은 비롯값 등으로 영일에게 천오백만 원을 빚진 철진이 유일했는데, 그는 달이 밝은 어느 저녁, 막걸리를 들고 영일의 집에 나타나 토방에 자리를 잡고 손수 술상을 마련했다.

"……달이 참말로 밝아요."

철진은 보아하니 이번 해 농사는 잘될 것 같다고 운을 떼며 곁눈질로 영일의 안색을 살폈다. 영일은 마실 생각은 없이 사발에 든 달만 빙빙 돌리고 있었다. 신 김치를 집어 문 철진은 안주가 시원찮다느니, 방죽 물이 다른 해보다 적다느니, 5월에 모내기를 끝내고 나면 먼 데로 꽃놀이를 한 번 가자고 하더니, 아, 그란디 성님, 어디서 듣자니까 성님이 이번 달 안에 서울로 가신다던디, 하는 말로 은근슬쩍 물꼬를 튼 후 이번에는 정말 서울에 가는 거냐고 지나가는 말처럼 물었다.

"……."

달이 주는 무거운 침묵을 끌어안고 있던 영일은 막걸리를 쭉

들이켠 후 입술에 묻은 술 찌꺼기를 문질렀다. 그러고는 굳은 다짐을 보여주듯 고개를 크게 두 번 끄덕였다. 그 모습을 본 철진은 영일의 빈 사발이 차고 넘치게 막걸리를 콸콸콸 들이부으면서 아이고, 서운해서 어쩐다요, 이 집이 비어싸면 마을이 초상집 같을 턴디, 알고 보면 성님이 송정리 대장이나 매한가지 아니오. 한 집 걸러 다 떠나니 우리 마을도 이젠 아주 갈라나 봐요…… 입으로는 그렇게 갖은 아쉬움을 떨었지만 밑바닥에 엽전같이 깔린 마음이 짤랑짤랑 소리를 내며 반짝이는 건 어쩔 도리가 없었다. 인격이 도적감이든 정승감이든 어쨌든 빚쟁이는 멀리 두고 사는 게 좋은 법이다.

영일은 일 년에도 몇 번씩 마을을 떠나겠다고 사람들에게 협박 아닌 협박을 했다. 쌀 수매가 잘되지 않아 도청 앞에서 시위를 벌여야 했을 때나 곤충 이름을 가진 태풍이 하우스를 무너뜨렸을 때, 가을 느지막하게 나타난 장사치들이 헐값으로 고구마밭을 사들이려 할 때, 그렇게 좋아하는 가수들이 서울에서만 공연할 때. 그는 날이 갈수록 빚만 늘어가는 농사를 다 때려치우고 서울로 가겠다고 했다. 가서 뭐가 됐든 새 출발을 하겠다고 했다. 배운 게 이 짓인데 서울 가면 뭐 해먹고 산다요? 귀에 인이 박인 사람들이 퉁명스럽게 물으면 영일은 이렇다 저렇다 확실한 대답 없이 뒷짐을 진 채 먼 하늘만 바라보았다. 산 입에 거미줄이야 치겠어. 그렇게 애먼 하늘을 쏘아본 지도 벌써 사십 년째였다.

송정리 사람들은 영일이 마을을 떠나지 못할 것이라는 걸 손바닥 들여다보듯 잘 알고 있었다. 그는 3대조가 차례대로 묻혀 있는 이 마을을 누구보다 사랑했으며, 새벽별이 사라지기도 전에 제일 먼저 논에 나가 곡식들을 챙기는, 뼛속부터 농부였다. 그래서 사람들은 며칠 전, 얼굴이 시커메진 영일이 다른 날과 달리 유독 낮은 목소리로 이번에는 진짜로 서울 가야 쓰것다, 그렇게 말했을 때도 그라지요, 그라고 서울 가는 게 소원이면 서울 가야지라, 하며 보통날처럼 대거리를 하고 말았던 것이다.

"서울 갈라고요."

그러나 춘단의 입에서 그 말이 나오자 마을 사람들은 들고 있던 낫과 호미를 들에 버려둔 채 삼삼오오 춘단의 집으로 모여들었다. 춘단은 빈말을 하는 사람이 아니었다. 춘단이 가겠다고 하면 가는 것이었다.

춘단과 영일이 서울에 가려는 건 새 출발을 할 거라는 젊은 시절의 야망이나 해도 해도 곳간이 비는 농사일에 대한 회의 때문이 아니었다. 그것은 봄에 틔운 볍씨가 나락으로 엮그는 것처럼 영일의 몸을 모판 삼아 무럭무럭 자라고 있는 싹, 병(病)이라는 달갑지 않은 생명 때문이었다. 지난겨울, 진눈깨비가 비로 바뀌며 거리를 더럽힌 날, 서울 아들 집에 갔다가 억지로 받은 정기검진에서 영일은 종양 양성 판정을 받았다. 의사는 수십 년간 정기검진을 받지 않았다는 영일을 꾸짖으며 영일이 스스로 병을 키운 거나 마찬가지라고 면박을 주었는데, 영일은 하마터면 자리를 박차고 일어나 의사의 멱살을 잡아 올릴 뻔했다.

어떤 모지란 놈이 알고서 지 병을 키운단 말이여. 자슥이고 나락이고 뭣 좀 하나 키울래도 날이면 날마다 을매나 신경 쓸 게 많은디 내가 뭐 좋다고 금이야 옥이야 병을 키웠겄냔 말이여.

매년 꼬박꼬박 정기검진을 받는 것으로도 모자라 '이상 무(無)'라고 적힌 의사의 진단서를 땅문서처럼 간직하며 건강을 자신하던 농약집 오광철이 어느 날 갑자기 폐병으로 가게 문을 닫고, 하루에 담배 두 갑을 피워도 태어나서 이제까지 주사 한 번 맞아본 적 없다는 방죽 할머니가 구십 세를 무난히 넘긴 후 자연사하는 것을 보며 영일은 고작 기계로 훑어대는 정기검진 따위가 인간의 생사를 가늠할 재간은 못 된다고 생각하고 있었기에 촌사람도 잊지 않고 검사를 받아야 한다는 춘단의 충고를 귓등으로 넘겨버렸다. 그러면서 한 번씩 생각하기로, 어느 틈으로 먹었는지 나도 이제 나이가 칠십이 다 됐고 손주까지 둘 보았으니 이 정도면 이 세상에선 살 만큼 산 거 아닌가, 내일이라도 하늘이 부르면 얼씨구 좋다구나 하고 이 더러운 세상, 뒤도 안 돌아보고 훌훌 떠나야지……. 그날만 생각하면 웃음이 터져나오고 혼자만 좋은 곳에 가는 것 같아 남은 사람들에게 미안하기까지 했다. 그러나 막상 젊은 의사의 입에서 삶과 죽음을 가르는 구체적인 숫자가 튀어나오자 영일은 흰옷 입은 저승사자가 자신의 팔팔한 인생을 빼앗아간다는 분한 마음이 들어 눈물까지 질금거렸다. 영일은 수없이 많은 죽음을 보아왔고 자기 피로 낳은 자식까지 앞세운 탓에 죽음 앞에 겸손하고 초연해질 수 있다고 자부해왔지만 어디서 무슨 연유로 나타났는지 모르는 작은 알갱이 하나가 배 안의 장기들을 하나하나 갉아먹으면서 앞으로 십 년이 남았는지 이십 년이 남았는지, 조상들께 축복을 받아 삼십 년이 남았을지도 모를 시간을 빼앗아간다는 선고는 듣는 것만으로도 절구만 한 바늘을 온몸에 쑤셔대는 공포였다.

……착하게 산다고 살았는디.

영일은 자신이 왜 하얀 옷을 입은 사람들에게 둘러싸여 남은 목숨을 통고받아야 하는지 납득이 가지 않았다. 그러나 사는 동안 좋은 일은 무릎이 벗겨지도록 기도를 드리고 모든 조건이 충족되어도 생기지 않는 데 반해 나쁜 일이란 건 혹여 눈이라도 마주칠까 무서워 깨금발을 하고 다녀도 우연히 비껴가는 한 줄기 바람결로도 생긴다는 것을 모르는 인생도 아니었다. 그러니 이제 와서 그 작은 알갱이의 뿌리를 찾으려고 안간힘을 쓰는 것도, 죄짓지 않고 착하게 살아온 인생을 억울해하는 것도 다 부질없는 일이었다. 남은 길이 하나밖에 없다는 것을 인정하고 나니 몸이 부들부들 떨리기 시작했다. 영일은 급기야 잠을 데 많은 의사의 넓은 소매를 덥석 붙들고 매달렸다.

"살려주시오. 그짝에서 하라는 건 다 할 테니께 의사 선생이나 좀 살려주시오."

그날, 영일의 곁을 지키고 있던 춘단은 느닷없는 의사의 선고보다 어딜 가나 목을 빳빳이 세우고 남에게 아쉬운 소리 할 줄 모르던 양반이 장마철에 쓰러지는 둑처럼 한순간에 와르르 무너지는 모습에 더 큰 충격을 받았다. 그러나 정작 의사는 영일의 돌발적인 행동에도 놀라는 기색 하나 없이 이보다 더한 환자를 하루에도 수십 명은 본다는 태도로 영일이 움켜잡은 소매를 풀며 말했다.

"그러니까 진즉에 정기검진 받으셨으면 얼마나 좋았어요. 의사들이 돈 벌려고 쓸데없는 걸 시키는 게 아니에요. 다 이유가 있으니까,"

영일은 의사의 말을 자르며 물었다.

"수술이 성공할 가능성이 있소? 수술받으면 지금처럼 살 수 있겠소?"

"수술만 중요한 게 아닙니다. 지금보다 체력이 많이 떨어질 테니 농사일에서 이제 그만 은퇴하시고 본격적으로 몸을 돌보셔야 해요. 아드님이 서울에 사신다니까 잘됐네요. 아예 서울로 옮기셔서 정기적으로 체크도 받고,"

"농사를 때려치우든 서울로 오든 내 일은 내가 알아서 할 텡께 의사 선생은 고칠 자신이 있는지 없는지 고것만 언능 대답해 주시오. 기다리는 사람은 숨이 떨어지는데 넘의 목숨 쥔 양반이 이렇다 저렇다 말이 겁나게 많소."

의사는 방금 전까지만 해도 목숨을 구걸하듯 굴던 영일이 보따리를 내놓으라고 호통치는데도 천국과 지옥을 왔다 갔다 하는 환자의 감정 변화를 누구보다 잘 아는 전문의답게 마음 상한 기색 하나 보이지 않고 느긋하게 대답했다.

"아직 다른 장기로 전이가 되거나 한 건 아니라서……. 여기 보이시죠? 이 부분만 싹 도려내면 예후가 나쁘진 않을 것 같네요. 뭐, 어르신이 협조만 잘해주시면 수술하기 어려운 케이스는 아닙니다."

의사의 음성이 귓가에 닿는 순간 어두컴컴하던 눈앞이 하얗게 변하면서 영일은 저승사자가 백의의 천사로 변해 넓은 소매 속에 감추어둔 단도로 자신의 배를 갈라 그 고약한 검은 덩어리를 포도송이 따듯 똑 떼어내는 환상을 보았다.

3

마을 사람들에게 서울로 떠난다고 선포한 날부터 춘단과 영일은 차근차근 주변 정리에 나섰다. 집은 몇 해 전 가난한 살림으로 귀농한 자영네에게 무상으로 임대해주기로 했고 밭과 논도 여섯 다리, 열 다리 건너 혈연인 집들에게 소작을 주거나 팔기로 했다. 철진과도 차용증을 새로 썼는데 은행 예금이자로 해서 매년 오백씩, 삼 년에 걸쳐 빚을 갚는다는 내용이었다. 철진은 차용증에 도장을 찍으면서 흔치 않은 눈물을 보였다.

"죄송허요. 나는 성님이 아프신지도 모르고⋯⋯."

"뭘 울고 그라냐. 니가 나 병나라고 고사 지낸 것도 아닌디 니가 뭐 땜시. 이러나저러나 내 몸 못 챙긴 내 죄제."

"⋯⋯죄송허요."

열흘이 흐른 뒤, 춘단의 이삿짐을 실어갈 파란 트럭이 이른 아침부터 송정리 어귀에 들어섰다. 서울로 가려면 아직 사나흘이 남았지만 큰 짐들을 먼저 받아야 집안 정리를 할 수 있다며 며느리가 보낸 사람들이었다. 춘단은 일에 방해가 되지 않게 멀찌감치 물러서서 토방 기둥에 머리를 기대고 이삿짐 옮기는 모습을 지켜보았다. 인부들은 안방 장롱을 옮기는 데 애를 먹고 있었다. 진척이 없자 구경 온 송정리 남자들까지 장롱에 달려들어 힘을 보탰다. 기력이 떨어진 영일은 실질적인 도움을 주지는 못하고 뒤에 서서 방향을 지시하는 것으로 주인 행세를 했다. 예닐곱 되는 남자들이 구령을 붙이며 밀어대자 장판에 붙어 있던 장롱 다리가 쩍 하고 떨어졌고, 그 순간 기우뚱거린 요동이 잠을 깨웠는지 오랫동안 못 본 그리운 사람들이 장롱 문을 열고 밖으로 걸어나왔다.

시집갈 때 다른 건 못 해가도 장롱은 제대로 해가야 미움 안 받고 산다며 걱정하던 어머니, 도청 벽에 석조를 새겨주고 받은 대금을 장롱값으로 내주던 아버지, 시어머니에게 무서운 소리를 들을 땐 저 장롱 속에 들어가 무릎을 끌어안고 콕 박혀 있던 어린 색시, 그러면 사방에서 풍겨오는 장롱 냄새 속에 어머니 냄새도 있고, 아버지 냄새도 있고, 오빠 동생들 냄새도 있는 것 같아 그리운 집으로 돌아가고 싶어 울던 저녁.

춘단은 오래전 창고에서 망치를 꺼내다가 만난 뒤로 몇 년 만에 나타난 부모님을 끌어안고 정을 나누고 싶었지만 부모님은 밥그릇에서 처음 솟아 나왔을 때처럼 아무 말이 없었다. 춘단은 산 사람에게 말을 못 하는 건 아마도 강 건너 저쪽 세상의 법칙인 것 같다고 짐작하며 벙어리 장님이 됐다 해도 잊지 않고 한 번씩 와주는 부모의 정에 그저 감사할 뿐이었다. 춘단은 이제는 자신보다 더 어려 보이는 부모님에게 장롱을 들어내게 된 사연을 자세히 들려주었다. 그러면서 서울로 가져갈 수 없는 살림들을 어떻게 처분했는지, 메리는 종희 할머니가 맡아서 키워주기로 했고 경운기랑 고추 건조기는 값을 잘 쳐서 받았으니 아쉬울 것이 없다고 했다. 아쉬울 것이 없소,라고 자신 있게 말을 내뱉은 춘단은, 그러나 방죽 쪽에서 불어오는 바람에 화단 풀들이 휘청대는 것을 보고 했던 말을 바로 거둬들여야 했다.

그란디…… 혹시 종철이 소식은 못 들으셨어요? 엄메 아베도 이라고 한 번씩 와주시고, 우리 시어머니 시아버지도 와주시고, 하다못해 방죽 할머니도 장독 닦는데 갑자기 들이닥쳐서 나를 깜짝 놀래키는디…… 종철이는 뭐가 섭섭한지 한 번도 안 와줍디다. 갸가 학교 다닐 때 읽던 책도 뒤적거려보고, 책상 서랍도 열었다 닫았다 해보고, 장롱 속에 놔둔 옷도 몇 번씩 풀었다 개봤다 해도 깜깜무소식이어라. 이제 이사를 가버리면 길을 몰라서 못 오지는 않을지 내 걱정은 그것뿐여라. 그러니께 엄메 아베가 언젠가 한 번 종철이를 만나면 이사 가는 집도 알려주고 지한테 꼭 좀 와달라고 전해주셔요. 엄마가 우리 아들 너무나 기다리고 있다고. 백년천년, 내가 죽을 때까지 기다리고 있을 텡께…… 언제든 와주기만 하라고…….

춘단이 손을 뻗쳐 부모님을 만지려고 하니 둘의 모습이 물에 뜬 빛처럼 흩어져 장롱 안으로 들어갔고 인부들은 어느새 장롱 가까이 다가와 있는 춘단에게 방해가 되니 저쪽으로 가 있으라고 했다. 그러면서 이사 가는 게 서러워 그렇게 눈물을 흘리는 거냐고 물었다.

춘단은 이삿짐을 보낸 다음 날부터 집을 손보기 시작했다. 첫째 날 아침엔 무너진 화단 돌을 세웠고 오후엔 창고로 쓰는 빈 외양간 문짝을 새로 짰고, 다음 날엔 다리 좀 쉬자 하며 토방에 앉았다가 긴 세월에 뒤틀린 나무 아귀를 못 본 척 넘어갈 수 없어 거기에도 손을 댔다. 외관을 그럴듯하게 손보고 나니 안으로 들어가기가 겁이 났다. 겨우내 고구마를 보관해놓은 작은방 벽지엔 황토물이 들었고 장롱이 나간 안방 장판에는 곰팡이가 제 집처럼 엉겨 있었다. 이튿날 춘단은 기어이 사람을 불러 도배도 하고 장판도 새것으로 깔았다. 춘단은 새집을 얻은 사람처럼 열성적이었고 영일은 토방 한쪽에 앉아 춘단이 하고 싶은 것을 하도록 내버려두었다. 그런 두 사람을 보며 동네 사람들은 허튼짓을 한다고 했다. 집을 고치려거든 들어와 살 사람이 고치고 살아야지 떠나는 사람이 고쳐주고 가는 게 어디 법이냐며, 더군다나 그 집마저도 공으로 주는 마당에 인심을 써도 너무 썼다며 춘단과 영일을 알맹이 빠진 꼭두 취급했다. 그럴 때마다 춘단과 영일은 한목소리로 말했다.

"아니여."

"뭐가 아니어요, 성님. 내, 자영네 있는 앞에서 이런 말 하기가 그리건 해도 이번엔 성님이 인심을 써도 너무 썼지라. 집 떠나면서 도배해주고, 장판 깔아주는 집주인이 세상천지 어딨다요. 자영네, 자영네가 한마디 해보세. 집도 돈 한 푼 안 받고 주는디 이라고 인심 쓰는 사람 보았는가?"

춘단과 영일이 마을을 떠나기 전, 마을 여자들은 마당에 피운 불에 솥뚜껑을 걸고 온종일 잔치 음식을 해댔다. 간만의 기름 냄새에 신이 난 남자들은 바깥에 나가 읍내에 있는 술이란 술은 모조리 쓸어와 마을 회관에 상을 벌였다. 잔치는 춘단이 이 마을에서 얼마나 입지전적인 인물이었는지 저마다 보고 들은 증언들을 쏟아내면서 무르익었다. 시집온 지 여섯 해나 지났을까, 어디서 영덕리 입구에 세워져 있는 돌이 그렇게 훌륭하다는 말을 듣고 와서 우리 송정리에만 입석이 없는 것을 유독 아쉬워하더만 기어이 그해 겨우내 산에 올라가 마을 입구에 세워둘 비석을 만들어 내려왔지 않어, 우린 땅땅땅 그 소리가 돌 깨는 소린 줄도 모르고 워디서 사냥꾼이 총질을 하나 했다니까, 그란데 이라고 쪼끄만 여자 몸으로 워떻게 그 큰 바위를 끌고 왔다냐, 그러니께 보통 인물이 아니라는 거여. 그뿐이 아녀, 병충해로 다 죽어나간 고추밭도 살려냈지 않어. 취기 오른 과장을 곁들여 그저 손만 대면 죽은 개도 강아지들을 주렁주렁 낳는다고 칭찬을 아끼지 않던 사람들은 문득 춘단의 집 이야기를 꺼내면서 한쪽에서 가만히 술을 받아먹던 자영네를 끌어들였다.

"아여, 자영네가 말 좀 해보랑께. 도시에서 살다 왔응께 요즘 시상 인심이 워떤지 잘 알 거 아니여."

방금 시집온 새 각시처럼 얌전하다는 소리를 듣는 자영네는 사람들의 다그침에 얼굴이 벌게져 춘단의 사발에 막걸리를 부으며 고개를 숙였다.

"제가 뭐 할 말이 있나요. 그냥 고맙고 또 고마운 마음뿐이지요. 마을에서 제일 큰 집을 선뜻 주시는데, 거기다 손도 다 봐주시고……."

춘단은 고개를 저었다.

"자영네 살림 솜씨가 여간 여문 게 아니니께 믿고 맡기는 거지. 그라고 아여들, 말은 바로 하랑께. 내가 언제 집을 그냥 준다고 했나. 엄밀히 말해 빌려주는 거지, 아예 주는 건 아니여. 내가 서울서 죽을 때까지 살 것도 아니고 저 양반 병만 고치면 그날로 다시 돌아올 건디, 집은 하루만 비워놔도 사람 난 티가 난다 안 하냐. 내가 돌아올 때까지 불 안 가시게 잘 지켜달라고 맽기고 가는 거니께 오히려 자영네한테 부탁할 사람은 나제."

"아이고, 말은 다 그라고 돌아올 끼다, 돌아올 끼다 해도 서울 간 사람은 다신 코빼기도 안 비추더만. 성님도 이제 아들 며느리 덕 좀 보고 살아야제, 언제까지 여기서 밭일하고 살 것이오. 으짜면 아저씨 속이 성난 것도 다 그런 뜻인지도 모르오. 서울서 맛난 것 잡수면서 떵떵거리고 사시고 여긴 다신 오지 마소."

"뭔 소리를 그라고 섭하게 허냐. 올 끼다. 나는 꼭 돌아올 끼다."

"다들 말은 그라고 한당께요."

"난 아니구만. 내 집이 여깄는데 내가 뭣하러 남의집살이를 하나. 난 꼭 돌아올 거구만."

"아이고, 그게 왜 남의 집이여, 아들 집이제."

"자슥도 품 떠나면 남이제. 자영네, 난 분명히 내 집으로 돌아올 테니께 그때까지만 잘 보살펴주는 것이여."

"그럼요. 돌아오셔야지요."

"술 들어갔다고 하는 말이 아녀. 나는 돌아올 겨. 저 양반 병싹 고쳐서 꼭 돌아올 겨."

술이 줄어드는 사이 영일은 사람들 곁을 조용히 빠져나와 마을회관 처마 밑에 우두커니 앉아 있었다. 담배를 피우지 못해서 외로움이 컸다. 낮은 산에 둘러싸인 마을은 몸을 웅크리고 잠든 송아지 같았다. 흐릿해진 영일의 눈이 마을 길을 걸어갔다.

초록 대문을 열고 나와 집 앞에 바로 보이는 우물에서 물 한 바가지 길어 마시고, 동백나무 한 그루를 사이에 두고 떨어져 있는 영식이네 들러, 한밤중에 구렁이가 이불 속으로 기어들어와 봉변 당한 날을 상기시키며 앞으로는 사람이 드나드는 대문을 단속할 게 아니라 발 없는 손님이 다니는 담벼락에 유리조각을 박아놓아야 할 것이라고 충고를 한 뒤, 무화과가 밖으로 뻗어 있는 담장 길을 따라 걸으며 머릿속이 남들 반밖에 안 돼 안팎으로 늘 보살펴줘야 하는 명진이네 가서, 자네가 이 마을을 떠나지만 않으면 죽을 때까지 송정리 조상들과 산 사람들의 비호를 받을 테니 반밖에 갖고 태어나지 못한 머리를 원망할 것 하나 없구만, 오히려 세상 근심도 반이 줄었으니 그것도 운이라면 운 아니겠느냐고 위로한 뒤, 팔리지 않은 쌀가마니가 그득한 창고에도 잠깐 들러, 대통령도 군수도 바람도 비도 쌀 한 톨 쪼아 먹는 참새 새끼 한 마리까지도, 누구 하나 책임져주지 않는 풍작이 불러온 흉년을 답답해하다가, 언덕에서 불어온 바람에 어쩔 수 없이 분노를 식히고, 오래전 빈집이 된 방죽 할머니의 집을 마지막으로,

안녕히.

모두들 안녕히 계시오.

한 집도 빼놓지 않고 인사를 한 영일의 시선이 들풀이 무성하게 자란 방죽을 오래 보고 있다가, 오래오래 그 검은 깊이를 재고 있다가, 왔던 길을 거꾸로 돌아 마을 입구에 서 있는 입석에서 멈추었다.

4

송정리에 처음 발을 들인 어린 처녀 춘단은 마을의 이름이 풍경과 참 어울리지 않는다고 생각했다. 마을에 소나무가 많아 소나무 '송(松)' 자를 붙이고, 한국 사람치고 정 없는 사람 없다고 '정(情)' 자를 붙였다는 송정리는 그러나 막상 와보니 마을을 둘러싼 산이 모두 돌투성이였다. 그런데 그것이 예사 돌이 아니었다. 맷돌로 만들어 콩을 갈면 5대 후손까지 배불리 먹여줄 돌, 비단결처럼 몸을 다듬으면 어느 절의 마당에 그림자도 없이 서 있을 돌, 단단한 외피 속에 귀하고 귀하신 부처님부터 땅바닥에 붙어사는 두꺼비까지 온갖 삼라만상을 다 품고 있는 돌. 금값으로 치자면 금광을 발견한 거나 마찬가지였다. 춘단은 그 돌들을 바로 옆에 두고도 눈길 한 번 주지 않고 태연히 개울에서 빨래를 하고 산에서 나무를 해오는 송정리 사람들의 셈이 도무지 이해가 되지 않았다.

아이고, 어쩌자고 우리 아베는 백치들만 사는 마을에 딸을 시집보냈단 말인가.

그러나 갓 들어온 새색시 입에서 그런 말이 나왔다가는 시집

식구들에게 미움 받을 게 뻔해서 춘단은 번쩍번쩍 빛나는 돌들을 애써 무시하면서 밭일하러 가는 어른들 뒤를 얌전하게 따라다니기만 했다.

그러던 어느 여름밤이었다. 모기 때문에 잠을 뒤척이는 영일을 보고 춘단은 참다 참다 용기를 내어 물어보았다.

"……이 마을엔 소나무보다 바위가 훨씬 많은데 왜 석정리가 아닌 송정리로 이름을 지었나요?"

영일은 시집와서 한마디도 하지 않다가 갑자기 뜬금없는 질문을 하는 춘단을 귀여워하며 오히려 반문했다.

"여그 어디에 바위가 많다고 그래? 맨 밭에, 논에, 황토색 흙뿐인디."

"뭔 소리여요? 여그도 저그도 맨 돌뿐인디. 눈이 삐었나벼."

영일은 크게 웃으며 춘단 곁으로 다가가 어깨를 감싸안았다.

"그건 당신이 석공의 딸이라서 그래. 돌로 벌어먹고 사는 집 눈엔 요 세상 자체가 맨 돌로 보이겠지. 하지만 이 농사꾼 눈에는 돌산도, 소나무밭도 맨 경작할 땅으로밖에 안 보이는디. 이젠 당신도 농부의 마누라가 됐응께 쓸잘데기 없는 돌멩이 대신에 벼, 고구마, 깨를 보도록 노력해봐. 그게 우리를 먹여 살려줄 텡께."

닭 우는 새벽에 첫 하늘을 본 춘단과 영일은 운명적으로 타고난 부지런함으로 해마다 농사를 늘려갔다. 시집온 지 이 년 만에 춘단은 아들을 낳았고 그다음 해에는 시어머니, 시아버지가 보름 간격으로 돌아가셨다. 춘단은 마을에서 가장 어린 안주인이 되었다.

몇 년 뒤 겨울, 북쪽 벌판에서 매서운 칼바람이 불어오면서 눈이라면 환장하고 달려드는 아이들마저 기겁할 폭설이 내리쳤다. 발이 묶여 이웃집 방문도 어렵게 되었지만 그 덕에 송정리 사람들은 하루 종일 온돌방에 머물면서 아궁이에 감자와 고구마를 번갈아 쪄먹는 휴가를 누릴 수 있었다. 세 계절 내리 인간의 먹을 것을 위해 몸을 바친 땅들은 긁힌 속을 다스리기 위해 짐승들을 따라 긴 잠에 빠졌다. 길에는 걸어다니는 사람이 없었고 마을은 깊은 침묵에 들어갔다. 그런 날 중의 한 날이었다.

따—앙 따—앙 따—앙.

조용히 낙하하는 눈송이의 장례를 방해하며 어디에선가 불가사의한 소리가 들렸다. 송정리 사람들은 처음 들어본 낯선 소리에 자리에서 벌떡 일어나긴 했지만 뜨끈한 아랫목에서 한파가 몰아치는 밖으로 나가고 싶지는 않았다. 심심한 동네에 뭔 일이 나기야 하겠어, 또 뭔 일이 나면 이장이 연락을 해주겠지, 이 바람만 지나가면 나가봐야제, 사람들은 몇 날 며칠 아침, 점심을 먹고 난 뒤면 어김없이 들려오는 소리의 진원지를 궁금해하면서도 한편으론 그 땅땅땅 하고 울리는 소리를 자장가 삼아 다디단 낮잠에 빠져들었다. 따—앙 따—앙 따—앙. 자꾸 들으니 먼 절에서 울려 퍼지는 종소리 같기도 했다.

밥상을 차려준 뒤, 영일에게 아들을 맡기고 어김없이 산으로 올라간 춘단이 보름째 되던 날 양어깨에 긴 밧줄을 매달고 산에서 내려왔다. 밧줄에는 송정리에서 가장 키가 큰 박철보다도 한 참이나 큰 바위가 묶여 있었다. 영일은 서방 어깨에도 못 미치는 자그만 여자가 자기 몸이 감당하지도 못하는 큰 돌덩이를 끌고 오는 괴이한 모습을 보고 아들과 함께 뒤로 자빠질 뻔했다. 춘단은 매고 있던 밧줄을 풀고, 머리에 쌓인 눈을 털어내며 영일 앞에 입석을 끌어다 놓았다.

춘단이 말했다.

"봄 여름 가을이면 이제는 나도 당신처럼 곡식들만 보려고 노력해요. 헌디 겨울에는…… 겨울에는 사람이고 땅이고 맨 잠만 자고 이 돌들만 사방에 시퍼렇게 살아서 나를 보는디 워떡해요. 난 농부의 마누라이기도 하지만 그 이전에 석공의 딸이잖아요. 내 피의 반쪽은 그 쓰잘데기 없는 돌에서 왔구만요."

5

춘단과 영일은 서울역에 앉아 아들이 마중 오기만을 기다리
고 있었다. 그런데 한 남자가 가까이 다가오더니 대뜸 만 원만
달라고 했다. 행색이 말끔한 게 노숙자 같지도 않은 사람이 부끄
러워하는 기색 하나 없이 반듯한 손바닥을 내미는 것에 영일은
기가 찰 노릇이었다. 영일이 없소, 하고 일언지하에 거절하자 남
자는 아쉬운 얼굴로 옆에 앉은 춘단을 보았다. 춘단은 눈길도 주
지 않고 무시했지만 남자는 계속해서 춘단과 눈을 맞추려고 애
를 썼다. 그러더니 인심 쓰듯 한다는 소리가 만 원이 없으면 오
천 원이라도 주쇼,였다. 맡겨놓은 걸 찾아간다 해도 저렇게 당당
하지는 못할 텐데, 보다 못한 영일이 소리를 내질렀다.

"이 양반 참, 뭔 강도처럼 넘의 쌩돈을 떼갈라 한다냐. 백 원
짜리 한 개라도 그짝한테는 줄 일이 없다 안 하요."

사람들 보는 앞에서 면박을 먹어도 남자는 수그러드는 기색
하나 보이지 않고 도리어 흰자가 많은 눈으로 춘단의 발밑에 놓
인 보따리 두 개를 힐끔거렸다. 남자의 노골적인 시선을 느낀 춘
단은 슬그머니 보따리를 들어 품으로 끌어안았다.

시골 사람들끼리 하는 말로, 서울에는 사람 모인 곳 어디를 가나 늙은이들 등쳐먹는 일을 전문으로 하는 세력이 있는데, 그 놈들이 어쩌나 간드러지게 사람 혼을 빼가는지 정신을 두 배로 차리지 않으면 코만 베어가는 게 아니라 간 쓸개까지 털어간다고 했다. 공연히 겁주는 소리를 들을 적마다 춘단은 우스갯소리로 넘기며 호기롭게 대꾸했었다.

시큼털털한 늙은이 간은 털어 뭣 한다요, 국 끓여 먹는다요?

그런데 막상 저 의뭉스런 눈길을 받고 있자니 코가 싹둑 베이고 간이 오그라드는 게 농으로 웃어넘길 일이 아닌 것 같았다. 춘단은 언젠가 밤길에 마주친 들짐승이 생각났다. 눈이고 입이고 꼭 저래 생긴 놈이었다. 이리 같은 놈. 잠깐이라도 틈을 보였다가는 저 큰 손으로 보따리를 채갈 것 같아 춘단은 알 품은 어미 닭처럼 보따리를 꼭 끌어안았다.

중앙에 있는 대형 텔레비전에서는 어느 대기업 노사가 인원 감축에 관한 합의문 도출에 실패했다는 뉴스가 흘러나오고 있었다. 머리를 짧게 깎고 붉은 조끼를 입은 남자가 회의장 문을 박차고 나오며 분개했다. 사측과 협상을 계속하는 건 뒤에 도끼를 감추고 있는 신사와 이야기를 하는 것과 마찬가지다, 겉으로는 점잖은 척하지만 언제 그 도끼를 휘둘러 목을 칠지 모른다. 뒤이어 노란 넥타이를 매고 서류가방을 든 남자가 어깨를 으쓱거리며 붉은 조끼의 남자 말에 조목조목 반박했다. 도끼요? 아시다시피 우리는 도끼는 고사하고 망치도 들어본 적 없는 사람들입니다, 말이야 바로 하랬다고 연장은 저쪽 전문 아닙니까?
양측은 같은 문을 빠져나와 같은 방향으로 걸어갔는데 뉴스는
두 사람이 등을 돌리고 가는 모습을 분할화면으로 편집함으로
써 양자가 다른 방향으로 걸어가는 것 같은 효과를 주었다. 뒤이
어 화면은 이십대 남자가 한밤중에 흉기를 들고 자기가 살고 있
는 빌라 옥상에서 인질극을 벌였다는 소식으로 바뀌었다. 범인
의 가족을 포함한 인질 아홉 명에, 출동 나온 경찰과 구급대원이
쉰 명, 소문을 듣고 옆 동네에서 달려온 구경꾼이 백 명을 넘었
지만 인질극의 원인이 무엇인지는 아무도 모른다고 했다. 주요
뉴스가 끝나자 텔레비전 앞에 모여 있던 사람들이 각기 다른 방
향으로 빠르게 흩어졌다.

　지나가는 사람들을 구경하던 춘단은 이전에 서울에 올 때는
한 번도 겪지 않은 이상한 어지러움을 느꼈다. 없던 멀미가 생긴
것처럼 속이 메슥거리고 눈앞이 휘청휘청댔다. 방금 텔레비전에
서 나온 말이 사라지지 않고 귓가에 울렸다. 도끼가 사람 머리를
잘라대고 구경 나온 사람이 백인디 아무도 모른다? 매끄러운 대
리석 바닥에는 거꾸로 맺힌 수백 개의 다리가 뛰어다녔지만 모
두 얼굴 없는 사람들이었다. 그 얼굴 없는 사람들에게서 뻗어나
온 수백 개의 손이 춘단의 보따리를 향해 반듯한 손바닥을 내밀
었다. 춘단은 아예 보따리에 얼굴을 파묻었다. 잠시 후 어디선가
어머니, 하고 부르는 반가운 목소리가 아무도 모른다는 뉴스와
아무도 모르는 터미널의 낯선 공포 속에서 춘단을 건져올렸다.

올 때마다 드는 생각이지만 아들 집으로 가는 길엔 빈 공간이 하나도 보이지 않는다. 창밖으로 보이는 도시 풍경은 사람이고 건물이고 오래 마음을 끄는 것 없이 휙휙 지나가기만 한다. 시골 풍경은 논둑 따라 곡식들이 있고 그 길 끝에 사람 사는 집이 있고, 집 너머엔 산이, 산 뒤에는 오누이 같은 해와 달이 있었다. 한 번도 그려본 적 없지만 붓을 주고 그리라면 눈 감고도 그릴 수 있는 풍경. 그러나 아들이 사는 곳은 김밥집 옆에 구둣방, 구둣방 옆에 백화점, 백화점 앞엔 비슷비슷한 얼굴의 사람들이 진을 치고 있다가 잠깐 사이에 신기루처럼 모두 사라져버렸다. 그래서 이 도시를 보면 무엇을 그려야 할지, 어떤 색깔을 묻혀야 할지 붓 쥔 손이 막막하기만 했다.

직선의 도로를 따라 사방으로 펼쳐진 창밖을 훑어보던 춘단은 조수석에 앉은 영일의 등받이를 치며 말을 걸었다.

"거진 다 왔으께 잠만 자지 말고 좀 보시오. 저기 사거리 지나면 왼편에 학교 하나 있고, 쭉 가다 보면 소방서가 있으께."

"사람을 바보 천치 취급하나. 나도 안당께."

"서울특별시 문락구 대양2동 84-35, 새로 바뀔 주소로는 새마음텃골길 52. 주소가 두 개라는디 확실히 외워놨소? 어쩌다가 주소도 기억 안 나고 전화 약도 떨어지고 길을 잃었다 싶으면 무조건 소방서 앞으로 오는 거요. 소방서 앞에서 기다리고 있으면 데리러올랑께."

"자네나 잘하소."

"그라지 말고 정신 똑바로 차리소. 서울서 코 베간다는 말이 괜히 있소. 그맨치 정신없는 동네니께. 서울특별시, 문락구 대양2동 84-35, 새마음텃골길 52. 이것만 알고 있으면 미아 될 일은 없갔제."

영일이 못 들은 척 등받이에 기대 다시 눈을 감는데도 춘단은 그칠 줄 모르고 아들의 주소를 읊조렸다. 서울특별시 문락구 대양2동 84-35, 새마음텃골길 52, 서울특별시 문락구 대양2동 84-35, 새마음텃골길 52, 서울특별시 문락구 대양2동 84-35, 새마음텃골길 52…… 시와 구, 동을 지나 번지수와 도로명으로 이어지는 띠는 그에 어울리는 풍경—올 때마다 변해 있는 도시, 재개발만 기다리는 노후한 주택가, 아들 며느리가 저들 힘으로 장만한 첫 집—을 끌어들이면서 춘단의 머릿속에 작은 보금자리를 틀었다.

"서울특별시, 문락구 대양2동 84-35, 새마음텃골길…… 텃골길…… 텃골길……."

누가 가위로 자른 것처럼 머릿속 띠가 갑자기 툭 끊어지자 춘단은 풍경은 눈앞에 선한데 주소는 못 외는 미아라도 된 양 덜컥 겁이 났다.

"오메, 이게 뭔 일이다냐. 대양2동, 새마음텃골길, 텃골길…… 텃골길……."

춘단이 허둥지둥하자, 잠자코 있던 영일이 감은 눈을 뜨지도 않고 한마디 던졌다.

"대양2동 84-35, 새마음텃골길 52."

춘단은 가슴을 쓸어내리며 웃음을 지었다.

"아따, 나보다 낫소."

종찬은 집에 가는 내내 전화기와 씨름을 하더니 춘단과 영일을 집에 내려주자마자 오늘 아침에 사고가 난 공장으로 가봐야 한다며 차에서 한번 내려보지도 않고 지방으로 내려갔다. 사고가 어느 정도 규모인지, 사람이 한 명이라도 죽은 대형 사고인지 아니면 기계만 고장난 단순 사고인지, 서울에 있는 사람을 불러들일 정도면 단순히 기계만 고장난 정도의 사고는 아닌 것 같은데 그러면 혹시 종찬이 니가 책임을 져야 하는 거냐, 오늘 중으로 집에 올 수는 있는 거냐, 무얼 제일 먼저 물어봐야 할지 머릿속을 헤매다가 이왕 집까지 왔는데 밥은 먹고 가야 하지 않겠냐, 영일이 간신히 그 한마디를 하려는데 종찬은 잠깐을 기다려주지 않고 황급히 차를 돌려 언덕길을 내려갔다. 춘단과 영일은 사라지는 아들의 뒤꽁무니를 보고 있다가 대문 앞에 마중 나온 며느리의 부축을 받으며 남의 집으로 들어갔다.

6

1970년대 초반에 지어진 종찬의 집은 당시의 역사가 주택에 들이부은 시대정신을 고스란히 보여준다. 경제 부흥에 대한 높은 열망감은 천이백 도 가마에서 구워진 붉은색 벽돌을, 사적 재산에 대해 높아져가는 보호의식과 여유로운 생활을 과시하기 위한 욕망 사이에는 절충적인 높이의 담을, 부모와 자식 세대의 분리를 건축적으로 상징하는 의미는 좁은 계단으로 이어지는 이층을. 그리하여 완성된 언덕바지 중간의 이층 양옥집은 중산층 생활의 최고봉이라는 찬사와 함께 마을 사람들에게 삶의 이정표가 되어주었다.

우리도 돈 많이 벌어서 꼭 이런 집에서 고기 구워 먹고 살자.

맑게 갠 어느 주말 초저녁, 마당에 대형 그릴을 세워놓고 갈비나 독일식 소시지를 구워 먹는 이층집 가족들이 보이면 지나가던 아버지들은 자식들에게 그런 약속을 했다. 자고 나면 어제 밟고 돌아온 흙길에 검은 고속도로가 깔려 있는 시대, 갈대 꺾던 노인이 사장님으로 변신하는 시대였기 때문에 아버지들의 약속은 허풍만은 아니었다. 까치발을 하고 담을 넘어 보던 자식들이 뱀처럼 똬리를 튼 물체를 가리키며 저것은 무엇이냐고 물으니 아버지들은 세상 모르는 순진한 질문을 귀여워하며 저것은 너도 이미 몇 번 먹어본 적 있는 순대라고 알려주었다. 순대를 왜 불에 구워 먹느냐고 자식들이 또 물으니 아버지들은 생활 수준이 높아지면 같은 음식을 먹어도 다른 방식으로, 더 품격 있게 먹게 되는 것이라고 설명해주었다. 아이들은 순대를 불에 구워 먹는 것이 왜 더 품격 있는지 몰랐지만, 예쁜 정원에서 하하 호호 웃으며 고기를 먹는 양옥집 사람들의 모습은 어디가 달라도 크게 달랐기 때문에, 아버지 말대로 정말 품격이란 것이 있어 보였기 때문에 왠지 불에 구운 순대가 솥에 찐 순대보다 훨씬 맛있고 멋있다는 생각을 하게 되었다. 아이들은 목에 고인 침을 꼴깍 삼키면서 말했다.

아버지, 얼른 돈 많이 벌어서 우리도 저런 집에서 순대 구워 먹고 살아요.

사람들은 빈 땅만 보면 자꾸 무언가를 지어 올리려고 했다. 바다를 육지로 만드는 마술까지 부려봤지만 삼면이 물인 작은 땅은 얼마 못 가 빈 곳이 남지 않게 되었다. 그때, 서쪽에서 코를 자극하는 향긋한 바람이 불어왔다. 기름 냄새가 섞인 모래바람. 어느 날 이층 양옥집 남자는 사우디아라비아로 가겠다며 부인과 두 딸을 두고 비행기를 탔다. 같은 바람을 맞고도 다만 머리가 멍하고 눈이 가렵다고 할 뿐, 그것이 돈 냄새임을 자각하지 못한 남자들은, 저 나라는 땅속에 붉은 황토 대신 불모의 모래알밖에 없다니 얼마나 가여운 일인가,라고 쓸데없는 걱정까지 해주던 농경사회의 남자들은, 그래서 고향을 떠나지 못하는 전근대의 남자들은 양옥집 남자를 콜럼버스 내지 신(新) 마도로스라고 추어올리며 곧 있으면 남자가 수백 마리의 낙타 등에 돈단지를 싣고 금의환향할 것이라고 호언장담했다. 으이그 인간아, 속 편한 소리 하고 있네, 남의 집 남자들은 돈을 단지째로 실어다 나르는데, 말해 뭐해, 다 내 팔자지. 아내가 구박을 할 때면 남자들은 못마땅한 듯 궁색한 변명을 늘어놓았다. 거긴 엄청 뜨거운 곳이라서 아무나 못 가, 알잖아, 나 더위 엄청 타는 거.

주인집 남자가 떠난 지 얼마 되지 않아 낯선 남자가 양옥집을 들락날락거리며 밤늦게까지 머무르는 모습이 눈에 띄기 시작했다. 곧 부인에게 '애인'이 생겼다는 소문이 떠돌았다. 애인이 주인집 남자의 옛 친구라는, 직장 동료라는, 강 건너온 전문 제비라는 갖가지 추측이 나돌았다. 어느 것 하나 확실한 것은 없었지만 마을 사람들은 액자에 끼워 벽에 걸어두고 싶은 예쁜 가정의 모습이 산산이 깨졌다는 것 정도는 알 수 있었다. 애인이 온 뒤로 양옥집 가족들이 야외에서 고기를 구워 먹는 모습은 한 번도 볼 수 없었고 떼를 지어 웃는 소리도 들리지 않았다. 얼마 뒤 부인은 아이들을 데리고 애인과 함께 마을을 떠났다. 남자가 사우디아라비아에서 돌아왔을 때 그에게 남은 것은 혀에 설익은 아랍 인사말과 바지 밑단에 딸려온 한 움큼의 모래뿐이었다. 여자는 남자가 사막에서 송금해준 돈을 몰래 빼돌려 남자에게 흔하

디흔한 사막의 보석으로 환전해준 것이다.

7, 80년대의 흥망성쇠를 두루 갖춘 이 이야기는 '양옥집 스캔들'로 회자되며 그즈음 태동한 각종 불륜, 치정 드라마의 붐과 함께 여자들이 모인 곳이면 어디서나 최고의 안줏거리로 떠올랐다. 외국 엽서에나 나옴 직한 이층 양옥집, 먹음직스런 고기, 중산층이 누릴 수 있는 최고의 행복을 가진 것 같았던 가족. 그러나 낙타 떼를 이끌고 온다던 남자는 부인과 아이들을 찾아 마을 여기저기를 헤매고 다니다가 알코올중독자가 되어 어느 시설로 낙타처럼 끌려갔다고 했다.

모든 바람이 지나간 뒤 아버지들은 양옥집을 지나갈 때마다 혀를 쯧쯧 차며 자식들에게 말했다.

그러니까 사람이 자기 분수를 알아야지. 처음부터 가랑이 찢어지게 호화롭게 산다고 했어. 지가 알리바바야 뭐야, 중동을 왜 가, 중동을. 괜히 나같이 성실하게 사는 사람들한테 헛바람만 들이고.

그러나 양옥집에 불어닥친 바람을 이해하기에 아이들은 너무 어렸다.

아버지, 우린 언제 여기서 살아요? 저 마당에서 순대 구워준다고 했잖아요.

멍청한 소리 마라. 순대는 삶아서 소금에 찍어 먹어야지 그걸 왜 구워 먹어. 거지같이.

종찬이 그 이층 양옥을 샀을 때는 양옥집 스캔달도 물이 빠질 대로 빠지고 전 주인들이 경제성장의 마지막 남은 찌꺼기까지 다 갉아먹어 뼈대만 앙상하게 남은 시대였다. 녹색 융단을 깔아 놓은 것 같던 잔디는 관리비를 감당할 수 없었던 전 주인에 의해 시멘트 바닥으로 교체되었고 열매를 맺지 않는 나무는 쓸데 없이 낙엽 치우는 일만 생기게 한다는 죄로 한 그루당 몇십만원 의 값을 받고 뿌리째 뽑혀 교외의 전원주택으로 팔려갔다. 정권 이 두 번 바뀐 후 새로이 소방도로를 정비하는 사업이 시행되자 이층 양옥집은 마을의 안전을 위해 평당 얼마의 보상을 받고 담 을 뒤로 옮김으로써 말 많던 대로에서 벗어나 소문의 뒤안길로 조용히 물러났다. 초록 정원은 개 밥그릇이 굴러다니는 시멘트 마당이 되었고 양옥집에 살던 평사원들은 과장 직함을 받고 정 년퇴직했다. 70년대 최고 양식을 보여주던 집은 이제는 바로 옆 빌라와 비교해도 촌스러운 티가 역력해 사람들은 저 양옥집이 허물어지는 날이 이 마을이 재개발되는 날이라며, 여름에 폭풍 우가 불어닥치기라도 하면 저 집이 혹시 안 무너지나, 하고 모 기처럼 창가에 달라붙어 감시했다. 그러다가 거센 바람에도 끄 떡없이 버티는 것을 보고, 벽돌 한 장 빼먹지 않은 양심적인 시 공을 원망하며 할 수 없이 다음 해를, 또 그다음 해를 기약하곤 했다.

며느리 유정은 1층 거실에 앉아 춘단이 가져온 보따리를 풀 며 '양옥집 스캔들'도 함께 풀어놓았다. 유정은 본 이야기에 전 술자의 개성적인 각색을 더해 여자에게는 요일마다 만나는 애인이 따로 있었고 두 아이의 아버지도 각각 다른 사람이었으며 남자가 중동으로 간 것 역시 본인의 의지가 아니라 여자가 베갯머리에서 사주를 했기 때문이라고 했다. 살지도 않은 그 시대 이야기를 어떻게 아느냐고 춘단이 물으니 유정은 얼마 전, 집집마다 '재건축 촉구 서명'을 받고 다니는 마을 유지가 와서 해준 이야기라고 했다. 춘단은 결국 유정이 하고 싶은 말이 우리 집은 어느 세월에 이 단물 빠진 집에서 탈출해 42평 아파트로 이사 갈까,라는 것을 눈치챘다. 춘단은 괜스레 미안한 마음이 들어 유정이 혼자 떠들게 놔두고 아들 집이지만 몇 번 와보지 않은 1층을 둘러보았다. 집은 여기저기 낡긴 했어도 한 시대를 풍미한 고택다운 멋을 여전히 간직하고 있었다. 목소리가 울리는 높은 천장에 요즘은 잘 사용하지 않는 어두운색의 목재로 테두리를 마감했고 2층으로 올라가는 나무 계단은 의도한 것인지 상한 것인지 모를 정도의 차이로 부드럽게 휘어 있었다. 2층에는 아들네 가족이 살고 1층에 있는 방 두 개는 전부 하숙을 쳤는데 유정은 춘단과 영일이 묵을 곳을 위해 급하게 방 하나를 뺐다. 그러면서 불편할 것 같으면 남은 방까지 빼겠다고 했지만 춘단은 갑자기 하숙을 다 내쳐버리면 가계부가 곤란해지지 않겠느냐며 그럴 것 없다고 했다. 유정은 시골 사람들이 보내준 각종 양념병을 챙기며 기다렸다는 듯이 말했다.

"그렇긴 하겠죠? 그런데 이 하숙생은 정말 신경 쓰지 않으셔도 돼요. 법대생인데 사시 준비하느라고 방에서 꼼짝도 안 해요.

들어온 지 이제 두 달 됐는데 저도 이제껏 하숙비 받는 날 얼굴 한두 번 본 게 다라니까요. 밥해놓고 냉장고에 반찬만 챙겨놓으면 그 외에는 신경 쓸 일이 하나도 없어요. 아버님 어머님은 시골집처럼 마음 편하게 있으셔도 될 거예요."

"법대생이라냐?"

"네. 나이가 꽤 됐는데 아직도 포기를 못 했나봐요. 원래 그 공부가 그런다잖아요."

유정은 말 꺼낸 김에 인사를 시키겠다며 춘단이 지낼 큰방과 나란히 난 하숙생의 방 문을 두드렸다. 문 너머에서 나지막이 누구세요? 하고 묻는 소리가 들렸다. 유정이 나예요, 대답하자 얼마의 시차를 두고 잠겼던 방문이 딸깍 열리더니 작게 벌어진 문틈으로 앞머리에 눈이 가려진 남자가 얼굴을 내밀었다. 남자는 말없이 유정을 보았다.

"총각. 오늘 올라오신다던 우리 어머님. 이제 한집에서 살 텐데, 인사드려요."

하숙생은 춘단을 힐끗 보더니 고개를 까닥 숙여 안녕하세요, 하더니 다시 방 안으로 들어갔다. 데면데면한 인사에 유정은 자기가 더 민망해하며 춘단에게 다가와 속삭였다.

"싸가지가 좀 없긴 하죠?"

춘단은 아무렇지도 않다는 얼굴로 고개를 저었다.

"아니여. 원체 힘든 공부니께 기운이 없어서 그라는 거제. 옛날에 우리 친가 오빠 하나도 법 공부해서 내가 저 사정을 잘 안

당께. 그란디 뭔 남자가 저러고 뼈밖에 없다냐. 나는 뭔 허깨빈 줄 알았다. 공부하는 아그들은 무조건 잘 먹어야 하는디. 청춘이 출세하려고 집 떠나 여간 고생이 아니네."

영일이 바지춤을 엉거주춤 추어올리며 화장실에서 나왔다. 오래 들어가 있었는데도 뒤끝이 영 개운치 않은 영일은 허리띠를 다 채우기가 무섭게 춘단에게 텔레비전부터 켜라고 했다. 전직 총리의 죽음에서부터 동물원 동물들의 봄맞이까지, 온종일 쉬지 않고 뉴스를 내보내는 채널에서는 오늘의 주요 사건사고를 짧게 간추리고 있었다. 터미널에서 본 노사결렬 뉴스가 예상된 파행, 노동시장에 미칠 향후 파장, 동반 책임론이니 하는 여러 제목을 달고 토막토막 소개되었다. 아직도 범행동기가 밝혀지지 않은 이십대 남성의 인질극을 지나 이번 여름에는 채솟값이 오를 거라는 단신을 끝으로 뉴스는 끝났지만 종찬이 내려간 공장에 문제가 생겼다는 소식은 한 줄의 자막으로도 나오지 않았다. 영일은 뉴스에 나오지 않는 것을 보니 아들에게 그리 큰일이 생긴 건 아닌 것 같다고 안도하며 그제야 긴 여독에 뻣뻣해진 다리를 풀고 바닥에 주저앉았다.

"이만치 움직였다고 힘이 빠질 내가 아닌디, 벌써부터 병이 요망을 부리는구만."

영일은 어깨 사이에 얼굴을 파묻은 채 숨을 일정하게 골랐다. 그런데 이상하게도 등 뒤에서 익숙하지 않은 기운이 느껴졌다. 오십 년을 봐온 터라 이제는 있는 줄도 모르겠는 춘단의 시선도

아니고 늙고 병든 시아버지를 향한 며느리의 부담 섞인 시선도
아니었다. 영일은 슬며시 뒤를 돌아보다가 어이쿠, 소리를 내지
르고 뒤로 자빠지고 말았다. 하숙생이 살짝 열린 문틈으로 텔레
비전을 뚫어져라 쳐다보고 있었다. 검은 망령 같은 모습이었다.

병원 대기실의 플라스틱 의자는 터미널 의자만큼이나 좁고
불편했다. 영일이 입에 호스를 문 채 수술실에 들어가고, 반죽음
상태가 되어 침대에 실려 나오는 동안 춘단은 하늘색 의자에 앉
아 여러 방향으로 엉덩이를 들썩거렸다. 그나마 몸으로 느껴지
는 그 불편함이 입 밖으로 내뱉을 수 없는 춘단의 불안을 조금
이나마 흩뜨려주고 있었다. 수술 순서와 시간을 보여주는 전광
판에 영일의 이름이 뜨길 기다리던 춘단은 자신이 다시금 터미
널에 와 있는 건 아닌가 하는 착각에 빠졌다. 목적을 가진 대규
모의 사람들이 만들어내는 분주함, 초조함, 기다림……. 여행가
방 대신 처방전과 소견서, MRI 필름을 든 사람들이 소독약을 뿌
려놓은 바닥 위에서 공회전을 하고 있었다. 이미 죽은 사람들도
살아 있는 사람들 틈에 섞여 빈 링거병을 든 채 복도를 오가는
것 같았다.
영일이 수술을 받은 지 얼마가 지나 춘단은 약을 받기 위해
다시 그 터미널식 의자에 앉아 있었다. 5횡 10열로 배치된 하늘
색 의자에는 환자와 보호자, 예비 환자와 죽은 자가 대중없이 섞
여 빈 곳은 춘단의 옆자리 딱 하나뿐이었는데 워낙 깊숙한 자리

라 아무도 그 속으로까지는 비집고 들어올 생각을 하지 못했다. 그런데 그때 한 여자가 지친 사람들의 다리를 하나하나 밀치고 들어와 춘단의 곁에 앉았다. 잠시 뒤, 대기 시간이 길어지면서 춘단과 여자는 자연스럽게 눈인사를 주고받았다. 같은 과의 진료를 받는 사람들 사이에서는 아파본 적 없는 사람들은 모르는, 통증에서 우러나온 유대감 같은 것이 생기는 법이었다.

"되게 오래도 기다리게 하네, 이럴 거면 왜 예약을 하래."

혼잣말을 하는 듯했던 여자는 일부러 말을 걸 구실을 찾으려고 불평한 것처럼 춘단을 쳐다보며 물었다.

"여긴 어떻게 오셨어요?"

춘단은 바로 대꾸했다.

"바깥양반 땜시 의사랑 상담도 하고 약도 타러 왔지라. 얼마 전에 막 수술 끝내고 이작 회복중여라."

춘단의 억양을 들은 여자는 도 단위로 고향이 그쪽이신가 봐요,라고 물었고 춘단은 군 단위로 대답해주었다.

"태어나기는 그보다 아래에 있는 섬에서 태어났는디 시집와서 사십 년을 그짝에서 살았으니께 이젠 고향이나 다름없제요."

"어머."

춘단의 대답을 들은 여자는 다분히 도시적인 감탄사를 내뱉으며 저도 어릴 적에 그곳에서 살았어요, 저희 어머니 아버지 고향도 다 그쪽이구요, 하며 좁은 땅이 만들어낸 인연을 기적처럼 받아들였다.

여자가 지연을 내세우자 큰 도시와 대학병원 소독약 냄새에 잔뜩 움츠려 있던 춘단의 어깨가 자그맣게 펴지기 시작했다. 바닷가 면한 고향의 풍경이나 삶은 숭어를 제사상에 올리던 그 지역만의 소소한 풍습을 이야기하는 정도에서 끝날 수도 있었던 둘의 인연은 그때 간호사가 김영일 씨 보호자 분, 양춘단 씨? 하며 춘단의 이름을 부름으로써 획기적인 전환점을 맞았다. 의사와 상담을 마치고 처방전을 받기 위해 춘단이 다시 자리에 앉았을 때 여자가 아까보다도 더 친근한 목소리로 넌지시 물었다.

"좀 전에 들으니까 양씨라는 것 같던데, 양씨세요?"

춘단은 이름 석 자를 시원하게 알려주었다.

"그라지라, 양, 춘, 단."

그러자 여자는 다시 한 번 어머, 하고 연극배우 같은 감탄사를 내뱉으며 춘단 쪽으로 몸을 틀었다.

"저도 양씨예요, 양정례. 실례지만 어디 양씨세요?"

"나요? 나는 기를 양씬디요."

"어머!"

무릎을 붙이고 앉은 양춘단과 양정례는 서로의 족보를 들춰가면서 16촌까지는 못 돼도 20촌 정도는 되지 않을까, 할아버지의 할아버지의 사촌의 할아버지쯤에서 서로의 집안이 갈라진 것은 아닐까, 혹시 살아 있는 사람 중에 서로가 아는 지인이 있지는 않을까, 묽은 농도의 피가 만들어낸 뿌리를 훑어갔다. 근처의 몇몇 사람들은 전래동화 같은 두 사람의 대화에 귀를 기울이다가 자기 이름이 불리자 아쉬운 듯 자리를 뜨기도 했다.

춘단이 병원에는 무슨 일로 왔느냐고 묻자 양정례는 지난가을에 수술을 마치고 통원치료를 받는 중이라면서 바지 속에 집어넣은 윗옷을 들추고 수술 부위까지 보여주었다. 지연에 혈연에, 아픈 부위까지 영일과 동일하자 춘단은 처음 보는 이 여자에게서 오랜 시간을 함께 지낸 동무의 정을 느꼈다. 양정례 역시 마찬가지였다. 양정례는 일주일에 한 번씩 병원에 올 때마다 잊지 않고 영일의 병실에 들러 춘단을 찾았다. 세 번째 만남에서부터 다섯 살 적은 양정례가 춘단을 형님, 춘단이 양정례를 동상, 이라고 부르게 되었다.

영일이 퇴원하고 통원 치료를 받으러 온 날, 춘단과 양정례는 대기실 의자에 나란히 앉아 양정례의 약 처방전이 나오기를 기다리고 있었다.

"병원 밥 먹다가 집 밥 드시니까 아저씨도 많이 좋아지셨죠?"

"맨 그라제. 하루아침에 나을 것 같았으면 서울까지 올 일도 없었을 것이고. 뭔 병이든지 짧게 끝낼 생각 말고 오래 봐야제."

"곧 좋아지실 거예요. 여기 의사가 잘한다고 소문난 사람이니까……."

"그래야제. 돈이 한두 푼 든 것도 아니니께."

춘단은 무심코 구차한 이야기를 흘린 것 같아 화제를 돌릴 겸 갈 때 주려고 의자 밑에 넣어둔 네모난 통을 꺼내 양정례에게 건넸다.

"이게 뭐예요?"

"접때 그랬잖여. 아저씨가 고들빼기 귀신이라고. 저기 밑에서 바닷바람 맞으면서 자란 거니께 여기서 나는 거랑은 비교도 안 되제."

"뭘 또 이런 걸. 지난번에 주신 파김치도 너무 잘 먹고 있는데……. 저희 집 양반이 밥맛없어 하다가도 형님이 준 반찬만 보면 한 그릇 뚝딱 비운다니까요."

양정례가 보자기 매듭을 풀어 뚜껑을 열자 시퍼런 고들빼기가 한쪽 방향으로 얌전하게 누워 있었다. 죽은 것처럼 앉아 있던 주위 사람들이 병원 냄새와 구분되는 쌉싸래한 김치 향을 맡고 주위를 두리번거렸다.

"입에 맞을까 모르겠네. 서울 사람들은 싱겁게 먹는다던디, 그래도 김치가 간간한 맛이 있어야지 너무 싱거우면 그 맛이 안 나."

"별걱정을 다 하세요. 이렇게 챙겨주시는 것도 감지덕진데. 근데 죄송스러워서 어떡해요. 맨날 드리는 것도 없이 얻어먹기만 해서."

"동상이 별걱정을 다 하네. 얻어먹는 게 아니라 나눠먹는 거제."

혈연, 지연에 먹을 것을 나눠주는 푸근한 인정까지 더해지자 양정례는 춘단을 큰언니 모시듯 올려보았다.

"저도 솜씨가 있으면 뭐 좀 해드릴 텐데. 저희 집은 이제 김치

도 안 해먹어요. 둘이서만 사는데 김장하고 뭐하고 하는 게 성가
셔서."

양정례는 보자기 매듭을 다시 묶으며 말을 이었다.

"요즘 집안은 평탄하시죠?"

"평탄 안 할 일이 없제, 저 양반만 아니면. 근디 노인네 둘이
서 아들 메느리가 주는 밥만 얻어먹으니까 좀 그라긴 그라."

"며느리가 눈치 줘요?"

"아따, 눈치는 무슨. 우리 메느리가 그렇게 꾸끔시런 인물은
아니여. 기냥, 내가 생각하기로 우리 둘 처지가 그렇다는 거여.
시골서 둘이 밥벌이 잘해 먹다가 길도 모르겄는 서울 와서 그
양반은 아프기까지 하니께 괜시리 주지도 않는 눈치가 뵈인다
는 거제. 돈을 떠나서 멀쩡한 몸뚱이를 기냥 놀리는 것도 죄라면
죄 아녀. 내가 나이는 좀 먹었어도 이 몸 하나는 타고났어. 여적
까지 큰 병 나본 적이 없으니께 뭐라도 하면 참 잘할 턴디."

"뭐 생각해둔 일이라도 있으세요?"

"생각은 많은디 할 수가 있나. 워디 가야 뭔 일이 있는지도 모
르는디. 내가 농사일 빼고는 세상물정을 몰라야. 어려선 우리 아
베 따라서 돌 깨는 일도 쪼깐 했는디 여그에 그런 일이 있을 턱
이 없고. 식당 일을 해볼까 했는디 그건 우리 메느리 말로, 식당
분위기란 게 있으니까 이런 늙은이는 안 써준다네."

춘단의 말을 가만히 듣던 양정례가 조심스럽게 말을 꺼냈다.

"저, 그러시면…… 제가 힘 좀 써드릴까요?"

"힘? 무신 힘?"

"오고 가야 정이라고, 저는 항상 받기만 해서 뭐라도 해드리고 싶었는데, 사실 저희 남편이 청소 용역회사에서 일하거든요. 지금은 사람을 뽑지 않는 것 같긴 한데 형님이 하겠다고만 하시면 일도 아니죠."

"청소?"

춘단은 자기도 모르게 떨떠름한 얼굴이 되었다. 기술 없는 사람이 제일 밑으로 내려가봤자 식당에서 여자들끼리 섞여 설거지하는 일까지만 생각해봤지, 무릎 꿇고 걸레질을 해대는 청소일까지는 생각해보지 않았다. 설거지나 청소나 별반 다르지 않다는 것을 아는데도 한 번 찌푸려진 춘단의 얼굴은 금방 돌아오지 않았다. 춘단의 기색을 눈치챈 양정례가 괜한 말을 꺼냈다는 듯 손사래를 쳤다.

"어휴, 청소는 좀 그렇긴 하죠? 제 딴에는 그래도 그 사람이 힘 좀 써주면 비교적 힘들지 않은 구역에 배정받을 수 있을 것 같아서 한 말인데. 한 번도 안 해본 일이니까 선뜻 내키시지 않을 거예요. 그래도 그 대학이 사시는 데랑 멀지도 않고 해서……. 조금만 기다려보세요. 제가 아는 사람한테 물어서 다른 일 좀 없나 찾아볼,"

"시방 뭐라고 했나?"

춘단이 갑자기 양정례의 말을 끊으며 물었다.

"네?"

"방금 대학이라고 안 했나?"

"아, 네. 저희 남편이 대학에 청소부 용역 대는 일을 하잖아요, 제가 예전에 한 번 말씀드린 것 같은데."

"아녀. 그런 말은 한 번도 못 들어봤는디. 대학에서 일한다 그랬으면 내가 기억을 못 할 리가 없제. 그런 말은 한 번도 안 했어라."

"그래요? 전 말씀드린 줄 알았는데……."

춘단은 말소리가 빨라지고 숨이 들쑥날쑥했다.

"그러니께 다시 말하면, 동상 바깥양반이 대학에 사람 보내는 일을 하는데……. 그 양반 힘으로다가 나를 대학에 댕기게 해줄 수 있단 말이제?"

"그럼요. 형님이 하신다고만 하면 당장 내일이라도 시작할 수 있죠."

세월에 묵혀 노랗게 시든 춘단의 눈이 시퍼렇게 번뜩였다.

"대학, 대학이라…… 이 양춘단이가 대학에 간다는 말이여?"

7

춘단의 65년 인생은 대학에서 멀리 떨어져 있었다. 멀리 떨어져 있었다,라고 말하는 건 물리적인 거리와 정서적인 거리를 동시에 아우르는 의미이다.

1943년 늦봄 남도의 작은 섬. 밖에서는 태평양 푸른 물에 포탄이 떨어지고 안에서는 눈이 시뻘건 일본 순사가 총칼로 사람을 위협하고 다니든 말든 석공 양호익은 봄볕에 따끈하게 달아오른 돌에 드러누워 세상모르고 낮잠을 자고 있었다. 그는 평소에 꿈을 잘 꾸지 않았는데 그날은 자기 머리보다 큰 망치를 들고 돌을 깨는 갓난아기 꿈을 꾸었다. 그런데 그 갓난아기가 아무 돌이나 무작위로 깨는 것이 아니라 양호익이 내심 마음에 들어 하지 않으면서도 아주 부숴버리는 건 아까워 보관하고 있던 애물단지들만 귀신같이 찾아내서 깨는 것이었다. 돌은 처음 얼마간은 망치질을 당하고도 제 형태를 유지했지만 얼마 가지 않아 균열이 시작된 속에서부터 한꺼번에 와르르 무너져내렸다. 가르쳐주지도 않은 것을 배운 듯이 따라 하는 갓난아기의 솜씨에 놀란 양호익은 꿈의 경계까지 뚫고 두 다리를 번쩍 들어올렸다. 사람들은 멀쩡한 돌이 하루아침에 무너지는 것을 보고 귀신의 농간이라며 두려워했지만 그것은 양호익의 집안 대대로 전해지는 비법이었다.

꿈에서 깬 양호익은 손에 잡힐 듯한 그 생생함에 이것은 해몽할 필요도 없는 태몽이라고 확신하며 그의 처, 정순규가 깨닫기도 전에 당신이 애를 뱄다는 소식을 전해주었다. 석공 양호익을 대신해 작은 농사를 도맡아하던 정순규는 이 어려운 시대에 혼자 낮잠이나 자는 것을 미안해하기는커녕 철부지처럼 자랑스럽게 떠벌리는 남편의 행동에 기가 막힐 노릇이었다. 양호익은 그러든 말든 정순규의 홀쭉한 배에 얼굴을 묻으며 배 속의 아이는 필경 사내아이일 것이라고 예언했다. 아이의 가랑이를 확인하지 못하고 꿈에서 깬 것이 못내 서운하긴 했어도 망치를 휘두르는 그 우람한 모습은 어디로 보나 남자아이가 분명했다. 양호익은 이미 아들이 둘 있었기 때문에 사내애가 아쉬울 것은 전혀 없었다. 그러나 그 애들은 태어나기 전 고작 숭어나 송아지의 모습으로 장모와 처제의 꿈에 나타났을 뿐 배 속의 이 아이만큼 강렬한 탄생의 신호를 보내지는 않았다. 양호익은 그날로 작업장에 들어가 마음에 차지 않는 석상들을 하나하나 깨뜨리면서 자신의 대를 이을 아들이 태어날 날만을 손꼽아 기다렸다.

열 달이 흐른 1944년 이른 봄 새벽, 양호익은 마침내 꿈에서 보았던 아이를 정순규의 다리 사이에서 번쩍 들어올렸다. 그런데 있어야 할 것이 보이지 않았다. 먼저 앞을 살펴보고 앞에 없자 좀 뒤에 달렸을 수도 있겠다 싶어서 뒤도 살펴봤지만 아무리 뒤져봐도 꼭 있어야 할 그것이 보이지 않았다. 어디에 떨어뜨리고 나온 건 아닌가 싶어 이불이고 뭐고 바닥에 깔아놓은 것을 다 들추며 샅샅이 찾아봤지만 양호익에게 돌아온 건 정신 사납게 굴지 말라는 산파의 꾸지람과 함께 가시내여, 가시내,라는 50년 베테랑의 선고뿐이었다. 그대로 얼굴이 굳은 양호익은 핏덩이를 다시 정순규의 다리 밑에 놓아둔 뒤 집을 나가 다음 날이 될 때까지 잠도 자지 않고 작업장에서 돌만 두드려댔다. 그리하여 조선을 이끌어갈 대석공의 탄생을 예고했던 춘단의 출생은 오빠의 배냇저고리를 물려받을 작은 기집애가 한 명 태어났다,라는 정도의 일개 가정사로 그치고 말았고 태몽은 개꿈이 되었다.

일 년이 지나도록 양호익은 첫째 딸의 출생신고조차 하지 않았다. 출생신고라고 해봤자 일본 놈들 호적에 올리는 건디, 일이 년 더 지켜보다가 안 죽고 살아나면 그때 해도 백 번 하제. 출생신고 말만 나오면 양호익이 입버릇처럼 읊어댔지만 두 아들의 출생신고는 미루는 것 없이 태어난 달에 해치운 것이나 춘단이 앙앙 울어대는 날엔 돌 깨는 소리가 유독 컸다는 것에서 마을 사람들은 그의 상실감이 여러모로 적지 않음을 알았다.

1945년 8월 중순 즈음, 날씨가 좋았다. 이가 빠진 연장을 새로 맞추려고 뭍에 나온 양호익은 먼 길 온 김에 춘단의 출생신고를 해야겠다며 면사무소로 갔다. 그런데 안으로 들어서기도 전에 차갑게 문전박대하는 소리가 들렸다.

"지금은 때가 아니니께 난중에 오시오."

혼자서 사무소를 지키던, 풍채로 보아 중간계급 정도의 간부로 보이는 조선 남자가 귀찮다는 듯이 손사래를 치며 말했다.

"아여, 기껏 온 사람 보고 왜 난중에 오라고 하요? 내가 우리 딸내미 출생신고를 하려고 일 년을 기다렸다가 지금 막 나오는 길인디. 섬사람이 한 번 밖으로 나오는 게 얼마나 힘든지 아쇼?"

"내가 이 판국에 지금 출생신고나 하고 있겠소?"

"이 판국이 어떻다고 그러요? 날만 좋은디."

"아, 이 답답한 양반. 나라 돌아가는 모양엔 영 깜깜무소식이구만."

"사람을 뭘로 보고. 나가 이래 봬도 나랏일에 을매나 관심이 많은디."

"그라고 관심 많은 사람이 일본이 패망해서 여그 인력이 다 동난 것도 모르오? 안 그래도 정신없어 죽겄으니까 출생신고니 뭐니 하찮은 일로 사람 성가시게 하지 말란 말이오. 어디든 봐가면서 행세를 해야 대접받제. 에잇, 그란디 김군 이 자식은 심부름 하나 보내놓으면 어디로 기 새는지, 혹시 이놈도 나오코 상 따라서 일본 간 거 아니여."

남자가 혼잣말을 하며 안쪽으로 들어가려는 찰나 양호익이 남자를 붙들어세웠다.

"……시방 뭐라 했소?"

"뭐가 뭐요?"

양호익이 가쁜 숨을 내쉬며 남자에게 물었다.

"……시방 일본이, 그러니께 일본이 패망했다고 했소?"

"아, 귀가 먹었소? 일본군이 망해서 싹 다 도망갔다고 백 번은 말했는디. 그려, 조선이 해방이 됐소, 조선이 해방이 됐단 말이오."

양호익은 얼빠진 얼굴로 뒷걸음질을 쳐 면사무소를 빠져나왔다. 그러고 보니 이상하게 마을이 소란스러웠다. 장이 서서 그런 줄만 알았는데 해방이라니, 해방이라니. 아이고야, 조선이 해방이 됐다니! 양호익은 정신을 차리고 쏜살같이 나루터로 달려갔다. 귀머거리 뱃사공이 저어주는 배를 타고 섬에 도착해보니 천지개벽이 일어난 것도 모르고 밭만 매고 있는 섬사람들이 그렇게 미련해보일 수 없었다. 양호익은 바깥소식을 물어다 나르는 선구자가 된 것처럼 마을 곳곳을 뛰어다니며 크게 외쳤다.

"대한독립 만세, 대한독립 만세. 해방이다, 해방이다."

마을 사람들은 잠깐 고개를 들었다가 양호익이 낮술에 취해 헛소리를 하는 것으로 생각하고 다시 고개를 숙여 묵묵히 밭만 매었다. 술주정도 엠마니 해야제, 저러다 일본 순사가 보기라도 하면 큰일 나는디. 그러다 하루 이틀 사흘 나흘…… 뭍에 다녀온 사람들이 하나둘 우리나라가 해방이 됐다네, 일본 놈들이 싹 다 물러갔다는 거여, 그렇게 한발 늦은 소식을 퍼뜨리며 일본군 몰래 다락에 숨겨둔 꽹과리와 징을 꺼내 논둑 밭둑 따라 산 사람 죽은 사람 할 것 없이 한 패가 되어 꽹꽹꽹 치고 다닌 후에야, 남도의 작은 섬에서 조선의 독립이 기정사실화되었다. 이 사건은 아버지의 아버지, 그 아버지의 아버지 대에서부터 섬에서만 살아온 섬지기 양호익에게 큰 충격을 주었다.

"멍충이들. 이래서 사람은 큰물에서 놀아야 하는 거여. 섬에만 우글쎄고 앉아 있으니까 나라가 망했는지 해방이 됐는지도 모르는 거 아니여. 잘된 거여. 나라도 풀려났는데 우리도 이참에 나가세."

"나가긴 어디로 나가요."

"저그 저 바다 너메로."

가을이었다. 양호익의 부인 정순규는 바스락 부서지는 낙엽을 밟으며 이불 보따리는 머리에 이고, 부엌 살림살이는 괴나리 봇짐을 만들어 등에 짊어지고, 남은 두 손으로는 첫째 아들, 둘째 아들을 꼭 부여잡은 채 발을 종종거렸다. 양호익은 지게를 지고 멀찌감치 앞장서 갔다.

"같이 좀 가자니께요."

"싸게 온나. 에잉, 챙피해서 어디 같이 못 다니겠구만."

양호익의 지게 위에는 이제 두 살이 된 춘단이 놋쇠그릇과 뒤섞여 대충 올려져 있었다. 내리막길에서 양호익이 발을 내디딜 때마다 춘단이 지게 위에서 놋그릇과 부딪치며 덜커덩 덜커덩 공중으로 튀어올랐다. 일 년 중 가장 먹을 것이 넘치는 계절, 양호익의 가족은 더 좋은 먹을 것을 찾아 뭍으로 가는 배를 탔다. 떠나온 땅에 대한 섭섭함과 새로운 땅에 대한 기대감이 섞여 어른이고 아이고 할 것 없이 머리가 어지러웠다.

"이사 갈 집은 초가집이 아니라 기와집이라면서요?"

첫째 아들이 물었다.

"그라제. 초가집에서 초가집으로 이사 갈 거면 안 가는 것만 못하제. 초가집에서 기와집으로 가야 이사를 잘 간다, 소리가 나오는 거니께. 느이 당숙한테 마을에서 제일 좋은 집으로다가 구해놓으라고 했다."

"그랴도 친구들 못 보는 건 섭섭한디요."

"아, 거기 가면 친구 없다냐. 뭍에 가면 여그보다 훨씬 훌륭한 친구들이 바께쓰로 있을 테니께 걱정허덜덜 말어."

머릿속이 울렁울렁 흔들리는 것이 단순한 뱃멀미인지 아니면 드넓은 땅에 대한 동경인지, 네 사람은 저들 속을 다스리느라 바빠 중요하고도 사소한 문제 하나를 까맣게 잊고 있었다. 춘단의 출생신고를 아직도 하지 않았다는 것을. 결국 1944년 3월 초봄에 태어난 춘단은 2년 후인 1946년 가을이 되어서야, 추석 장을 보러 읍내에 나간 정순규 덕에 호적의 한 줄을 차지하게 되었다.

춘단이 호적 나이로 열셋 되던 해, 마을에 처음으로 십자가가 올라섰다. 교회를 개척한 젊은 목사는 어느 이른 아침 양호익의 작업장을 찾아와 교회 건물에 걸맞은 예수 그리스도의 성스러운 석상을 만들어달라고 주문했다. 양호익은 무교였지만 아버지로부터 물려받은 기술로 몇 차례 불상을 만든 적이 있었다. 그의 이러한 이력은 개척교회를 연 목사에게 다소 껄끄러운 문제이기도 했지만, 이 지역에서 선교를 시작하기로 한 이상 이 지역 인물을 기용하는 것이 사목에 이득이 될 것이라는 점, 또한 양호익이 어느 모로 보나 무교라는 점, 그렇다면 교회의 사업을 맡겨 그를 전도하는 것이야말로 예수님의 사상을 온누리에 펼칠 반석이 되겠구나 하는, 목사 스스로 생각해도 기가 막힌 자구책을 내놓음으로써 양호익은 교회가 벌인 첫 사업의 삽자루, 그의 경우에는 망치를 쥐게 되었다.

아버지의 일로 교회와 부쩍 친해진 춘단은 친구들과 어울려 하루에도 수십 번씩 교회를 들락거리며 모임을 가졌다. 선한 목자와 그 뒤를 따르는 제자들이 새겨진 알록달록한 교회 유리창, 풍금 소리에 맞추어 찬송가를 부르는 가성의 화음, 귀중한 것을 모시듯 성경책을 가슴팍에 끌어안은 잘생긴 목사님. 춘단은 교회에 들어서기만 하면 가을볕에 말려야 할 햇고추도, 껍질을 벗겨 물에 담가놓아야 할 고구마 줄기도, 밥때마다 오빠들 상 차려주는 일 따위도 다 잊고 딴 세상에 온 것 같은 황홀경을 느꼈다. 그러나 오색 모자이크보다 더 춘단의 마음을 울린 것은 선교사 언니의 가르침이었다.

"이제는 시대가 바뀌었기 때문에 여자라고 부엌데기처럼 살면 안 돼. 너희들도 모두 학업에 정진해서 나라의 일꾼이 돼야 한단다. 남자들 못지않게."

밑으로는 여동생과 남동생이 줄줄이 태어나는 바람에, 또 위로는 오빠 둘이 중학교, 고등학교에 간다며 설쳐대는 바람에 초등학교 5학년에서 학업을 중단해야 했던 춘단은 금세 풀이 죽었다. 선교사 언니는 춘단과 친구들의 손등을 문지르며 말을 이었다.

"교회에 다니다 보면 다 길이 열릴 거야. 우리 선교사들이 하는 일이 그거 아니니? 하느님의 뜻을 전파할 인재를 육성하는 것. 서울이 뭐야? 요즘은 여자들도 미국으로 간다니깐. 그러니 너희도 집안일에만 묶여 있을 게 아니라 우선 공부를 해야 해."

춘단은 제 발보다 큰 검정 고무신을 터덜터덜 끌고 집에 돌아왔다. 어른들은 밭에 나가고 동생들은 마을을 싸돌아다니는지 집이 텅 비어 있었다. 외양간에 매어놓은 소에게 꼴을 먹이던 춘단은 갑자기 순하던 성질이 뻗쳐 볏짚이 쌓여 있는 여물통을 발로 뻥뻥 걷어차며 악을 써댔다.

"나도 내일부터 다시 학교 다닐 거여. 오빠들은 초등학교 다 마치고 중학교, 고등학교까지 가는디 왜 나만 이라고 살아야 혀. 이제는 시대가 바뀌어서 여자들도 나라의 일꾼이 돼야 한다는 디……. 하느님의 뜻을 전파하러 서울도 가고 미국도 가고 세계 방방곡곡을 돌아댕긴다는디……. 씨, 치사하게 나만 학교 안 보내주고……."

춘단의 두 눈에 서러운 눈물이 방울방울 맺혔다. 춘단은 급기야 마당에 벌러덩 드러눕는 시위까지 벌였다.

"누가 기집애로 낳아 달랬나. 이랄 줄 알았으면 나도 사내로 태어나는 건디, 나도 고추 달고 태어나서 학교 가는 건디. 중학교도 가고, 고등학교도 가고, 대학교도."

춘단이 고무신 한 짝을 담벼락 밖으로 내팽개치던 그때였다.

"이 가시내가 어디서 패악이야! 시험에 떨어지면 니가 책임질겨?"

춘단의 시위는 작은방에 틀어박혀 고등학교 수험 공부를 하던 둘째 오빠 양준호가 교과서를 춘단의 이마에 집어던지는 것으로 막을 내렸다. 책 모서리에 이마를 찧은 춘단은 마당에 나뒹구는 교과서를 조심스레 집어들고 흙을 탁탁 턴 후, 성난 황소처럼 뜨거운 김을 폭폭 내뿜는 오빠의 앉은뱅이책상에 곱게 올려주었다. 양준호는 춘단을 한껏 흘겨본 후 잘혀, 앞으로 지켜볼 텡께,라는 말과 함께 서까래가 무너질 정도로 문을 세게 닫았다. 풀이 잔뜩 죽은 춘단은 담장 너머 바깥길에 떨어진 고무신을 다시 주워 신고 들어와 제가 있어야 할 곳으로 지는 해처럼 뉘엿뉘엿 걸어갔다. 아궁이에 불을 지필 시간이었다.

이튿날, 교회에서 나쁜 물이 든 것 같다는 둘째 오빠의 신고로 춘단의 교회 출입이 밥상머리 화두로 올랐다. 안 그래도 집안일은 뒷전이고 교회만 뻔질나게 들락거리는 것 같아 마침 한 소리 하려던 참이었다, 예수상을 만드는 일로 목사 측과 의견차가 생긴 양호익이 동조하자 춘단은 궁지에 내몰렸다. 어린것들이 다 큰 아가씨 흉내나 내면서 우르르 몰려다니는 게 보기 좋은 건 아니제, 잠자코 있던 정순규도 한마디 거들었다. 부녀자들이 교회 일을 핑계 삼아 패거리를 만들고 다니는 게 도시에서는 사회문제가 되기도 한다는디요, 점잖은 첫째 오빠도 가만히 있지 않았다. 언니는 교회에 기도하러 가는 게 아니라 풍금 소리에 맞춰 목사님 앞에서 노래 부르러 가는 거여, 달걀도 얻어먹고. 맞어, 맞어. 볼때기가 찢어져라 숟가락을 밀어넣던 동생들도 저들이 아는 것들을 밥풀과 함께 쏟아냈다. 결국 이런저런 죄목이 곁들여져 춘단은 한시적으로 교회 출입이 금지되었다. 춘단은 밥상을 치운 다음 토방에 앉았다. 꼭지 딴 고추 같은 초승달이 까만 밤하늘에 덩그러니 떠 있었다.

"……잘된 거여."

어디에 숨었는지 코빼기도 안 비추는 하느님, 다니지도 못할 학교, 공부하러 서울로, 서울로 몰려간다는 여자애들, 그렇게 공부해서 여자도 대학 가고 미국 가고 남자처럼 살 수 있다는 말, 손등을 쓸어내리던 선교사 언니의 보드랍고 하얀 손. 고추가 초승달이 될 리 없는 것처럼 이곳에선 그 모든 게 저 달만큼이나 멀고 쓸데없이 느껴졌다.

"……잘된 거여."

얼마 지나지 않아 마을 어귀에서 육촌 친척에게 얹혀살던 박연희가 선교사 언니를 따라 서울로 간다는 소식을 들었을 때도 춘단은 잘된 거여, 며칠이 더 흘러 박연희가 공장에 다니면서 중학교에 다니게 됐다는 편지를 친구들에게 보냈을 때도 춘단은 잘됐구만, 뻘건 아궁이 속에서 익어가는 고구마를 부지깽이로 헤집으며 혼잣말을 했다.

8

"오빠요? 그려, 나 춘단이여. 아따, 오래간만이오. 별일은 없고? 나요? 나도 별일이 없음 좋겠는디 어쩐다냐, 별일이 생겨부렀네. 아이고, 나쁜 일은 아니니께 놀랄 것은 없고요. 오빠, 춘단이 내일부터 대학에 가기로 했어라. 아니, 대합이 아니라 대학. 대합은 삶아 먹는 거고. 그려, 대학요. 다 큰 얼라들이 다니는 핵교. 아따, 어쩐다고 아까보다 더 놀란다냐. 양춘단이 대학 간다는 게 그렇게 놀랄 일이오? 나는 대학 가지 말라는 법이라도 있소. 뭐요, 워떻게 된 일이냐고요? 워떻게 하다 보니까 글케 됐소. 잉, 지금 내가 억수로 바빠서 꾸끔시런 이야기까지 할 시간이 없어라. 오빠한테 제일로다 먼저 전화를 한 거니께 그렇게나 알고 있소. 난중에 또 전화할 테니까 몸 건강히 잘 있으쑈."

춘단은 양준식이 여, 춘단아, 잠깐만, 하는데도 못 들은 척 전화를 끊고 다시 전화번호가 적힌 수첩을 들척이더니 번호를 눌렀다.

"오빠요? 그려, 나 춘단이여. 아따, 오래간만이네. 별일은 없고? 나요? 나도 별일이 없음 좋겠는디 어쩐다냐. 별일이 생겨부렀네. 아이고, 나쁜 일은 아니니께 놀랄 것은 없고요. 오빠, 춘단이 내일부터 대학에 가기로 했어라. 뭐요? 깜방 가느냐고요? 아이고, 무신 그런 소리를 허요. 오빠가 깜방 한 번 댕겨왔다고 대학, 대학 하면 깜방만 있는 줄 아는가. 그 대학 말고 얼라들이 책들고 공부하는 데. 그려, 대학, 진짜 대학. 워떻게 된 일이냐고요? 워떻게 하다 보니까 그렇게 됐소. 잉, 지금 내가 억수로 바빠서 자질구레한 이야기까지 할 요량이 없으니께, 큰오빠 다음으로 오빠한테 전화 넣은 거나 알고 있으쇼. 잉, 그렇지. 춘단이가 그런 건 기똥차게 잘 지키제. 그려, 그라믄 이만 끊어요."

춘단은 양준호가 근디, 춘단아 하는데도 재빨리 전화를 끊고 또 전화를 돌렸다.

"누구냐? 미희냐, 미애냐? 미희여? 잉, 이모다. 잘 지내제? 잉, 이모도 잘 지내제. 워쩐 일로 니가 집에 있냐? 회사 안 갔냐? 그냥 쉬고 있다고? 그려? 일이 힘든가 보제. 그란디 미희 니가 올해 몇 살이제? 서른둘? 니가 벌써 서른둘이냐? 아이고, 근디 워째 결혼 소식이 없냐. 결혼할 나이가 진즉에 지났는데 자꾸 늦추면, 뭐? 엄마 바꿔주겠다고? 아이고, 내가 전화해놓고 왜 전화했는지도 잊어버렸네. 그래, 엄마 좀 바꿔줘라. 미희 에미냐? 그래, 언니다. 잘 지내제? 잉, 나도 잘 지내제. 아니, 별일이 있다기 보담서도 기냥 전화 한 번 넣어본 거제. 그럼, 형부도 좋아지고 있다. 걷지도 못하던 양반이 이제는 산책도 다니고 하니까 내가 그나마 살 것 같다. 잉, 역시 서울 병원이 좋긴 좋네. 이게 무슨 소리냐? 밥하는 중이었어? 뭘 저녁을 이렇게 일찍 먹는다냐……. 그려, 알았다. 그럼 밥 잘 먹고, 건강히 있어라. 또 전화하자……. 아이고, 또 깜빡할 뻔했네. 그란디 춘애야, 춘애 아직 거기 있냐. 잉, 아직 안 끊었구만. 춘애야, 언니 내일부터 대학에 간다. 뭐야? 대하 게가 뭐냐고? 뭔 뚱딴지같은 소리냐. 대하 게가 아니라 대학, 대학. 얼라들 공부하는 학교. 잉, 미희랑 용준이랑 다 간 그 대학. 아여, 압력밥솥 터지는 소리가 여기까지 들린다. 언능 가서 불부터 꺼야 되겠다. 이만 끊는다잉."

춘단은 양춘애가 그란디 언니, 언니가 무슨 일로, 하는데도 칙칙거리는 압력밥솥 소리에 귀가 따가워서 수화기를 내려놓았다. 이제 전화해야 할 사람은 막냇동생뿐이었다.

"준수냐? 여기 큰누난데,"

하지만 수화기에서는 동생의 목소리 대신 전화기가 꺼져 있어 음성 사서함으로 연결된다는 안내 목소리가 흘러나왔다.

"……준수냐? 큰누나다. 할 말이 있어 전화했는디 뭔 일인가 전화를 안 받네. 잘 지내제? ……나야 잘 지내제. 아이고, 대꾸도 안 해주는데 혼자 말하려니까 영 이상허네……. 누나가 내일부터 대학에 가는데, 뭐 별건 아니지만 오빠들이랑 춘애까지 다 아는디 니만 모르고 있으면 서운해할 것 같아서……. 뭐 크게 자랑할 건 아니지만 니도 누나가 대학에 간다는 거 정도는 알고 있어야 하지 않겠냐. 그래서 전화 한 번 넣어봤다……. 그래, 누나 이제 끊는다. 잘 있어라. 또 전화하마."

9

　수술을 받은 뒤로 영일은 배 속 장기의 5분의 1뿐만이 아니라 아침까지 함께 도둑맞아버렸다. 시골에서는 닭이 울기도 전에 일어나 논으로 밭으로 나가는 게 자랑할 것도 못 되는 일상이었는데, 배에 칼을 댄 후로는 어쩐 일인지 해가 중천에 떠서야 느지막이 눈을 떠 멍하니 천장을 올려다보고 머리맡에 놓인 주전자 물을 한 모금 마신 다음 다시 이불 속으로 기어들어가 볼 것도 없는 천장을 또 바라보는 것이었다.

　새벽에 오줌이 마렵다거나, 고양이 발정 소리를 들었다거나, 춘단이 잠결에 다리를 찼다거나 해서 눈이라도 뜨는 날에는 몇 시간을 다시 잠 못 이루고 강 건너에서 오는 조상님들을 한 분 한 분 영접해야 했다. 제삿날도 아닌데 찾아와 친근하게 구는 그들이 두려웠기 때문에 영일은 자기 전에 꼭 화장실을 다녀오고, 춘단은 고양이들이 가까이 오지 못하게 수시로 담벼락을 순찰하고 또 자기 이불은 멀찌감치 떨어진 곳에 깔아 조상님들이 어려운 걸음을 하시지 않게 미연에 방지해야 했다. 영일은 뭐가 잘못돼도 한참 잘못된 것 같다는 생각이 들었다.

"배를 한 번 더 열어봐야 하는 거 아니오?"

아직 제거하지 못한 혹이 배 속에 있는 것 같다고 영일이 미심쩍은 얼굴로 물으니 의사는 차트에 알아볼 수 없는 글자를 써넣으며 수술은 한 치의 실수도 없이 성공적으로 이루어졌다고 했다.

"수술이 그라고 성공했는디 왜 나는 아침이 돼도 죽은 사람처럼 인나지를 못하는 거요? 하루 중 반나절을 잠자는 데만 쏟으니 내가 꼭 반송장이 된 것 같다는 말이오."

영일이 재차 항의하자 의사는 광대뼈에 걸쳐진 안경이 으쓱 올라가게 웃으며 수술이란 게 원래 그런 거라고 했다.

"수술이 넘의 아침을 막 빼앗아간다는 말이오?"

의사는 고개를 끄덕였다. 그라믄 수술을 하는 의미가 뭐요? 반송장으로 살 바에야 차라리 안 해버리제. 영일의 불평을 들은 의사가 쓰던 것을 멈추고 영일의 눈을 뚫을 것처럼 쳐다보더니, ……살고 싶으니까요. 아침엔 죽어 있어도 밤에라도 살고 싶으니까. 죽는 것보다 사는 게 훨씬 좋으니까, 아침을 포기하고서라도 다들 머리 째고 배 째고 수술하는 겁니다. 어르신도 그런 거 아니셨어요?라고 되물었다. 할 말이 없어진 영일은 입맛을 다시며 창밖으로 눈길을 돌렸다. 고향과는 너무나 다른 하늘이었다.

5월 첫째 주 월요일. 감색 파래를 물에 풀어놓은 것 같은 빛이 방 안을 감싸안은 새벽에 영일은 무슨 인기척을 느끼고 눈을 떴다. 이번엔 몇 대 조상님이 와서 나를 끌고 가려 하나, 영일은 이불을 턱밑까지 바짝 끌어당기며 눈을 덮고 있는 어둠을 한 풀 한 풀 걷어냈는데 검은 베일 속에서 모습을 드러낸 것은 얼굴 모르는 조상님이 아니라 벽을 바라보고 서 있는 춘단의 뒷모습이었다.

거기서 뭐하는 거여.

영일은 부른다고 불렀지만 자다 깬 목소리는 춘단의 근처에도 가지 못하고 입술 언저리만 간질이다 다시 목구멍 속으로 기어들어가버렸다. 영일은 두 번은 부를 기운이 없어 자리에 누운 채로 춘단이 이 꼭두새벽에 일어나 무엇을 하는지 말없이 지켜보았다. 춘단이 바라보고 있는 벽에는 가로 두 뼘, 세로 세 뼘 정도의 직사각형 거울이 걸려 있었다.

영일의 잠을 방해하지 않기 위해서 춘단은 불도 켜지 않은 채 뒤편 창 너머에서 비쳐오는 새벽빛에만 의지해 거울을 바라보고 있었다. 온전히 얼굴 생김새만을 살피기 위해 거울 앞에 선 게 언제인지 기억도 나지 않았다. 춘단이 보아온 자기 얼굴이란, 바가지를 내려 우물물을 긷다가 흔들리는 수면 위에서 얼핏, 밭에서 새참을 먹다가 흠집 난 숟가락에 거꾸로 매달린 것을 설핏, 들에서 돌아오는 주인을 마중하러 나온 메리를 기특하다며 쓰다듬다가 검은 눈동자 속에서 희미하게…… 우물 속에서, 쇠숟가락 속에서, 믿음으로 가득 찬 개의 눈 속에서 본 얼굴은 우물물이었고 숟가락이었고 메리의 눈일 뿐이었다. 창백한 새벽빛이 거울로 쏟아지자 초승달로 조각나 있던 춘단의 얼굴이 한 귀 한 귀 채워지면서 반달로 변하는가 싶더니 금세 빛을 다 끌어모은 만월이 되어 거울을 가득 채웠다. 거울 속 얼굴에 흠뻑 빠져 있던 춘단은 이상하다는 듯 혼잣말을 내뱉었다.

……나가 아닌디?

방금 로션을 바른 얼굴이 기름기 하나 없이 말라 있고, 윤이 나야 할 머리털은 쥐면 부서질 듯 바삭거리고, 무엇보다도 사정없이 얼굴을 밟고 지나간 저 바퀴 자국들은.

……이 할마씬 암만 봐도 나가 아닌디…… 누구다냐.

낯선 얼굴을 계속 보는 게 부끄러워진 춘단은 여전히 어둠에 묻혀 있는 거울 한쪽으로 얼굴을 숨겼는데 만월이 그믐달로 이지러지자 그제야 거울 속에서 아는 얼굴이 드러났다.

어둠에 눈이 익숙해진 영일은 춘단이 특별한 나들이를 갈 때만 입는 정장을 입고 얼마 전에 시장에서 사온 가방을 어깨에 멘 것을 알았다. 도대체 무슨 날이기에 꼭두새벽부터 저 요란을 떠나. 잔잔했던 영일의 머릿속으로 크고 작은 숫자들이 물고기들처럼 떼를 지어 헤엄쳐 들어왔다. 영일은 그중에서 몇 마리를 건져올렸다. 놈들이 입을 뻐끔거리며 오늘이 5월, 첫째 주, 첫날이라는 것을 알려주었다. 영일은 말라서 잘 움직여지지도 않는 입술을 이죽거리며 혼잣말을 했다.

신났구만.

단장을 마친 춘단은 거울에서 물러서서 영일을 내려다보았다. 춘단은 영일이 이미 반쯤 깨어 있는 것도 모르고, 어둠을 무기 삼아 자기에게 비웃음을 흘리고 있는 것도 모르고, 우리 영감 잠 한번 편하게 자게 아무쪼록 참새고 아침 해고 다 휘어이 물러가라, 하고 나직하게 말한 뒤 까치발을 하고 걸어가 경첩 소리가 나지 않게 방문을 닫았다. 그렇게 방을 나와 문 앞에서 막 몸을 돌리던 춘단은 순간 부엌에 서 있는 희끄무레한 물체와 마주치고 하마터면 아이고야, 비명을 내질러 온 식구들을 다 깨울 뻔했다. 간신히 입을 틀어막은 춘단은 익숙지 않은 벽을 더듬어 얼른 불을 켰다. 영락없이 도깨비인 줄만 알았는데 불빛 아래에서 모습을 드러낸 사람은 다름 아닌 하숙생이었다. 하숙생은 한 손에 물컵을 든 채 식탁 옆에 멀뚱하니 서 있었다.

방문을 나란히 하고 한집에서 산 지 두 달이 되었지만 춘단과 하숙생은 오다가다 한두 번 마주치는 사이, 그 이상을 넘지 못했다. 하숙생은 어쩌다 저녁밥을 같이 먹는 것을 제외하고는, 밥을 먹든 잠을 자든 화장실을 가든 춘단과 영일보다 한 박자 빠르게 또는 두 박자 느리게 생활했고, 그 모든 게 고시생이라는 명목하에 자연스럽게 받아들여졌다. 거실의 벽시계는 5시 15분을 가리켰다. 춘단은 이 시간에 하숙생을 본 게 처음이라 무슨 말을 꺼내야 할지 애를 먹었다. 잘 잤나? 오늘은 뭔 일로 새벽같이 일어났대? 공부는 잘돼 가?

"……물보다는 우유를 먹지그려. 공부하는 사람은 쪼마난 거 하나를 먹더라도 영양가 있는 걸 먹어야 허니까."

하숙생은 춘단의 말을 알아들었는지 아닌지 모를 얼굴로 오른손은 바지 주머니에 넣고 왼손은 물컵을 든 채 말없이 서 있기만 했다. 춘단은 뭐라고 몇 마디 더 할까 하다가 더는 할 말이 생각나지 않아 그냥 현관으로 걸어갔다. 그때였다.

"할머니."

춘단이 무슨 일인가 싶어 돌아보니 하숙생이 말했다.

"오늘부터 일 다니신다면서요?"

춘단이 반색을 하며 대답했다.

"잉, 워떻게 알았어? 안 그래도 지금 막 나가는 길이여. 오늘이 첫날인데 잘할랑가, 여간 걱정되는 게 아녀."

물컵은 식탁에 내려놓았지만 오른손은 여전히 주머니에 찔러 넣고 서 있던 하숙생이 춘단에게 가까이 걸어오며 말했다.

"가만 보니 가방끈이 좀 긴 것 같아요."

하숙생은 춘단의 뒤에 서서 가방을 길게 메고 다니면 같은 무게도 더 무겁게 느껴지니 끈을 짧게 하고 다니는 게 좋다며 가방끈 길이를 조절해주었다. 갑작스럽게 다정히 구는 하숙생의 태도에 의아해진 춘단은 내가 해도 되는디, 하며 가방을 앞으로 돌리려 했지만 하숙생은 다 됐다며 가만히 계시라고 했다. 선생님께 복장 검사를 맡는 어린이처럼 얌전히 선 춘단은, 남편이고 아들이고 며느리고, 가방 메고 학교 다니는 손주 둘까지, 누구 하나 가방을 보고 길다 짧다 말을 해주지 않았는데 이러니저러니 해도 과연 법 공부하는 사람답구나, 하며 하숙생의 착한 성품에 감탄했다. 그러면서 앞으로는 하숙생에게 먼저 살갑게 대해야겠다고, 공부를 오래 한 탓에 사람 대하는 게 서툰 것뿐이지 본디 마음은 여리고 여린 비단결 같은 청년이라고 생각했다.

새벽의 버스 정류장에는 춘단 말고도 가방을 멘 사람들이 여럿 있었다. 꽃샘추위가 물러가면서 건설 경기가 풀리자 겨우내 밥벌이를 하지 못한 사람들이 원치 않게 덮었던 동면 이불을 걷어차고 나와 활개를 치는 것이었다. 그들은 쪽잠을 자다 간신히 신발만 챙겨 신고 나온 것 같은 얼굴로 거리에서 나눠주는 무가지를 겨드랑이에 끼고 아침밥 대신 서너 개비의 담배 연기로 공복을 채우고 있었다. 일행이 추가될 때마다 일상다반사로 욕지거리가 튀어나왔다. 그러나 지저분한 욕설을 주고받으면서도 인상을 구기기는커녕 오히려 사람 좋은 웃음을 실실 흘렸고 그러다 뜬금없이 식당 여자 중 유독 살집이 많은 한 명을 희롱하는 말로 서로 웃기다가 돈을 받으면 일단 용인부터 가는 거야,라는 춘단이 알아들을 수 없는 약속을 주고받았다. 그러던 중 춘단 옆에 서 있던 남자가 느닷없이 말을 걸었다.

"처음 보는 얼굴인데 어디로 가슈? 센트리?"

춘단은 남자가 하는 말을 이해할 수 없어 입을 다물고 가만히 있었다. 남자는 센트리에 밥해주러 가는 거 아니에요?라고 물었다가 춘단이 대꾸를 않자 엄한 사람 찔렀다는 표정을 지으며 원래의 무리에 섞여들었다.

모두 고만고만한 나이의 동년배로 보였지만 춘단은 머리에 빗질도 안 했는지 새집을 그대로 달고 나온 그들에게서 송정리 사람들과 나눈 동류의식 같은 건 전혀 느낄 수 없었다. 어쩐 일인지 이 사람들은 집도 절도, 자식도 없는 사람들 같았다. 춘단은 그들이 메고 있는 가방을 하나하나 확인해보았다. 그 때 묻은 가방들 역시 자신이 멘 새 가방과는 전혀 다른 종류의 것으로 보였다. 춘단은 가방의 양쪽 어깨끈을 꼭 붙들며 그 사람들에게서 한 발짝 떨어졌다.

횡단보도 신호가 파란불로 바뀌자 건너편에서 걸어오는 사람들이 좁은 버스 정류장에서 질서 없이 섞이고 있었다. 버스를 타는 사람과 버스에서 내리는 사람들 사이에서 뒤로 밀려나지 않게 차도에 바짝 서 있던 춘단은 문득 가방이 뭔가에 걸린 것 같아 뒤를 돌아보았다. 그러자 가방에 바짝 붙어 있던 한 남자가 아무 일도 없다는 듯 옆으로 물러섰다. 주머니에 두 손을 찔러 넣고 잠시 그렇게 서 있는가 싶던 남자는 갑자기 횡단보도 쪽으로 몸을 틀더니 신호가 바뀌기가 무섭게 그대로 건너가버렸다. 버스 타는 곳에 와서 버스도 타지 않고 황급히 사라지는 사정을 의아해하며 회색 봄 점퍼를 걸친 남자의 뒷모습을 쫓던 춘단은 기다리던 버스가 오는 것을 보고 얼른 시선을 거두고 버스에 올랐다.

버스가 붉은 철근을 뒤집어쓴 대교를 지나갈 때쯤, 강의 한쪽을 지키고 있는 섬과 그 주변으로 흔들리는 물의 흐름을 내려다보던 춘단은 어디서나 변함없이 흐르는 이 강물이 시간을 거슬러 오늘과 그날로 자신을 이어주고 있다는 생각을 했다. 그날의 희미한 새벽길 위로 귓불이 드러나게 바짝 머리를 자른 소녀가 집을 향해 걸어가고 있었다. 춘단은 눈을 가늘게 뜨고 지난 시간을 더듬었다. 그러니께 마지막 날이……

전쟁이 끝난 지도 어느덧 5년. 그러나 아직 한반도의 하늘과 땅, 그것을 지켜보는 사람들의 눈 속에는 살벌한 전운이 서려 있었다. 아직 방심하면 안 되제, 놈들이 분명 다시 쳐들어올 것이니께, 낫과 삽을 높이 쳐든 어른들은 민방위훈련에서 배운 경계태세를 갖추고 밤낮으로 보초를 섰지만 오늘 쳐들어온다, 내일 쳐들어온다, 지들끼리 뭔 문제가 생겼나본디 늦어도 이달 안엔 분명 쳐들어올 거여, 라디오에서 군 장성이 하는 말을 내가 똑똑히 들었다니께. 그러나 폭탄을 짊어지고 쳐들어온다는 놈들은 무슨 일인지 쳐들어오지 않았고 잠도 못 자고 무거운 연장을 들고 있는 것에 지친 어른들은 그제야 겸연쩍게 웃으며 아따, 안 쳐들어올랑가 보네, 라디오도 거짓말을 하나벼, 하나둘 아픈 팔을 내리고 놈들의 목을 따버리려던 낫으로 벼를 베고, 머리통을 날려버리려던 삽으로는 밭을 갈고, 그렇게 땅이 솟아지며 나라를 밟고 지나간 전투화의 흔적이 하나둘 지워지던 날에, 폭탄이 날아들던 와중에도 공터에 학교를 세워 아이들을 교육하던 나라는 배움만이 살길이다,라는 기조를 확립하고 콩나물시루처럼 다닥다닥 붙어 앉은 아이들을 향해 너희의 작은 어깨에 우리

나라의 미래가 걸려 있다,라는 다소 부담스러운 말로 아이들을 세뇌하고, 그 말에 현혹된 아이들은 너나없이 나는 대통령이 될 거다, 나는 장관이 될 거다, 나는 군수가 될 테다, 니가 군수라면 나는 이장 정도는 되겠지, 말 한마디로 국가의 요직을 한 자리씩 다 차지하던 와중에, 학교에서 쓰는 나이보다 두 살 더 먹은 소녀는 마음속으로 선생님이 되어야 할지, 간호사가 되어야 할지, 퀴리부인과 나이팅게일 둘 중에 누가 더 훌륭한지 결정을 내릴 수가 없어 오늘 밤에 큰오빠에게 물어봐야겠다며 집으로 왔다가 청천벽력 같은 소리를 들었다.

"내일부턴 학교 가지 말고 집에서 동생들 보는 거여."

몸을 푼 지 얼마 안 된 엄마는 소녀의 품에 포대기에 싸인 갓난이를 안겨주고 밭으로 나갔다. 갓난이 말고도 이제 말을 하기 시작한 여동생이 무릎 아래로 하나 더 엉겨붙었다. 소녀는 동생들을 짊어지고서라도 학교에 가겠다며 길을 나섰지만 마을 어귀를 벗어나기가 무섭게 갓난이는 젖을 달라고 보채고 여동생은 다리가 아프다며 집으로 돌아가자고 악을 써댔다. 할 수 없이 소녀는 밭으로 가 동생에게 엄마 젖을 물렸다.

……이렇게 끝나진 않을 것이다.

나올 것도 없을 것 같은 엄마의 까만 젖꼭지를 뜯어낼 듯이 빨아대는 동생의 아귀에 무서움을 느끼면서도 소녀는 막연하게 희망을 품었다. 동생 젖이나 물리러 밭으로 논으로 옮겨다니면서 이렇게 끝나진 않을 것이다. 학교에도 엄연히 선생님이 계시고 출석을 부르는디 어디 감히……. 그러나 우매한 부모를 엄하게 훈계한 후 자신을 학교로 데려가주리라고 기대했던 선생님은 일주일이 지나도록 가정방문을 오지 않았고 친구들에게 물어봐도 선생님은 소녀의 빈자리를 보고도 별다른 말을 하지 않았다고 한다. 소녀는 모두가 자는 새벽에 이불에서 나와 캄캄한 어둠도 무서워하지 않고 무작정 길을 나섰다.

학교에 도착하니 동이 텄다. 교무실 앞에서 한 시간 넘게 기다리니 선생님이 왔다. 소녀는 말했다. 학교를 안 오고 싶어서 안 오는 게 아니고 동생들도 보고 집안일도 하느라 올 수가 없어요. 선생님은 알고 있다고 했다. 소녀는 또 말했다. 여동생이 조금만 더 크면 걔 혼자 막둥이를 볼 수 있어요. 그때 다시 학교에 다닐 텡께 다른 애들에게도 그렇게 말혀주세요. 학교에 아주 안 오는 게 아니라 잠깐 쉬는 것이라고. 선생님은 그러마, 했다. 떼를 지어 등교하는 아이들을 거슬러 소녀는 집으로 걸어갔다.

소녀가 없어진 것을 알고 난리가 난 부모들은 소녀의 조그만 등짝을 치며 어린 게 아침부터 요물을 부린다고 혼쭐을 내다가 허깨비처럼 휘청휘청대는 소녀를 보고 마음이 약해져서 동생들 데리고 얼른 아침부터 먹으라고 했다. 소녀는 여동생의 밥숟가락에 반찬을 잔뜩 얹어주며 빌고 또 빌었다. 많이 먹고 얼른 얼른 커라. 그래야 나 학교 가지.

이번 정류장이었다.

버스는 한강의 기적이 만들어낸 다리를 지나 반듯하게 잘 닦인 도로에 춘단을 내려주고 떠났다. 낯선 곳이지만 길을 물을 것도 없이 춘단은 자기가 가야 할 곳을 단번에 찾았다. 버스 정류장 바로 앞에 개선문을 본뜬 정문이 거대한 입을 벌리고 서 있었다. 크기는 거대했지만 아무나 들어갈 수 없는, 자격을 갖춘 사람만 들어갈 수 있게 허락된 좁은 문이었다. 문 너머로는 고대 지중해 국가의 승전병들이 걸었을 법한 대로가 소실점이 되어 사라질 때까지 길게 뻗어 있었다. 하늘에 나부끼는 휘장과 색색의 깃발과 나무 사이사이에 걸린 현수막.

제17회 동문경제인연합회 정기 모임. 신입생들을 위한 고득점 토익 무료 강좌. 어머니, 등록금 오른 불효자는 웁니다. 글로벌 시민을 기르는 세계 대학.

춘단은 양쪽 가방끈을 꽉 붙들었다.

10

이 대학의 명물이 무엇이오?

뺨에 파우더를 두드리던 신입생들은 우물쭈물 답변에 어려움을 느끼는가 싶더니 금세 오리엔테이션에서 들은 대학 홍보부의 말을 인용해, 국내 치어리딩 대회 연속 3회 우승, 국내 대학 최초로 미국 캘리포니아에서 열린 제36회 국제 치어 대회에 초청된 학내 최강의 응원 동아리와 45세에 하버드대학 전임 교수로 발탁되어 세계의 권위 있는 학술지에 유수한 논문을 발표한 제28회 미생물학과 졸업생 김용진 교수를 꼽았다. 그러나 학교를 떠날 날이 얼마 남지 않은 졸업생들은 행정학을 파고 있던 멍한 눈빛을 도서관 창밖으로 돌려 평균 4년 6개월을 다닌 교정을 쭉 둘러보더니,

명물?…… 그런 게 있었나? 뭐, 이모네 분식이랑 외상 잘해주기로 소문난 사천성 아니겠어?라고 반문하며 죽은 학자들이 싸우고 있는 얇은 재질의 세계로 다시 눈길을 돌렸다. 도서관은 조용했고 신입생과 고학번생과의 간극은 컸다. 그러나 그 거리감에도 불구하고 학교를 찾은 방문객들이 질문을 약간 수정하여

이 대학에서 어디를 제일 먼저 둘러봐야 하느냐고 물으면 신입생, 졸업생, 복학생, 남녀노소, 지위고하, 주머니의 경중, 취업 여부를 불문하고 이구동성 같은 대답이 돌아왔다.

호수와 코끼리. 그걸 봐야지.

직경 600미터, 둘레 1500미터에 이르는 호수는 대학이 생긴 이래 90학번 졸업생들까지의 기억 속에는 시꺼먼 개구리밥이나 떠다니는 학교의 애물단지였다. 비가 오면 악취가 났고 밤이 되면 발목을 낚아채는 물귀신이 나온다고 했다. 한 졸업생은 물귀신 소문에 대해 특기할 만한 증언을 했는데 물속의 그들은 진짜 귀신이 아니라 당시 전경을 피해 호수로 숨어든 운동권들로 밤이 되어 체온이 떨어지면 더는 물속에서 버틸 수가 없어 지나가는 학생들의 발목을 잡아챈 후 주위에 수상한 사람이 있나? 하고 묻곤 했다는 것이다. 얼굴은 시퍼렇게 퉁퉁 불었지, 입술은 덜덜 떨리지, 물귀신 소리를 들어도 할 말 없지. 어떻게 그런 자세한 정황까지 아느냐고 묻자 익명을 요청한 그 졸업생은, 밝히고 싶지 않은 개인의 어떤 것들은 역사가 묻지 않고 넘어갈 줄도 알아야 한다며 따뜻한 날에 한기를 느끼는지 몸을 움칫거리며 답하였다.

여러 가지로 말썽이 일자 땅을 좋아하는 민족답게 호수를 흙으로 메워 콘크리트로 다진 후 건물을 신축해야 하지 않겠느냐는 의견이 모아졌다. 지금도 도서관을 새로 짓고 있는데 또 무슨 건물을?

무슨 건물이든지.

그러나 때는 간척지 사업의 타당성이 대통령의 목까지 쥐고 흔들던 시대였다. 일개 대학의 호수 매몰을 한반도 간척지 사업의 축소형으로 본 환경시민단체들은 지성인을 키우는 대학이 무분별한 개발신화의 척병 노릇을 해서야 되겠느냐며 날마다 비난 수위를 높였고, 아침마다 교문을 포위한 피켓 무리를 보는 것에 지겨워진 대학은 호수 매몰 사업을 포기한다고 공식적으로 선언했다. 대신 학내 미화사업을 실시하여 동서남북을 잇는 나무 교각을 설치하고 그 가운데에 팔각 정자를 세운 다음 비단잉어 스무 마리를 풀어놓음으로써 어느 편에서도 비난받지 않을 학내 제1의 명물을 탄생시켰다.

어린 연인들은 아치형 다리를 건너며 사랑을 속삭였고 호수의 물이 말라 없어질 때까지 서로에게 헌신할 것을 비단잉어의 목숨을 걸고 맹세했다. 그러나 때가 되면 기념일에 받은 반지, 편지, 핸드백 등을 호수에 집어던짐으로써 이별을 선언했다. 다른 사정으로 던져지는 물건들까지 더해져 호수의 수심은 한 달에 일 센티미터씩 높아졌고 청색을 띠던 물도 녹슨 청동색으로 변했다. 그런 이유로 학교는 스쿠버다이빙 동아리 학생들을 동원해 분기마다 호수 청소 사업을 벌여야 했다. 잠수복을 입은 학생들은 학우들이 지켜보는 가운데 유연한 동작으로 호수에 뛰어들어 예상치도 못한 수확을 건져올렸고, 언젠가는 호수 바닥에 묻혀 있던 금고를 찾아내 학교 신문 1면을 장식하는 성과도

올렸다. 금고는 열리지 않은 채 교무처장에게 인계된 후 종적을 감추었다.

춘단은, 그러나, 학교의 자랑인 호수를 바라보는 것이 무서워서 출퇴근을 할 때면 목이 돌아간 사람처럼 반대편을 보고 걸었다. 출렁거리는 물이 눈의 가장자리로 들어차기만 해도 아예 눈을 꽉 감아버렸다. 언제부터인가 깊게 고인 물은 두려움을 가져왔다. 저 감색 물속엔 무엇이 있을까. 잔잔한 수면 위로 뭐가 떠오르지나 않을까. 보고 있으면 자기도 모르는 새 눈이 멀고, 넋이 나가고, 넋이 나간 몸이 제멋대로 움직이면서 자꾸 발을 물속으로 끌어넣었기 때문에 춘단은 어디서든 깊게 고인 물 가까이로는 발을 들여놓지 않으려 했다.

그리고 호수의 북쪽, 대학본부 광장 앞에 대학의 제2 명물인 코끼리가 있었다. 매년 신입생들이 들어올 때마다 태국 소쿰타빗에 학업 봉사를 나간 데 대하여 태국 국왕이 친히 하사했다는 소문이 도는 코끼리 석상은 제작비용보다 운반비용이 더 들었을 것이라는 추측에 고개가 끄덕여질 정도로 거대하고 웅장했다. 그러나 정확한 측량을 한 것은 아니어서 그 크기를 말하는 데는 사람마다 차이가 있었다. 코끼리 상 앞에 홀로 선 누군가는 자신이 이때까지 실제로 본 모든 것 중에서 가장 크다며 벌어진 입을 다물지 못했고, 여러 명의 일행과 같이 온 다른 누구는 기대한 것보다는 작지 않느냐며 고개를 갸웃거려 일행의 동의를 구했고, 어느 날 자정이 가까운 시간에 하교를 하다가 무슨 소리를 듣고 뒤를 돌아보니 그곳에 코끼리가 있었다고 말한 또 한 명은 코끼리 크기는 알 바 아니지만 그때 분명 뿌우우 하고 코끼리가 조용히 우는 소리를 두 귀로 똑똑히 들었다는 믿거나 말거나 식의 제보를 하기도 했다. 처음에는 동물원을 만들 생각이냐는 비난도 받았지만, 시간의 흐름과 함께 어디에선가 날아온 비둘기 떼가 코끼리 머리에 흰 똥을 싸고, 졸업식 날 코끼리 등에 올라간 학생들이 낙마하는 사건이 몇 년에 걸쳐 일어나면서, 코끼리가 무지하게 덩치만 큰 동물이 아니라 지혜의 동물이라는, 적들의 질투 섞인 비난에 대한 방어책이 마련되고, 등반 금지라는 노란 경고장이 붙었음에도 다음 해 어김없이 낙마 사건이 재발해 뉴스의 사건사고란을 장식하면서, 좋게 말해서는 낭만과 전통, 나쁘게 말해서는 추태와 범칙 행위가 쌓이면서 코끼리 상은 명실상부 C 대학교를 상징하는 마스코트가 되었다. 어느덧 대학가에는 C 대학교의 C가 '천지대학교'의 C가 아니라 사실은 COKIRI의 C라는 속설까지 나돌았다.

학교에 처음 온 날 코끼리 상 앞에 선 춘단은 할 말을 잃었다. 저것을 뭐라고 불러야 할까. 배 속에서부터 양호익의 돌질 소리를 들었고 양호익이 다듬어준 공깃돌을 갖고 놀았고 체격이 제법 틀을 잡으면서부터는 아무나 들이지 않는 양호익의 작업장에서 조수 노릇까지 한 춘단이었다. 그동안 보아온 돌만 해도 수만 가지가 넘었다. 그러나 어디에도 저런 것은 없었다. 저만한 크기로 만든 석상을 본 건 이 땅에 살아 있지 않은 몇 분의 부처님과 한 분의 예수님이 전부였다. 그러나 그분들마저도 이 코끼리보다는 작았다. 코끼리는 실제 코끼리를 옆에 세워놓고 조각한 것처럼 크기도, 모양도, 하늘로 뻗친 코도, 두꺼운 피부 주름까지도 생생했다. 춘단은 석공의 딸로서, 이 거대하고 생경한 것을 어떻게든 설명해야 할 의무감을 느꼈지만 무엇이라 정의해야 할지 막막하기만 했다. 신상 앞에 선 것처럼 고개 숙여 합장을 해야 할까, 처음 동물원에 온 사람처럼 신기해해야 할까, 아니면 아름답고 높디높은 이 대학의 건물들처럼 그저 아무 말 없이 우러러봐야 할까. 문득 오래전 한때, 마을 뒷동산에서 가장 높이 솟아 있었던 석상이 떠올랐다.

남평구에서 가장 높은 자리에 서게 될 상을 조각해야 한다는 사명감은 낮잠 자기 좋아하는 양호익을 한시적인 일벌레로 만들었다. 이전에 받은 대형 주문들이 다른 석공들과 공동으로 하는 작업이었던 데 반해 교회의 주문은 규모는 더 크면서 홀로 해야 하는 작업이어서 양호익은 하루 종일 작업장에 틀어박혀 시간과 관심을 오로지 예수상에만 쏟아부었다. 그러다 보면 집에 가서 밥 먹는 것도 잊을 때가 있었는데 어느 날은 점심 끼니를 놓친 아버지를 위해 작업장까지 저녁 밥상을 이고 온 춘단을 보고 넌 어느 집 애냐고 물어 딸을 기가 막히게 만들기도 했다.

중간 점검을 위해 작업장에 들른 목사가 아직 덜 다듬은 예수상 앞에 섰을 때 양호익은 두 손을 비비며 초조하게 그의 반응을 살폈다. 양호익은 남이 알아주기도 전에 먼저 스스로를 도 내에서는 겨룰 자가 없는 기술자이자 예술가라고 자부하는 사람이었다. 그러나 망치와 정으로 이루어진 세계를 벗어나 돈이 오가는 현실에서는 수임을 받고 일하는 하청업자이자 배가 큰 자식을 다섯이나 둔 가장이었기 때문에 결국 주문자가 만족하는 작품을 만드는 것이 가장 중요할 수밖에 없었다. 양호익은 목사를 힐끔 돌아보았다. 목사는 말이 없었다. 양호익은 목사가 입을 열기 전까지는 자기도 말을 하지 않을 셈이었다. 그러나 걱정이 되거나 하는 것은 아니었다. 지금껏 그의 작품에 의문을 표하거나 마음에 들지 않는 점을 이야기하는 사람은 단 한 명도 없었다. 양호익은 완성된 작품을 통해 주문자들이 미처 의도하지 못한 새로운 길로 그들을 안내했고 그러면 주문자들은 그것이 애초에 자신이 바란 그대로를, 점잖지 못한 몇몇은 그 이상을 실현해냈다며 호들갑을 떨었다. 때문에 양호익은 오래 말이 없는 목사의 태도에 불안해하기보다는 오히려 시간이 흐를수록 우쭐대는 마음이 커졌다.

목사라 그런가 감탄도 참 오래하는구만. 하기사 지아무리 서울서 왔다 해도 이보다 더 훌륭한 예수상은 어디서도 보지 못했을 것잉께. 더구나 아직 끝난 것도 아닌데 여기서 마무리까지 싹 하고 나면…….

그때 목사가 양호익을 돌아보며 말했다.

"이게 아닙니다. 이건 제가 생각했던 것이 아니에요. 왜 제가 드린 그림대로 하지 않고 마음대로 바꾸신 겁니까?"

목사는 죄를 짓고 온 신도를 질책하는 목소리로 양호익에게 물었다. 칭찬에 응대할 만한 겸손하면서도 적당히 난 척하는 말까지 준비하고 있던 양호익은 생각지도 못한 목사의 반응에 자존심이 상하고 말았다.

"아니, 목사님, 내가 뭘 마음대로 바꿨다고, 지는 분명히 목사님이 주신 그림대로 똑같이 했는디요. 보셔요, 여그 여 작은 옷무냥까지 고대로 새겼는디."

"옷이 중요한 게 아니에요."

"옷이 아니면 뭐, 아, 여그 손꾸락 땜에 그러셔요? 아따, 이건 아직 끝난 게 아니랑께요. 목사님이 요짝 일은 모르셔서 그라지 요런 건 마지막에 가서 싹 다 정교하게, 진짜 사람 손맨치로 해야지라."

"손을 말하는 게 아니에요."

"아따, 그럼 도대체 뭐가 마음에 들지 않으시는 건디요."

"실력 있는 분이시라고 들었는데 참 실망스럽네요. 정말 모르시는 겁니까, 아니면 저를 시험에 들게 하려고 모르는 척하시는 겁니까?"

"참말로, 내가 뭣할라고 목사님을 시험하겠어요? 나는 똑같이 한다고 했기 땜시 암만 다르다 해도 뭐가 다르다는 건지 모르겠으니까 목사님이 속 시원하게 얘기나 해보시오."

목사가 답답한 듯 손가락으로 예수상의 얼굴을 가리켰다.

"표정요, 표정."

"표정이 워디가 워떤디요?"

"예수님이 웃고 계시잖아요."

목사가 가져다준 예수 그림은 전쟁 직후에 보급된 것으로 지그시 눈을 감은 예수가 소매가 넓은 옷을 입고 두 팔을 벌리고 초원 위에 서 있는 그림이었다. 길 잃은 양들아, 모두 내게 오라. 통이 넓은 그의 옷은 양뿐만 아니라 소 한두 마리도 품어줄 만큼 넉넉해 보였고 전쟁중에 가족과 재산, 밥 먹고 살 희망까지 잃은 한국인들은 그 큰 소매 아래에서 자연스레 길 잃은 불쌍한 양들로 치환되었다. 양호익이 그 그림을 처음 봤을 때는 여태껏 한 번도 작업해본 적 없는 서양신이라는 것보다는 눈을 감은 얼굴이 더 까다롭게 여겨졌다. 코를 높게 하고 얼굴을 오목하게 하는 건 그리 어려울 것 없지만 눈을 감은 모습은 기술 영역에서 예술 영역으로 차원이 바뀌는 문제였다. 얼굴을 표현하는 데 있어 눈의 중요성을 역설한 예술가들이 한둘이 아니었다. 어떤 사이비 예술가는 눈을 그리는 게 어렵다고 아예 눈을 감은 모습만 그리기도 했다. 그러나 눈을 감고 있다고 해서 눈을 그리지 않아도 되는 것은 아니었다. 도리어 감은 눈이 무엇을 보고, 어떤 생각을 하며, 어디를 향하고 있는지를 석공 스스로 깨우쳐야 했다. 참말로 사람 부담스럽게시리 왜 부처고 예수고 할 것 없이 다들 눈을 감고 있는 것이여…….

양호익은 몇 년 전에도 눈 감은 불상을 새기느라 애를 먹은 적이 있었는데 그때는 불상을 전문으로 하는 선생과 공동 작업을 했기 때문에 선생에게 눈을 맡김으로써 은근슬쩍 어려움을 피해갈 수 있었다. 불쌍한 인간들을 도와주려고 온 것이면 이 세상이 워떻게 돌아가는지 두 눈 크게 뜨고 보아야 하는 것 아니여. 눈 두 짝으로도 한참 모자르제. 요즘 세상 같아선 사람이고 동물이고 남아나는 것이 없응께 눈이 적어도 오백 쌍 정도는 있어야…….

양호익은 잠시 일을 미뤄두고 작업장 앞에 앉아 종이에 담배를 말아 태웠다. 눈 새기는 것을 다른 사람에게 미룬 옛 기억이 떠올라 마음이 편하지가 않았다. 아무에게도 말은 못 했지만 자존심도 많이 다쳤다. 이번에도 감은 눈이 나를 골탕 먹이려나, 불평과 담배 연기와 한숨을 번갈아 내뱉던 그날, 이집저집 시주를 받으러 다니던 스님이 그의 세속적인 불평을 지나치지 못하고 옆에 앉아 신을 변호해주었다.

자고로 이 눈이란 것은 제아무리 밝다 해도 산 너머를 보지 못하며 아름다운 것, 좋은 것엔 커지고 더러운 것, 추한 것엔 작아지는 법이니 부처님은 그 간교한 눈이 아니라 깊이를 모르는 마음으로 이 세상을 보는바, 그러면 만 리 밖의 세상이나 뱀처럼 똬리를 틀고 있는 인간의 마음속 어디든 못 볼 것이 없는 법이오.

스님의 말을 듣고 난 양호익은 예수도 그래서 눈을 감고 있는 거냐고 물었다. 스님은 예수에 대해선 잘 모른다고 했다.

스님이 가고 난 뒤 혼자 작업장에 앉은 양호익은 얼굴 없는 예수상을 가만히 올려다보았다. 그리고 이어서 목사가 가져다준 그림을 보았다. 옷도 펑퍼짐한 흰옷이고 머리도 길고, 수염도 덥수룩하고……. 그러고 보니 그리 멀지 않은 옛날, 상투 튼 머리에 수염을 자존심처럼 매만지고 살던 이 땅의 조상들과 별반 다를 것도 없다는 생각이 들었다. 양호익은 머리를 잘 풀지 않던 아버지가 머리를 감기 위해 한 번씩 머리를 풀던 날을 떠올렸다. 그러자 입가에 슬쩍 미소가 지어졌다. 그림 속 예수가 웃고 있었기 때문이다.

양호익은 자기가 본 그림 그대로를 목사에게 설명했다.

"여기 그림도 이렇게 웃고 있지 않허요."

"이게 어디가 웃고 계시는 겁니까. 슬픔을 참고 계시는 표정이지요."

"슬픔을 참고 있는 거라고요? 워디가……. 아니 암만 봐도 웃고 있는디. 여기, 눈은 반달처럼 감고서 여기 입꼬리에 살짝 미소를 머금었지 않허요."

"아니요. 예수님에 대해선 제가 더 잘 압니다. 이건 웃고 계신게 아니에요. 말로 다하지 못하는 고통을 속으로 감내하고 계신 거라고요."

"아니, 그란디 웃으면 또 워때서요? 예수님은 웃으면 안 된다는 법이라도 있소?"

양호익은 절대 그런 법은 없을 거라고 생각해서 물었는데 목사는 정말로 그런 법이 있는 것처럼 훈계를 했다.

"세상이 기쁨 천지이고 사람들이 다 행복하기만 하면 하느님의 아들이 우리를 구원하시러 이 땅에 올 필요가 있겠습니까? 세상이 고통스럽고 슬픔 천지니까 구원하러 오시는 것 아니겠어요? 그런데 이 땅의 고통받는 자들과 함께하러 오신 예수님이 혼자서만 이렇게 웃고 계시면 백성들이 어떻게 생각하겠어요?"

양호익이 기어들어가는 목소리로 대꾸했다.

"그래도 우는 것보단 낫지 않겠어라? 애고 어른이고 우는 소리는 이제 듣기만 해도 신물이 나는디."

목사는 머리를 저으며 반박했다.

"그게 아니죠. 한번 입장을 바꿔놓고 생각해보세요. 선생님이 아파 죽겠어서 누워 있는데 문병 온 사람이 혼자서 웃고 있으면 기분이 좋으시겠어요? 당연히 마음이 상하고 빨리 집에 가라고 하고 싶겠죠? 그겁니다. 이제 이해가 되셨나 보네요. 아무튼 이대로는 절대 안 됩니다. 이건 수정할 수 있는 거겠죠?"

"뭐……. 대충 밑만 잡아놓은 거니 고칠 수는 있지만……."

"당장 제가 말한 대로 고쳐주세요. 오늘 와보길 정말 잘했네요. 안 그랬다가는 그동안의 수고가 도루묵이 될 뻔했어요."

목사가 떠난 뒤 혼자 작업장에 남은 양호익은 목사가 한 말을 곱씹어보았다. 다시 생각하니 그 말도 일변 일리가 있었다. 목사의 말을 이해한 양호익은 그날부터 목사가 지적한 부분의 얼굴 조각을 하나하나 고쳐나가기 시작했다. 볼을 더 홀쭉하게 만들고 미소 짓던 입꼬리 주변에는 수염을 채워 미소의 흔적을 지웠다. 그러자 평온하게 감겨 있던 예수의 눈이 참담한 세상과 그 고통을 끌어안고 있는 눈으로 점점 바뀌어갔다. 양호익의 망치가 지나갈 때마다 예수의 얼굴에는 이유를 알 수 없는 슬픔이 짙어졌고 그런 얼굴을 날마다 마주 보는 양호익 역시 자기도 모르게 웃는 일이 적어지고 비가 오는 날은 빗소리 때문에, 해가 나는 날은 햇살 때문에, 밥을 먹을 때는 먹고살아야 한다는 운명 때문에 슬퍼졌다. 양호익이 모든 작업을 마치고 목사를 다시 작업장으로 불렀을 때, 목사는 고통으로 일그러진 예수상을 보고 실제 예수를 마주한 것 같은 감격적인 미소를 지었다.

교회 뒷동산에 세워진 예수상은 그 즉시 남평구의 명물이 되었다. 예수에 관심이 없고 예수가 누군지 모르던 사람들, 다른 신을 모시던 사람들까지 양호익이 만든 예수상을 구경하기 위해 교회로 몰려들었다. 춘단은 자기 아버지가 만들어낸 것이 마을의 가장 높은 곳에 우뚝 선 것을 보며 친구들 사이에서 더할 나위 없는 자부심을 느꼈다.

11

밖에 다녀온 영일이 수탉 한 마리를 들고 돌아왔다. 유정이 웬 닭이냐고 물으니 시장 모퉁이에서 한 노인이 자기 집에서 가져온 것이라며 대여섯 마리를 놓고 파는데 그중에서 이놈 벼슬이 유독 빨갛고 예뻐 마당에 풀어놓고 키우려고 사온 것이라고 했다. 유정은 질색을 했다.

"마당엔 장독대도 있고 빨래도 널어야 하고 겨울엔 돗자리 펼쳐놓고 김장거리도 다듬어야 하는데. 밤낮으로 출몰하는 고양이들이 잡아먹고 시체를 놓고 가기라도 하면······. 닭똥은, 털은, 냄새는요?"

푸드덕거리는 닭 날개를 간신히 쥐고 있던 영일의 손에서 힘이 쭉 빠졌다. 개 반치도 못 되는 손바닥만 한 것인데, 남의집살이가 이런 것이구나.

"도로 무르고 오마."

영일이 도로 나가려고 하니 닭을 든 채 돌아서는 노인의 뒷모습에 마음이 흔들렸는지 유정이 영일을 불러세웠다.

"아버님, 옥상은 괜찮은데요."

바닥에 뿌려놓은 모이를 한 치의 오차도 없이 쪼아대는 닭을 보며 영일은 전설의 화타를 보는 듯싶었다. 저 닭을 배 속에 집어넣으면 악성 덩어리만 귀신같이 솎아내 뜯어먹는 훌륭한 의사가 되지 않을까. 그러면 하루에도 몇 번씩 다리 힘이 풀리고 입이 마르는 이 수술 후유증도 없어지지 않을까. 닭을 구경하러 옥상에 올라온 손녀 준희에게 그 말을 하니 준희는 혼자서 키득거리더니 그럼 얘가 닭터네요, 했다. 영일이 준희를 돌아보았다.

"뭐야?"

준희는 어디선가 주워온 막대기로 닭 날개며 볏을 슬쩍슬쩍 건드리며 닭터요, 닭터. 닥터의 '닥'을 '닭'으로 바꿔서 닭터. 중학생 손녀의 설명을 듣고도 영일은 그 말을 이해하지 못했다. 닭털이 아니라 닭터?

닭을 놀리는 것에 싫증이 난 준희는, 쉬운 유머를 이해하지 못하고 심각한 얼굴이 된 할아버지와 있는 것이 지루해졌는지 숙제를 해야 한다며 먼저 옥상을 내려갔다.

황혼이 내려앉은 넓은 옥상에 닭과 영일, 둘뿐이었다. 노끈에 발목이 묶인 닭은 모가지를 끔벅거리며 자기가 돌아다닐 수 있는 만큼의 영역을 동그랗게 배회하고 다녔다. 그 뒤를 따라 걷던 영일은 문득,

내 발목에도 이런 끈이 묶여버린 것 아닌가. 이제 갈 만한 곳은 마당과 가끔 올라오는 옥상과 네 평짜리 방뿐, 반겨주는 데 하나 없는 뒷방 늙은이나 되려고 그 긴 수술을 참아냈단 말인가.

빛바랜 노을처럼 몰려오는 회한에 영일은 벼슬 없는 고개를 꺾었다. 계절은 쉬지 않고 벌써 여름으로 치닫는데 몸에선 한기가 돌았다. 고만고만한 높이의 지붕들이 지평선 없는 마을을 이루고 있었다. 영일은 흐린 눈으로 사방을 헤맸다.

춘단이 다니는 대학이 요짝이랬던가, 저짝이랬던가.

12

C 대학교 미화원들의 휴게실은 인문학 교양수업이 많은 A 학관의 지하주차장, A21~A22 구역 옆에 마련된 네 평 남짓한 컨테이너였다. 철판에 발랄한 물결무늬를 새겨 가건물의 우중충함을 가리려 했지만 작은 창에 촘촘하게 박힌 쇠창살 때문에 별효과가 없었다. 쇠창살이 붙은 회색 컨테이너로 줄지어 들어가는 푸른색 작업복의 미화원들은 언뜻 죄지은 수형자의 행렬을 떠올리게도 했다.

컨테이너 휴게실이 생겨나기 전, 미화원들은 밥때마다 인적 드문 계단이나 버려진 뒤뜰을 찾아다니며 배를 채워야 했다. 그러다 누군가가 김치 쉰내가 난다는 불평을 하고, 불평이 계속 쌓여 냄새의 출처를 밝히기 위해 수위가 출동하면 미화원들은 당당하게 내가 도시락을 먹고 있었노라고 말도 못 하고 도시락 뚜껑을 얼른 닫고 길고양이처럼 줄행랑을 쳤다.

수위와 가짜 고양이들의 꼬리잡기 놀이가 계속되던 이 년 전봄, 사회의 모든 불의를 고발해야 한다는 소명감에 취한 A 신문사의 신입기자가 C 대학교에 잠입했다. 대학 내 미화원들의 열악한 노동환경을 접한 그는 삼 일간의 밀착 취재와 관련 종사자의 인터뷰를 따낸 결과 신입기자로는 이례적으로 '삼만 평 넓은 대학에 밥 먹을 의자 하나 없는 사람들'이라는 기사의 제목을 사회 3면에 9단 크기로 싣는 데 성공했다. 다음 날 A 신문 사회면 사설 제목은 간결했다.

　C 대학교, 지켜보겠다.

　없던 것을 새로 만들어야 한다는 강박감은 학내에 긴 토론 과정을 요했다. 사회복지학과에 몸담고 있는 누군가가 최하위 노동자들의 환경을 개선하기 위해 얼마 전 기숙사 뒤쪽에 새로 매입한 부지에 미화원들을 위한 휴게실을 세워야 한다고 포문을 열자, 경제학부의 다른 이는 지출 대비 효과를 생각해봤을 때 미화원들을 위한 휴게실 건물을 세운다는 것은 지출만 크고 효과는 없는 경제적으로 실패한 모델이 될 것임을 지적해 그러잖아도 충돌이 잦은 두 부가 소득 없이 얼굴만 붉혔다. 미디어학부 아무개가 험악해진 분위기에 시의적절하게 끼어들어 어찌 됐든 우리의 궁극적인 목표는 언론에 의해 실추된 대학 이미지를 다시 언론의 힘을 빌려 끌어올려야 하는 것 아닙니까, 하며 익숙한 몸짓으로 마이크를 휘두르는 가운데, 미술학부 대표가 벌떡 일어나 여러분, 언론이 좋아하는 것이 무엇인지 아십니까? 청중들이 고개를 갸웃거리며 사건사고? 하며 웅성대자 그는 피식, 가

녑게 비웃더니 언론이 좋아하는 것은 피! 미녀! 피를 흘리는 미녀! 바로 시각적인 강렬함입니다,라고 자문자답을 한 후 미화원들의 휴게실 담장에 꽃과 나비가 날아드는 그림을 그린다면 그어떤 미화사업보다 언론의 주목을 끌 것이라며 아직 세우지도 않은 담장에 당장이라도 붓과 물감을 들고 벽화를 그릴 자세를 취했고, 그때까지만 해도 달리 할 말이 없어 회의록만 뒤적거리던 국문학과의 한 인사가 반색하며 화답하길, 미술학부가 꽃과 나비를 그린다면 우리 국문학과는 그 꽃 옆에 서정주나 김소월쯤 되는 시를 적겠다, 윤동주도 좋고, 이것이 참여문학 아니겠는가. 의논이 활기를 띠자 회의 내내 소극적이던 컴퓨터공학과도 마지못해 우리도 사양이 오래된 컴퓨터 한 대를 기증할 수 있다, 그러나 미화원들이 컴퓨터를 사용할 일이 있는지, 또 사용할 능력이 되는지 모르기 때문에 확실한 건 유보할 수밖에 없다. 미생물학과는 마뜩잖은 얼굴로 미화원 휴게실? 쳇, 그런 쓸데없는 데까지 쓸 돈이 있으면 우리 현미경이나 바꿔주지. 그 말을 들은 국제인문학부가 삿대질까지 해가며 외치길 이과 예산을 늘려주기 전에 폐지된 우리 과부터 다시 살려내라! 창문 너머에서 기회를 엿보던 학생회는 이때다 싶어 무력으로 회의장을 점령한 뒤 불끈 쥔 주먹으로 등록금을 인하하라, 투·쟁·쟁·취!

난상토론이었다. C 대학교 교직원 및 임직원들이 전혀 관심도 없던 일에 골머리를 앓는 동안 시간은 한 주, 두 주, 한 달이 흘러갔고 당장이라도 카메라를 짊어지고 들이닥칠 것 같던 언론은 웬일인지 잠잠했다. 알고 보니 그들의 관심사는 한 달 전 베어링 공장 기계에 왼손을 잃고 해고된 후 의료혜택을 받지 못해 사림동 한 평 쪽방에서 고통받고 있는 스물여섯 살 스리랑카 불법체류 노동자 잉까이탄으로 옮겨간 지 한참이었다. 불은 있는 대로 지펴 냄비는 끓게 해놓고 책임지고 지켜보는 사람이 없으니 C 대학교는 이제 와서 이 난상토론을 어떻게 수습해야 하나 속수무책이었다. 그때, A관 주차장을 관리하던 수위가 혜성같이 등장했다.

주차장 맨 끝 쪽은 차를 대기가 불편해서 맨날 비어 있는데, 제가 거기다 뭐 좀 만들어볼까요? 이래 뵈도 왕년에 시멘트 좀 부어봤는데.

그렇게 해서 그들은 덜 된 밥의 불을 끄고 냄비 뚜껑을 닫아 버렸다.

"거참, 조심히 좀 닫읍시다."

문 바로 앞에서 밥을 먹던 김씨가 막 들어오는 박씨에게 볼 멘소리를 하며 옆에 놓인 신문지로 도시락을 가렸다. 문을 닫을 때 따라 들어온 검은 먼지들이 하얀 쌀밥 위에 고명처럼 앉으려는 찰나였다. 밥해줄 사람도 없이 혼자 사는 처지에 아침부터 허둥지둥대며 어렵게 싸온 도시락, 먹을 때만이라도 좀 인간답게 먹으면 안 되나? 김씨는 치닫는 속을 그대로 드러냈다. 사람이 밥 먹는 거 뻔히 보면서 말야, 예의 좀 지키자고. 좁은 틈새를 비집고 엉덩이를 들이밀던 박씨는 그 나름대로 항변을 했다. 문이 이 꼴인 게 하루 이틀인가. 그래도 사람이 적응을 해야지, 불평만 하면 별수 있어. 졸지에 속 좁은 사람이 된 김씨는, 시꺼먼 먼지 밥에도 적응을 해야 한다는 거요? 응수를 하려 했지만 그 한마디를 보탰다가는 다툼이 될 것 같아 꾹 참고 신문으로 시선을 돌렸다. 무기한 공장 점거 27일째, 식수도 모자라. 이상하게 속이 갑갑했다. 아차차차, 그러고 보니까 밥 먹기 전에 물 마시는 걸 깜박했네. 김씨는 도시락 가방에서 오백 리터 생수병을 꺼내 한 번에 반 정도를 꿀떡꿀떡 들이켠 후 다시 수저를 들었다.

"아저씨는 오늘도 밥 안 드세요?"

김씨가 흔들어대자 새우잠을 자던 이씨가 성가신 듯 벽 쪽으로 붙어버렸다. 이씨는 오가는 사람들의 발에 걸레마냥 툭툭 차여도 불평 한 번 하는 일 없이 점심시간으로 나온 오십 분의 휴식을 모조리 쪽잠을 자는 데에만 쏟았다. 그러다 일어나쇼, 또 나가봐야지, 사람들이 깨우는 소리에 저승 밑바닥에서 잠을 자다 온 사람처럼 고통스럽게 기지개를 켰다. 이씨는 여기저기에 지어놓은 빚이 2억이 넘는다고 했다. 2억이면, 휴우우. 아침과 낮에는 대학에서 청소일을 하고 밤에는 목욕탕 청소일을, 시간이 남으면 오다가다 길거리 폐지도 줍는다는 이씨의 말에, 그런 잡일만 해서 그 큰돈을 언제 다 갚나, 아무리 아껴 써도 한 달에 백 모으기가 힘든데 2억을 모으려면, 가만있어 보자 백 곱하기 십이는 천이백, 천이백이 열 개가 있어야 1억 2천이니까, 이 사람도 참 어지간히 답답하구만, 그게 그렇게 계산이 안 되나, 나는 벌써 계산이 딱 나오는디, 거, 참 가만히 있어 보쇼, 그러니까 십 년에 1억 2천, 잠도 못 자고 밥 못 먹고 2억을 모으려면 앞으로 이십 년을 더, 이씨가 올해 몇이지? 예순셋? 그러면 여든셋은 돼야 빚 청산을, 아이고야, 명 짧은 사람은 빚 업고 저승 가게 생겼네.

"그거면 다행이게?"

이씨는 실실 웃음을 흘리며 덧붙였다. 마누라가 병원에 입원한 지 벌써 2년짼데 거기서 내라는 게 한 달에 돈백이야. 그런데 내가 무슨 수로 돈을 모아, 지금 있는 빚이나 안 늘면 그게 행복인 줄 알아야지. 덧셈과 곱셈을 오가며 머릿속에서 바쁘게 계산기를 눌러대던 사람들은 더는 답이 나오지 않는 이씨의 처지에 손을 내려놓았다. 다들 해줄 말이 없는지 공연히 발등으로 눈이 내려갔다. 듣는 것만으로도 힘이 빠지는 인생이었다. 괜한 얘기를 한 것 같아 모두 입을 꾹 다물고 있는데 누군가가 한마디했다.

"아침에도 청소, 밤에도 청소, 길 가다가도 청소, 이러나저러나 자네 팔자에 청소일이 있나 보구만."

"백씨 아저씨가 말 한번 잘했네요, 이게 다 팔자에 있으니까 하는 짓이지 우리도 좋아서 하는 게 아니라니까요."

옆에서 신나게 화투장을 두들기던 정씨, 구씨, 안씨가 말을 거들었다. 바닥을 때리는 차진 소리가 컨테이너 벽을 울렸다. 소장이 불시에 들이닥치기라도 했다가는 그대로 목이 잘릴 위험한 오락. 지난겨울에 걸렸을 때는 날이 하도 추워서 손가락이 펴지지 않아서 손 좀 풀려고 한 것이라며 울며불며 매달렸다. 정씨는 그렇다 쳐, 아줌마들은 여자가 돼서 무슨 노름이야? 자식들한테 부끄럽지도 않아? 소장이 정씨는 제쳐두고 자기들에게만 더 윽박지르자 구씨, 안씨는 뉘우치려던 마음이 사라지고 도리어 억울한 마음이 바늘처럼 삐죽 솟아났다. 화투 치는 데 여자 남자가 어딨다고 노름판에서까지 남녀차별을…… 소장은 마지막 기회를 준다고 했다. 추우면 난로를 쬐서 손을 풀어, 괜히 쓸데없는 데에 체력 낭비하지 말고. 셋은 소장과 동료들이 보는 앞에서 다시는 화투에 손을 대지 않기로 맹세했다. 그러나 화투를 멀리한 지 일주일, 교정의 비둘기가 고도리로 보이고 빗질을 하는 동료는 우산을 쓴 그의 모습이었다. 도저히 그 손맛을 끊어낼 수가 없었다. 인생이, 사는 게 재미없어졌다. 결국 셋은 다시 의기투합했다. 한 번을 하든 백 번을 하든 안 걸리면 되는 거 아니야. 소장 눈을 속이면서 광을 붙이고 고도리를 잡는 재미가 보통이 아니었다.

따악, 따악, 딱.

네 평 남짓한 지하 컨테이너 휴게실. 햇살 넘치는 교정과는 한참 떨어져 있고 학생들 수백 명이 머리 위를 밟고 지나가는 소리가 우박 내리듯 들리고, 한여름에도 뼛속이 시리도록 춥고, 어둡고, 주차에 미숙한 운전자가 하루에도 열두 번은 더 받아버리려고 하고, 그럴 때마다 놀란 가슴으로 뛰어나와야 하고, 저런 데에 사람이 있었어? 오히려 운전자가 더 놀란 눈으로 쳐다보고, 등록금을 납부한 학생 중 98퍼센트는 그 존재를 모르고, 존재를 아는 2퍼센트의 학생회 임원마저도 풍문으로만 들었을 뿐 실사를 나온 적은 없는 작고 비좁은 이 공간에는 식은 밥으로 느지막한 점심을 때우는 김씨와 꿈속에서도 빚 독촉을 받는 이씨와 동전 따먹는 재미에 시간 가는 줄 모르는 정씨와 구씨와 안씨와 그 외에도 성씨로만 불리는 수없이 많은 사람들이 어쩔 수 없이 서로 등을 기대고 엉덩이를 맞대고 있는데, 하도 어둡고 낮은 데 있어서 누가 잘나고 못나고를 가를 수 없을 것 같은 컨테이너 안의 느슨함 속에도 보이지 않는 서열은 존재했다. 대학 밥을, 물론 집에서 싸온 도시락이긴 했지만, 이십 년 동안이나 먹었다는 최 여사가 피라미드의 꼭대기에 앉아 있었다.

"무슨."

최 여사는 '여사'라는 호칭이 나올 때마다 손사래를 쳤다. 화장실 청소하는 할머니보고 '여사'라고 하면 나라에 망조가 든 거지. 그러나 최 여사가 아무리 부인해도 그가 소장과 자신들의 이해를 이어주는 다리라고 굳게 믿는 미화원들은 명절 때마다 십시일반으로 모은 회비로 산 선물을 소장에게 전달하는 임무를 최 여사에게 맡겼다. 그러면 최 여사는 그리 싫지 않은 표정으로 미화원들의 대표자가 되어 소장에게 선물을 건넸고 소장 역시 싫을 리 없는 표정으로 미화원들이 마련한 선물을 받았고 언제부터인가 소장은 최 여사에게 인력배치에 대한 권한을 일임하였다.

대학의 각 건물은 용도와 크기, 환경에 따라 미화원들의 선호도가 분명했다. 그중에서도 A 학관 5층은 모든 미화원이 가고 싶어 하는 소위 '로얄층'이었다. A관에 배치되면 지하에 바로 컨테이너가 있기 때문에 점심밥을 먹기 위해 화장실이나 창고를 기웃거리지 않아도 되었고 게다가 5층에는 교수실이 있었다. 교수실 층은 다니는 사람이 적어 복도가 민달팽이 등처럼 반질거렸으며 화장실은 옆 칸에서 용변 누는 소리가 다 들릴 정도로 고요하고 쓰레기도 적게 나왔다. 미화원들은 최 여사의 주머니에 자양강장제나 고급 양말세트 같은 것을 슬쩍슬쩍 찔러주며 신호를 보냈다.

"이번엔 나야, 나."

그러나 최 여사는 특권을 권력으로 휘두르는 사람이 아니었다. 그는 모두가 돌아가면서 로얄층에서 일할 수 있게 순서를 정했다. 모두가 꺼리는 야간반 역시 불평이 나오지 않게 개개인의 사정을 고려해 조율했다. 동료들도 그걸 모르는 게 아니었으니 뇌물로 주는 양말은 그저 발을 따뜻하게 하고 다니라고 주는 선물에 불과한 것을 재미 삼아 뇌물이라는 이름으로 바치는 것이었다.

그러던 어느 날 대걸레와 양말세트로 다져놓은 이 질서에 불청객이 끼어들었다. 소장에게 희망 배치도를 제출할 때가 되자 최 여사는 무지공책 한 면에 캠퍼스 내의 건물들을 그린 뒤 각 건물, 각 층에 동료들의 이름을 적어 소장을 찾아갔다. 소장으로서는 전체적인 업무 만족도나 사기를 고려했을 때 미화원들 사이에서 누구만 편애한다는 불평이 나오는 것을 아주 귀찮아했기 때문에 최 여사의 제안을 그 자리에서 즉각 수용하곤 했다. 그런데 그날 소장은 최 여사가 건넨 제안서를 꼼꼼히 훑어본 뒤 작업복 주머니에 꽂아둔 볼펜을 꺼내 처음으로 수정을 했다.

"A 학관 3, 4, 5층은 비워둬."

소장은 원래 쓰여 있던 이름을 볼펜으로 쫙쫙 그어 검게 칠하며 말했다.

"무슨 일 있어요?"

"이번에 사람 하나 새로 온다고 했지? 회사 누구랑 아는 사이인가 봐. 특별히 신경 좀 써달라고 하더라고."

춘단이 휴게실에 들어왔는데도 아무도 돌아보지 않았다. 네다섯씩 모여 도시락을 먹던 무리 중에는 콧방귀를 뀌며 아예 등을 지고 앉아버리는 여자도 있었다. 최 여사가 눈치를 주며 그러지 말라고 해도 미화원들은 잔뜩 심통이 나 있었다. 이번에 5층에 가기로 되어 있던 남씨는 숨기지 않고 아예 들으란 듯이 말했다. 내 참, 더러워서. 이젠 청소도 빽으로 들어오는 세상이네.

춘단은 난생처음 당해보는 냉대에 어쩔 줄 몰라 문 앞에 멀뚱히 서 있기만 했다.

13

배합사료를 받아먹는 잉어들은 봄새 살이 더 올랐다. 살진 물고기는 잉어 맛을 한 번도 보지 못한 구경꾼들에게 미각적 호기심을 불러일으켰다. 잉어 고기는 무슨 맛이 나려나? 군침을 흘리다 못해 호수에서 밤낚시를 즐기는 무뢰한이 있다는 소문이 돌기 시작했다. 그러고 보니 잉어가 부쩍 줄어든 것 같기도 했다. 스무 마리여야 할 녀석들이 하나, 둘, 셋, 넷…… 열, 열하나, 열둘, 열세……, 갠 아까 센 놈이잖아, 아무리 봐도 열셋이 채 되지 않았다.

범인이 누굴까?

잉어와 가장 가깝게 지내는 호수 관리인에게 따가운 시선이 쏠리고, 평소에도 교정에서 쑥을 채취하는 기행을 저지른 적 있다는 산악부 학우의 신상명세서가 나돌고, 급기야 개교 50주년 기념 특별 학보에 취미는 밤낚시지요,라고 당당하게 인터뷰를 한 총장의 이름까지 거론되며 범인 색출에 열을 올리던 와중에, 바깥의 인간들 사정은 아랑곳없이 그저 어둠이 좋아 밑바닥에서 게으름을 피우던 잉어 대여섯 마리가 기운을 차리고 수면 위로 튀어오르자 호사꾼들의 뺨에 물방울이 튀었고 피부에 닿은 차가운 감각은 푸훗 김빠지는 소리와 함께 각성을 일으켰다. 나는 처음부터 헛소린 줄 알았다니까. 소문은 언제나 그렇듯 너만 믿었다는 식으로 꼬리를 감추며 공연히 의심받은 사람들에게는 한마디 사과의 말도 없이 꽃이 피고 아지랑이가 솟아오르고 여름으로 가는 길목이 넓어지고 있었다.

높은 데서 바라보니 끝이 보이지 않던 삼만 평 교정도 손바닥만 하게 보였다. 손 위에 캠퍼스를 둔 춘단은 고개를 숙이고 구석구석 살펴보았다. 방사형 구조를 기본으로 갈래갈래 나뉜 길을 따라 캠퍼스에는 여러 시대의 시간이 교차하고 있었다. 1960년대 후반에 지어진 사범대 건물을 느리게 타고 오르는 담쟁이덩굴, 전화를 하며 발랄하게 걷는 빨간색 핸드백을 멘 여학생, 태양광 판이 설치된 최신식 공대 건물 옥상과 무심한 젊음들 사이에서 외롭게 흔들리는 옛날식 구호, 자주국방으로 민족통일 달성하자…….

푸른 보석처럼 박힌 호수 속엔 오해를 벗은 잉어 떼가 한가로운 정오를 보내고 있었다. 빵 부스러기를 던져주는 구경꾼 주위로 물고기들이 몰려들었다. 평화로움과 지루함이 혼동되는 5월의 캠퍼스, 먹이를 향해 빠끔거리는 잉어의 주둥이가 그나마 삶의 활력과 사소한 긴장감을 불러일으켰다. 그러나 아무리 잉어 떼가 활개를 치고 다녀도 춘단의 마음속에는 작은 물고기 한 마리 헤엄쳐 들어오지 못했다. 자꾸 보고 있자니 호수의 푸름에 눈이 시렸다. 춘단은 손바닥으로 눈꺼풀을 쓸어내리며 눈에 남은 호수의 잔상을 어둠으로 메워버렸다. 그때 뒤편에서 익숙한 냄새가 불어왔다.

왔구만. 오늘은 안 오는 줄 알았는디.

춘단은 점심시간이 되면 인문대 A관 옥상으로 올라갔다. 춘단이 도시락 가방을 들고 사라지는 것을 본 미화원들은 어른답지 못했던 자신들의 텃세에 미안해하며, 그러나 미안하다는 말을 입 밖으로 꺼내기엔 남사스러워서 대신 점심시간이 되면 컨테이너 한편에 춘단이 앉을 자리를 마련해놓는 것으로 먼저 화해의 손을 내밀었다. 그러나 춘단은 그 호의를 못 본 척 무시하고 컨테이너를 나와버렸다. 춘단이 컨테이너를 나온 것은 동료들의 어설픈 따돌림 때문이 아니었다. 애초에 미화원들과 복닥거리려고 온 대학이 아니었으니 그들의 텃세 정도야 서운하긴 해도 크게 신경 쓰지는 않았다. 춘단이 정말 참을 수 없는 건 엉덩이를 댈 수 없을 정도로 시린 바닥과 밖에서 들리는 온갖 소음—차의 시동 소리, 경적 소리, 바퀴 돌아가는 소리—과 쾨쾨한 곰팡냄새, 삼십 촉짜리 백열등이 어둡게 비추는 컨테이너 속의 정경, 무엇보다도 도시락을 바닥에 펼쳐놓고 다닥다닥 붙어 앉아 급하게 밥을 먹는 푸른 옷의 사람들이었다.

춘단은 가장 가난했다고 추억하는 시절에도 이렇게 어둡고 냄새나는 곳에서 밥을 먹어본 적은 없었다. 아침은 마당 평상에 앉아 이슬을 막 떨어내는 꽃잎들을 보면서, 새참은 잡초가 무성한 밭두렁에 앉아 구름 따라 노래를 부르면서, 또 점심은 잡초가 다 뽑혀 댕기머리처럼 정갈해진 그 밭두렁에서, 늦은 저녁은 뜨끈해진 방 안에서 달이나 별 같은 것을 보면서 먹었다. 천장에 박쥐가 우글댄다는 바닷가 동굴도 이 지하 컨테이너보다는 나을 것 같았다. 도저히 목 뒤로 밥을 넘길 수가 없어 춘단은 푸른 곰팡이처럼 엉겨붙어 있는 미화원들 틈을 조용히 빠져나왔던 것이다.

옥상에 올라오니 그제야 숨이 쉬어지고 살 것 같았다. 키 큰 나무가 옥상까지 손을 뻗어 싱그러운 냄새를 풍겼다. 넓은 하늘 아래 환한 색으로 옷을 맞춰 입은 학생들은 바람에 날리는 꽃잎들에 섞여 이리저리 춤을 추고 있었다. 컨테이너 속에 갇혀 있다가 하마터면 계절이 바뀌는 것도 놓칠 뻔했다. 불쌍한 건 이 좋은 곳에서, 이 행복한 날에 여름이 오는 줄도 모르고 빛이 적은 곳에서 밥을 먹고, 땀이 밴 양말을 갈아 신고, 습기 찬 벽에 붙어 짧은 낮잠이라도 잘 수 있는 걸 다행으로 여기는 그 사람들뿐이었다.

대학이란 데가 겁나게 좋구만. 오길 잘했어. 암, 참말로 잘했제.

춘단이 꽃들의 탄생에 감격해하던 그때, 뒤쪽에서 매캐한 냄새가 풍겨왔다. 춘단이 고개를 돌리니 하얀 연기가 피어나는 쪽에 한 남자가 서 있었다. 남자는 춘단에게서 등을 돌린 채 가슴까지 올라오는 옥상 턱에 기대어 담배를 피우고 있었다. 머리 위로 솟는 연기가 느리고 길었다. 남의 옷을 빌려 입은 것처럼 품이 큰 검은색 양복, 굽은 등, 튀어나온 날개 뼈. 춘단은 비스듬하게 서 있는 남자의 뒷모습만 보고도 그가 혼자서는 해결할 수 없는 어떤 어려운 일로 기운이 쏙 빠져 있다는 것을 알았다. 춘단은 되도록 남자에게서 가장 멀리 떨어진 곳에 앉아 도시락을 먹었다. 크고 작은 인기척이 나도 남자는 주변에 관심이 없는 듯 고개 한 번 돌리지 않았다. 풍경 속에 정지되어 있는 것 같은 남자의 존재를 일깨우는 것은 머리 위를 맴돌다가 순식간에 공중으로 사그라져버리는 담배 연기뿐이었고 그 하얀 연기마저 없으면 남자는 시간의 한 지점에 갇혀 움직이지 않는 사람으로 보였다.

화요일과 목요일 점심시간이 되면 남자는 어김없이 옥상으로 올라왔다. 언제나 남자가 먼저 와 있고 춘단이 뒤늦게 왔기 때문에 남자는 춘단의 존재를 모르는 것 같았다. 옥상에 올라오는 사람은 많아야 서너 명 남짓이었고 언젠가는 함선 모양의 짙은 그림자가 진 옥상, 그 넓은 갑판 위에 춘단과 남자 둘만 있을 때도 있었다. 오늘도 그랬다.

"……여그 학생이오?"

남자는 춘단의 말을 못 들었는지, 아니면 자기한테 하는 말이 아니라고 생각했는지 아무 반응이 없었다. 춘단이 다시 한 번 물었다.

"여그 학생이오?"

그제야 뒤를 돌아본 남자는 춘단이 앞에 밥을 펼쳐놓은 것을 보고 황급하게 담뱃불을 짓이겼다. 춘단이 또다시 물었다.

"여그 학생이오?"

남자는 담배꽁초를 옥상 턱 위에 놓은 뒤 당황스러운 얼굴로 두 손바닥을 마주 비볐다.

"아, 아니요, 학생이 아니라 강사예요."

"강사가 뭐요?"

"학생들 가르치는 사람이에요."

춘단은 깜짝 놀랐다.

"아이고, 그럼 교수 선생이오? 어쩐지 학생치고는 나이가 좀 많아 뺐다 했는디, 그라도 교수 선생일 것 같지는 않아서 나는 딱 여그 학생인 줄만 알았는디, 아이고, 교수 선생을 몰라보고 어쩐다냐."

춘단이 큰 죄를 지은 사람처럼 호들갑을 떨자 남자는 엷게 웃음 밴 얼굴로 대꾸했다.

"아니요, 교수가 아니라 시간 강사예요."

"……시방 학생들 가르치는 사람이라 안 했소?"

남자는 고개를 끄덕였다.

"그라믄 교수 선생 맞구만. 아따, 뭐할라고 강사니 시간이니 뭐니 모르는 말로 바꿔 쓰요. 나는 이제 막 대학 댕기기 시작해서 그런 건 잘 모른당께요."

남자는 말이 없었다. 열 걸음 정도의 거리, 그러나 열 마디 이상이 빠져나갈 수 있는 긴 침묵. 그 빈 곳을 이용해 춘단은 남자의 모습을 자세히 살펴보았다. 유니폼처럼 항상 입고 다니는 검은색 양복, 가는 눈썹에 그을음 없는 하얀 피부와 가느다란 목, 교수라는 말을 들어서인지 책으로 뒤덮인 책상에 앉아 긴 목을 수그리고 담배를 태우면서 밤새 공부하는 모습이 그림자 지듯 남자의 뒤편에 떠올랐다.

"그란디 거기서 뭣 허고 있는 거요?"

"그냥 뭐…… 사람 구경요."

"밥은 먹었소?"

"아뇨. 아직."

"점심땐디?"

"생각이 없어서요."

"하기사 교수들이 보통 바쁜 게 아니니께. 그래도 밥은 먹어야 할 턴디. 몸 축내는 담배나 피우지 말고 요기라도 해야지요."

남자가 웃으며 고개를 젓자 춘단은 속에 있던 말을 조심스레 꺼냈다.

"사실은, 내가 그짝 교수 선생을 한두 번 본 게 아니오. 맨날은 아니지만, 일주일에 두 번씩 점심시간만 되면 꼭 여기서 마주치데요. 그때마다 밥은 먹었어요, 그라고 말을 걸어볼라 해도 괜시리 어려워서 못 했는디, 대학에 안 다닐 때는 몰랐는디 막상 대학에 와보니께 대학 다니는 사람한테 말 걸기가 보통 어려운 게 아닙디다."

춘단은 자기 있는 데로 오라며 남자를 향해 손을 흔들었다.

"여그 앉아서 내가 싸온 거라도 같이 먹지 않을라요? 나는 숟가락으로 먹고 교수 선생은 젓가락으로 먹음 되게."

남자는 난처한 얼굴로 손을 내저으며 사양했다.

"아니요, 저는 괜찮아요. 신경 쓰시지 말고 얼른 식사하세요."

"그라지 말고 좀 들어요. 얼굴이 빼쪼롬한 게 잘 좀 먹어야겠는디."

"밥 생각이 별로 없어요."

"……찬이 마땅찮아서 그려요?"

"아니요, 그런 거 아니에요. 저는 정말 식욕이 없어서."

"그란 게 아니면 같이 들지요. 먹다 보면 없던 식욕도 돌고 배도 고파지고 그라지 않겠소?"

춘단은 남자를 향해 젓가락을 내밀었다. 한 끼 밥을 권하는 가는 쇠젓가락에 싸움을 거는 것 같은 긴장감이 실려 있었다. 어쩔 줄 모르던 남자는 젓가락을 쥔 늙은 손이 쉽게 포기할 기미를 보이지 않자 뒷머리를 긁적거리며 춘단의 곁으로 걸어왔다. 남자는 춘단의 맞은편에 조심스럽게 앉은 뒤 젓가락을 받아들었다. 둘은 번갈아가며 한 숟갈씩 밥을 떴다.

"……이거, 저희 집에서도 자주 해먹었는데. 지금은 혼자 살아서 못 먹은 지 꽤 되지만."

남자가 새우와 꽈리고추 볶은 것을 가리키자 춘단은 남자 쪽으로 반찬통을 밀어주었다. 막상 젓가락을 들자 남자는 배가 고픈 사람처럼 열심히 밥을 먹었다. 춘단은 남자가 배부르게 식사할 수 있도록 평소보다 느리게 수저를 들어올리면서 물었다.

"그란디 교수 선생은 이름이 뭐여요?"

"한도진이에요."

춘단은 자기도 모르게 밥풀 묻은 숟가락으로 무릎을 탁 쳤다.

"아따, 이름 한번 겁나게 총명허요. 이름도 딱 교수 이름이구만."

뭐가 우스운지 남자가 밥풀이 튀어나오도록 웃음을 터뜨렸다.

14

아침 일곱 시가 되면 춘단은 집에서 입고 온 옷을 벗고 푸른 작업복 속으로 들어갔다. 작업복 상의 앞쪽에는 손바닥만 한 크기의 사각 주머니가 두 개 달려 있었지만 춘단이 그 속에 손을 찔러넣을 일은 없었다. 춘단의 손은 휴지가 넘쳐흐르는 화장실 휴지통으로, 학생들이 다 빠져나간 강의실 책상으로, 그리고 계단을 올라 5층 교수회관의 창문으로 쉼 없이 움직여야 했다.

기다란 회색 복도 벽에는 여덟 개의 똑같은 문이 세워져 있었다. 춘단은 물걸레를 쥐고 먼지 낀 창틀을 닦아나갔다. 창가 쪽에서 쏟아진 햇살에 나무 이파리들이 만들어낸 그늘이 덮이면서 복도 바닥이 살아 있는 생명체처럼 꿈틀거렸다. 방금 전까지만 해도 어깨를 부딪치지 않고서는 걸어갈 수 없게 붐비던 곳이 정각이 되자 버려진 놀이터처럼 텅 비었다. 사람 발소리에 익숙한 복도는 사람을 잃고 한여름에 냉기를 내뿜었다. 길고 좁은 복도에 알 수 없는 적막감이 흘렀다.

춘단은 입김을 불어 유리창에 윤을 내면서 여덟 개의 문들을 하나하나 지나쳤다. 첫 번째 문은 단단히 닫혀 있었다. 그러나 마이크 댄 목소리만은 문을 뚫고 선명하게 들려왔다. 춘단은 문에 귀를 바싹 댔다. 로마의 삼두정치는 일당권력이 아닌 권력을 분화하여 경계하는 것으로서……. 알아들을 수 없는 말이 텅 빈 복도에 서 있는 춘단을 고독하게 만들었고, 걸레 쥔 손을 초라하게 만들었고, 그래서 첫 번째 문에서 뒷걸음질하게 만들었다. 두 번째 문은 뒷문으로, 사람 하나가 겨우 들어갈 수 있게 빼꼼히 열려 있었다. 춘단은 그 틈으로 강의실 안을 들여다보았다. 하얀 칠판에 휘갈겨진 글씨를 배경으로 키는 작지만 몸집이 다부진 남자가 연단에 서 있고 이백 명은 넘어 보이는 학생들의 시선이 모두 그 남자에게 쏠려 있었다. 그리하여 시저는 황제에 버금가는 권력을 쟁취하였고, 로마는……. 춘단은 문틈에서 얼굴을 빼고 다시 복도를 걸어갔다.

두 번째 강의실은 앞문과 뒷문 모두 굳게 닫혀 있었고 먼젓번 같은 마이크 소리도 들리지 않았다. 춘단은 까치발을 하고서 뒷문에 난 창으로 슬며시 들여다보았다. 교실을 가득 메운 학생들은 일제히 고개를 숙인 채 무언가를 바쁘게 써내려가고 있었다. 비석처럼 박힌 학생들 사이를 오가는 두 여자가 있었는데 그들은 학생들의 손바닥을 검사하기도 하고, 책상을 툭툭 두드리며 무언가를 지시하기도 하고, 학생이 손을 들면 그 앞으로 큰 종이를 갖다주기도 했다.

다섯 번째 문에는 '이번 주 〈기호로 읽는 문화〉 휴강합니다' 라고 적힌 종이가 붙어 있었다. 문을 열어보니 비어 있는 줄 알

왔던 강의실에 여학생들 몇 명이 모여 과자를 먹고 있었다. 문 여는 소리에 일제히 경계태세를 갖추던 학생들은 곧 춘단의 정체를 알아차리고는 대수롭지 않다는 듯 다시 자기들의 대화에 빠져 크게 웃기도 하고 서로 머리를 맞대고 소곤대기도 했다. 춘단이 들어온 김에 바닥에 널브러진 책걸상을 일으켜야겠다며 창가 쪽으로 걸어가는데, 저기요, 여학생 중 한 명이 춘단을 불렀다. 춘단은 깜짝 놀라 돌아보았다. 무슨 일로 자신을 부르는 건지 그 짧은 순간에 가슴까지 설레었다. 이것 좀 쓰레기통에 버려주세요. 다섯 번째 문으로 들어온 춘단은 부스러기만 남은 과자봉지를 받아들고 여섯 번째 문으로 나왔다.

여섯 번째 문을 나오자 일곱 번째 문에 부딪쳤다. 활짝 열린 문으로 강의실이 훤히 들여다보였다. 춘단이 문 앞에서 서성이는 것을 보고 앞자리 학생 몇 명이 춘단에게 눈길을 주었고 그 모습을 본 교수가 밖에 누가 있나 싶어 문 가까이 걸어왔다가 강의실 안을 기웃거리던 춘단과 정면으로 눈이 마주쳤다. 정신을 놓은 듯 서 있던 춘단은 화들짝 놀라 얼른 물걸레로 청소하는 시늉을 하며 창가 쪽으로 물러났다.

화장실에서 걸레까지 빨았는데 예정보다 일이 일찍 끝났다. 쉴 시간이 생겼지만 컨테이너 속으로 들어가기는 싫었다. 그렇지만 컨테이너가 아니면 달리 갈 곳도 없었다. 춘단은 자기 꼬리를 쫓는 동물처럼 복도 끝을 맴돌다, 마시지도 않을 음료수 자판기 주위를 서성이다, 문득 창으로 교정을 내려다보았다. 연두색

자전거를 타고 어딘가로 향하는 남학생, 벤치 아래 모여 앉아 웃고 있는 남녀 무리, 햇볕을 피해 책을 얼굴에 뒤집어쓰고 잔디에 드러누운 학생. 캠퍼스는 계절이 허락하는 따사로움을 사치스럽게 누리고 있었다. 춘단은 자기도 모르는 새 얼룩도 없는 창문을 물걸레로 쓱 쓸어내렸다. 그러자 물방울 속으로 창문 바로 너머의 풍경이 맺히면서 자신은 섞일 수 없는 아주 다른 세상의 모습같이 일그러졌다.

춘단은 창가에서 물러나 계단에 앉았다. 계단에 간 금과 그 속을 바쁘게 왔다 갔다 하는 먼지를 한참 동안 지켜보던 춘단은 시선을 뒤로 돌려 자신이 걸레로 훑고 지나온 복도를 다다를 수 없는 먼 풍경인 양 바라보았다. 복도에는 아무도 없었다. 그때 문득 춘단의 눈에 활짝 열려 있는 여덟 번째 문이 들어왔다. 춘단은 걸레를 창턱에 올려놓고 물기 묻은 손을 바지춤에 닦은 뒤 발소리를 죽이고 조심스레 문 앞으로 걸어갔다. 강의실 맨 뒷줄에 듬성듬성 빈 책상이 몇 개 보였다. 연단에 선 교수는 칠판 앞에 하얀 스크린을 내려놓고 사진들을 차례대로 보여주고 학생들은 장면이 바뀔 때마다 눈을 깜박거렸다. 춘단에게 관심을 보이는 사람은 아무도 없었다. 그 순간 춘단은 갑자기 안에서 누가 자기를 부르기라도 한 것처럼 문턱을 자연스럽게 넘어 가까이 있는 의자에 얼른 주저앉았다. 주인 없는 집에 몰래 들어온 것처럼 가슴이 요동쳤다.

잠시 뒤, 가슴을 진정시키고 강의실을 둘러보니 열심히 수업을 듣는 줄 알았던 남학생은 사실 고개를 끄덕이며 졸고 있었고, 그 옆에 여학생은 한 손으로 휴대전화를 만지작거리고 있었다.

"한마디로 여성의 역사는 착취의 역사였다고 할 수 있습니다."

교수는 마흔이 안 돼 보이는 젊은 여자로 뒷목이 훤히 보이는 짧은 머리를 하고 한 문장 한 문장 말을 끊을 때마다 들고 있던 마이크를 잠깐씩 턱 밑에 괴었다. 하얀 스크린 상단에는 '여성의 역사'라는 문구가 굵은 글씨로 강조되어 있었다. 제목 밑에는 몇 줄의 간략한 설명과 함께 그림들이 실려 있었는데 돋보기 없이 그 글씨들을 다 읽어내는 것은 무리였지만 그 사진들의 정체만은 춘단도 확실히 구별해낼 수 있었다.

흑백사진 속의 여자들은 외국 군인들 옆에 서서 웃음인지 아닌지 모를 미묘한 표정을 짓고 있고, 딸들을 도시로 내보낸 엄마들은 하얀 수건을 머리에 두른 채 모두 같은 몸짓으로 밭을 갈고 있고, 단발머리를 한 어린 여자아이는 동생으로 보이는 갓난이를 포에 감싸 등에 업고 있고, 계집애가 처녀가 되는 사이 흑백사진은 컬러사진으로 바뀌었고, 저고리를 벗고 목깃이 큰 파란 유니폼으로 갈아입은 여자들은 재봉틀 앞에 등을 구부리고 일렬로 앉아 기계를 돌리고 있고, 옷감과 재봉틀과 피곤함이 겹겹이 쌓인 공장 한가운데, 작업반장쯤으로 보이는 남자가 의자 위에 올라가 감시탑처럼 여공들의 손놀림을 지켜보면서 꾸벅꾸벅 조는 여자의 손등을 찰싹 때리고 있었다.

"우리는 흔히 가정이 사회의 모든 이데올로기에서 분리되는 원초적인 휴식 공간이자 따듯한 안식처라고 생각합니다. 그러나 여성들에게도 가정의 의미가 그러했을까요? 가정을 휴식처로 생각하는 것은 다분히 남성중심적인 시각에 불과합니다. 여성에게 가정은, 모성애라는 희생적인 이름하에 노동을 제공해주어야 할 또 하나의 일터에 지나지 않았습니다. 즉 여성은 가정이라는 울타리 안에서 철저히 착취당했다고 할 수 있는 것입니다."

푸른색 유니폼을 들킬까 봐 책상에 잔뜩 움츠려 있던 춘단의 목이 갑자기 아침 꽃처럼 쑥쑥 솟아오르기 시작하더니,

"여성을 착취한 주체는 가부장적인 남편뿐만 아니라 여성 자신이 낳은 자식들도 마찬가지였습니다."

라는 교수의 발언이 나오는 순간 급기야 심드렁하게 앉아 있는 옆자리 남학생의 머리를 이기고 강의실에서 가장 높이 솟아올랐다.

"아여, 저게 뭔 소리다냐."

15

엄메여. 그 젊은 여자 교수가 뭐라 했는지 아쇼. 이 나라 남편
들이랑 자슥들이 우리 여성을, 그러니까 엄메나 나 같은 여자들
말이오, 우리 여자들을 그동안 착취하고 있었답니다. 엄메도 착
취라는 말 들어보셨지라. 아, 엄메가 언제 그라고 말하지 않았
소. 왜놈들이 엄메의 이모, 그러니까 나한티는 이모할머니지라.
그 집에 들이닥쳐서는 양은냄비며 솥이며 황소며, 이모할머니
서방까지 다 착취해가버렸다고. 그때 엄메가 분명히 착취라는
말을 썼었어라. 워쩨 그렇게 기억력이 좋으냐고요, 아, 고때는
고게 무슨 말인지 몰랐지라, 웬종일 착취, 착취 하다가 큰오빠한
테 착취가 뭐요 물어보니까 오빠가 그랬어라. 춘단아, 착취란 말
이여, 니가 입은 옷이랑 신을 다 뺏어서 니를 맨몸뚱이로 만들
어버리는 것이다. 아이고, 착취란 게 고롷게 나쁜 것이구만. 내
가 아주 경기를 일으키면서 도망쳤어라. 워째서 지들 것도 아닌
내 멀쩡한 옷이랑 고무신을 쌩으로 뺏어간단 말이오. 그럼 나는
뭐 입고 있으란 말이오. 궁뎅이 까놓고 다닐 나이도 진즉에 지났
는데 옷을 다 뺏어가버리면 나는 창피해서 돌아댕기지도 못하

지 않어요. 그래서 고때 그 옷이랑 고무신을 꼬옥 붙들면서 속으로 이란 생각을 했었지라. 내 이라고 두 눈 새파랗게 뜨고 지키고 있으면 왜놈들이 떼거지로 덤벼도 나를 착취하지 못할 것이라고.

근디, 아 그 교수가 그래요. 우리 엄마들이, 여자들이, 그러니까 내가 착취를 당하고 있다고. 아니, 내가 지금 깨당 벗고 있는 것도 아니고 아들 메느리가 사준 옷이랑 신발이랑 다 잘 입고 있는데 뭔 착취를 당했다고 고러는 거요. 나는 그 말이 도통 이해가 안 가네······. 그라믄, 그 교수 말마따나 내가 두 눈 시퍼렇게 뜨고 내 자숙한테 당했다는 거 아니오. 내 자숙이 도둑이요, 강도요? 지 엄마를 착취하게. 그건 아니지라. 엄메, 그건 아니지요? 나는 그 여자 교수가 집에 가서 즈그 자숙한테 그렇게 말할까 봐 겁이 나는구만. 아들인지 딸내미인지는 모르지만 암튼 어린 거 잡고 이놈아, 니가 나를 착취하고 있어라. 아, 그라고 말하면 얼라가 얼마나 놀라겠소. 아직 대글빡이 다 영글지도 않았을 턴디 착취, 착취 하면 어린 게 나처럼 경기나 안 일으키겠소.

······엄메여, 사람들이 그라지 않소. 자숙 농사라고. 엄메도 일평생 농사만 지으셨으니까 잘 아시지 않허요. 워디 농사가 매년 잘되기만 허요. 워쩔 때는 봄 내내 비 한 방울 안 내려서 그해 농사 말아먹기도 하고, 워쩔 때는 여름내 잘 키워놨는데 갑자기 폭풍우가 쳐서 벼 나락 다 쓰러뜨려버리고, 또 워쩔 때는 멧돼지가 뛰어나와서 콩이랑 수박이랑 다 짓밟아버리고. 그래서 추수라고

해봐야 돌아오는 건 쌀 몇 가마뿐인 게 워디 한두 해 일이오. 근디요, 또 그런 해도 있지 않소. 봄에 비도 적당히 내려주고, 여름도 큰 폭풍우 없이 무사히 지나가고, 멧돼지도 워디서 굶어 죽은 건지 마을에 한 번 내려오지 않고. 아, 그라면 고해 농사는 솔찬히 좋지 않소. 자슥도 마찬가지 아니오. 워떻게 매일 좋기만 바라겄소……. 종찬이가 지 하는 무신 사업에 말썽이 생겼다고 쌀 판 돈 좀 달라고 내려왔을 때, 그때는 내가 기냥 손이 덜덜 떨리면서 자슥이 웬수지, 웬수여 고 말이 나오다가도 그놈이 눈물 뚝뚝 흘리면서 잘못했다고 숙이고 나오면 그래도 내 자슥이니께, 이놈아, 이놈아 하면서도 머리 한 번 쓰다듬게 되지 않허요. 내 자슥뿐만 아니라 넘 자슥들도 다 그라고 크는 거 아니오. 비바람 내리는 날이 있으면, 또 쨍하게 해 뜨는 날도 있고, 쌀 석 가마니 나가는 날이 있으면 넉 가마니 들어오는 날도 있고. 고게 자슥 키우는 맛 아니오. 근디 그 교수가 이게 착취라네. 나는 착취라고 생각헌 적도 없는디 그 교수가 그러는 거요. 이게 착취라고.

……내가 뭔 착취를 당했다는 건지……. 나도 모르는 사이에 착취를 당할 수도 있는 거요? 고로면 고 착취란 게 참말로 도깨비 같은 놈 아니오. 엄메, 대답 좀 해보쇼. 엄메는 뭐든지 아시지 않소. 밭일하다가 저 구름은 무슨 구름이오 물으면 엄메는 하늘에 눈길 한 번 주지 않고도 단박에 양떼구름 그라고, 내가 뭐 좀 먹을 게 없나 두리번거리다가 양푼에 떡 한 뎅이 있는 거 보고 달려들면 엄메는 저 마당께 있다가도 춘단아, 고 떡은 쉬어서 못

먹는당께 소리치지 않았소. 엄메는 참말로 뒤에도 눈이 달렸어라. 엄메는 뭐든 그렇게 잘 아니까 말 좀 해보쇼. 나도 모르는 사이에 내가 착취를 당한 거요? 내 자슥들이 나를 착취했소? 나는 모르겠네 참말로.

……종찬 애비도 매한가지요. 엄메도 알지 않허요. 종찬이 아부지가 나긋나긋한 성격이 아니어서 그라지 천성이 누구를 착취하고 할 나쁜 놈은 아니지 않소. ……아, 그런다고 내가 불만이 하나도 없는 건 아니고요. 이날 이때까지 하루 종일 같이 일하면서도 나는 끼니때마다 밥까지 해다 바쳐야 하지 않았소. 밥뿐이면 말도 안 허지요. 하꼬방 가서 막걸리 받아와라, 담배 한 보루 사와라, 아 나를 즈그 머슴 대하듯이 심부름 시켜대는데 나라고 화딱지가 안 나겠소. 그라도 워쩌겠소. 막걸리를 내다버릴 수도 없고, 이 양반 대신 내가 담배를 다 태워버릴 수도 없고, 워쩔 수 없이 갖다 바쳐야지요. 고게 착취란 건가…….

아따, 그라니까 생각나는 날이 있네. 몇 년 전인가, 마을 사람들이랑 다 같이 동굴 구경 간 날 있지 않았소. 그날도 나보고 담배 사오라고 해서 내가 그거 사오다가 넘어져서 무릎 다 까지고 바지까지 찢어지지 않았어요. 내가 피를 철철 흘리면서 오는 걸 보고 다른 사람들은 다 즈그 일처럼 놀라는디 종찬 애비 혼자 눈 하나 깜짝 안 하고 그럽디다. 화투 치는 데 깔 게 없으니까 잠바 좀 벗어달라고. 아이고, 맞구만, 종찬이 아부지는 참말로 나한테 할 말이 없구만. 내 바지랑 잠바랑 다 뺏어가고, 나를 착취

119

했고만.

……그래도 엄메여, 그 사람이 나를 착취할라고 한 거겠소, 나를 맨몸뚱이로 만들어서 자기가 좋을 게 뭐가 있다고. 그냥 이래저래 살다보니까 버릇이 잘못 든 거제. 고 버릇 고쳐주지 않은 나한테도 잘못이 있구만. 안 그러요.

워쨌든 나는 내외간, 자슥간에 착취란 말은 쓰고 싶지 않허요. 웬지 나는 그 말이 싫으요. 착취, 착취 해봤자 불쌍한 게 누구요. 결국 나 아니오. 나도 모르는 사이에 내가 착취당했다는데 그라믄 나만 바보 되는 거 아닌가. 지들 엄메가 바보라는데 서방이라고 좋겄소 자슥이라고 좋겄소. 그 교수 선생한테 가서 내 생각은 이란디 내가 틀린 것이오, 당신이 틀린 것이오, 그라고 묻고 싶은 맴도 있었지만 워디 가당키나 한 일이오. 을매나 배웠으면 여자가 그 젊은 나이에 교수까지 하고 있을 것이오. 내가 무슨 수로 그런 사람을 당해낼 수 있겄소. 그냥 속이 답답해서 엄메한테나 하는 말이지라. 엄메가 아니면 내가 또 누구한테 이런 말을 하겄소.

……그란디 엄메여, 만약에 그 교수 선생 말이 옳다고 치면, 엄메도 큰오빠랑 작은오빠랑 나랑 춘애랑 준수한테 착취당한 거요? 엄메도 엄메가 모르는 사이에 우리한테 옷이랑 신발이랑 다 빼앗기고 벌거숭이가 된 거요? 그라믄 나도 도둑이고 강도인 거요? 아이고, 나는 모르겄네. 참말로 복잡하구만.

……근디 엄메요, 그냥 나는 미안허네. 착취고 뭐고를 떠나서

엄메한테 그냥 미안허네.

오늘은 말이 길어졌지라. 그냥 하는 말이오.

"밤이면 밤마다 뭐라고 혼자 구시렁대는 거여?"

"……내가 시집온 이후로 당신은 평생 나를 착취했소."

"뭔 소리여?"

"이제 와서 뭐를 워쩧게 해보겠다고 하는 소리는 아니니께 겁
먹을 것은 없소. 그냥 알고나 있으라고 하는 말이오."

"뭘 알고 있으라는 거여?"

"아, 당신이 나를 착취했다고 안 허요. 당신 김가 집안이. 앞
으론 나를 착취할 생각은 이맨큼도 허질 마쇼. 나도 순순히 당하
고만 있지는 않을 텡께."

"귀신 씻나락 까먹는 소리도 아니고 당최 뭔 얘기여. 대학 가더니만 사람이 이상하게 변해부렀어. 아이고, 오늘은 무릎이 왜 이렇게 쑤신다냐. 새벽에도 잠을 잘 수가 없더만."

"다리가 또 아프요? 아이고, 워쩔라고 이제는 다리까지 말썽을 부린다요. 당신 몸만 안 아프면 내가 걱정할 것이 없겠구만. 잠깐만 기다리고 있으쇼. 내가 얼른 가서 뜨거운 찜질이라도 맨들어올 텡께."

16

춘단이 저녁 먹자고 하숙생 방 문을 두드릴 때면 안에서는 늘
금방 나가요, 하는 말과 함께 잠갔던 문을 딸깍 따는 소리가 났
다. 딸깍. 영일은 그 딸깍 소리만 들으면 발가락에 있던 피가 거
꾸로 솟는 것이, 없던 정도 다 떨어질 것 같다고 몸서리를 쳤다.

장롱도 없이 밥상 하나 펴놓고 사는 사람이 뭘 저라고 숨겨싼
다냐. 넘이 뭐라도 훔쳐갈까 봐 저러는 거여? 도둑도 들어왔다
가 보태주고 나갈 살림이더만……. 저라면 못써. 젊은이가 어깨
쫙 펴고 당당하게 살아야제 뒤로 뭘 숨기고 감추고 그라면 이
세상 나가서 큰일 못 하제.

춘단은 영일에게 냉수를 건네며 하숙생이 해야 할 변명을 대
신 해주었다. 법 공부 한다 안 허요. 법 공부 하는 사람이 바깥일
신경 다 쓰고 언제 자기 공부 하겠소. 자기 딴에는 열심히 공부
만 하려고 저러나 보제.

그러나 춘단의 속도 나오는 말처럼 개운하기만 한 것은 아니
었다. 한 밥통에 지은 밥을 나눠먹고 산 지 벌써 석 달, 그사이
봄이 여름으로 바뀌었는데, 작고 희미한 것들이 올망졸망 꽃으

로 피어나고 개구리로 피어나고 삶을 위해 속에 감추어둔 비밀이란 비밀은 다 터뜨렸는데, 하숙생은 여전히 속을 보이지 않는 망울, 무슨 생각을 하고 사는지 모르겠는 존재였다. 영일은 이래저래 불만이 많았다. 밖에 나가 있는 춘단은 모른다고 했다.

다른 젊은이들처럼 밖으로 나댕기는 것도 아니고 종일 집에만 있는 사람이 저 작은 방에서조차 나오지 않으니, 스스로 감옥살이를 하는 거여 뭐여. 공부가 중한 건 알지만 그래도 저러는 건 아니제. 나는 아직도 저 청년 얼굴을 똑바로 본 기억이 없어. 밥 먹고 슝 들어가버리고 오줌 누고 슝 들어가버리고, 어제는 밥도 안 먹고 오줌도 안 누는 것 같더만. 한집에 사는 처지면 세상 돌아가는 얘기도 같이 나누고, 어제처럼 비 내리는 날이면 남자끼리 쇠주도 한잔 하고!

춘단이 눈치 빠르게 대꾸했다. 핑계가 좋소. 괜히 술 먹고 싶으니까 남 탓하기는. 병원에서 술은 안 된다고 했으니께 알아서 하쇼. 자기 몸 자기가 챙겨야지 누가 챙겨주겠소.

이 사람이 말을 해도 참, 그런 거 아니여. 나는 이…… 뭐냐, 사람 간에 지켜야 할 도리를 얘기하는 것이지 어린 사람한테 그깟 술이나 한잔 얻어먹자고,

"쉿. 지금 나오네."

딸깍, 소리와 함께 나온 하숙생은 영일의 맞은편에 앉아 피곤한 듯 어깨를 주물렀다. 춘단은 하숙생 앞에 국그릇을 놓았다. 어른 주먹만 한 감자를 넣고 끓인 고깃국에서 나온 김이 하숙

생의 얼굴을 휘감았다. 영일은 뿌연 막이 한 겹 덮고 있는 틈을 타 하숙생의 얼굴을 유심히 살펴보았다. 그러나 길게 기른 앞머리에 도수 높은 안경까지 끼고 있어서 어떤 눈빛을 하고 있는지 잘 보이지 않았다. 눈이 사라진 얼굴은 그 밑에 자리 잡은 코를 더 도드라지게 했는데, 정면에서 보면 미간에서부터 코끝까지 이어지는 선이 어디 한군데 튀어나오거나 들어간 곳 없이 매끄럽게 길을 트고 있고, 국물을 떠먹을 때 고개 숙인 모습을 위에서 내려다보면 평평한 얼굴 한복판에서 솟아난 묵직한 콧날이 남자다운 인상을 강하게 만들어주었다. 계속 보고 있으니 그 형태가 꼭 금봉산 꼭대기마다 우뚝 솟은 봉우리를 생각나게 했다.

살면서 예기치 않은 벽에 맞닥뜨릴 때마다 영일은 금봉산 꼭대기에 올라 절을 하곤 했다. 세상에 널리 알려진 산도 아니고, 속세를 등지고 고행을 하는 명승이 있는 산도 아니고, 그렇다고 멋들어지게 깎아놓은 돌 부처상이 있는 산도 아니지만 영일은 한 달에 한 번씩, 일 년에 열두 번, 1987년 여름에는 줄을 서서 기다리는 그 많은 논밭일을 낮 동안 다 끝내놓고 아무도 뭐라 할 일 없는 새벽이나 한밤중에 혼자 금봉산에 올라 구차한 세상사를 내려다보며 절을 드리기도 했었다. 모시는 신은 없지만 자연 앞에서는 절로 무릎이 꿇어졌다. 영일은 하마터면 하숙생의 콧날을 향해서도 숟가락을 내려놓고 합장을 할 뻔했다.

"밥 먹다 말고 뭘 그라고 딴생각을 하고 있소? 국 간이 안 맞소?"

"……됐네. 뉴스나 보게 티비 좀 틀어보세."

춘단은 숟가락을 내려놓고 거실로 걸어가며 중얼댔다.

"자기는 손이 오그라졌나. 나 좀 그만 부려먹으라고 그만치 말을 해도. 저 버릇은 죽어서도 싸갈 테니께."

춘단이 텔레비전을 켜는 순간 외국의 대화재에서나 볼 법한 시뻘건 화염이 검은 연기와 함께 와락 쏟아졌다. 그 연기들 사이사이로 완성되지 않은 문구가 언뜻 비쳤다. 차라리 여기서 죽겠다. 그 험악한 문구에 춘단은 텔레비전 속 일인 것도 모르고 소스라치게 놀라 입을 막으며 뒤로 물러섰다.

제 뒤로 보시다시피 현장은 무법지대의 아수라장이 되어 가고 있습니다. 오십 일 넘게 끌어온 대치가 극단으로 치닫게 된 것은 오늘 오후 한 시경, 경찰특공대가 전격적으로 공장에 진입할 것을 결정한 후 진압작전을 펼치는 과정에서 무장한 노조원들이 격렬하게 저항하면서 발생했습니다.

가스통이 여기저기 굴러다니는 가운데 복면을 한 무리가 쇠파이프든 나무방망이든, 발치에 걸리는 돌멩이든 무기로 쓸 수 있는 것들은 죄다 모아 손에 하나씩 둘씩 꽉 쥐고 대열을 맞춰 서 있었다.

노조원들은 특공대가 더는 진입할 수 없게 사무실 집기에서부터 이불, 입고 있던 옷까지 벗어 태울 만한 것들을 모두 모아 기름을 뿌린 후 제1 조립공장 앞터에 불을 질렀습니다.

불길 너머로 보이는 공장 외벽에는 시뻘건 화염보다 더 시뻘건 글씨가 불길에 흔들리고 있었다. **차라리 죽여라 여기서 죽겠다.** 창공 위로는 화재 진압에 나선 헬리콥터가 공장 주위를 돌며 소화제를 뿌려댔지만 혀를 날름거리는 불길은 헬리콥터마저 잡아먹을 것처럼 보였다.

자칫 극단적인 사고로 이어질 수 있었던 대치는, 그러나 오후 다섯 시경 야당 국회의원과 시민단체가 공장을 방문해 노사 양측에 자제를 바라면서 일단 소강상태에 접어들었습니다.

바람을 타고 불길이 번졌다. 카메라가 불길을 가까이 잡자 불을 바라보고 서 있는 수백 명의 겁에 질린 얼굴들이 불길 속에 어른어른 비쳤다.

일시적으로 진정은 됐지만 현장의 대치 분위기가 워낙 팽배해서 오늘밤 무슨 일이 벌어질지 아무도 예측할 수 없는 긴박한 상황입니다.

안전한 곳으로 피한 기자가 소속과 이름을 밝히며 중계를 끝냈지만 남아 있는 열기가 기자의 두 볼을 벌겋게 달구고 있었다.

"아직까지 저러고 있는 거여? 징하구만. 적당히 하고 내려올 것이제. 저러다 사람 여럿 잡겠네."

공장에서 수천 길 떨어진 영일의 눈 속에도 시뻘건 불길이 번졌다. 춘단이 리모컨을 가지고 식탁으로 돌아오면서 대꾸했다.

"그러니께 요새는 뉴스 보기가 무섭다지 않허요. 저라고 공장에 불 질러싸면 난중에 뒷감당을 워떻게 하려고. 사람들이 참, 한 치 앞을 못 보고. 쯧쯧."

"내 말이 그 말이여. 저 사람들이 해도 해도 너무허는 거여."

영일은 할 말이 많았다. 농사짓던 때와 달리 남아도는 게 시간이니 닭을 돌보고 남는 시간이면 신문을 펼치고 1면에서부터 36면까지 이 잡듯 기사를 파헤쳤다. 기사뿐만이 아니었다. 사람 찾습니다, 김복순, 나이 64세, 활동지역 경기도 양평, 사기죄로 도주, 제보하시는 분께 천만 원 후사하겠습니다. 영일은 돋보기를 대고 흑백사진의 여자 얼굴이 타들어갈 정도로 들여다보았다. 양평이 워디여, 이 여자나 한번 찾아다녀볼까. 그런 생각이 드는 날은 그래도 편한 축에 속했다. 신문은 보면 볼수록 사람 오장육부를 뒤흔들어놓았다. 어떻게 된 게 이 나라는 하루라도 정치인이 돈 받아먹지 않은 날이 없고, 남자가 여자를 강간하지 않은 날이 없고, 돈 때문에 살인하지 않은 날이 없고, 젊은이들이 자살하지 않은 날이 없고, 워메, 남자가 남자를 강간한 망측한 날도 다 있고. 쌀값에 얽힌 분노가 아닌, 평소엔 있는 줄도 모르겠던 국가와 사회에 대한 분노가 오래 쉬었다가 다시 끓는 용암처럼 솟아올랐다. 병으로 움츠러들었던 영일은 이 기회에 큰소리로 호기도 부릴 겸, 그간 신문에서 보고 배운 것들을 다 쏟아놓을 작정이었다.

"회사가 망하게 생겨서 월급도 못 주게 생겼다는디, 그러면 불필요한 사람 좀 자를 수도 있는 거 아니여. 그게 억울하다고 저라고 불 싸질러놓으면 누구보고 뭘 워떡하라는 거여. 몸 건강하겠다, 나이 젊겄다, 다른 데 가서 일 찾아보면 그거 하나 없겄어? 다른 사람들 생각도 좀 해야제. 저 사람들 땜시 공장에 물건 대는 하청업체에, 근처 식당에, 손 놓고 있는 인구가 몇천, 몇천이 뭐여, 몇만이 넘어서 저짝 지역경제가 완전 파탄날 정도라는디. 저 사람들 땜시 죄 없는 멀쩡한 사람들까지 피해를 보는 거 아니여. 사람은 무슨 일이든 미래지향적으로 생각해야 발전이 있는 건디 너무 즈그들 생각만 혀. 아무튼 예전엔 이러지 않았는디 요새 세상인심이 부쩍 사나워졌어. 여지껏 자기 밥 멕여준 회산디 거기다 불을 질러? 저런 것들은 봐줄 것도 없이 당장 잡아서 깜방에다,"

영일의 입에서 튀어나온 밥풀이 막 식탁 위로 떨어지려는 찰나였다.

"다른 사람은 몰라도 어르신께선 그렇게 말씀하시면 안 되죠."

공장에서 보내온 불길로 뜨겁게 달아오르던 영일의 얼굴이 불시에 찬물을 뒤집어쓴 것처럼 얼떨떨한 표정이 되었다. 말없이 밥과 국을 번갈아 뜨던 춘단도 숟가락을 멈추고 하숙생을 올려다보았다. 국이 식어 앞을 가리던 뿌연 김이 사라져서 하숙생의 얼굴이 형광등 아래에서 또렷한 빛을 발하고 있었다.

"……시방 뭐라고 했는가?"

"어르신께서 그렇게 말씀하시면 안 된다고 했습니다."

혹시나 잘못 들었을 수도 있겠다 싶던 말이 오히려 더 또렷한 음성이 되어 나오니 영일은 기가 차 헛웃음이 나올 지경이었다.

"……워째서 내가 그렇게 말하면 안 되는디?"

"어르신도 저 사람들과 별반 다르지 않은 입장 아니십니까?"

"내가? 내가 뭣 땜시? 내가 지금 공장에 불 싸지르고 왔나?"

"그게 아니라 어르신이 이 사회에서 처한 지위나 입장이 기본적으로 저 사람들과 동일하다는 겁니다. 어르신도 지금껏 농사를 지어오신 걸로 아는데, 그럼 잘 아실 거 아닙니까. 쌀값 가지고 정부랑 다투는 게 하루 이틀입니까. 자유무역이다 뭐다 해서 외국 농산물 무더기로 수입하는 것 때문에 농민들이 경운기 타고 여의도로 원정 시위 오는 게 하루 이틀이냐고요. 일선에서 일하는 사람은 죽든지 말든지 신경 안 쓰고 자기들끼리 방에 모여서 사람을 자르겠다, 공장을 닫겠다, 이래도 이 사태의 본질이 보이지 않으세요?"

"헛, 참……. 아이고, 기가 막혀서 참나…… 자네, 말은 바로 하게. 그게 언제냐, 십 년도 더 됐구만. 내가 그때쯤에 도청으로 시위 간 건, 내가 시위한 걸 워떻게 알았는지는 모르지만서도, 그건 내 몫, 내 재산을 지키자고 간 거여. 내 땅에서 일 년 내내 키운 작물들이 팔리지도 않고 썩고 있는디 그 꼴을 보고 가만히 있을 칠푼이가 워딨나. 내가 내 재산, 내 땅을 살리자는 게 워떻게 넘의 공장에다 불 지르는 거랑 같다는 거여. 내 말이 틀리나?"

"땅이 어르신 재산이듯이 저 사람들한텐 공장이 재산이지 않습니까?"

"공장이 워떻게 저 반동분자들 재산이여. 엄연히 사장이 있고 그 위에 회장도 있는디."

"사장이 공장 와서 나사 끼우고 납땜합니까? 다른 건 몰라도 공장에 발붙이고 조립하는 그 최소한의 공간만큼은, 사장이니 주주니 하며 책상에서 숫자놀이하는 사람들이 아니라, 하루 종일 최선을 다해 일하는 저 사람들한테 돌아가야 하지 않겠습니까?"

영일의 표정이 어찌 되든 하숙생은 아랑곳하지 않고 말을 이었다.

"어르신, 착취라는 말 아시죠. 사람 속을 파먹을 대로 다 파먹고 빈 깡통으로 만들어버리는 착취. 저 사람들에게서 그 작은 자리마저 빼앗는 것이 바로 착취입니다. 가장 등에 줄줄이 매달린 부인이랑 애들, 한 가족의 목숨까지 다 빼앗는, 사람 생명을 쥐어짜는 착……."

그때였다.

"조용히 못 하나!"

착취라는 말이 세 번 나오고 한 번 더 나오려는 순간, 영일과 하숙생의 언쟁을 가만히 듣고만 있던 춘단이 벼락같은 소리를 질렀다.

"밥상 앞에 앉아서 뭔 착취, 착취여. 그라고 경기 나는 말을 내가 밥 묵으면서까지 들어야겠어? 당신도 고만하시오. 저짝 시끄럽다고 우리 밥상까지 시끄럽게 맨들어야겠소? 저것이 우리

랑 뭔 상관이라고 그리고 원수 진 사람처럼 열을 내쇼. 내가 저
놈의 테레비부터 당장 꺼야지. 하여간 사람 모였다 하면 저놈의
테레비가 원수여, 원수."

정보와 소음이 교란된 텔레비전 소리가 사라지자 세 사람이
앉은 식탁 위엔 해결되지 않은 감정만이 화난 고양이처럼 털을
쭈뻣거리며 남았다. 영일과 하숙생 사이로 뜨거운 공기가 뿜어
져나왔다. 영일의 머릿속은 아직 하지 못한 말들로 차고 넘쳤다.
신문에는 좋은 말들이 많았다.

대를 위해 소가 희생하는 건 어쩔 수 없는 사회 순리제! 저만
생각하는 이기주의, 밥그릇 싸움을 극복해야 이 사회에 발전이
있는 거 아니었어! 회사 경영이라는 것도 인정으로만 되는 게
아니여! 모든 일엔 규칙이 있고! 규정이 있고! 또…… 그려, 우
선순위도 있고! 그라니께 회사를 살릴라믄 그런 세계적인 추세
에 발맞춰서 효율적으로다가 하나하나……. 젊은 놈이…… 젊은
놈이 어른한테 한마디를 안 지고 따박따박 말대꾸를 하고 말이
야. 대가리에 피도 안 마른 시퍼런 놈이 눈까지 똑바로 치켜뜨고
뭐가 워쩌고 저째? 싸가지 없는 새끼. 지가 이 세상을 살면 을매
나 살았고, 배우면 을매나 배웠다고, 지가 전쟁을 겪어보길 했어
밥을 굶어보길 했어, 니미. 영일은 숟가락을 칼처럼 쥐었지만 막
상 고양이의 배를 찌르지는 못하고 씩씩대는 숨소리로 그 가느
다란 털만 나풀거리게 했다. 하숙생이 수저를 밥공기 옆에 내려
놓으며 말했다.

"지금 저기에서 제일 가슴 아픈 사람은요, 사장도 아니고 주주도 아니고 인근 음식점 주인도 아니고, 바로 자기 일터에다 불을 질러야 하는 저 사람들이라는 말입니다. 어르신께서 뭔가 단단히 착각을 하고 계신 것 같네요. 자기 권리를 모르는 사람은 종이 되는 겁니다. 싸우지 않는 사람은 스스로 종이 된다고요."

평소에는 눈도 한 번 마주치지 않고 방에서만 살던 하숙생이 낮고 단호한 목소리로 아랫사람 가르치듯 말하자 영일은 뒤로 나자빠질 노릇이었다.

"허, 참 내 기가 맥혀서, 내가 사람 한번 잘 봤제. 첫인상부터 꾸꿈시러운 게 뭔가 영 껄끄적거리더만. 내가 참말로 사람 한번 잘 봤어. 아여, 말 좀 해보랑께. 내가 아까도 안 그랬냐. 뒤로 숨기는 게 여간 많은 인물이 아니라고. 내 이 눈이 틀린 눈이 아니여."

"조용히 하고 밥이나 드쇼. 어른이면 채신머리 있게 행동할 줄도 알아야제."

하숙생은 밥 반 공기를 남겨놓은 채 의자를 밀고 방으로 들어갔다. 그리고 언제나 그렇듯 방문을 닫음과 동시에 딸깍 소리가 들리자 영일은 어쩐지 더 분한 마음이 들어 꽉 닫힌 방문에다 대고 고래고래 소리를 질렀다.

"지금 내 앞에서 법대생이라고 유세 떠는 거여? 저런 싸가지로 무신 법 공부를 한다고. 그라고 걱정이 되면 가서 불 지르는 거나 좀 도와주제 잘난 사람이 왜 방구석으로 도망간다냐. 하여

간 젊은 것이 입만 살아가지고……. 저 나이 될 때까지 합격 못
한 거 보면 볼 장 다 본 거 아니여. 진짜로 똑똑한 놈들은 스물
셋, 넷에도 턱턱 붙더만. 저런 것들은 국가 차원에서 떨어뜨려
야 해. 저런 것들이 판사 되고 검사 되면 이 나라가 워떻게 되겠
어."

"그만하라고 안 허요."

"그만하긴 뭘 그만해, 뭘!"

영일은 급기야 쥐고 있던 숟가락을 바닥에 내팽개치며 자리
에서 일어났다. 피가 쏠려 벌게진 얼굴에는 눈물까지 아른거렸
다. 저딴 버르장머리 없는 놈의 얼굴에서 그 인자한 금봉산 봉우
리를 떠올리다니. 영일은 그게 그렇게 분하고 또 분할 수가 없
었다.

17

춘단이 강의실 여덟 개와 화장실 여섯 군데서 쏟아져나오는 쓰레기를 비우고, 복도를 쓸고 대걸레질을 하고, 열린 문틈 사이로 빼꼼히 강의실을 몰래 들여다보고, 물에 젖은 손을 유니폼에 몇 번 문지른 뒤 가느다랗게 자른 노끈으로 A관 뒤뜰에 쌓인 폐지를 묶는 동안 어느 강의실에서는 로마의 주인이 암살을 당해 한때 황제를 꿈꾸었던 사나이의 뜨거운 피가 대리석 계단 위로 흘렀다.

등을 굽혀 폐지를 묶다 보면 어느새 하얀 운동화가 옅은 핏빛으로 물드는 게 보였다. 운동화뿐만 아니라 곤충이 붙어 있는 강의실 벽과 잔디가, 호수와 코끼리가, 푸른색 유니폼과 학생들이 한 손에 들고 다니는 작은 가방이, 모두 비슷한 색으로 물들고 있었다.

아따, 겁나게 멋있구마잉.

춘단은 굽힌 허리를 펴고 탄성을 내질렀다. 자연을 멀리 쫓아낸 도시의 무채색 풍경이 어쩔 수 없이 자연에 지배당하는 순간을 보는 것이, 벼가 익어가는 들판에서 노을을 보는 것보다 더

뭉클하게 가슴을 쥐어 잡았다. 그러나 춘단에게 동조하는 미화원들은 아무도 없었다. 그들은 여전히 등과 무릎을 굽힌 채 묵묵히 박스를 헐고 구겨진 종이를 펴서 쓸 만한 것과 아주 버려야 하는 것들을 구분해내고 있었다. 잉크가 묻은 미화원들의 손은 알아볼 수 없는 글자들로 뒤범벅이 되었다. ……므로 사랑에 빠지는 것은 당연하다,라는 리포트와 ……탈출해 고시원으로,라는 학생 상담자료와, 이유 불문 징계대상이다,라는 공지가 뒤범벅되어 미화원들의 손바닥에 '당연 해고 이유'라는 글자를 새겨넣었다. 그러나 그런 것에 일일이 신경 쓰는 사람은 아무도 없었다.

폐지 수집은 일당 외에 얻을 수 있는 부가 수입이기 때문에 미화원들은 당번까지 매겨가며 폐지 정리에 열을 올렸다. 그러나 춘단의 흥미를 끈 것은 킬로당 백 원, 백십 원 하는 폐지 시세가 아니라 그 위에 적힌 다양한 글자들이었다. 춘단이 폐지를 정리하다 말고 버려진 보고서 따위를 읽는 것을 본 미화원들은 못마땅한 표정을 숨기지 못한 채 춘단이 들으라는 듯 농땡이 부리지 말고 얼른얼른 서두릅시다, 하고 재촉했다. 그제서야 춘단은 읽고 있던 세계에서 빠져나와 종이 뜯는 냄새가 나는 업무로 복귀했다. 잠시 후 미화원들은 춘단과 다른 이유로 허리를 펴며야, 살았다, 탄식 같은 함성을 질렀다. 교대할 야간반 미화원들이 노을을 등에 업고 멀리서 걸어오고 있었다.

춘단이 버스에서 내리자 이제 막 하나둘 켜지기 시작한 가로

등의 따뜻한 불빛이 밥 끓는 냄새와 한데 뒤섞였다. 저녁 장사를 하는 도로변 음식점들이 인도에까지 상을 내놓고 오가는 행인들을 유인했다. 돼지족발을 삶는 가게에서 나오는 수증기는 습한 여름 공기를 더 축축하게 만들었다. 머릿고기집과 족발집이 모여 있는 가게 앞을 지나던 춘단은 대여섯이 모여 앉은 테이블에서 낯익은 사람들을 목격했다. 아침마다 정류장에서 마주치는 그 가방 군단이었다.

학교에 다닌 지 얼마가 지나자 등굣길과 하굣길에서는 매일 같은 얼굴들만 마주친다는 걸 알았다. 남의 가방을 툭툭 치고 다녀서 슬쩍 눈치를 주면 미안하다는 말도 없이 뒤로 물러나 자기 길을 가버리는 남자, 언제나 버스의 가장 좋은 자리에 앉아 꾸벅꾸벅 조는 여자, 바깥 그물망에 연장을 챙겨넣은 가방을 메고 무리를 지어 다니는 일꾼들. 그 일꾼들이 저녁에는 정류장 근처 머릿고기집에 다시 모여 지역경제에 이바지도 할 겸, 오늘 번 돈을 오늘 다 쓰고, 내일 마셔도 될 술을 오늘밤이 마지막 날인 것처럼 마셔대는 것이었다. 테이블 아래 바닥에 아무렇게나 널브러져 있는 가방 더미를 본 춘단은 가방 어깨끈을 꼭 붙들며 걸음을 재촉했다.

큰 도로를 지나 주택가 골목으로 들어선 춘단은 바로 앞에서 낯익은 사람의 뒷모습을 발견했다. 살집 없이 바짝 마른 그 등을 보기만 해도 딸깍, 방문을 잠그는 금속성 소리가 들리는 것 같다. 춘단은 반가운 마음에 종종걸음으로 뛰어가 팔을 뻗치며 앞장선 사람을 장난스럽게 붙들어 세웠다.

"잡았구마잉."

그 순간, 벼락을 맞고 꺾인 나뭇가지처럼 춘단의 팔이 밑으로 떨어졌다. 하숙생이 춘단의 팔을 그대로 내쳐버린 것이다. 춘단은 벌레라도 붙은 것처럼 질색하는 하숙생의 행동에 흠칫 놀라 뒷걸음질쳤다. 그런데 난데없이 벼락을 얻어맞은 춘단보다 더 놀란 얼굴을 하고 있는 사람은 벼락을 때린 하숙생 쪽이었다. 검푸른 골목 어귀가 환해질 정도로 하숙생의 얼굴이 새하얗게 질려 있었다. 가만히 보니 구레나룻에서 목덜미로 송글송글 땀까지 흘리고 있었다.

"나 땜시 놀란 것이여? 간이 콩알만 한가 벼. 뒤에서 사람 좀 불러세웠기로서니 땀까지 뻘뻘 흘려쌌고. 아따, 뭔 죄라도 진 거 아니여."

춘단의 농담을 들은 하숙생의 입가가 더 굳어졌다. 춘단은 바지 주머니에 넣고 다니는 손수건을 꺼내 팔을 높이 뻗어 하숙생의 얼굴을 닦아주었다. 그제야 하숙생이 느릿느릿 입을 열었다.

"……딴생각을 하며 걷고 있는데 갑자기 뒤에서 사람이 나타나니까…… 좀 놀랐나 봐요."

"내가 괜히 쓸데없는 짓을 했고만."

하숙생은 춘단에게서 손수건을 건네받아 땀을 마저 닦은 뒤 돌려주었다. 오해를 푼 두 사람은 언덕으로 이어지는 길목으로 나란히 걸어갔다.

"그란디, 어디 댕겨오는 길이여? 생전 나가는 일이 없더만 오늘은 어딜 댕겨왔나 봐?"

"잠깐 누구 좀 만나고 왔어요."

"그려. 밖에 나가서 친구들도 만나고, 걷기도 하고 그라니께 얼마나 좋아. 날이면 날마다 좁은 방에 들어가서 책만 보니께 사람 기백도 그라고 쪼그라드는 거 아니여."

하숙생은 눈이 안 보이는 얼굴로 입가에만 가벼운 웃음을 지었다. 춘단은 지금이 기회인 것 같아 볼 때마다 해주고 싶던 말을 꺼냈다.

"그란디 그 머리 좀 워떻게 하면 안 되나? 사람이 눈을 마주쳐야제, 눈에 병풍 달고 살면 답답하지도 않어? 이발소 안 간 지 몇 년은 됐을 것 같고만. 내가 좀 잘라줘? 이래 봬도 우리 아들 어렸을 때는 내가 머리 손질 다 해주고 그랬는디."

"……곧 있으면 시험이니까, 시험만 끝나면, 그때 자르려고요."

춘단과 하숙생은 그림자 두 개를 앞세우고 나란히 언덕을 올라갔다. 긴 거리도 아닌데 하숙생은 걸어가는 중간중간 뒤를 돌아보며 주위를 살폈다. 춘단도 무슨 일이 있나 함께 주위를 둘러봤지만 눈에 들어오는 건 길가에 주차된 차들과 아직 형태도 색도 제대로 갖추지 않은 공중의 달뿐이었다. 그런데 하숙생은 마치 그 덜 자란 달에 쫓기기라도 하듯 초조한 모습으로 주변을 두리번거렸다. 그 모습을 보자 장롱에서 케케묵은 옛날 옷을 꺼내듯 춘단의 머릿속에 문득 학근이 오빠가 떠올랐다.

　일가친척 중에서 수재로 이름난 학근이 오빠는 사법고시에서 연달아 다섯 번 낙방한 후 조상들 묘가 있는 솔밭에서 목을 매달았다가 뜻한 바를 이루지 못하고 대신 정신을 놓아버렸다. 백치가 되기 전 학근이 오빠가 잠깐 춘단의 집에 묵었는데 그때 학근이 오빠가 했던 행동을 지금 하숙생이 흉내라도 내듯 따라 하고 있는 것이었다. 자기가 먼저 뒷산으로 산책을 가자고 말해 놓고선 누가 뒤를 쫓아오는 것 같다며 도중에 혼자서 산을 내려가버리고, 부족한 살림에 돼지고기를 한 냄비 볶아줘도 먹는 둥 마는 둥 하며 밥 한 공기를 채 먹지 못하고, 볕 좋은 가을날에 대청마루에서 낮잠을 자다가 악 소리를 지르며 일어나기에 무슨 일인가 가서 보면 얼굴 가득히 땀을 줄줄 흘리고 있고…… 춘단의 가족은 엄한 시어머니 모시듯 학근이 오빠 기분을 맞춰주려고 부단히 애썼지만 집을 떠나는 마지막 날까지도 오빠가 시원스레 웃는 모습은 단 한 번도 볼 수가 없었다. 그 후로 어느 날 술에 취한 양호익이 학근이가 기어이 미쳐버렸다는 말을 흘렸고, 그걸 잽싸게 주워들은 춘단이 정순규에게 맨날 일등만 하는 학근이 오빠가 왜 미친놈이 된 거여?라고 물었을 때 정순규는 이렇게 말해주었다.

　"골방에 틀어박혀서 어려운 공부 하다 보면 원래 기력도 빠지고, 정신도 빠지는 거여. 그라니께 춘단이 니는 참말로 운이 좋은 줄 알그라. 그라고 어려운 공부 안 해도 되니께."

어린 나이였지만 춘단은 학근이 오빠 일로 사람이 정신을 놓기 전 증상을 몇 가지로 정리할 수 있었다. 덥지도 않은데 한여름처럼 땀을 뻘뻘 흘리고 다니면서 돼지고기 반찬에도 밥을 통 못 먹고, 길에만 나가면 뭐에 쫓기는 사람처럼 뒤를 흘낏거리는 사람. 그러나 보통 사람은 걸리지 않고 어려운 공부를 하는 사람. 그중에서도 단연 법 공부를 하는 사람이 걸리기 쉬움.

춘단은 집에 가는 내내 하숙생의 안색을 살피다가 대문 앞에 다다랐을 때 하숙생을 멈춰 세워놓고 말했다.

"이번 주 일요일에 우리 양반 칠순 한다는 거 들었제?"

"네."

"올 거제?"

"……"

"꼭 와야제. 안 그래도 고향 떠나서 부를 사람 없다고 서운해하는데 옆방 사는 사람까적 안 오면 을매나 서운해하겄어. 꼭 오는 거여. 잔치까지는 못 하고 음식점에서 기냥 밥 한 끼 먹는 거니께."

"……"

"그날 일로 아직도 저 양반한테 화났나?"

"화는 무슨. 아닙니다."

"그려. 젊은 사람이 지난 일 꽁하고 마음에 담아두는 거 아니여. 사람이 살다 보면 치고받고 싸우는 일도 허다한디 그 정도 실랑이 좀 벌였다고 한집 사는 사람끼리 데면데면 굴면 못쓰제.

목소리만 컸지 못된 양반은 아니여."

"네."

"젊은이랑 늙은이 생각이 똑같을 순 없으니께……."

"제가 잘못한 거죠. 어르신께 제가 잘못했다고 말씀 좀 전해 주십시오."

"그러면 지난 일은 다 훌훌 털어버리고 오는 거제? 맛난 거 많이 멕여줄 테니까 몸보신 좀 혀."

춘단과 하숙생은 발을 맞춰 나란히 대문으로 들어갔다.

18

영일의 칠순잔치가 열릴 장소는 긴 토론 끝에 결국 자금성이 선택되었다. 비록 버스 한 번이면 갈 수 있는 서울 시내의 자금성이었지만 삼대가 머리를 맞대고 논의한 과정은 걸어서 베이징을 가는 것만큼이나 멀고 험난했다. 칠순이 있기 보름 전 토요일, 예년보다 일찍 나온 매미 울음소리가 거실에 둘러앉은 식구들 귀를 어지럽힌 날이었다.

일식집에 가자고 하니 회는 물컹물컹거리는 게 비린내까지 난다고 애들이 싫어해서, 그럼 담백한 스테이크를 먹으러 가자고 했더니 양식은 김치도 없이 손바닥만 한 고기 한 뎅이를 비싼 값에 내온다고 춘단이 싫어하고, 그렇다면 김치도 많이 주고 반찬도 많이 주는 한정식집에 가면 되겠다고 하니 집에서 맨날 해먹는 지겨운 밥을 시아버지 칠순 때까지 먹어야 하느냐며 이번에는 유정이 질색했다. 뷔페는요? 뷔페는 먹을 때만 좋지 먹고 나면 뭘 먹었는지 알 수 없어서 싫다 하고, 소갈비는? 갈빗집은 철판 바꾸는 게 품위가 없어서 싫다 하고, 그럼 중구…… 쯧! 중국집은 아예 말도 못 꺼내게 하고. 이도 저도 다 싫다 하는 꼴에 옆에서 가만히 신문을 보던 종찬이 끼어들며 심드렁하게 말했다.

"그럼 칼국수나 먹으러 가든지요, 수제비도 좋고."

그때까지 난 이파리나 닦으면서 남의 일인 척 앉아 있던 영일의 입꼬리가 단박에 굳었다. 시골집에 있었으면 못해도 마을회관에서 지역 가수까지 부르는 큰 잔치를 벌였을 것이다. 어림잡아도 부를 사람이 백 명이 넘었다. 고향 떠난 죄로 인생에서 제일 크게 치르는 잔치에 부를 사람이라곤 아들 내외, 손자 손녀, 꺼림칙한 옆방 하숙생밖에 없는 처지가 가뜩이나 서러운데,

……칼국수? 수제비?

이제껏 살면서 칠순잔치 때 칼국수를 먹었다는 얘기는 들어본 역사가 없었다. 마을에서 제일 없이 사는 양주댁도 아버지 칠순이라고 멀리 떨어져 살던 오남매가 합심해 뷔페를 차려주고 중국 여행을 보내줬다. 영일은 서운함을 넘어 노여움으로 몸을 바들바들 떨었다. 녹록지 않은 칠십 년 인생이 칼국수 한 그릇 값으로 매겨진 기분이었다. 둔감한 아들은 자기 말이 영일의 가슴에 어떤 파장을 일으켰는지도 모르고 밀가루 가격이 많이 올랐다느니, 이젠 분식도 만만하게 볼 수 없다느니 하며 칼국수 타령만 하고 있었다. 영일이 난 화분을 멀찌감치 밀어놓고 시뻘게진 눈으로 창밖만 보는 것을 눈치챈 유정이 그제야 남편에게 실없는 농담은 그만하라고 눈치를 준 뒤, 아주 품격 있는 중화요릿집 자금성을 추천하고 나섰다. 아까 중국집은 안 된다고 했잖

아? 준희가 딴지를 걸자 유정은 눈을 흘깃거리며 자금성은 일개 중국집이 아니라 중·화·요·리·집이라고 힘을 주어 말했다. 애 어른 할 것 없이 한국인 치고 중화요리 안 좋아하는 사람 있어요? 유정은 영일의 눈치를 살피며 본격적으로 설득에 들어갔다. 짜장 짬뽕 파는 중국집이 아니라요, 최고급 요리를 아주 정통으로 하는 비싼 중화요릿집이에요. 영일은 도통 반응이 없었다. 코스 요리는 그나마 가장 싼 게 일인당 십만 원이니까 중간 정도 가는 것만 먹으려 해도 얼마나 비싼 거예요. 사실, 애들이 먹기에는 너무 귀한 감이 있죠.

영일은 여전히 시뻘건 눈으로 하늘만 노려보고 있었다. 시뻘건 눈에 하늘이라고 푸르게 보일 리가 없었다. 생각나는 미사여구를 다 갖다붙여도 영일의 얼굴이 풀릴 기미를 보이지 않자 유정은 지하에 잠들어 있는 중국 황제를 모셔왔다. 아버님, 만한전석이라고 들어보셨어요? 중국 황제도 회갑 때나 먹었다는 귀한 음식인데 종류가 백 가지가 훨씬 넘는다네요. 서울에서도 만한전석 하는 요릿집은 정말 드물어요. 예전에 신문 기사에서 보고 아버님 모시고 한번 가봐야겠다고 생각했는데, 아버님 어떠세요?

"……."

"별로세요?"

"……."

"아, 귀가 먹었소? 대답을 하쇼. 어떠냐고 묻지 않소."

중국 황제까지 행차하고 춘단이 재촉을 한 뒤에야, 영일은 흰 자에 선 핏줄을 서서히 풀며 짧게 대답했다.

"에미가 좋으면 그러고 해야지."

금색으로 도금한 두 쪽짜리 자금성 문 앞에 도착한 춘단 일행은 붉은색과 푸른색 치파오를 입은 늘씬한 아가씨 두 명으로부터 환영인사를 받았다. 문을 넘어 마당으로 들어서니 소리는 가야금 소린데 가락은 중국풍인 현악기 연주가 은은하게 들렸다. 붉은빛을 내는 조명들은 평범한 낮을 색다른 시간인 것처럼 비추고 있었다. 디귿 자 구조로 이루어진 이층 건물에 처마마다 종이로 된 등불이 달린 게 잘은 모르지만 모든 게 중국식인 것 같았다. 낯선 풍경에 외국에라도 온 것 같은 기분이 든 춘단은 가장 먼저 영일의 안색부터 살폈다.

영일은 맨 뒤에서 뒷짐을 진 채 자금성 건물을 가만히 올려다보았다. 입을 한일 자로 꾹 다물고 있는 영일이 신경이 쓰였는지 유정이 곁으로 가 마음에 들지 않으시냐고 물었다. 영일은 좋다싫다 별 대답이 없었다. 그러나 춘단은 영일이 지금 누구보다도 더 흡족해한다는 것을 알 수 있었다. 영일은 맛있는 것을 먹거나 좋은 것을 볼 때면 호들갑 떠는 법 없이 오히려 점잔을 뺐다. 사람이 뭐든 지나치게 좋아하는 티를 내면 없어 보인다는 이유에서였다. 이 정도면 어디 가서 칠순잔치 얘기가 나왔을 때 물만 마시고 있지는 않아도 될 것 같았다.

약속 시간이 삼십 분이 지나도 하숙생은 오지 않았다. 집에서 제일 바쁜 재수생 준영도 학원 수업을 빼먹고 왔는데 하숙생은 소식이 없었다. 요리부터 먼저 내달라고 했더니 코스 요리는 사람이 다 와야 시작할 수 있다는 대답이 돌아와 식구들은 붉은 보를 두른 회전 테이블 앞에 다 식은 찻잔만 놓고 속절없이 문만 바라볼 수밖에 없었다.

오 분을 못 기다리고 화를 낼 줄 알았던 영일은 웬일인지 재촉 한 번 않고 얌전히 앉아 있는데 대신 준영이 휴대전화로 시간을 확인하며 빨리 먹고 다시 학원에 가야 하는데요,라며 계속 투덜거렸다. 가족들은 이 사태의 모든 책임이 춘단에게 있다는 듯 춘단을 쳐다보았다. 밖에 볼일이 있다고 아침 일찍 나가는 하숙생을 붙잡고 꼭 참석하겠다는 확답을 받아낸 사람이 춘단이었다. 지금 와서 생각해보니 애초부터 올 마음이 없는 사람이었다. 평소에는 방 밖으로 잘 나오지도 않던 사람이 갑자기 볼일이 있다고 나간 것도 자리를 피하기 위한 속임수였던 것이다. 영일은 자신의 칠순잔치에 올 단 한 명의 외부 손님을 기다리며 굳게 닫힌 문을 바라보고 또 바라보았다. 더 기다렸다가는 좋은 날에 괜히 영일만 초라해질 것 같아서 춘단은 문 가까이에 서 있는 종업원에게 말했다.

"안 올 사람은 오지 말라고 하고 우리끼리 시작허세. 공짜로 비싼 밥 멕여주겠다고 했는디 안 오면 저 손해지, 우리 손핸가. 우리는 좋제, 돈 굳으니께. 아여, 여기 올 사람은 다 왔으니께 밥

내와주쇼."

식사가 시작되자 오색 도자기를 든 웨이터들이 열릴 기미가 없던 문으로 쉴 틈 없이 들락날락거리면서 상을 차리기 시작했다. 붉은 보를 두른 식탁 위에서 완두콩 구슬을 입에 문 용은 하늘로 날아오르고 바다에서 탈출한 새우는 한 쌍의 나비로 탈바꿈했다. 호박으로 장식한 소형 자금성은 실제로 기와를 얹은 것 같은 섬세한 지붕으로 춘단과 영일의 눈을 황홀하게 만들며 다소 침울하게 시작된 칠순잔치 분위기를 단숨에 반전시켰다. 아들 내외, 손주들로부터 오래오래 건강하시라는 축원의 말과 함께 선물을 한 꾸러미 받은 영일은 자금성을 처음 보았을 때처럼 점잔을 떨려고 입술에 잔뜩 힘을 주었지만 실룩거리는 볼의 떨림까지는 미처 참지 못해서 불쑥 거뭇한 잇몸이 드러나버렸다.

새 음식은 매일 얼굴을 맞대고 사는 식구들 사이에서도 새로운 이야깃거리를 만들어냈다. 제비집으로 만든 수프가 식탁에 오르자 종찬은 숟가락으로 수프를 빙빙 돌리며 아들의 공부 얘기를 꺼냈다. 니 소원대로 고시원까지 들어갔으니까 이번엔 점수가 오르겠지? 삼수는 없다, 이게 마지막이야. 준영은 식탁에서 얼굴을 들지도 않은 채 멀건 수프만큼이나 멀건 대답을 했다.

"……나와봐야 알죠."

한소리를 들을 법한 대답이었지만 그때 영일이 전복구이 두 점을 한꺼번에 입에 넣는 것을 보고 놀란 종찬이 아들에게 해야 할 말을 잊고 영일을 진정시켰다.

"조금씩 천천히 드세요. 갑자기 과식하시다 몸에 무리 가면 어쩌려고요."

황제의 생일상에 올랐다는 음식과 오랜만에 삼대가 모두 모인 식탁, 무뚝뚝한 아들의 걱정에 기분 좋아진 영일은 이 정도는 거뜬하다는 것을 과시라도 하려는 듯 수술 전에 하던 습성대로 다 씹지도 않은 전복을 꿀꺽 삼켰다.

무꽃을 모자처럼 머리에 뒤집어쓰고 나타난 북경오리는 춘단을 식탁 한가운데로 끌어들였다. 이번에 운을 뗀 사람은 유정이었다. 유정은 웨이터가 부위별로 잘라준 오리 다리 두 개를 영일과 춘단의 접시 위에 하나씩 올려놓으며 말했다.

"그런데 어머님은 언제까지 그 일을 계속하실 생각이세요? 이제 그만두세요. 이러다간 정말 제가 사람들한테 욕먹겠어요."

"시어머니가 대학교 댕기는 게 메느리가 욕먹을 일이냐?"

"어머니도 참. 그게 정말로 학교에 다니시는 거예요? 청소하러 가시는 거지. 일을 소개해줬다는 그분도 참 그러네요. 어머니한테 어떻게 그런 일을……. 처음엔 어머니 고집이 워낙 세셔서 가만히 있었는데, 전 며칠 해보고 그만두실 줄 알았죠. 이렇게 오래 하실 줄 누가 알았어요. 제가 언제고 말씀드려야겠다고 생각했는데, 이제 그만두세요."

"이 사람 말이 맞아요. 저도 우리 사무실 빌딩에서 청소하시는 아주머니들 보면 어찌나 불편한지 몰라요. 그분들은 찾아오는 자식도 없고 다 딱한 사연 가지고 계신 노인들이에요. 어머니가 그런 일 하고 계신다고 생각하면 괜히 제가 몹쓸 놈이 된 것 같다고요."

"맞아요, 할머니. 그만두세요. 애들한테 우리 할머니 청소한다고 말하는 거 싫어요. 다른 집 할머니들은 수영 다니고 요가 배운다는데 우리 할머니는 학교에서 청소한다고 하면 애들이 무시할 거란 말이에요."

"애들 말 하나 틀린 거 없으니께 하라는 대로 혀. 마누라 밖으로 청소일 보내놓고 나만 방구석에 앉아 있으면 내 맴이라고 편할 것 같어? 이작 했으면 충분히 했으니께 말 나온 김에 당장 그만둬."

가족들이 한 명씩 돌아가며 한마디씩 하자 무슨 일인지 잘 알지도 못하는 준영까지 눈치껏 "그래요. 할머니, 그만두세요."라고 거들었다.

오리 다리를 뜯던 춘단은 입안에 든 것을 꿀꺽 삼킨 뒤, 냉수를 벌컥벌컥 마시고 물수건으로 입가에 묻은 기름을 닦아냈다. 그러고는 물수건을 내려놓을 생각 없이 오히려 손에 꽉 쥐며 말했다.

"여그서 나 말고 대학 물 먹어본 사람 있는가? 있으면 손 한번 들어보세."

"어머니!"

"있는가?"

다들 대답은 못 하고 입속에 넣은 음식을 우물우물 씹기만 했

다. 춘단은 남편, 아들, 며느리, 손자, 손녀를 차례차례 돌아보며
물었다.

"준영 애비, 대학 근처에라도 가봤는가?"

"……."

"재수한다고 해서 서울에 있는 학원 보내놓으니께 하라는 공
부는 안 하고 연애질하다가 나한테 걸렸제? 그라고는 뒷수습
이 무서우니께 그 길로 공부고 뭐고 다 때려치우고 군대 가버렸
제?"

"……옛날일은 뭐하러 또 꺼내세요?"

"준영 에미, 시골 촌에서 올라온 재수생한테 여대 다니는 대
학생이라고 거짓말해놓고 안 그래도 뒤숭숭한 수험생 공부 못
하게 수작 걸었제? 그러다가 억지로, 억지로 갈라놓으니께 날이
면 날마다 군대 간 놈 면회갔다가 기어이 사고 쳤제?"

"어머니, 애들도 있는데……."

"준영아, 니는 정신 똑바로 차려야 한다. 핏줄이 왜 무서운 줄
아냐. 자식은 제아무리 죽자고 싫어해도 어쩔 수 없이 부모 피를
물려받는 것인디, 피 속엔 좋은 것도 있지만 나쁜 것도 있지 않
냐? 나는 니까지 재수하는 게 여간 신경이 쓰이는 게 아니다. 니
몸에는 여자한테 홀려서 공부고 부모고 나 몰라라 하는 재수생
피가 흐르고 있는 거여. 그러니께 니는 정신 똑바로 차려야 한
다. 느그 아버지 짝 안 날려면."

"어머니. 안 그래도 예민한 애한테 무슨 그런 말씀을 하세요."

"무슨 말이나 마나 허튼 데 마음 팔지 말고 정신 똑바로 차리라고 하는 소리여. 니는 니 아들이 니 남편처럼 됐음 좋겠냐? 남들 다 가는 대학도 못 가고, 저 나이에 애 아부지 돼서 살면 좋겠난 말이여."

"……지금 잘살면 되는 거 아니에요."

"대학 갔으면 지금보다 훨씬 더 잘살았겠제. 준희 니도 할머니가 한 말 명심해야 한다. 대학 갈 날 아직 멀었다고 방심하면 안 되는 거여. 그러다간 대학 못 가는 거니께."

"전 남자친구도 대학 간 다음에 사귈 거예요."

"이 집안에서 제일 여무네. 하는 말마다 똑소리 난다니께."

잠자코 있던 영일이 작은 잔에 든 술을 들이켠 후 봉황으로 조각된 무를 씹으며 말했다.

"그만하게. 넘 칠순잔치에 와서 재 뿌려쌌는 것도 아니고."

춘단도 앞에 놓인 술잔을 쭉 들이켜며 말했다.

"함부로 나 무시하지 말라고 하는 소리요. 내가 청소일 한다고 식구들이 무시해싸면 바깥 사람들은 을매나 나를 하찮게 보겄소. 내가 단순히 청소일을 하러 대학 간 줄 아쇼? 그란 게 아니오, 내가 하루 종일 을매나 바쁜디, 시간 날 때마다 여그저그 돌아다니면서 도둑 공부 들어야제, 친하게 지내는 교수 선생이랑 밥도 같이 먹어야제, 요즘 대학생들은 뭘 하고 어떻게 사나 다 듣고 보고……. 여기서 나 대학 보내줄 수 있는 사람 있으면 손 한 번 들어보세……. 없제? 그라면 그라는 거 아니여. 청소일

이나 한다고 사람 면전에서 무시해쌌고……. 나라고 왜 청소일
이 힘들지 않겠어. 그래도 이 일이 아니면 다른 방도로는 대학이
라는 데를 가볼 수가 없지 않어. 나는 워쩔 때는 하느님이 날 도
우셨나 그란 생각도 들더만. 그란 게 아니면 이 넓은 서울 바닥
에서 워떻게 그 동상을 딱 만나서 대학 일을 소개받을 수가 있
겄어. 이란 걸 보고 운명이라고 하는 거제……. 맞구만. 내가 시
대를 잘못 만나서 초등학교도 못 마쳤지만 나는 워떻게 해서든
지 결국엔 대학 갈 운명이었던 거여. 그러니께 옆에서 아무리 뭐
래싸도 나는 절대 그만둘 수 없당께. 대학생들 사오 년 학교 다
니는 맨치 나도 똑같이 다닐 거여. 학교 가방 단단히 메고."

　춘단은 말을 마치며 술을 한 잔 더 들이켰다.

19

나는 고발한다. 부정이 정의로 둔갑하고 진실은 농담으로 치부되며 황금이 만능열쇠가 되어 대학 질서가 망가지고 있는 작금을, 나는 고발한다. 내가 익명의 방패 뒤에 서 있는 것은 내가 고발하고자 하는 것이 나 개인의 문제가 아니라 우리 대학 전체의 문제라는 것을 일깨우기 위함이다. 오늘 나는 비겁한 자의 용기로 우리 대학의 순수함을 무너뜨리는 사적(四敵)을 고발하고자 한다.

하나, 사회과학부 주성진 교수. 당신은 무엇을 위해 대학에 있는가? 나는 당신이 밀폐된 교수실에서 빈번히 당신의 대학원 소속인 Q 학생과 부적절한 관계를 가졌다는 것을 알고 있다. 당신이 윤리와 도덕에 대해 가르칠 자격이 있는가? 당신을 고발한다.

둘, 주성진 교수의 제자 최강석 조교. 당신은 주성진 교수의 휘하 노릇을 자처하며 주성진 교수의 비행에 일조하고 있다. 또한 마땅히 학부생들의 복지에 쓰여야 할 활동비를 개인적으로 유용하고 있지 않은가? 당신을 고발한다.

셋, 학부 내의 비리를 알면서도 제 식구 감싸기로 일관한 동료 교수들. 당신들을 고발한다.

넷, 보이는 것을 보려 하지 않은 자, 들리는 것을 들으려 하지 않은 자, 말해야 하는 것을 말하려 하지 않은 자, 정직한 사람들의 시대는 끝났다는 위악으로 타락을 선동하는 자. 나는 우리 대학에 만연한 수많은 '나'를 고발한다.

6월 1일, 대학본부 지붕을 떠받들고 있는 네 개의 화강암 기둥 중 세 번째 기둥에 붙은 대자보는 나는 고발한다,로 시작해 '나'를 고발한다,로 끝마치고 있었다. 전지 두 장을 아래위로 이어 붙인 크기의 흰 종이는 처음에는 검도부나 산악부에서 내건 동아리 홍보 포스터쯤으로 오인받았다. 해가 거듭될수록 감소하는 동아리 부원을 확보하기 위해 체포나 고소, 고발 같은 과격한 낱말을 사용하는 것이 유행처럼 번졌기 때문이다. 그러나 그날따라 유난히 일찍 등교한 몇몇 학생과 대학본부에 마침 볼일이 있던 또 다른 몇몇 학생에 의해 흰 종이에 쓰인 글이 단순한 말장난이 아니라 특정 소수와 불특정 다수의 명예를 훼손할 수 있는 대단히 민감한 글이라는 것이 밝혀졌다. 이것을 무엇이라고 불러야 할지 잠시 소란이 생겼다가 목소리 큰 누군가에 의해 대자보다!라는 함성 섞인 명명을 얻은 후 대학본부 기둥에 대자보가 출몰했다는 소문이 빠르게 퍼져나갔다.

대자보가 출몰했다.

모두가 무심코 전한 그 말 속에는 마치 기억과 기록에만 존재한, 실제로는 본 적 없는 괴이한 생물체가 늪지대에서 스멀스멀 기어나와 물갈퀴 달린 끈적끈적한 발을 뭍으로 드러냈다는 어감이 숨어 있었다.

느지막하게 등교한 학생들이 뒤늦게 무리 속으로 뛰어들었을 때는 이미 대학본부 앞에 모인 사람 수가 수백을 넘어선 상태였다. 가장 앞줄에 선 사람들은 이미 대자보의 내용을 충분히 숙지했음에도 쉽게 자리를 뜨지 않았다. 다리를 옴짝달싹할 수 없게끔 사방에서 사람들이 밀려들어오기도 했지만 뒤이어 일어날 사건의 목격자가 되고 싶었기 때문이다. 마지막으로 악몽 같은 서울의 도로 상황, 아무리 뒤져봐도 입고 나갈 게 없는 옷장 상황 등 개인이 해결할 수 없는 여러 가지 상황들로 인해 지각할 수밖에 없었던 학생들까지 뒤늦게 소식을 접하고 대학본부 앞으로 합류하려던 순간, 모자가 벗겨진 줄도 모르고 벌떼처럼 엉겨붙은 학생들 한 명 한 명을 떼어내며 세 번째 기둥 앞까지 가까스로 걸어온 수위에 의해 한 시간 십오 분 동안 캠퍼스에 출몰했던 대자보는 극적으로 포획되었다. 출처 불확실의 게시물은 발견 즉시 철거한다는 학칙 제45조 1항에 의한 정당한 조치였다.

대자보는 사라졌지만 그 큰 발이 밟고 지나간 발자국은 지진이라도 일어난 것처럼 학교 곳곳에 깊게 파였다. 몇 년 만에 나타난 대자보인가. 학교를 오래 다닌다는 이유로 아버님이라고 불리는 03학번조차 대자보는 한 번도 본 적이 없다고 했다. 대자보가 뭔데요,라고 묻는 09학번도 있었다. 질문을 받은 07학번은 핀잔을 줄 뿐 명쾌한 답을 내놓지 못했다. 넌 보고도 모르냐. 아까 니가 본 게 대자보잖아. 09학번은 고개를 갸우뚱했다. 그가 본 건 수백 개의 검은 머리통뿐이었다.

학교 어디를 가나 대자보, 주성진 교수, 최강석 조교, Q의 이름이 공기처럼 퍼져 있었다. 몇몇 당돌한 학생들은 수업 중이던 교수에게 그것이 진실이냐고 물었다. 교수는 뭐가?라고 되물었다. 학생들은 능글맞게 웃었다. 다 아시잖아요. 귀가 있고 눈이 있으니 모를 리 만무했지만 교수들은 아무 말도 할 수 없었다. 이미 이 사건에 대해 함구하라는 윗선의 지시를 받은 상태였다. 말해야 하는 것을 말하지 않은 자가 된다 해도 어쩔 수 없는 일이었다. 모두 조용! 수업을 진행하는 게 우선이었다. 그날 주성진 교수의 '유럽의 철학과 실제' 수업은 갑작스런 개인 사정으로 휴강이 되었고 최강석 조교는 병가 조퇴를 했다.

한 개의 혀가 수억 마디 말들을 만들었다. 말은 자유자재로 변태를 거듭하고 관계없어 보이는 것까지 흡수해서 게걸스러울 정도로 몸집을 불려갔다. 그러나 말은 공신력을 얻기에는 부족했다. 기록으로 남겨야 한다. 각종 쓰기에 능한 새로운 세대는 말해야 하는 것은 말해야 한다, 즉 써야 하는 것은 써야 한다, 라는 대자보적 사명을 느끼며 학교 홈페이지로 쳐들어갔다. 그러나 홈페이지는 공식적으로는 서버 다운이라는 이유로 접근이 불가했고 언제 복구가 될지는 행정처장도 모른다고 했다. 학내에는 이 기회를 이용해 분란의 씨앗인 자유게시판을 폐쇄해버릴지도 모른다는, 출처가 불분명한 소문까지 나돌기 시작했다. 이야기를 한데로 모을 곳을 잃자 학생들은 제도권에 대한 무기력감을 느꼈다. 그러나 impossible is nothing. 한 스포츠 의류회사의 광고 문구를 좌우명으로 삼도록 주입받은 세대는 포기하지 않고 다른 방법을 찾아나섰다. '다른 방법'이란 생각보다 무척 가까운 곳에 있었다. 곧 정보의 수원지이자 익명이 보장되는 구시대의 게시판에 온갖 기록이 난무하기 시작했다.

Q 대학원생이 04학번 구하영이란다. 그년도 좆나 웃기지 않냐. 교수랑 바람을 피우고 완전 불륜 아니야. 주성진은 오늘도 휴강, 등록금 환불받으러 가자. 구하영 학부생일 때부터 남자들 꼬시는 걸로 유명했음, 같은 과에서 양다리 걸치다가 걸려서 일 년 휴학했음. 최강석은 학부생일 때부터 주성진 오른팔이었는데 웬만한 건 다 아는 사이이다. 갠 답사 때도 맨날 주성진 옆에만 붙어 있었다. 주성진이 N 대학교 출신이어서 줄이 약한데 그래서 일부러 자기 사람 만들려고 잘해준 거다. 난 주성진 괜찮던데, 야, 솔직히 주성진 인간성 괜찮지 않냐. 강의도 잘하고. ← 주성진 씨, 여기서 이러면 안 됩니다, 변호는 법정 가서 하세요 ㅋㅋㅋ. 나도 주성진 좋은데, 모르는 애들만 이상한 소문 믿지 수업 받아 본 애들은 다 루머라고 생각하더라. 그리고 주성진 이혼했으니

까 불륜은 아니다. ← 최강석 씨, 줄 끊어졌습니다. 당신 앞날이
나 걱정하세요 ㅋㅋㅋ. ← 루저 새끼들, ㅋㅋㅋ 없이는 말도 못
하지? 그 실력으로 대학은 어떻게 들어왔냐? 논술시험 때도 ㅋ
ㅋㅋ 썼냐? ← 너 구하영이지? ㅋㅋㅋ.

인간 한 명의 배변 욕구를 해소하기 위해 지극히 사적으로 설
계된 공간에 들어온 학생들은 문을 잠그고 바지를 내린 후 안정
감 있는 의자에 앉아 무한한 배설물을 만들어냈다.

낙서를 하는 데 편한 양변기가 462개, 다리가 조금 저리긴 하
지만 하려고 마음만 먹으면 얼마든지 할 수 있는 재래식 변기가
58개, 남녀 통틀어 520개나 되었다.

6월 8일, 오후 다섯 시 즈음. 더위가 몰려든 캠퍼스와 달리 서
늘하고 쾨쾨한 공기가 감도는 A관 지하 주차장 컨테이너. 퇴근
시간이 지났지만 미화원들은 집에 가지 못하고 땀내 나는 유니
폼 냄새를 맡으며 자리에 앉아 있었다. 특별 지시사항이 있을 테
니 모두 대기하라는 소장의 지시를 최 여사가 전해왔기 때문이
다. 무슨 일 때문이냐고 물어도 최 여사는 아는 것이 없다고 고
개를 저으며 자기 자리를 찾아 좁은 공간으로 들어갔다. 미화원
들은 최 여사도 모른다는 그 특별 지시사항이라는 것에 지레 겁
부터 먹었다. 김씨, 박씨, 이씨, 안씨, 모두 손톱을 잘근잘근 깨물
어가며 자신이 저지른 실수를 머릿속에서 곱씹었다. 고스톱 치
는 소리가 밖으로 새나간 거 아니야, 그러게 목소리 좀 줄이래도

구씨가 유독 '고'를 크게 외쳐대더니. 가불 좀 해달라고 부탁한 게 잘못이었나, 지난번에도 마지막이라고 사정해서 받은 거였으니 이번엔 제대로 밉보였을 수도, 그래도 이번엔 정말 마지막인데. 어제 너무 급해서 교수관 화장실에서 오줌 좀 눈 걸 그 메기처럼 생긴 교수가 보고 이른 게 분명해, 평소에도 이상할 정도로 날 고깝게 쳐다보더니만.

바꿀 때가 지난 백열등 촉이 어두워졌다가 환해졌다가를 반복하고 있었다.

다섯 시 반이 조금 지났을 때, 소장이 평소에는 답답해서 입지 않는다는 국방색 작업복 점퍼를 걸쳐 입고 휴게실로 내려왔다. 소장은 컨테이너 안에 밤알처럼 모여 앉은 미화원들을 쭉 훑어본 후 자리가 좁으니 모두 밖으로 나오라고 했다. 밖으로 나온 27명의 미화원은 최 여사의 지휘 아래 눈치껏 3열 횡대로 섰다. 소장의 입에서 무슨 말이 나올지 모두 가슴을 졸이며 기다렸다.

"여러분도 요즘 학교에 떠도는 소문을 알 것입니다."

소장은 전에는 써본 적 없는 격식체로 비장하게 입을 열었다. 미화원들은 예상을 크게 빗나간 소장의 첫마디에 모두 고개를 갸웃거렸다. 학교 안에 떠도는 소문을 모르는 건 아니지만 그런 소문들은 점심 먹다가 밥풀과 함께 튀어나오는 이야깃거리일 뿐, 청소를 하는 자신들이 관여할 영역은 아니었다. 개인적인 비행에 대한 질책이 아니라는 것에 안도한 몇몇 미화원은 가슴을 쓸어내렸지만 대부분의 미화원은 막연히 소장을 기다리던 조금 전보다 더 궁금한 얼굴이 되었다. 소장은 목소리를 높였다.

"그러나 우리는 그 소문이 진실인지 아닌지에 대해서는 신경 쓸 것이 전혀 없습니다."

왜냐하면 우리가 앞으로 신경 써야 할 일은 화장실에 갈겨진 낙서를 남김없이 지우라는 특명을 완수하는 것이기 때문입니다, 라고 외치는 부분에서는 해병대 출신다운 상사 복종과 업무중심 사고가 드러났다.

"현재 야간반에 배치된 사람들을 제외하고 지금 이 자리에 모인 사람들은 앞으로 정규업무 외 두 시간을 늘려 화장실 낙서 지우기 특공 미화조, 줄여서 '화지특'으로 활동하게 될 것입니다. 참여는 자율에 맡기겠지만 나는 여러분 모두가 적극적으로 참여해줄 것이라 굳게 믿고 있습니다."

화장실 낙서 지우기 특공 미화조, 화지특. 미화원들은 갑자기 부여받은 소속의 명칭이 생소해 머리를 갸웃거렸지만 소장은 아무리 하찮은 업무라도 일단 이름을 붙이는 것이 업무효율을 높인다는 것을 잘 알고 있는 베테랑이었다.

"임무는 무엇보다도 조용히 행해져야 합니다. 치기 어린 학생들 특성상 그들이 제지받는다는 것을 알면 더 급진적으로 반항을 할 것이기에."

처음으로 '윗선에서 내려온 임무'라는 것을 받아본 소장은 방금 전 자신의 입으로 비밀리에 행해져야 한다고 강조한 사실을 망각한 채 지하실이 울려라 크게 소리를 질렀다.

"모두 알았나!"

소장의 구령 소리를 들은 평균연령 61세 화지특은 신발 뒷굽을 부딪치며 옛 썰,이라도 해야 하는지, 젊었을 적 장군님이 지배했던 세상이 떠올라 잠시 혼란스러웠다.

알았으면 해산!

대자보가 붙은 지 일주일이 지난 어느 오후, 국방색 작업복을 별 달린 군복처럼 입은 소장의 지휘 아래 자신들이 속한 부대의 명칭도 잘 몰라 근데 우리 이름이 뭐라고? 하고 묻는 어수룩한 미화원들은 지하 주차장의 어스름 속에서 비밀조직 화지특 대원이 되었다.

본연의 업무인 쓸고 닦고 버리기 중심의 미화사업에서 벗어나 화장실의 낙서가 사라지고, 그와 같이 소문도 사라지는 날까지,라는 소장의 강경한 웅변을 모토로 화지특의 업무가 시작되었지만 엄연한 추가 업무임에도 불구하고 특별수당이 제공된다는 말은 끝내 없었다.

20

지워도 지워도 낙서는 지워지지 않았다. 꼬리를 잘라내면 잘린 대로 도망가는 생물처럼 혀를 날름거리며 화지특을 우롱했다. 구하영 걸레,라고 써갈긴 천장의 낙서는 미화원 중에서 가장 키가 큰 손씨가 출동해도 도저히 손이 닿지 않았다. 할 수 없이 그는 변기통을 밟고 올라가 젖은 대걸레를 들고 사정없이 천장을 문질렀다. 글씨는 지워졌지만 걸레가 뱉어낸 구정물이 이마 위로 뚝뚝 떨어졌다.

"이거 정말 너무하는 거 아니야. 사람을 이렇게 공으로 부려먹는 법이 세상천지에 어딨어."

"참아. 나중에 알아서 다 정산해주겠지."

"그깟 수당이 나와봤자 얼마나 나올 것 같아. 몇 푼 되지도 않을 텐데, 그거 조금 받자고 이 짓은 더 못 하겠네. 나온다는 보장도 없고."

화지특이 활동한 지 일주일이 지나자 화장실에 쪼그리고 앉아 낙서를 지우던 이 사람 저 사람 입에서 불평이 터져나왔다. 추가수당이 나올지 안 나올지 모를 일을 언제까지 하고 있을 수는 없다는 이야기가 주를 이루었다. 그러나 불만이 사람 수만큼 쌓여가도 감히 걸레를 내던지고 집에 가버리거나, 집에 간 동료를 쫓아 덩달아 걸레를 버리고 갈 사람은 한 명도 없었다. 돈을 받고 안 받고의 문제가 아니었다. 소장은 화지특에 참여하는 것을 자율에 맡긴다고 했지만 조직이 자율이라고 써진 복권을 나눠줬다고 해서 그것을 액면 그대로 믿을 수는 없었다. 진실을 얇게 덮고 있는 금박을 긁어보면 자율이 지워진 자리에 '강제'라는 말이 드러나는 것이 여태껏 조직 명의로 발행된 모든 복권의 실체였기 때문이다. 조직을 떠나지 않는 한, 강제에 당첨된 사람 모두 자율적으로 남아 벽에 걸레질을 하는 방법밖에는 없었다.

화가 난 박씨는 참다못해 경고를 남겼다. 이놈들, 낙서하고 싶으면 니네 집에 가서 해라, 지우는 사람은 죽어 나간다. 모두 교양 있는 아이들이니 잘 알아들었을 것이라고 생각한 박씨는 몇 시간 뒤 깨끗한 화장실 벽을 기대하고 들어왔지만 자기가 쓴 글 밑에서 태어난 또 다른 댓글을 발견했다. 미친 새끼, 누가 지우래냐 ㅋㅋㅋ. 이런 식으로 의도치 않게 낙서에 일조하는 화지특까지 더해져 낙서는 동족결합에서 유사분열까지, 이용할 수 있는 모든 번식방법을 이용해 종을 퍼뜨려나갔다. 상대를 가리지 않는 난교 사이에서 도덕을 배반하는 기형적인 것들이 자주 태어났다. 시너 냄새를 맡은 채 바닥에 오래 쪼그리고 앉았던 춘단은 갑자기 머릿속이 휘청, 뒤집어지는 것을 느꼈다.

문을 넘어서니, 그곳은 홍등가였다. 입에 담기 무서운 말들이 아무렇지도 않게 벽에 휘갈겨져 있었다. 오래 살았다면 산 인생인데도 그런 말들은 어느 험한 장터에서도 들어본 적이 없었다. 훌륭한 문을 세워놓고 모두 멋진 옷을 입고 뽐내며 드나들지만, 그곳은 붉은 등을 내건 홍등가가 분명했다. 밤이 되어도 꺼지지 않는 불빛들이 회랑을 밝혔다. 손에 두꺼운 책을 든 어린 사람들이 바쁘게 회랑을 왔다 갔다 했다. 그들이 지나간 끝이 보이지 않는 긴 벽에는 온갖 소문과 비방이 살아서 꿈틀거렸다. 춘단은 회랑 한쪽에 쪼그리고 앉아 손에 쥔 걸레에 시너를 묻혔다.

똑똑똑.

밸브를 잠그다 만 수도꼭지에서 떨어지는 물방울 소리가 회랑 어디쯤에선가 들렸다. 그 소리를 듣자 춘단은 시너 냄새가 목구멍에 불을 지른 것처럼 갑자기 목이 바짝 마르는 느낌이 들었다. 침을 삼킬 수도 없을 정도로 목이 타들어갔다. 똑똑똑, 하고 들리는 소리의 간격으로 미루어보아 멀지 않은 곳에 물이 있을 것 같았다. 춘단은 붉은 등이 흔들거리는 회랑을 뒤로하고 목을 움켜잡은 채 물을 찾아나섰다.

똑똑똑.

물소리가 가까워질수록 갈증은 더 심해졌다. 춘단은 물소리가 나는 곳을 향해 더듬더듬 손을 뻗으며 걸어갔다. 그렇게 걸어가는 동안 드넓은 회랑 폭이 점점 줄어들면서 무릎을 붙이고 걸어야 할 정도로 좁아졌다. 그러더니 온 하늘을 뒤덮은 붉은빛이 바늘구멍에서나 나올 법한 가는 빛줄기로 사그라졌다. 똑똑똑. 춘단은 손을 뻗어 아예 그 소리를 마시려 했다.

"똑똑똑."

춘단은 눈을 떴다. 사람을 홀리는 붉은 등과 벌레처럼 우글거리는 글씨가 써진 회랑은 간데없고 캄캄한 어둠과 네 평짜리 방의 천장과 문틈으로 새어들어오는 가느다란 빛줄기만 공중에 실처럼 걸려 있었다.

"똑똑똑."

꿈속의 회랑을 다 걸어나왔는데도 갈증을 일으킨 물소리는 현실의 문밖까지 쫓아와 선명하게 울리고 있었다. 그런데 정신을 차려보니 그것은 물 떨어지는 소리가 아니라 나무 문짝을 두드리는 소리였다. 방문이 흔들릴 때마다 문에 걸쳐진 빛줄기도 함께 떨리고 있었다. 춘단은 시계를 확인했다. 2시 45분. 춘단은 덜컥 겁이 났다. 밤손님을 달가워하는 늙은이는 없는 법이었다.

"똑똑똑."

"……누구요?"

문 너머에서 춘단의 목소리만큼이나 낮은 대답이 돌아왔다.

"접니다."

춘단은 일어나 영일의 다리를 밟지 않게 조심하며 걸어갔다. 방문을 여니 하숙생이 바로 앞에 바짝 붙어서 있었다. 춘단은 밖으로 나와 문을 닫은 후 부엌 쪽으로 하숙생을 데리고 갔다.

"이게 뭔 일이다냐…… 아닌 밤중에 홍두깨, 홍두깨 해쌌더만 진짜 홍두깨 아니여."

"죄송합니다. 놀라셨죠?"

"놀라기만 했나. 도둑이라도 든 줄 알고 을매나 겁이 났는지. 아니제, 도둑이 문 두드리고 들어올 일은 없으니께 나는 참말로 귀신이라도 온 줄 알았지 뭐여. 아님 저 양반 칠순잔치 했다고 데려가려는 저승사자거나."

"급한 일이 생겨서 주무시고 계신 줄 알면서도 실례했습니다."

"뭔 급한 일?"

"실은 제가 집에 일이 생겨서 지금 새벽 기차로 내려가려고요. 그냥 갈까 하다가 말도 없이 사라지는 게 도리가 아닌 것 같아서."

"집에 뭔 일 났는가? 혹시 누가 돌아가신 거여?"

"아니요, 그건 아니에요."

"그람 무신 일인디?"

"해결해야 할 일이 좀 있어서요."

"무신 해결해야 할 일?"

"……."

"말하기 쉽지 않은 일인가 보구만."

하숙생은 엷게 웃더니 현관으로 걸어갔다.

"그럼 언제나 돌아올라고?"

"가봐서 사정이 좋지 않으면 좀 오래 걸릴지도 모르겠습니다."

"아이고 워째, 한창 공부해야 할 때인디, 공부도 못 하고. 시험이 얼마 안 남았다믄서."

춘단은 하숙생을 뒤따라 대문 앞까지 나갔다. 쇠문을 철컥 하고 열자 근처에 모여 있던 길고양이들이 후다닥 도망치는 소리가 들렸다. 쓰레기 봉지를 뒤졌는지 텁텁한 바람 속에 상한 음식물 냄새가 섞여 있었다. 춘단이 넘어진 쓰레기 봉지를 바로 일으켜 세우려는데 하숙생이 뒤를 돌아보고 말했다.

"저…… 그런데 혹시 누가 찾아와서 저에 대해 묻거든, 아무것도 모른다고 말씀해주시겠어요?"

"누가 찾아오는디?"

"그냥, 아무나요."

"아무것도 모른다고만 말하면 되는 거여?"

"네. 그렇게만 말씀해주십시오."

"그라제. 뭐, 어려운 것도 아니니께. 여그 일은 신경 쓰지 말고 몸 건강히 잘 다녀와. 어려운 공부 하는 사람은 뭣보다도 건강이 우선이니께."

"감사했습니다. 그리고…… 죄송해요."

"잉? 뭐가?"

하숙생은 대답은 않고 춘단에게 깊이 허리 숙여 인사한 뒤 등을 돌리고 언덕을 내려갔다. 등에 매달린 회색 가방만이 자신의 정체를 조금 오래 내보였을 뿐, 단조롭게 구성된 하숙생의 뒷모습은 새벽빛에 쉽게 녹아들어갔다. 길고 가느다란 몸이 점점 조그맣게 줄어들어 어느 순간 새벽의 한구석으로 홀연히 사라졌을 때, 어디선가 하숙생이 한 말이 다시 들려왔다.

아무것도 모른다고 말씀해주시겠어요?

하숙생은 자신이 남긴 그 말의 힘을 빌리듯 춘단의 눈앞에서 아무것도 아닌 사람처럼 사라져버렸다. 헛, 참, 아무것도 모른다고 말해달라니. 벽 하나 세워두고 사는 사이에 아무것도 모르는 것만큼 서운한 일도 없는데 꼭두새벽에 남의 꿈까지 침입해 들어와서는 고작 하는 말이…… 아무것도 모른다고 해달라고?

"……뭘 아는 게 있어야 안다고나 하제."

새삼스레 부탁을 받을 필요도 없이 춘단은 애초에 아는 것이 없었다. 하숙생보다 낯선 서성환이라는 이름과 법대생이라는 것, 식탐이 없고 말도 별로 없다는 것, 얌전한 것 같지만 한번 화를 내면 조용하게 무섭다는 것. 넉 달을 같이 살아놓고도 아는 게 고작 그런 거였다. 그것들마저도 속에서 나온 것은 하나도 없고 모두 곁눈질로 흘끔거려 알아낸 것에 불과했다. 춘단은 인적이 끊긴 컴컴한 새벽길을 보면서 방금 헤어진 하숙생의 얼굴을 생각해내려 했지만 떠오르는 조각들이 하나같이 희미하고 흐려 한참을 생각해도 뚜렷한 인상 하나 찾아낼 수 없었다.

21

"닭터야, 닭터 어디 갔냐. 닭터 이리 나온나."

영일이 닭터에게 먹일 아침 모이를 들고 옥상으로 올라갔다. 영일이 만들어준 판잣집 뒤에 숨어 있던 닭터가 주인의 목소리를 알아듣고 한달음에 푸다닥 달려나왔다. 영일은 닭터를 안은 뒤 날개 밑에 손을 집어넣고 털이 닳도록 쓰다듬었다. 이럴 때는 용돈을 준대도 곁에 잘 오지 않는 손주들보다 옥수수를 받아먹기 위해 품으로 뛰어드는 닭이 말도 못하게 사랑스러웠다. 닭에게 '닭터'라는 이름을 지어준 것도 영일이었다. 준희가 닭터라는 말을 처음 했을 때는 무슨 생뚱맞은 소리를 하나 했는데 자세한 설명을 듣고 나니 그보다 더 좋은 이름이 없었다. 병을 고치는 의사 닭이라니. 이름을 붙여준 뒤로 닭터를 향한 애정도 무한히 커졌다.

옥수수를 털어 바닥에 뿌려주니 배가 고팠는지 닭터가 허겁지겁 모이를 쪼아댔다. 영일은 곁에 쪼그리고 앉아 닭터의 벼슬을 쓰다듬고, 목을 쓰다듬고, 날지 못하는 날개를 쓰다듬었다. 조그만 옥수수 알갱이라도 한 톨 입에 넣어준 뒤 털을 쓰다듬으면서 예쁘다, 참 예쁘다, 그렇게 돌볼 수 있는 존재가 있다는 것이 이렇게 기쁜 일일 줄은 몰랐다.

아침 먹기가 무섭게 논에 물을 대야 하고, 고추밭에 농약을 뿌려야 하고, 폭우에 쓰러진 나락을 다시 일으켜야 하고, 메리 밥까지 챙겨주어야 하는 농사꾼의 긴 하루가 전생에서 짓고 온 죄의 업으로 느껴진 적도 많았다. 다들 알아서 제 앞가림 좀 해주면 얼마나 좋을까. 그런데 지금 이 시멘트 바닥, 제 앞길들을 너무나 잘 닦고 있어 돌봐줄 것 하나 없는 도시의 옥상에 서보니 영일은 자신의 손길을 애타게 기다리던 그 생명들이 오히려 자신을 살게 해주는 것들이었다는 생각이, 어느 날 문득 닭터에게 콩 한 알을 먹이면서 들었다.

닭터를 데려온 이튿날 새벽, 커튼 사이로 들어오는 빛을 피해 이불을 뒤집어쓰던 영일이 갑자기 자리에서 벌떡 일어났다. 귓가에 닭 울음소리가 남아 있었다. 이놈 우는 소리가 들린 지 한참인데 이때까지 배를 쫄쫄 굶었겠구만. 영일은 뒤척이는 기색 하나 없이 이불을 박차고 밖으로 나갔다. 잠에서 깨기가 무섭게 부엌 쌀 포대로 가서 밥공기에 쌀을 담는 영일을 본 춘단은 저 것이 혹시 저 양반의 배고픈 혼령이 아닌가, 하는 생각에 혼체를 구분하려고 걸어가는 영일의 발목을 덥석 붙들기까지 했다.

다음 날, 영일은 더 이른 시간에 일어나 옥상으로 달려갔다. 그리고 그다음 날엔 닭 울음소리가 들리기도 전에 눈을 뜨고 아침 밥상을 차리라며 춘단을 깨웠다. 신기한 일이었다. 영일은 하루아침에 다른 사람이 되어 있었다.

"닭 하나를 키우기 시작했어라."

네 번째 정기검진. 생활에 무슨 변화가 생겼느냐는 의사의 물음에 영일은 그렇게 대답했다. 닭요? 잉, 수탉요, 그란디 그게 보통 닭은 아니고요, 벼슬이 요라고 솟은 게, 사람으로 치면 칼 차고 전쟁 나가는 장군처럼 생겼당께요. 혈액검사 결과를 확인한 의사는 모든 항목이 전보다 좋아졌다면서 그 변화의 메커니즘을 밝혀야 하는 의무 아래 영일에게 여러 질문을 던졌다. 운동을 시작하셨나요? 아니랑께요. 그럼, 식단을 바꾸셨어요? 아니랑께요. 영양제는 어떤 것 드세요? 아따, 참. 영양제는 무슨, 그게 아니라고 안 허요. 한의원 같은 데서 대체치료를 받거나 하시지는 않았고요? 영일은 답답했다. 아따, 몇 번을 말하게 허요, 이게 다 우리 닭터 덕분이라고 안 허요. 그렇지만 어르신, 닭 한 마리 생겼다고 이런 변화가 있을 수는 없어요. 어르신이 놓치신 결정적인 원인이 있을 겁니다. 의사가 다른 무언가를 찾기 위해 겉옷과 속옷을 헤치고 몸을 퉁퉁 두드려대는 동안 영일은 옷을 벗기면 벗겨진 채로 누워 혼자만 아는 의뭉스런 웃음을 흘렸다. 의사의 진단까지 받자 더욱 확신이 들었다. 닭터가 벌레 새끼들을 쪼아댈 때마다 내 가슴에 남아 있는 덩어리까지 다 쪼아먹는 것 같더니, 이놈이 기어이 날 살려냈구만.

영일은 병원에서 돌아오는 길에 낚싯집에 들러 닭터가 좋아

하는 갯지렁이를 한 뭉치 샀다.

영일이 가져온 옥수수 알갱이를 다 먹은 닭터가 옥상 턱에 올라 배부른 자의 위용을 드러냈다. 붉은 볏에 태양빛이 쏟아지니 광장의 장군상이 부럽지 않았다. 영일도 닭터 곁에 앉아 아침이 오고 있는 지상의 광경을 내려다보았다. 밝은색 옷을 입은 사람들이 빠르게 언덕길을 내려갈 때마다 경쾌한 발걸음 소리가 좁은 골목에 타악기처럼 울려퍼졌다. 전장에서 돌아오는 밤은, 해진 옷으로, 부러진 총대로, 밑창 닳은 군화로 초라해도 아침은 절대 남루한 법이 없었다. 어제의 낡은 시름은 잠이 다 몰아내고 아침은 새것, 반짝이는 새 기운, 새 정신으로만 넘쳐흐르고 있었다. 세상을 발아래 두고 아침을 만끽하던 그때, 영일의 눈에 막 대문을 나서는 춘단의 모습이 들어왔다.

"아여."

영일이 손을 번쩍 들어 춘단을 불러세웠다. 춘단은 귀에 익은 음성에 옥상을 올려다보다가 영일과 닭이 부자지간보다 더 가까이 있는 것을 보고 큰 웃음을 지었다.

그래도 웃는구만.

오늘 아침, 춘단은 하숙생 방 앞에 우두커니 서 있다가 한참 만에 주저하는 손으로 손잡이를 돌렸다. 문은 버티는 힘 없이 그대로 열렸다. 무엇을 끌어안고 사나 궁금했던 두 평짜리 방에는 다른 것 없이 원래부터 있던 옷걸이 두어 개와 이불, 교자상뿐이었다. 바로 오늘 새벽까지 사람이 살던 방으로는 보이지 않았다. 빈방을 보고 하숙생은 어디 있느냐고 영일이 묻자 춘단은 갔소, 하는 짧은 말로 입을 연 뒤 새벽에 있었던 일을 그대로 전해주었다. 그럼 아주 간 것은 아니구만. 춘단이 물러날 생각 없이 황망한 얼굴로 문 앞에 서 있기에 영일이 위로 아닌 위로를 해주니 춘단이 고개를 저었다.

"아니오, 아주 갔소."

"다시 온다고 했다믄서?"

"……이 방 좀 보시오. 이게 돌아올 사람이 해놓고 간 방이오?"

춘단은 아침을 먹는 둥 마는 둥 기운이 없었다. 이젠 밥도 국도 일인분 더 적게 만들어야겠다고 혼잣말을 하다가 아예 위층에 올라가서 먹자는 말까지 나왔다.

"언제는 셋이 먹었나? 맨 둘이었제."

영일은 이럴 때마다 정 많은 춘단의 성품을 탓하지 않을 수 없었다. 오래 알고 지낸 사이도 아니고 그쪽에서 살갑게 굴던 것도 아닌데 뭘 저리 혼자 서운해한다냐. 일하러 나가는 사람이 아침부터 청승을 떠는 게 보기 싫어 영일은 닭터 밥을 줘야 한다며 옥상으로 올라와버린 것이다. 그래도 춘단이 웃고 나가는 모습을 보니 영일의 마음에 발걸음 소리가 다시 음악처럼 퍼졌다.

가방을 멘 춘단의 뒷모습이 언덕 아래로 사라지자 영일은 닭터를 옥상 바닥에 내려놓고 판잣집으로 데려갔다. 닭터는 집에 들어가기가 싫은지 부리로 영일의 신발을 쪼아 다른 곳으로 가자는 신호를 보냈다. 길에 버려진 나무토막을 하나씩 주워들고 와 땜질하듯 조악하게 엮은 판잣집이었다. 영일도 들어가라고 하는 게 미안할 정도로 닭터의 격에 맞지 않았다. 남에게는 칼 차고 다니는 장군감으로 소개하면서 장군님을 이런 누더기 집으로 모시다니. 영일은 하늘을 올려다보았다. 해를 보니 하루 종일 비 올 염려는 없어 보였다. 몸 상태도 날씨만큼 좋았다. 운이 나빠 변덕스런 소나기를 맞는다 해도 감수해야 할 노릇이었다. 오늘 할 일을 내일로 미루지 말라는 금언은 젊은 사람보다 나이 든 노인이 새겨들어야 할 충고였다. 내일, 내일 하다가 어느 순간 내일은 없고 사람도 없고 끝내지 못한 일만 덩그러니 남아 있더라는 것이 죽은 사람들의 하소연 아니던가.

오늘은 무슨 일이 있어도 닭터의 집을 새로 짜주어야겠다.

영일은 바삐 계단을 내려갔다. 2층에서는 이제야 압력밥솥 돌아가는 소리가 울리고 있었다. 외출복으로 갈아입은 영일은 서랍에서 삼만 원을 꺼내 지갑에 넣은 후 현관으로 나와 구두에 발을 집어넣었다. 항상 부어 있는 오른발이 역시나 잘 들어가지 않았다. 신발장을 뒤적거려 구둣주걱을 찾아보았지만 손에 걸리는 게 없었다. 신발장 못에 걸어놓은 건가 싶어 둘러보니 못에 걸려 있는 건 구둣주걱이 아니라 파리채였다. 구둣주걱! 구두약! 은단! 말만 하면 춘단이 손에 쥐고 있었던 것처럼 바로바로 대령했기 때문에 영일로서는 그 작은 물건들이 어디에 숨어 있는지 알 길이 없었다. 제풀에 지쳐 구둣주걱 찾는 것을 포기한 영일은 아쉬운 대로 엄지를 구두 뒤축에 집어넣고 발을 밀어넣었다. 별것도 아닌 사소한 동작인데도 금세 등에 땀이 배었다. 집 한 번 나가기가 이렇게 힘들어서야. 힘들게 구두를 신은 영일이 피가 몰린 머리를 식히기 위해 큰 숨을 들이마시며 등을 뒤로 젖혔다. 그제야 숨이 좀 잔잔해지려는데,

"종찬 아부지, 나 좀 구해주시오. 준영 애비야, 준영 에미야, 뭐하냐. 얼른 좀 나와봐라. 이 사람들이 나를 잡아갈라고 한다."

춘단이 갑자기 혼이 나간 사람처럼 악을 쓰며 대문으로 뛰어들어왔다.

22

사건 경위서

 가칭 '장대열 사건'과 관련하여 본인이 지휘를 맡은 제3 기동대가 무리한 수사를 펼쳤다고 주장하는 참고인 양춘단 측으로부터의 민원과 관련하여 본인을 위시한 제3 기동대는 아래에 자세한 사건 경위를 서술하는 바이다.

 YD 공장 폭력시위 주도 혐의로 수배 중인 장대열이 잠적한 이후, 우리 제3 기동대는 장대열의 소재를 파악하기 위해 인력이 부족한 상황에도 불구, 여러 방면으로 저인망 수사를 펼쳐왔다. 그러던 5월 중순경, 그의 동료이자 동일 혐의로 용의선상에 올라 있는 김낙현이 문락구 대양2동에 나타났다는 정보를 입수, 며칠간의 잠복 수사를 통해 6월 5일, 아침 5시 40분경 대양2동 버스 정류장에서 김낙현을 목격했다. 그의 체포를 두고 기동대 내에서 의견이 갈리었는데 강동주, 마인준 형사는 김낙현을 바로 체포해야 한다고 주장했고 본인을 비롯한 김일진, 성해일 형사는 사건의 몸통, 즉 장대열을 체포하기 위해서는 상황을 지켜보는 것이 낫겠다고 판단하였다. 민주적인 절차를 통해 우리 기동대는 김낙현이 장대열과 접선을 하고 있는 것이 확실하므로 장대열의 체포를 위해선 김낙현의 활동을 잠시 지켜보는 게 좋겠다고 최종 결정하였다. 김낙현은 적게는 일주일에 한 번, 많게는 일주일에 세 번 정도 매일 아침 일정한 시간에 버스 정류장에 나타나 1~3분 정도 짧게만 머무른 후 자리를 떴다. 처음에는 단순히 버스 정류장에서 서성이기만 할 뿐 다른 이상 동향을 발견할 수 없었지만 그의 행동을 지켜본 지 닷새째 되던 날, 그가 유독 특정 여자의 곁에 서서 그 여자의 가방에서 무언가를 꺼내는 것을 목격했다. 가방을 멘 여자는 김낙현이 다가와도 으레 낯선 사람에게 보여야 할 거부반응을 보이지 않았기에 우리는 여자가 김낙현, 더 나아가 장대열과 모종의 관계가 있다는 확신을 갖게 되었다. 다음으로 그 여자의 신원에 대해서 밝히는 바이다.

이름: 양춘단. 나이: 63세. 직업: C 대학교 미화원. 거주지: 문락구 대양2동. 가족관계: 배우자 김영일, 2남, 장남 김종철은 1987년도에 사고로 사망, 차남 김종찬은 대화산업 부장, 양춘단과 김영일은 3월경에 상경하여 김종찬의 집으로 들어옴, 상경이유는 표면적으로는 김영일의 병 치료. 특이사항: 양춘단의 7촌 당숙 양조익이 1952년 행방불명됨. (월북한 것으로 추정.)

양춘단(이하 양씨로 통일)의 신원을 조사하던 중 우리 기동대는 그의 집에서 하숙 중인 S대 법학과 서성환의 존재에 주목하였다. 서성환이 김종찬의 집에 하숙을 하기 시작한 것은 1월 초이며 이는 장대열이 잠적한 시기와 일치한다. S대에 문의한 결과 법학과 졸업생 중에 서성환이라는 인물은 없으며 비슷한 이름으로는 서성완이 있지만 그는 모두 알다시피 2선 국회의원이다. 이러한 정황으로 미루어보건대 장대열이 서성환으로 위장, 김낙현과의 교신을 위해 양씨를 이용했을 거라는 추측엔 큰 무리가 없어 보였다. 우리 제3 기동대는 김종찬의 집을 방문하여 탐문조사를 할 필요성을 느꼈지만 민감하고 재빠른 장대열의 기질 탓에 우리 쪽에서 먼저 움직임을 보였다가는 자칫 도주할 염려가 있어 실행에 옮기지는 않았다. 덧붙여 서성환, 확실컨대 장대열은 휴대전화, 이메일을 비롯한 어떤 통신수단도 사용하지 않으며 집 밖으로 나오는 날도 우리가 파악한 바로는 없었기 때문에 그의 활동을 포착하는 데 애로사항이 많았음을 밝혀두는 바이다.

결국 장대열의 소재를 어느 정도 파악한 이상 우리 제3 기동대는 더 이상 시간을 끌지 않고 이쯤에서 김낙현의 신원을 미리 확보하는 게 이익이라고 결정내렸다. 이 과정에서 강동주는 결국 이렇게 될 걸 처음부터 자기 말을 따르지 않아 시간만 낭비했다는 불만을 내비치며 특히 막판에 마음을 바꾼 마인준 형사를 변절자라고 혹독하게 비난했지만 큰일을 앞두고 내부에서 분열이 일어나면 안 된다는 본인의 훈계와 더불어 제3 기동대의 사회적 지위상 변절자라는 민감한 용어는 가려 사용해야 하지 않겠느냐는 따끔한 질책을 들은 강동주가 마인준에게 사과, 오랜만에 함께 회식하는 것으로 갈등이 잘 봉합되었다.

6월 16일 사건 당일. 새벽부터 대양동 버스 정류장에서 잠복하던 우리는 6시 5분경 김낙현이 나타난 데 이어 6시 10분에 양씨를 목격하였고 양씨의 가방을 통해 둘의 접선이 이루어지려는 찰나에 김낙현을 급습하였다. 그러나 불행하게도 이 과정에서 양씨가 우리 기동대를 오해하여 비명을 지르는 바람에 버스 정류장에 모여 있던 열 명 남짓한 일용직 무리가 우리를 무차별 공격하였다. (그들 중 몇몇은 가방에서 펜치, 멍키스패너 같은 연장을 꺼내 우리를 위협함.) 그 틈을 타 김낙현은 차들이 달리는 도로로 질주하여 그대로 도주하는 불상사가 발생하였다.

김낙현을 놓친 우리 기동대는 양씨에게 신원을 밝힌 후 몇 가지 조사를 위해 우리와 함께 가줄 것을 요청하였으나 과도하게 흥분한 양씨는 우리 말은 들으려고 하지 않고 무작정 집으로 뛰어가서 밑도 끝도 없이 나를 잡아가려 한다,라는 말로 가족들을 겁에 질리게 했다. 우리 기동대는 이 소란으로 장대열이 도주할 것을 염려, 집 주변에 대원들을 배치한 뒤 양씨의 가족에게 우리의 신원을 밝히고 집 수색에 협조를 요청하였는데 하숙생, 즉 장대열이 바로 그날 새벽에 이미 떠났다는, 도저히 믿을 수 없는 이야기를 들었다.

우리의 설명을 충분히 들은 양씨의 가족들은 수사에 최대한 협조할 것을 약속하였고 우리의 동행 요청에 적극적으로 응한 바, 동행과정에 어떠한 위협이나 강제성이 없었음을 명명백백 밝혀두는 바이다. (단, 양씨는 그의 배우자 김영일과 아들 김종찬, 심지어는 며느리 문유정까지 함께 경찰서로 가야 한다고 고집을 피웠고 문유정 본인도 나갈 채비를 마쳤으나 김종찬이 문유정은 딸의 등교 준비를 해야 한다고 만류해 문유정은 집에 머무르기로 한 것이므로 문유정을 동행하지 않은 것에 대해 우리 측의 어떠한 압력도 없었음을 다시 한 번 밝힌다.)

우리는 서에 도착하자마자 양씨의 가방을 증거물로 압수하였다. 양씨는 가방을 내주는 것에 민감한 반응을 보이다가 스스로 떳떳하면 왜 가방을 보여주지 않느냐는 우리의 질문에 그제야 가방을 넘겨주었다. 다음은 양씨의 가방에 대한 대강의 정보이다.

가로 30센티미터, 세로 41센티미터, 폭 15센티미터, 가격 약 8만원대, 폴리에스테르 합성, 오렌지색, 외부 하단에 지퍼가 달린 주머니 한 개, 안주머니 한 개, 섬유에서 김치 냄새로 추정되는 시큼한 냄새가 남, 양말 한 켤레, 연필 한 자루, 한 사람이 먹기에는 많은 양의 2단 도시락, 메이드 인 타일랜드.

상술한 내용만으로는 평범한 가방으로 보인다. 그러나 결정적으로 외부 하단 주머니에서 하얀 쪽지 한 장이 발견되었다. 쪽지에는 우리가 확보해둔 장대열의 필체로 다음과 같이 쓰여 있었다.

거주지 노출로 이동 결정, 추후 연락, 일은 계획대로.

서성환이 장대열이라는 것을 이 이상 분명하게 보여주는 증거는 없다고 생각한바, 우리는 바로 양씨의 취조에 착수했다. 수사는 제1 조사실에서 이루어졌으며 당사자 외에는 조사실로 들이지 않는 원칙에도 불구하고 양씨가 흥분을 가라앉히지 못한 점, 또한 김영일, 김종찬도 장대열과 같이 생활하였다는 점에서 이 둘 또한 아주 관계가 없다고는 볼 수 없어 보호자 자격으로 조사실에 함께 머무르는 것을 허락하였다. (여기서도 드러나듯 우리는 원칙을 무시하면서까지 양씨에게 최대한의 편의를 제공하였음.) 다음으로 양씨가 주장하는 '위협적 수사'에 대한 오해를 풀고자 서기가 기록한 대화 내용을 아래에 가감없이 싣는 바이다. (김1=김영일, 김2=김종찬)

나: 양춘단 씨.

(이렇게 단순히 호명한 행위에 대해서도 양씨 측은 '공권력을 지닌 자들 특유의 권위적이고 위협적인 목소리'라는 비합리적인 이유로 민원을 제기, 사건의 본질을 호도하고 있음.)

솔직히 말하세요. 아까 도주한 김낙현이랑 아는 사이죠?

양: 아까부터 그게 뭔 소리요. 내가 그 사람을 워떻게 안다고 김낙현인지 뭣인지 그런 이름은 태어나서 들어본 적도 없소. 당신, 당신은 김낙현이 누군지 아오?

김1: 나도 모르제. 내가 그 사람을 워떻게 알겄어. 이름도 시방 처음 들어보는디.

나: 자꾸 발뺌하시면 일이 더 복잡해져요. 저희 어머님 같아

서 하는 말인데 우리, 쉽게 갑시다.

양: 모른다고 해서 모른다고 하는디, 모르는 사람을 안다고 우겨싸면 알게 되는 거요?

김1: 그라니께, 이 양반이 참 답답한 양반이네. 몰라서 모르는 걸 워떻게 안다고 하는 거여.

나: 모를 리가 없는데 모른다고 하시니까 그러는 거 아니에요. 자꾸 이런 식으로 나오면 공무집행 방해죄가 될 수도 있어요. (이 발언이 양씨 측이 가장 강력하게 민원을 제기한 부분인데, 그러나 경찰 관계자라면 이 정도 수위의 발언은 수사 관례상 비일비재로 하는 말임을 모두 알 것이며, 또한 엄밀히 말해 될 수도 있다,라고 가능성만 내비친 것이지, 100퍼센트 된다고 확언한 것은 아니기에 위협으로 볼 수 없을 뿐더러 긍정적인 측면에서는 오히려 양씨에게 법률에 대한 유익한 정보를 제공한 순기능도 있다고 생각함.)

김2: 아니, 형사님. 무고한 시민을 이렇게 협박해도 됩니까? 공무집행 방해요? 아닌 걸 아니라고 하면 공무집행 방해입니까? 방해는 지금 누가 하고 있습니까? 일 나가야 할 사람들이 출근도 못 하고 왔는데, 지금 누구를 범죄자 취급하시는 거예요? 저희는 그래도 최대한 형사님들 공무에 협조하려고 여기까지 온 건데 이렇게 나오시면 안 되죠. 있지도 않은 죄로 끌려온 것도 억울한데 공무집행 방해? 당장 변호사 부를 겁니다, 변호사 부를 거예요.

김1: 아야, 말 한번 잘했다. 그려, 변호사 불러라! 변호사 불러!

이처럼 한 사람에게 한 개의 질문을 던질 때마다 세 사람에게서 세 개의 불필요한 반응이 돌아왔기 때문에 우리는 양씨로부터 자발적인 답변을 얻기는 불가능하다는 판단하에 정면 대응으로 가닥을 잡았다.

나: 김낙현은 몰라도 이 사람은 아시겠죠? (YD 공장 시위현장에서 찍힌 장대열의 사진을 내밀며)

양: 이 사람은 또 누구래요?

나: 4개월을 같이 살아놓고도 모른다고 하시면, 너무 양심 없는 거죠.

양: 내가 이 사람이랑 4개월을 같이 살았다고요? 아니, 아닌디. 나는 한참을 봐도 모르겠는디. 나는 이런 사람이랑 같이 산 적이 없어라.

양씨는 장대열의 얼굴을 들여다보면서 계속 모른 척을 하였는데 그때 함께 사진을 보던 김영일이 이렇게 외쳤다.

김1: 금봉산 봉우리! (우리는 이것이 무슨 암호인지 알아들을 수 없었는데 곧이어 김씨가 스스로 자백하였음.)

하숙생이네, 하숙생이여.

뒤이어 양씨가 놀란 표정을 지으며 사진을 다시 확인하였는데 손바닥으로 눈을 가린 후에야 하숙생이 맞다고 실토했다. 그러면서 사진을 한번에 알아보지 못한 이유가 하숙생, 즉 장대열의 앞머리가 길어서라는 판에 박힌 변명을 늘어놓았다. 진부한

해명이긴 하지만 추후 인쇄할 장대열의 몽타주에 앞머리를 기른 모습을 추가하여야 할 필요성이 있다는 점에서 의미 있는 제보라고도 볼 수 있겠다.

사건의 정확한 내막을 알려주지 않고 무작정 취조를 하였다는 양씨 측의 주장에 대해서도 본인은 충분한 상황 설명을 했다고 생각하는바, 경찰이 이미 알고 있는 장대열의 신원을 여기서 다시 길게 서술할 필요는 없기 때문에 양씨에게 설명한 것을 간단하게 싣는 바이다. (요청이 있을 경우 서기 자료를 별첨하겠음.)

장대열, 나이 34세, 25살 때 D 대학을 중퇴하고 본격적으로 노동운동에 투신, 좌파로 분리된 김수성 교수에게 사회주의를 사사한 후 폭력에 의한 노동운동을 주장함. 몇 차례 위장취업을 감행하여 비정규직 연대를 결성, 전국적인 차원에서 항쟁을 계획함. YD 공장 폭력파업사건에서 두 명의 전경에게 사상을 입힌 혐의로 수배되자 잠적, 그 후에도 배후에서 여러 건의 노동운동을 지휘, 가장 최근에는 비폭력으로 시작된 GT 공장의 파업이 폭력적으로 급변한 배후에 막대한 영향을 끼친 것으로 알려짐.

설명이 끝나자 김영일은 흥분을 가라앉히지 못하고 우리가 죄인을 지켜줬네,라는 말을 몇 차례 반복하며 머리와 가슴을 두드리는 가벼운 자학 증세를 보였다. 그에 반해 사건의 당사자인 양씨는 아무런 말도 하지 않고 고개만 숙이고 있었기 때문에 우리는 이것을 양씨가 장대열에게 도움을 준 행위를 인정하는 것이라고 해석하였다. 그렇게 추측하며 본인은 다음의 질문을 던졌다. (정황을 확실하게 할 필요성이 있는바 다시 서기가 기록한 대화를 옮긴다.)

　나: 왜 도와주신 거예요?

　양: 그게 뭔 소리요. 나가 뭐를 도와줘요?

　나: 증거가 나왔는데도 계속 모른 척하시기예요? 장대열이 김낙현한테 보낼 지령을 할머니께서 가방에 넣어서 배달하셨잖아요.

　양: 배달은 무슨, 아니오, 그란 게 참말로 아니오. 나도 저란 게 언제 내 가방에 들어갔는지도 모르는디, 나는 참말로 저란 게 내 가방에 들어 있는지 몰랐당께요.

　나: 한 번도 아니고 지금까지 우리가 목격한 것만 다섯 번이 넘는데 본인은 몰랐다니, 자기 가방에 뭐가 들어 있는지 주인이 모른다는 게 말이 됩니까? 그것도 매일 갖고 다니는 가방을?

　김1: 형사 양반이 뭔가를 잘못 생각하고 있는 것 같은디 알고 보믄 이 사람이 제일 큰 피해자여라. 나야 첨부터 그 청년이 꺼림칙했다 해도 아, 이 사람은 을매나 살뜰히 하숙생을 살펴줬는디, 그 속도 모르는 청년을 내 칠순잔치까지 초대한 사람이오, 이 사람이. 뭐, 끝까지 코빼기도 안 비쳤지만서도…….

　나: 그러니까 할머니께서 장대열에게 각별했다는 것은 사실이네요? 그러면 쪽지 한두 장 옮겨달라는 부탁은 부탁도 아니었겠죠?

　양: 아이고, 자꾸 무신 부탁을 받았다고 그러요, 한집 살믄서

하숙생하고 말해본 날이 요 한쪽 손으로 꼽을 정도인디. 하숙생한테서는 물 한잔 갖다 달라는 부탁도 받아본 적이 없어라.

김2: 가만히 있으려고 해도 정말, 형사님. 그렇게 사람 말꼬리를 잡아서 궁지로 몰고 가는 게 어디 있습니까? 나이 든 어른이 젊은 사람한테 다정한 것도 죄가 됩니까? 저희 어머니가 뭐가 아쉬워서 그런 일에 나서겠어요. 형사님이 우기시는 증거 말고 확실한 증거를 내놓고 말씀하세요.

(여기서 본인은 양씨의 집안력, 즉 7촌 당숙이 월북한 사실을 꺼내려 했지만 민감한 발언이기 때문에 하지 않았음.)

나: 이 쪽지 말고 더 확실한 증거가 어디 있습니까?

김2: 그러니까 그 쪽지를 우리 어머니가 전달했다는 증거를 내놓아보시라고요. 장대열인지 뭔지가 어머니 몰래 가방에 넣었는지 알게 뭐예요?

김1: 그라제, 그놈이 분명 몰래 가방에 집어넣은 걸 거여. 평소에도 뱀만치로 눈치를 요리조리 살피는 게 보통 의뭉시러운 사람이 아니었으니께.

김2: 그리고, 형사님이 말한 것처럼 김낙현, 그 사람이 저희 어머니 가방에 접근해서 쪽지를 빼간 걸 어떻게 어머니가 전달했다고 해석하실 수 있는 겁니까? 저희 어머니가 그놈한테 두 손으로 쪽지를 바치는 걸 보셨어요? 아니잖아요. 아무리 봐도 순진하신 저희 어머니가 그놈들 술수에 당한 건데 피해자를 범인으로 몰아가는 게 대한민국 수사 방식입니까?

나: 선생님. 제가 범인들만 쫓아다닌 지가 벌써 25년입니다. 수사망을 피하려고 같은 편이면서도 서로 모르는 척, 뒤로 몰래 마약도 주고받고, 금괴도 주고받고, 제가 그런 걸 한두 번 겪었는지 아세요?

김2: 뭐요? 마약? 금괴? 이 양반이 진짜.

김종찬이 의자를 밀치고 일어나면서 분위기가 과열되어서 본인은 모두 마음을 가라앉히자는 차원에서 커피를 대접하였다. (김영일은 건강상의 이유로 커피를 거절해서 따로 꿀물을 타주었음.) 차를 마시면서 상황이 한 차례 정리된 후 다시 조사에 착수하였다.

나: 그럼 장대열이 떠나던 날 얘기 좀 해주세요. 갑자기 연기처럼 펑, 사라진 건 아닐 거 아니에요?

양: 아니지라, 사람이 워떻게 연기처럼 사라진다요. 그러니께, 그게…… 내가 아주 번잡스런 꿈을 꾸고 있었는디 어데서 똑똑똑, 소리가 들리데요. 처음엔 그게 물소린 줄만 알았는디 꿈에서 깨보니까 문 두드리는 소린 거라. 저승사자가 문밖에 서 있나 하고 나가 보니까 아, 하숙생이오. 그러면서 하는 말이 집에 급한 일이 생겼다고 그 새벽에 내려가봐야 해서 같이 사는 어른한테 인사라도 하고 가겠다고 어렵게 문을 두드리는디 그게 좀 안 이쁘요. 그라서 그냥 몸조심하고 잘 갔다 오라고만 했당께요.

나: 급한 일이 뭔지는 말 안 하던가요?

양: 그런 말은 안 합디다.

나: 어디로 내려간다고도 안 하고요? 놈이 진짜 시골집으로 가지는 않았을 텐데.

양: 나야 모르지라.

나: 따로 연락을 하거나 만나는 사람도 본 적 없고요?

양: 모른다고 안 허요. 나도 일 나가고 바쁜 사람인디 온종일 하숙생 뒤만 따라댕기고 있다요?

나: 장대열이 할머니 가방을 건드리는 것도 본 적 없으세요?

양: 없소.

나: 김낙현이 가방에서 쪽지를 꺼내는 것도 모르셨고요?

양: 몰랐제. 나이 들면 누가 옆구리를 찔러도 모르데요.

나: 할머니 가방을 통해 지령이 오가고 했는데 정작 본인은 아무것도 모른다…… 그럼 가방이 죄인이네요. (여기서 잠깐 정적이 흘렀음.)

김1: 맞네, 그라믄 가방이 죄인이네.

김2: 가방이 죄인이면 가방을 잡아들이시면 되겠네요.

양: 내 가방을?

김1: 아여, 일어나게, 범인 잡혔으니까 이만 가세.

김2: 어머니, 얼른 일어나세요.

김1: 뭐혀, 얼릉 가자니게. 닭터 집도 못 지어주고 아침부터 이게 뭔 봉변이여.

양: 갈 때 가도 가방은 도로 가져가야 하는디.

김2: 이깟 가방 새것으로 사드릴 테니깐 어서 가요.

나: 지금 뭐하시는 겁니까?

김2: 지금 형사님 입으로 가방이 죄인이라고 하지 않으셨습니까? 가방 여기다 놓고 갈 테니까 감옥에 집어넣든지 사형을 시키시든지 마음대로 하십시오. 아, 참. 그리고 하숙생 잡으면 저한테도 연락 좀 해주십시오. 뭘 하고 살든 우리 알 바는 아니지만 이번 달 하숙비는 내놓고 가라고요. 내, 참. 남의 집 하숙비 떼어먹고 도망간 사람이 노동운동은 무슨 얼어 죽을. 그리고 무고한 시민을 이렇게 위협적으로 수사한 데에 대해선 절대 가만히 있지 않을 겁니다.

이상이 장대열 사건과 관련하여 양춘단 측으로부터 민원을 받은 전말이다. 우리 제3 기동대는 양씨가 적극적으로 장대열과의 관계를 부인하며 불안증세를 보이는 상황에서 더는 양씨를 취조할 이득과 명분이 없다는 판단하에 그들을 보내주었다. 그리고 1차 검사를 마친 양씨의 가방을 다시 한 번 조사하였지만 쪽지 외 별다른 특이사항은 발견하지 못하였다. 김종찬이 조사를 마쳤으면 가방을 돌려달라는 요청과 함께 가방을 돌려주면 민원제기도 거두겠다고 해서 6월 16일 자로 양씨에게 인편으로 가방을 인도하였다는 것을 알리는 바이다.

우리 제3 기동대는 김낙현과 장대열의 신원확보 과정에서 미진한 점이 있었음을 인정하며 그에 따른 징계는 받을 준비가 되어 있으나 양씨의 수사과정에서는 어떠한 위법도 행하지 않았음을 제3 기동대의 명예를 걸고 맹세한다. 더불어 가방을 인도

하는 것으로 해결된 이상, 추후 장대열과 관련하여 양씨 측으로부터 도움받을 상황이 생길 수 있다는 점을 고려, 양씨 측과의 마찰이 일어나지 않기를 바라는 바이다.

또한 장대열, 김낙현을 놓친 것에 대한 징계를 회피하기 위하여 무고한 양씨를 동조자로 몰고 갔다는 내부 비판에 대해서, 우리는 오히려 사건과 전혀 무관하지 않은 양씨가 이토록 과도한 동정을 얻는 것은 순전히 양씨의 순박한 생김새와 사투리, 각자의 어머니를 떠올리게 하는 나이와 무관하지 않다고 보며, 오히려 감상에 치우치지 않고 과학적이고 객관적인 수사를 감행한 우리 제3 기동대의 행동력을 독려하는 바이다.

끝으로, 본인은 이번 사건과 관련해 서 내에 떠도는 소문, 즉 본인이 1개월 감봉 처리되고 나머지 대원들은 견책을 받을 거라는 소문으로 인해 우리 제3 기동대를 비롯하여 일선에서 활동하는 대원들 사기가 떨어지지 않을까 심각하게 우려하는 바이며, 우리 제3 기동대는 열악한 근무조건에도 불구하고 오직 국가의 안녕과 시민의 안전을 위해 일한다는 자부심으로 밤낮을 가리지 않고 도시를 누비고 있으며 그 눈물 어린 노고는 징계가 아닌 격려로 보상받아야 한다고 생각한다. 이상.

제3 기동대 대장 이상필

23

"그란디 참 이상허지 않소?"

"뭐가요?"

"그 형사 하는 말이, 하숙생은 원체 세상에 불만이 많은 인물이라 여그랑은 완전히 다른 꿈나라 같은 세상을 그리워해서 그런 짓거리를 하고 다닌다는디, 저가 살아본 적도 없는 세상을 워떻게 그리워한다는 건지 나는 그게 이해가 안 가는 거라. 한 번이라도 겪어봤어야 그리워하든 보고 잪아 하든 하는 거 아니오? 아, 우리가 먹는 이 밥만 해도 그렇지 않소? 뭐가 먹고 잪아도 어릴 때 한두 번썩 해먹던 음식이나 그리워하지 생판 먹어본 적도 없는 음식을 뭔 맛인 줄 알고 그리워하겠소?"

"……어려운 질문이네요."

"어려운 질문이오?"

"네, 어렵네요."

"교수 선생한테도 어려운 질문이 있구만."

"하하하."

"웃는 모습이 참 이쁘오."

"흠흠."

"날도 참말로 좋고."

춘단이 여름 햇살을 만끽하는 사이 강사가 입을 열었다.

"……만난 적 없는 사람을 그리워하고, 먹어본 적 없는 음식을 그리워하고, 살아본 적 없는, 저 달나라에나 있을 법한 세상을 그리워하는 걸 이상이라고 하는 거 아닐까요?"

이상?

매미 우는 소리가 창공을 찢을 듯했다. 춘단은 매미들이 매달려 있을 나무 쪽을 바라보았다. 오래 보고 있으니 햇빛을 쪼개는 나무의 초록빛에 눈이 시려 눈물이 날 것 같았다. 아예 매미들을 따라 소리내어 엉엉 울어버릴까도 했지만 한철 곤충이 악을 쓰며 울고 난 자리에는 어김없이 새끼가 태어난다는 말에 울기도 겁이 났다. 매미 소리를 제외하면 학교는 물에 잠긴 것처럼 조용했다. 대학 교정을 가득 메우던 학생들은 어느 날 아침, 바다로 들어가는 자라처럼 사라져 뒤에 남은 학교를 거대한 모래사장으로 만들어버렸다.

방학되면 다 묻힌다에 내 2학기 등록금 건다.

끝이 보이지 않던 화장실 낙서는 무모한 예언의 서를 마지막으로 증식을 멈추었고 화지특은 별도의 해단식 없이 각자 알아서 쓸고 닦고 버리기 중심인 본연의 임무로 돌아갔다. 강의실과 화장실의 쓰레기, 복도에 묻은 발자국들은 오래된 풍경처럼 희미해졌고 미화원들의 근무시간도 오후 세 시까지로 단축되었다. 점심시간이 되자 춘단은 옥상으로 올라갔다. 너무나 고요해서 잉어가 물을 차는 소리까지 들리는 교정이 싫은 건 아니었지만 강사 없이 혼자서 밥을 먹어야 하는 건 눈물이 날 정도로 서러웠다. 춘단은 도시락을 꺼내다가 자기도 모르게 2인분을 싸온 밥을 보고 목이 콱 막히는 듯했다. 춘단이 숟가락을 들고도 밥을 뜨지 못하고 물만 마시고 있던 그때였다. 옥상 문이 삐걱 하고 열리는 소리가 나서 쳐다보니 문턱을 넘어 강사가 걸어오고 있었다. 강사는 놀란 얼굴이 된 춘단의 옆에 앉으며 방학 동안 계절학기 강의를 맡아 학교에 계속 나오게 됐노라고 했다. 춘단이 왜 미리 얘기를 안 해줬느냐고 묻자, 강사는 춘단이 싸온 도시락을 가리키면서 말을 안 해도 이렇게 알고 계시지 않느냐며 웃었다. 춘단도 따라 웃었다. 둘은 여느 때처럼 나무 그늘이 드리워진 옥상 한쪽 벽에 기대앉아 도시락을 나누어 먹었다.

"그라믄 교수 선생의 이상은 뭐요?"

강사는 이마를 들어 하늘을 보더니 칼날처럼 떨어지는 햇빛에 눈을 찡그렸다. 한참 후 해가 구름에 가려졌을 때쯤 강사가 입을 열었다.

"……오늘도 새우를 잡으러 바다로 나간 사람들이 있겠죠?"

강사는 새우로 먹고사는 서해안의 한 어촌 이야기를 해주었다. 새우잡이 배 한 척을 가지고 가족들을 먹여 살리는 아버지에게 군 내에서 공부를 제일 잘하기로 소문난 첫째 아들이 있었다. 그 아들은 어디를 가든, 높은 자리의 누구를 만나든, 죽일 듯이 덤비는 파도 앞에서도 기를 살려주는 자랑거리였다. 아들이 명문 대학에 붙었을 때 아버지는 '축 합격'이라는 현수막을 깃발로 만들어 배의 제일 높은 곳에 꽂고 바다로 나갔다. 새우 없이 빈 배로 돌아와도 나풀거리는 깃발만 보면 배가 부르다, 아들이 오랜만에 전화를 걸어 요즘 일은 어떠시냐고 물으니 아버지는 나는 배가 부르다며 너도 든든히 먹고 다녀라, 했다. 해풍의 소금기가 글씨를 갉아먹어 깃발이 너덜너덜해졌을 때쯤에는 수재 아들이 때를 맞춘 것처럼 박사 학위를 따와 아버지는 구경꾼들이 보는 앞에서 '축 합격' 현수막을 내리고 '축 박사 탄생'이라는 새 현수막을 자랑스럽게 올릴 수 있었다. 그러고 얼마 후, 새로 단 현수막을 뽐내며 바다로 나간 아버지는 태풍을 만나 배와 함께 바다에 묻혔다. 남자가 정도도 없이 아들 자랑을 너무 하는 바람에 바다의 노여움을 산 것이라며 어머니는 가슴을 쳤다. 시신도 없는 장례를 치르기 위해 고향으로 내려온 아들은 아버지의 유품을 정리하다가 장롱 맨 아래 서랍에서 곱게 접혀 있는 천을 발견했다.

"그 천이 뭐였는지 아세요? ……축 한도진 정교수 임용. 언젠가 제가 교수로 임용되면 달 현수막을 미리 맞춰놓으신 거였어요."

흔치 않은 여름 바람이 춘단과 강사의 머리카락을 헝클어뜨렸다. 춘단은 강사의 앞머리를 쓸어올리려고 이마에 손을 가져갔다. 강사가 먼 곳을 바라보는 눈으로 말했다.

"전 그런 것 없어요."

"이상이란 것이…… 사람 따라 있을 수도, 없을 수도 있는 거요?"

"돈 있고 배부른 사람들이 하는 얘기니까요."

"그라요? ……그란디 하숙생이 돈 있고 배불러 보이진 않던디."

"……아주머니는요?"

춘단은 입으로 넣던 숟가락을 멈추고 그 위에 얹어진 하얀 밥알을 보았다.

"그때는 왜 그라고 다들 가난했을까 모르겠어요. 자슥 학교도 못 보내줄 만큼."

춘단은 아버지는 돌을 쪼개고, 어머니는 남의 밭일을 다니는 걸로 먹고살던 집 이야기를 해주었다. 아버지는 다섯 자식 중 하나에게 가업을 잇게 하고 싶었지만 첫째는 장남이라 공부를 해야 한다고 해서, 둘째 아들은 돌을 다루는 섬세한 작업을 하기에는 타고난 성품이 너무 거칠어서, 셋째는 여자애라서, 넷째, 다섯째는 망치 들 힘도 없는 아기들이었기 때문에 소망을 접어야 했다. 아쉬운 대로 동생들을 돌보느라 학교를 그만둔 셋째 딸이 아버지의 조수가 되었다. 정식 후계자는 아니었지만 작업장을 왔다 갔다 하며 본 돌이 수천이 넘었다. 아버지의 손끝에서 마을의 입석이 솟고 맷돌이 돌아가고 부처가 열반했다. 조그만 눈으로 돌의 변신과정을 보면서 드는 생각이 하물며 저 무지한 돌도 사람들에게 이로움을 주는 도구가 되고 세상만사를 깨우친 부처로 탈바꿈하는데 애초에 총명하게 태어난 인간은 살살 다듬어주기만 하면 얼마나 훌륭한 인물이 될까. 학교에 가고 싶다. 아버지의 심부름으로 부스러진 돌들을 산에, 강에 갖다버리는 길에도 마음만은 항상 학교 쪽을 바라보며 학교에 가고 싶다, 내 책상에 앉아 역사도 배우고 싶고 국어도 배우고 싶고 산수도 배우고 싶다. 기회가 날 때마다 오빠들의 가방을 몰래 뒤적여 책을 꺼내 읽었다.

"그란디 워쨌는지 아쇼. 엄메 아베가 그라고 열심히 학교 보낸 오빠들은 둘 다 보기 좋게 대학에 낙방하고, 초등학교도 못 가게 한 나, 이 양춘단이만 이라고 대학에 왔단 말이오. 이러니 사람 사는 게 참말로 오묘하다는 말이 나오는 것 아니겠소."

태풍이 불어닥쳤다. 창문을 때리는 빗소리가 텅 빈 복도에 메아리를 만들며 울려퍼졌다. 우산으로 아무리 가려도 얼굴에는 결국 빗물이 묻었다. 아예 비를 따라 아껴두었던 눈물을 다 쏟아내고 싶었지만 나무를 두 동강내고 유리창을 뜯어내는 빗줄기의 힘을 보니 등줄기가 오싹해졌다.

A관 뒤뜰에 모아둔 폐지들도 바람 따라 사방으로 날아갔다. C를 맞은 리포트가 자랑스레 하늘로 솟아오르고 전년도 예산서가 소나무 가지에 찢어진 연처럼 걸리고 학교 내 성추행에 관한 진상서는 호수에 빠져 붉은색과 검은색이 혼합된 지저분한 색을 물에 퍼뜨렸다. 미화원들은 우산도 쓰지 않은 채 교정을 뛰어

다니며 도망가는 폐지들을 주워 모았다. 그게 다 돈이었다. 어젯밤 폐지에 비닐을 씌우고 가지 않은 문씨에게 질책이 쏟아졌다. 그러나 질책을 하는 와중에도 비바람은 멈출 기미가 보이지 않아서 미화원들은 허겁지겁 교정을 뛰어다녀야 했다.

"참 이상하지 않아요?"

"뭣이?"

"저 코끼리 말이에요."

"코끼리가?"

"전봇대도 쓰러지고, 오백 년 된 나무도 맥없이 뽑히는데 저 코끼리는 말짱하잖아요. 온 나라가 난장판이 됐는데도 자기 혼자 아무 일도 일어나지 않았다는 듯이 저렇게 서 있으니 참 이상하게 느껴져요."

"괜히 영생의 돌이라고 하겠소. 저맨치 큰 돌은 이런 태풍 정도로는 꼼짝도 안 허요. 돌은 두드려야 부서지는 거니께. 그것도 엔간히 슬렁슬렁해서는 안 돼요. 잠도 안 자고 밥도 안 묵고 돌을 부수다 내 손이 먼저 부서질 정도로 두드려야 하는디."

"그럼 저 코끼리는 영원히 이곳에 있겠군요."

"저 코끼리가 싫소?"

"……무서워요."

"와?"

"짜식이…… 너무 크잖아요."

일주일 넘게 몰아친 비는 키 큰 고목을 체육관 지붕 위로 쓰러뜨려 캠퍼스 풍경에 약간의 변화를 준 뒤 스스로 멈추었다. 빗물이 코끼리 상 주름 사이사이에 낀 묵은 때까지 깨끗이 씻어주어 코끼리 몸에서 은빛 광채가 솟았다. 아직 젖은 털을 다 말리지 못한 비둘기가 오랜만에 코끼리 등에 쉬어 가려고 왔다가 그 광채에 놀라 발을 내리지 못하고 다른 데로 푸드덕 날아가버리기도 했다. 코끼리는 호수를 내려다보고 있었고 강사는 두 손을 주머니에 넣고 서서 코끼리를 바라보았다. 옆에서 코끼리와 강사를 번갈아 보던 춘단은 몸집이 월등히 큰 코끼리가 당장이라도 코를 휘둘러 강사를 낚아채버릴 것 같은 두려움에 강사의 한쪽 손을 주머니에서 빼내 꽉 붙들며 말했다.

"지금은 대학이 텅 비어서 저것이 유난히 커 보이는 거요. 학생들이 돌아와서 여 땅이랑 교실이랑 다시 바글바글해지면 지가 유세를 떨 수 있나. 뭣이 아무리 크다 해도 여기는 사람이 주인인 곳 아니오."

오래 내린 비로 호수가 범람해 잉어 세 마리가 목숨을 잃은 날, 수위가 그물망으로 죽은 잉어를 건져내는 것을 본 춘단은 몸서리를 쳤다. 물에서만 살 수 있는 생물이 물 때문에 죽는다는 것이 이상했다.

강사는 춘단을 데리고 다니며 빈 캠퍼스 이곳저곳을 구경시켜주었다. 둘은 텅 빈 강의실에 들어가 칠판에 낙서를 해보기도 하고 빈 복도를 나란히 걸어가기도 하고 학생들이 늘 점령하고 있던 잔디밭에도 풀썩 드러누웠다. 해가 뜨거워 강사는 금방 일어났지만 눈을 감은 춘단은 얼굴이 뻘겋게 익을 때까지 풀의 따뜻한 감촉을 느껴보았다. 춘단과 강사가 함께 돌아다니는 것을 본 미화원들은 춘단이 젊은 남자랑 바람이 났다고 쑥덕대기도 했다.

강사는 수업이 없는 날에도 가끔씩 먹을 것을 사 들고 춘단을 찾아왔다. 춘단은 이런 것 사오려면 아예 오지 말라고 했지만 강사는 매번 점심을 얻어먹는 게 민망해서라며 조용하게 웃었다.

어느 날 강사가 춘단에게 시집 한 권을 선물해주었을 때, 춘단은 먹을 것을 받던 때와는 달리 두 손을 바지에 닦은 후 얌전히 책을 받았다.

"아이고, 워째 이런 것꺼지……. 내 태어나 이런 선물 받기는 처음이어라."

그날도 둘은 나무 그림자만 그림처럼 깔려 있는 옥상 바닥에 나란히 앉아 구름이나 비행기가 지나가는 것을 가만히 바라보고 있었다. 그때 문득 춘단의 등 뒤에서 바람 소리 같은 속삭임이 들려왔다.

"이곳에서 말이 통하는 사람은 아주머니뿐이에요."

춘단이 고개를 돌려 강사를 보았을 때 강사는 더위에 지친 얼굴로 지그시 눈을 감고 있었다. 어쩐지 춘단은 아무런 말도 할 수가 없었다.

춘단이 시집에 실린 시 한두 편을 외워갈 때쯤 가방 메지 않은 자라들이 수평선에서 떼를 지어 나타났다. 곧 교정에 다시 활기가 돌았다.

24

미화원들은 새로 온 소장의 눈을 피해 휴게실을 나와 A관 뒤 꼍에서 비밀리에 모임을 가졌다. 비밀 모임이었지만 내 편과 적을 구분할 특별한 암호 같은 것은 없었다. 입고 있는 유니폼이 암호 그 자체였기 때문이다. 사람이 잘 다니지 않는 곳이라 생각하여 마음껏 담배를 태우고 있던 여학생 둘은 갑작스럽게 밀려드는 미화원들의 행렬에 놀라 서둘러 자리를 피했다. 개성과 다양성을 주창하는 대학에서 흰색 깃이 달린 푸른색 유니폼을 입은 무리가 한자리에, 한꺼번에 모이는 것은 흔치 않은 일이었다. 학생들의 이동이나 활동에 어떤 피해도 주지 않아야 한다는 교육을 받아온 미화원들이지만 지금은 담배 한 개비를 다 즐기지 못하고 떠나는 학생들의 형편을 봐줄 경황이 없었다. 최 여사의 표현대로라면, 생사가 걸린 문제였다.

"여러분. 새로 온 소장이 우리의 생사를 가지고 흥정을 하고 있습니다. 제가 이 대학에서 일을 시작한 이래로 소장이 다섯 번 바뀌었지만 어느 소장에게서도 이런 취급을 받아본 적은 없습니다. 죽느냐 사느냐, 이건 우리의 생사가 걸린 문제입니다."

죽느냐 사느냐.

어떤 이는 최 여사의 기조발언에서 '생사'라는 표현이 여러 번 반복되는 것에 거북해하며 생사보다는 생활,이라고 바꿔 쓰는 게 바람직하지 않겠느냐고 했지만 곧 하루 사만삼천 원을 벌어 사는 생활에서 당장 사천오백 원이 적어지면 생사가 왔다 갔다 하는 문제가 되는 게 아니냐는 반론에 부딪혔다. 아내 입원비로 한 달에 백만 원을 내야 하는 이씨의 말이었다.

"그래도 사람 목숨이 돈 사천오백 원에 왔다 갔다 한다고 하면 우리 스스로 우리 목숨을 깔보는 것 아니오. 이 대학 학비가 반년에 오백, 일 년이면 천만 원이라는데 늙은 사람들이 오천 원도 안 되는 돈 때문에 이런다고 하면 어린애들 앞에서 우리 처지가 웃음거리나 되지 않을지 난 그게 걱정이란 말이오."

"이제 보니 이거…… 당신 소장 끄나풀 아냐?"

생사의 문제인지 생활의 문제인지에 더해, 난데없는 정체성 논란까지 불거지자 미화원들은 자신과 어깨를 맞댄 동료의 의중을 의심해가며 소란에 휩싸였다. 미화원들은 저마다 의견을 내놓았다. 그러나 옆에 선 한두 사람에게나 들릴 법한 작은 목소리라 여론을 형성할 정도는 아니었다. 불어오는 미적지근한 바람에는 계절이 바뀔 때의 불안함까지 섞여 있었다.

우리는 앞으로 어떻게 되는 거지?

새로 온 소장은 부임한 지 하루 만에 미화원들을 선택의 갈림길로 내몰았다. 어조는 강경했고 상하 존대를 무시한 어법은 미화원들에게 불쾌감을 넘어 공포감을 주었다.

"먼젓번 소장은 진짜 물이었지. 난 그렇게는 안 할 거야. 위에서 그렇게 깎으라고 해도 뭔 배짱인지 말을 안 듣더니 결국 지가 잘렸잖아. 회사에서 날 뭐라고 부르는지 아쇼? 독사요, 독사. 독사를 왜 여기에다 풀어놨겠어? 말 안 듣는 것들은 이렇게 콱, 물어버리라는 거야."

콱.

새로 부임한 소장에 대한 호기심으로 아침 조회에 임했던 미화원들은 통성명을 하기도 전에 열중쉬어,라고 외치는 비교적 젊은 소장의 첫마디에 얼떨떨해하다가 갑자기 사나운 이를 드러내고 발목이든 목이든 어딘가를 콱 물어버릴 것처럼 달려드는 소장을 보고 기겁을 하며 한 걸음 뒤로 물러났다. 소장은 미화원들의 반응에 흡족해하며 혀로 이를 한 번 쓱 훑었다.

"지금 주간반 임금이 말도 안 되게 높게 책정돼 있는 건 다들 알고 있을 거야. 그렇지?"

소장은 미화원들 앞을 왔다 갔다 하며 말을 이었다. 듣는 사람을 수치스럽게 하는 소장의 말투에 당혹해하던 미화원들은, 그러나 도저히 그냥 듣고 넘길 수 없는 내용에 목소리를 죽이고 수군수군댔다.

"누가 떠들어? 할 말 있는 사람은 크게 말해!"

"……그렇지만 시간당 사천팔백 원씩 받는 게 말도 안 되게 높은 건 아니지요. 요즘 물가가 얼마나 비싼데, 말도 안 되게 낮은 거면 모를까."

소장이 발언자의 앞으로 다가갔다.

"당신, 나이가 몇이야?"

"예순셋인데요."

"지금 현재 최저임금이 얼만지는 알아?"

"······사천 원."

"잘 아네. 근데, 그 사천 원이 당신같이 늙은 사람한테 주라고 만들어진 줄 알아? 착각하지 말라고. 최저임금이니 뭐니 정해놓은 것도 다 몸 건강한 이삼십대한테나 해당하는 거지, 당신 같은 사람 좋으라고 만든 게 아니야. 이십대 팔팔한 애들도 다 사천 원 받고 일만 잘하는데 육십 넘은 늙은이가 돈을 더 많이 받으면 그게 공평해? 여기 평균연령이 몇인지 알아? 자그마치 예순하나야 예순하나. 그런데 어디서 젊은 사람들이랑 똑같이 받으려고 들어? 도둑놈 심보도 아니고."

"······그래도 법으로 그렇게 정해놓은 거 아니오."

"내가 언제 법 어긴다고 했나? 걱정 마쇼. 법에서 주라는 것보다 더 많이 줄 테니까."

"······그게 얼만데요?"

"사천삼백 원."

웅성거리는 소리가 커지자 소장은 지하를 지탱하고 있는 기둥을 발로 퍽 차서 미화원들의 주목을 끌었다. 그러고는 복잡한 갈등을 쉽게 해결할 수 있는 짧은 말로 첫 조회의 폐막을 장식

했다.

"그게 싫은 사람은 지금 당장 나가. 쌩쌩하게 젊은 사람들도 들어오려고 줄 섰으니까."

그날부터 미화원들은 둘 이상만 모였다 하면 밀고 있던 대걸레를 멈추고, 짊어진 쓰레기 봉지를 내려놓고, 있을 건지 나갈 건지에 대해 서로의 의중을 떠보았다. 내심 방학이 끝나면 임금 인상이 있지 않을까 기대하는 마음도 있었는데 도리어 독사를 풀어 시간당 오백 원을 삭감한다는 소식을 전하다니. 미화원들의 근심은 깊어갔다. 백 원짜리 노름을 즐기던 삼총사마저 오백 원이 주는 시름 때문에 무기한으로 모임을 연기했다. 미화원들은 경우의 수를 모두 따져봐야 했다. 나가면 사천팔백 원짜리 다른 일이 없는 것은 아니었다. 그러나 누구 말대로 식당은 젊은 아줌마들이, 배달은 젊은이들이, 공장은 방글라데시 인들이 점령하고 있지 않은가. 새로운 일자리를 찾기 위해 빈칸 많은 이력서를 내밀고, 반기지 않을 면접을 보고, 나이 어린 사람한테 무슨 말인지도 모를 지시를 받는 그 긴 과정을 생각하니, 또 그 과정을 다 거친다고 해서 일자리를 얻는다는 보장이 생기는 것도 아니니……

에잇, 돈 오백 원 적선하는 셈 치고 그냥 있을까.

소장의 무례한 언동이 거슬리기는 했지만 다른 데서 청소일 하는 사람 이야기를 들으니 아예 이름 대신 개, 소, 돼지, 말이라고 부르며 때리는 소장도 있다고 했다. 그에 비하면 이 사람은 아직까지 욕은 안 하지 않는가. 때리지만 않는다면 욕을 듣는대도 한 귀로 넘기면 될 일이지, 험한 말 좀 듣는다고 뭐가 닳는 것도 아닌데……. 갑작스럽게 궁지로 내몰린 자신의 처지를 어떻게든 위로하기 위해 11퍼센트가 삭감된 임금을 이해해보고, 버릇없는 소장을 이해해보고, 자신이 개 소 돼지라고 욕을 듣는 상황까지 이해해보려던 미화원들은 어느덧 얼마 남지 않은 인격까지 다 버리고 진창인 밑바닥을 향해 스스로 몸을 던지고 있는 자신을 발견했다. 소장은 남고 떠남을 순전히 개인의 선택에 맡겼지만 선택을 넘겨받은 스물일곱 명의 개인은 아무리 깊이 생각해도 혼자서는 답을 낼 수 없었다. 겁먹은 눈동자가 하나 둘 셋, 여러 개의 시선이 되어 최 여사에게 쏠렸다.

위기를 해결하는 자가 진정한 리더이다.

전직 재정경제부 장관의 특강을 앞두고 경영학부에서 내건 현수막이 교정 나무들 사이에서 힘차게 펄럭거렸다. 동료들의 간청을 못 이긴 최 여사가 용기를 내어 아침 조회 때 소장에게 독대를 요청했다. 그러나 소장은 일언반구에 거절했다.

"당신이 뭔데 설쳐대는 거야."

소장은 거기서 그치지 않고 가난한 동료들에게서 뇌물을 받은 최 여사의 전력을 경전 구절처럼 줄줄이 읊어 모두를 당황스럽게 했다. 뇌물이라고 부르기도 민망한 단순 호의였다는 것을 양말을 받은 최 여사도 알고, 양말을 준 동료들도 알고, 양말을 뇌물이라고 부르는 소장도 알고 있었지만 소장의 고압적인 입에서 한 켤레의 양말이 뇌물이라고 일컬어지며 두 켤레, 세 켤레, 열 켤레로 늘어나고, 도중에 고급 스타킹과 홍삼 음료, 문화 상품권까지 튀어나오자 온순했던 미화원들 눈빛도 점차 묘하게 일렁이면서,

어라, 저렇게 많이 받아먹었어? 귓속말로 수군댔다.

얼굴이 붉어진 최 여사는 점심시간에 A관 뒤뜰에서 모이자고 했다. 죄도 아닌 불명예스런 누명을 뒤집어쓰고 이십 년을 일한 일터에서 쫓겨날 수는 없는 일이었다.

최 여사는 손바닥을 쳐서 사람들의 입을 다물게 한 뒤 연설을 이어갔다.

"생사라고 하든 생활이라고 하든 그게 뭐가 그렇게 중요합니까. 어쨌든 이렇게 일방적으로 당할 수만은 없는 것 아니에요? 이십 년을 몸 바쳐 일했는데 새로 사람을 보내 오백 원을 깎는 다질 않나, 싫으면 떠나라질 않나. 내가 법은 모르지만 이런 식으로 일 처리를 하는 건 분명 법에 어긋나는 일일 겁니다. 이게 다 우리가 청소나 한다고 하찮게 봐서 그래요. 우리를 만만하게 보지 못하게 우리도 뭔가 행동으로 보여주어야 합니다."

최 여사가 오른 화단 턱은 5센티미터도 못 될 만큼 낮았고 사방에는 오전내 주워온 폐지들이 아직 정리가 되지 않아 천덕꾸러기처럼 굴러다녔지만 최 여사는 높은 연단에 선 웅변가처럼 공중으로 주먹을 높이 치켜들었다.

"그러면 뭘 어떻게 해야 하는 거야?"

"회사에 진정을 해볼까?"

"소장이 혼자 저러는 거야? 회사에서 시키는 대로 하는 건데 회사에 진정을 하면 좋은 대답이 돌아올 것 같아?"

"맞아. 결국 소장도 꼭두각시일 뿐이라고."

"그럼 어떻게 하자는 거요?"

"……말이 통하는 상대랑 이야기를 해야지."

25

　안녕하십니까. 갑작스런 편지에 얼마나 놀라셨습니까. 실례인 줄은 알지만 저희의 딱한 처지를 하소연하고자 이렇게 펜을 들었습니다. 저희로 말할 것 같으면 눈이 오나 비가 오나 본 대학의 이곳저곳을 깨끗이 청소하기 위해 최선을 다하고 있는 미화원들입니다.

　지난 월요일, 저희 미화원들은 이번에 새로 부임한 김종래 소장으로부터 청천벽력 같은 소식을 들었습니다. 시간당 4800원인 현재 시급을 500원 깎아 4300원으로 내릴 계획이라는 것입니다. 그러면 하루 일당이 4500원 줄어들고 한 달로 치면 약 10만원이 줄지 않겠습니까? 이것은 우리 27명 미화원에게 사형선고나 다름없습니다. 소장에게 하소연을 해봤지만 싫으면 일을 그만두라는 매정한 답만 들었습니다. 최궁실이 20년, 김양이, 정병호가 13년, 유영자, 박환분이 9년을 이 대학에서 일했고 올해 들어온 신입 양춘단만 제외하면 모두 5년 이상을 일한 토박이들인데 어찌 정든 일터를 하루아침에 떠날 수가 있겠습니까.

　우리가 바라는 것은 다름이 아니라 현재 4800원인 시급을 그대로 유지해달라는 것뿐입니다. 김종래 소장과는 더 이상 말이 통하지 않습니다. 하루속히 이 문제를 해결해주시어 우리 미화원들이 예전처럼 학교 미화에만 집중할 수 있게 도와주십시오. 우리는 본 대학의 미화원이라는 것에 큰 자부심을 느끼고 있습니다.

　　　　9월 14일, 27인의 미화원을 대표하여 한문식 올림

　A관 4층. 아홉 개의 형광등 중 하나만 켜진 어스름한 지도 제작 실습실. 전직 9급 공무원 출신 한문식은 여태껏 청소만 했지 한 번도 앉아본 적 없는 강의실 의자에 앉아 26인이 보는 앞에서 편지의 초안을 작성했다. 한씨가 한 자 한 자 필체를 다듬어 글을 써내려가는 동안 나머지 미화원들은 숨을 죽인 채 그의 필적을 따라 눈동자를 움직였다. 투명한 아크릴판 책상에 비친 한씨와 한씨의 어깨를 둘러싼 26인의 그림자가 봉우리 많은 산맥으로 보였다.

　대강의 골격을 잡은 한씨는 개별 의견을 수렴했다. 먼저 더예의 바르게 쓰는 게 좋겠다는 제안에 얼마나 놀라셨습니까를 첨가하고, 감동적으로 쓰라는 말에 어찌와 정든 같이 호소력 있는 단어를 덧붙였다. 우리 미화원들은 임금 상승을 기대하기도 했었지만,이라는 문구는 아무래도 자신들의 진의를 해치고 쓸데없는 오해를 불러일으킬 것 같으니 지우는 게 좋겠다는 의견에 아쉽지만 과감히 삭제했다. 해주십시오,로 글이 끝나면 자칫 명령하는 것으로 보일 수도 있으니 조금 더 대학 측의 호감을 살 수 있게 끝내는 것이 좋겠다는 최씨의 지적도 흔쾌히 수용하여 우리는 본 대학의 미화원이라는 것에 자부심을 느끼고 있습니다,라는 말을 보탰다. 그래도 여전히 무언가 부족한 것 같다는 엄격한 감상이 나오자 한씨는 고개를 갸웃거리며 자신이 쓴 글을 처음부터 끝까지 한 번 더 읽더니 자부심 앞에 큰,을 덧붙여 짧지만 시간은 오래 걸린 편지 한 통을 완성했다.

마지막까지 사형선고라는 단어를 둘러싸고 지워야 한다, 살려야 한다, 27개의 봉우리가 흔들릴 정도로 논쟁이 붙었지만 공공기관에 편지를 쓸 때는 배운 사람처럼 예의 있게 쓰되 비슷비슷한 민원 중에서 한시라도 빨리 처리받으려면 당장에 절박해 보이는 강한 단어 한두 개를 꼭 넣어줘야 한다고 한씨가 주장하자 그전까지만 해도 제일 강력하게 사형선고는 삭제되어야 한다고 목소리를 높이던 문씨가 공무원이 그렇다면 그런 거겠지, 하고 수긍하여 오랜 작업이 걸린 편지를 드디어 봉투에 넣을 수 있었다.

발신인에 27인의 미화원이라고 적은 한씨는 수신인 쪽으로 펜을 옮겼다. 그런데 선뜻 손이 움직여지지 않았다. 미화원들은 뭘 꾸물거리느냐며 빨리 끝내고 집에 가자고 했다. 그러나 여러 명이 다그치는 소리에도 펜은 움직일 줄 몰랐다. 이 사람 갑자기 까막눈이 됐나,라고 누군가 소리칠 때가 되어서야 한씨는 고개를 치켜들고 미화원들을 바라보았다.

누구에게 보내야 하는 것일까.

발신인은 많은데 수신인이 불명확했다. 미화원 중 한 명이 대학의 우두머리인 총장에게 보내자고 포문을 여니 그건 왠지 겁이 난다고 김씨가 막아섰다. 교수 중 한 명에게 보내자니 그 많은 교수 중 한 명을 고르기가 쉽지 않았다. 또한 이 일은 교수들이 해결할 수 있는 사안이 아니라고 했다. 그러면 뭉뚱그려 대학에게,라고 쓰자는 의견이 나왔다.

대학이 누군데?

결국은 제일 위에 있는 총장이 대학의 주인 아닌가. 아니, 내가 듣기로는 총장을 임명하는 사람이 따로 있다던데. 대학이란건 여기 부지랑 건물들을 말하는 거 아니었어? 숫자를 봐, 뭐가 제일 많아? 학생들이잖아. 대학은 학생들을 말하는 거라고. 하지만 학생들을 다스리는 건 교수인데. 교수는 또 총장 밑이잖아.

대학의 실체와 구성요소를 둘러싸고 피라미드적 관점과 실존론적 관점과 민주주의적 관점을 오가며 또 한 차례 토론을 벌인 미화원들은 그래도 일면식이 있는 사람에게 보내는 게 좋지 않겠느냐는 동양의 인연론적 관점에서 원만한 합의를 이루었다. 그 인물로는 미화과가 소속된 시설관리팀의 김자용 주임이 뽑혔다.

편지 전달은 대학본부 청소를 담당하는 유씨에게 일임되었다. 유씨는 점퍼 속주머니에 편지를 넣으며 긴장이 되는지 어깨를 들썩거렸다. 미화원들은 유씨의 어깨를 두드리며 용기를 북돋웠다. 별것 아니야, 신문 배달할 때처럼 쓱 던지기만 하면 되니까 마음 편히 가지라고. 편지를 전달하는 공식적인 경로를 모르는 미화원들로서는 이른 아침, 행정실 문틈에 편지를 슬쩍 밀어넣는 것이 최선의 방법으로 보였다.

일을 마친 27인의 미화원은 교정으로 나왔다. 학생들이 떠난 밤의 교정에 코끼리가 수호신처럼 서 있었다. 미화원들은 누가 그러자고 한 것도 아닌데 길게 줄을 서서 한 명씩 코끼리에게 다가갔다. 그리고 두 손으로 코끼리 다리를 정성스레 쓰다듬었다. 아예 얼굴을 부비는 사람도 있었다.

부디 우리에게 좋은 소식을 가져다주시오.

미화원들은 그렇게 똑같은 소원을 스물일곱 번 빌었다.

26

툭.

감나무 잎에 내린 비 한 방울이 새로운 계절을 몰고 왔다. 무언가 떨어지는 소리에 뒤를 돌아보면 특별한 것 없이 거리를 가득 메운 사람들만 보였지만 한 사람 한 사람을 스칠 때마다 다시 툭, 툭, 툭, 맨바닥에 감 떨어지는 무심한 소리가 울렸다. 몰락에 익숙한 날들이 시작되려는 것이었다.

툭.

미화원들은 애간장이 끊어질 것 같았다. 편지를 보낸 지 2주가 지났지만 김 주임으로부터 어떤 답신도 받지 못했다. 그런데 곰곰이 생각해보니 그러는 데엔 이유가 있었다. 답신을 받을 경로가 불확실했다. 우리는 뭘 몰라서 문틈으로 슬쩍 찔러넣었다지만 주임이나 되는 양반이 컨테이너 밑구멍으로 찔러넣을 순 없는 거 아니야. 대학답게 공식적인 방식으로 일 처리를 하려나 하는 생각이 들어 미화원들은 매일매일 시간이 날 때마다 게시판을 확인했다. 게시판은 각 과, 부, 동아리에서 내건 공지문들로 포화상태였지만 수두룩하게 붙어 있는 계획과 약속, 일정 사이를 아무리 뒤져봐도 자신들이 보낸 편지와 관련한 답변은 단 한 줄도 찾을 수가 없었다.

"무언가 문제가 생긴 게 분명해."

다시 회의를 소집한 미화원들은 결국 편지를 한 번 더 보내기로 결정했다. 아무런 언질도 없이 문틈으로 슬쩍 집어넣는 건 못 받을 확률도 있거니와 경우가 아니라는 얘기였다.

인사 부분에만 약간의 수정을 가한 두 번째 편지를 발송하는 임무는 또다시 유씨에게 돌아갔다. 같은 임무였지만 전달 방식이 달랐다. 이번에는 행정실 문을 열고 들어가 데스크에 편지를 놓고 오는 것이었다. 최 여사한테 편지를 받아 든 유씨는 잔뜩 예민해졌다. 미화원들은 소심하게 구는 유씨에게 조금만 용기를 내면 아무것도 아니라고 격려해주었다. 학생들은 아무렇지도 않게 하루에 수십 번도 더 들락날락거리던걸. 유씨는 점퍼 속주머니로 편지를 집어넣지 못하고 손에 든 채 볼멘소리를 했다.

"그렇게 쉬우면 당신이 하지그래?"

격려로 시끌벅적했던 컨테이너에 일순 침묵이 깔리더니 흠흠, 목을 다듬는 헛기침 소리만 커졌다. 애꿎은 소맷자락 실밥을 뜯고, 양말 냄새를 맡고, 괜스레 바닥을 문지르는 사람들은 있었지만 선뜻 그러마, 하고 나서는 사람은 없었다. 잠시 뒤,

"……그래도 하던 사람이 해야지."

어렵게 나온 구씨의 현답에 실밥을 풀어내던 사람, 양말 냄새를 맡던 사람, 바닥을 문지르던 사람 모두 그럼, 그럼, 무슨 일이

든지 한 번이라도 해본 사람이 낫지, 우르르 손뼉을 치며 다시 활기를 만들어냈다. 유씨는 어쩔 수 없다는 듯 한숨을 내쉬며 편지를 품에 넣었다.

다음 날 아침, 평소보다 일찍 출근한 유씨는 유니폼으로 갈아입고 행정실이 있는 2층으로 올라갔다. 행정실 문은 잠겨 있었다. 유씨는 일단 화장실에서 대걸레를 빨아와 복도를 닦기 시작했다. 충분히 반들거리는 복도를 닦고 또 닦고, 이제 그만 닦아도 될 것 같은데 한 번 더 닦고 있으니 행정실 직원으로 보이는 여자가 카드 키로 문을 열고 행정실로 들어갔다. 유씨는 그 틈을 놓치지 않고 열린 문틈에 잽싸게 대걸레 자루를 끼워넣은 후 직원을 따라 들어갔다. 직원은 유씨가 들어오는 것을 곁눈으로 힐끗 볼 뿐 아무런 제지 없이 가방을 옷걸이에 걸고 컴퓨터를 켰다. 푸른색 유니폼과 대걸레 한 자루면 이 대학에서 웬만한 곳은 다 들어갈 수 있었다. 유씨는 행정실 바닥을 미는 척하며 직원의 눈치를 슬쩍 살폈다. 직원은 헤드폰을 끼고 컴퓨터 모니터를 응시하고 있었다. 직원이 안 보는 사이 유씨는 편지를 허리춤에서 얼른 꺼내 데스크에 슬쩍 올려놓았다. 그러고는 대걸레를 밀면서 누가 뭘 또 엎질렀네, 여기는 페인트칠도 새로 해야겠네, 혼잣말을 하며 제 딴에는 자연스럽게 행정실을 빠져나왔다. 문을 닫는데 식은땀이 흘렀다. 정신이 혼미해진 유씨는 하마터면 대걸레로 이마에 흐르는 땀을 닦을 뻔했다. 봉투에는 버젓이 27인의 미화인으로부터,라고 써놓고서 왜 전달은 떳떳하게 못 하는

지, 유씨는 뭔가 앞뒤가 맞지 않는다는 생각이 들긴 했지만 맡은 임무를 끝낸 것만으로도 홀가분했기 때문에 복잡한 생각은 하지 않기로 했다. 하루 종일 해야 할 일이 많았다.

톡.

2차 편지를 발송한 날 점심시간, 예고도 없이 컨테이너 휴게실에 들어온 소장은 도시락통과 사람이 한데 널브러져 있는 바닥에 흰 봉투 하나를 던졌다. 밥을 먹던 사람들은 아직 반도 먹지 못한 도시락을 서둘러 정리하고, 일찍이 식사를 끝내고 벽에 등을 기대고 앉아 있던 사람은 얼른 자세를 바로잡고 이씨처럼 밥도 먹지 않은 채 죽은 듯이 자고 있던 사람은 김씨가 옆구리를 찌르는 바람에 악, 소리를 내며 일어났다. 소장은 흰 봉투 하나를 던진 것뿐인데 미화원들은 칼이라도 떨어진 것처럼 벌벌 떨었다. 그들이 무서워하는 것은 흰 봉투가 아니었다. 소장의 표정이었다. 남의 점심식사를 망쳐놓고도 소장은 미안해하기는커녕 당장에라도 사람 하나 잡을 얼굴을 하고 있었다.

"한문식이 나와서 이거 읽어봐."

"……하, 한씨는 없는데요. 그 사람은 한 시부터 점심시간이라……."

"없는 사람이 누구누구야?"

"2조 사람들 전부에다가…… 또 양씨도……."

"그 할머닌 왜 없는데?"

"양씨는 여기가 싫다고 딴 데서 밥 먹어요."

"씨발, 아주 개판이구만. 일단 있는 사람만 밖으로 나와. 봉투 들고."

미화원 열두 명이 두 줄로 열을 맞춰 섰다. 봉투를 가지고 나온 사람은 백씨였다. 소장은 백씨를 앞으로 불러 봉투를 열라고 했다. 백씨는 덜덜 떨리는 손으로, 그것이 노화에서 오는 수전증인지 아니면 백색 봉투에서 느껴지는 공포심 때문인지는 구분이 가지 않았지만, 저러다 봉투가 찢기는 건 아닌가 걱정될 정도로 덜덜 떨며 봉투를 열었다. 봉투에는 종이 석 장이 접혀 있었다. 소장은 첫 번째 종이를 꺼내 큰 소리로 읽어보라고 했다. 백씨는 맨 위에 있는 종이를 꺼내 펼쳐들고 첫 문장을 읽어 내려갔다.

"안녕하십니까. 갑작스런 편지에 얼마나 놀라셨습니까."

백씨와 뒤에 선 미화원들은 숨이 멎는 듯했다. 소장이 외쳤다.

"다음 거."

백씨는 더 떨리는 손으로 두 번째 종이를 꺼내 펼쳤다.

"아, 안녕하십니까. 이렇게 두 번씩이나 편지를 쓰게 되어 매우 송구스럽습니다."

백씨와 뒤에 선 미화원들은 실제로 호흡곤란을 느끼기 시작했다. 소장이 또 외쳤다.

"다음 거."

백씨는 세 번째 종이를 꺼내려다가 손가락이 엉켜 첫 번째, 두 번째 편지를 바닥에 떨어뜨리고 말았다. 당황한 백씨가 편지를 주우려 하자 소장은 떨어진 편지를 발로 짓이기며 됐으니까 마지막 거나 꺼내보라고 했다. 백씨는 시커먼 발자국이 찍힌 편지를 그대로 둔 채 소장이 지시하는 대로 세 번째 종이를 펼쳐 들었다. 첫 번째, 두 번째 종이와 달리 세 번째 종이는 생소한 문장으로 시작되고 있었다.

"큰 소리로 읽어봐."

"보, 보, 본 대학은……."

"까막눈이야? 제대로 못 읽어!"

"보, 본 대학은 미화 용역업체인 더클린과 미화원들의 계약 관계에 하등의 관련이 없음을 밝히는 바입니다. 임금 문제는 미화원들 각자가 더클린과 협의하길 바라며 추후 본 대학에 동일한 편지를 계속해서 보낼 경우 심각한 업무 방해를 유발할 수 있음을 엄중히 경고하는 바입니다."

읽기가 끝나자 소장은 백씨의 등을 떠밀어 제자리로 돌려보냈다. 미화원들은 고개와 어깨를 동시에 떨어뜨렸다. 소장은 바닥에 나뒹구는 편지들을 다시 한 번 구둣발로 짓이기며 소리쳤다.

"오늘부터 니들은 소다. 사람 소리를 못 알아듣고 이런 헛짓거리를 하는데 사람 취급을 해줄 이유가 없지. 김종래 소장하고는 말이 안 통해? 그건 니들이 인간이 아니라서 그러는 거야. 버러지 같은 것들. 어디 무서운 줄 모르고 이딴 편지를 보내? 다 엎드려뻗쳐."

"……."

"엎드려뻗쳐!"

남, 여, 노를 가리지 않고 실시된 기합에 백씨, 이씨, 김씨가 픽픽 쓰러지고, 당장 못 일어나냐는 소장의 고함에 박씨, 구씨, 김씨가 덜덜거리는 팔목을 세워 일어나고, 박씨 옆에 있던 문씨가 쓰러지고, 구씨 옆에 있던 정씨가 쓰러지고, 다시 소장의 고함이 지하 주차장을 울리고, 이게 언제 적에 받아보고 처음 받는 기합인가를 기억해내느라 이미 한 번 쓰러진 김씨가 다시 쓰러지고, 소장이 김씨 앞으로 가는 틈을 타 아마도 고등학교 교련시간이었지, 옛 시절을 회상한 박씨가 책걸상을 뒤로 미뤄놓고 교실 한복판에서 엎드려 기합을 받던 고등학생 소년이 40년이 지난 지금도 어느 대학의 지하 주차장에서 기합을 받는다는 사실에 서글퍼서 다시 쓰러지고, 이제는 누가 쓰러지고 안 쓰러졌는지 모르게 한 번씩은 다 쓰러져서 컴컴한 지하에 신음 소리가 가득했다. 당장 못 일어나! 그러나 살벌하게 외치는 소장의 고함은 주차장을 드나드는 운전자들이 무슨 일인가 싶어 사이드미러로 엿보는 동안에도 계속되었다.

"다 늙은것들이 주제를 모르고 설쳐대고 말이야. 이 일이라도 시켜주는 걸 감지덕지해야 할 판에, 오늘부로 니들은 다 해고야."

점심시간이 지난 것을 본 소장은 기합을 끝낸다는 말도 없이 손바닥을 탁탁 털며 계단을 올라갔다. 미화원들은 소장이 사라

진 뒤에도 기합 자세를 유지한 채 쭉 엎드려 있었다. 그러다 소
장의 구두 굽 소리가 점점 멀어져 완전히 들리지 않을 때가 되
어서야 한 명 두 명 버티고 있던 팔을 풀고 바닥으로 쓰러졌다.
청소구역으로 복귀해야 할 시간이었지만 미화원들은 아무 말도
없이 그대로 바닥에 뺨을 대고 누워만 있었다.

툭, 툭, 툭, 툭, 툭.

쾌청한 날에 갑자기 비가 내리는 것은 아닐 텐데 어디서 굵은
끈 끊어지는 소리가 계속 들려왔다.

27

닮은꼴 모녀가 대를 이어 경영하는 36년 전통의 분식집 이모네. 벽에 나무토막을 못질해 만든 계단을 올라가면 1층과는 전혀 다른 분위기의 다락방이 있다. 낮은 천장에 매달린 육십 촉짜리 알전구 한 개가 비추는 사방 벽에는 시대를 단정짓는 낙서들이 크기 불문, 내용 불문으로 휘갈겨 있었다. 초창기 학우들이 그때만 해도 깨끗했던 벽지에 써내려간 민족주의는 화염병을 들고 거리로 나간 친구들을 염려하며 다락방의 안락함 속에서 오랜 시간 토론을 벌이던 동기들에 의해 민주주의로 바뀌었고 민주주의는 다시 투표의 자유와 동반된 카드 사용의 자유가 절정에 이르렀을 때 빈곤주의라는 장난스러운 경고문으로 탈바꿈했다. 벽지 한 장 한 장을 뜯어내 접으면 그대로 현대 역사서가 되는 이곳은 삼십여 년 전 한때는 '거기'라는 이름으로 불리기도 했다.

야, 거기로 와, 거기. 거기서 만나는 거야.

가방 대신 통기타를 멘 학생들은 수업이 끝나면 엄지를 뒤로 젖히며 그렇게 말했다. 그러나 지시대명사가 풍기는 불온함, 다락방이 가지는 반체제성, 외국 악기가 만들어내는 반항적 선율 때문에 이모네 여주인은 뜻하지 않은 고난을 여러 번 겪어야 했다. 학교와 관련된 무슨 사건이 일어날 때마다 형사들은 거기에 들이닥쳐 영장 없이 수색을 펼치며 빨리 불라고 주인을 위협하곤 했다. 겁에 질린 주인이 뭘 불라는 거예요, 울먹이면 형사들은 알고 있는 걸 다 불란 말이야, 소리를 내지르며 의자를 내팽개쳤다. 덕분에 주인은 전날엔 데모한 학생들을 피신시켜주는 운동권의 대모가 됐다가, 다음 날은 불법 선전물을 퍼뜨리는 간첩이 되었고, 그다음 날은 공중위생법을 어긴 불량 업주가 되는 파란만장한 삶을 살았다. 훗날 개교 50주년 기념 학보에 현대사의 산 증인이라는 특별대담 주인공으로 인터뷰를 한 이모네 주인은 정부의 탄압에도 굴하지 않고 식당을 계속 경영할 수 있었던 어떤 종교적인 믿음이나 특별한 신념이라도 있느냐는 질문에 음식 장사는 뭐니 뭐니 해도 단골장사라며, 무서운 형사들도 자꾸 드나들다 보니 단골처럼 반갑게 느껴졌다고 말했다.

"맛있게 드세요."

아르바이트 학생이 주문받은 음식을 차례차례 다락방으로 가져다 날랐다. 떡볶이, 김밥, 돈가스, 제육볶음. 길고 좁은 상 위로 뜨거운 김을 내뿜는 음식들이 전시물처럼 쌓였다. 아르바이트 학생은 마지막으로 파전을 상에 올리며 다시 한 번 맛있게 드세요,라고 말한 뒤 빠르고 능숙하게 계단을 내려갔다.

음식을 앞에 두고도 숟가락을 드는 사람이 없었다. 귀신들이 먼저 먹고 가기를 바라는 것처럼 모두 묵념만 하고 있었다. 보다 못한 최 여사가 자, 먹읍시다, 하며 시범 보이듯 숟가락을 든 후에야 다른 사람들도 못 이기는 척 힘겹게 숟가락을 들었다. 그런데 식사를 시작한 지 얼마 되지 않아 따뜻한 국물을 삼키던 몇몇이 숟가락을 떨어뜨리고 소리내어 흐느끼기 시작했다. 곧 창문 없는 다락방은 축축한 울음소리와 습기, 무거운 한숨으로 뿌연 병실이 되어버렸다. 울음을 터뜨린 사람들은 거의가 기합을 받지 않은 2조 미화원들이었다. 기합을 받은 사람들 중에서 눈물을 보인 사람은 한 명도 없었다.

박씨가 입을 뗐다.

"아주 악질이야."

김씨가 받아쳤다.

"악질도 보통 악질이 아니라 어미 아비도 몰라보는 순 악질이지."

문씨가 정리했다.

"그런 놈이 어미 아비라도 있겠어? 부모도 없이 하늘에서 뚝 떨어졌겠지."

한씨는 모두의 말을 부정하며 다른 의견을 내놓았다.

"이제 와서 그런 말은 할 것도 없네. 소장이 원체 그런 놈이란 걸 몰랐던 사람 있어? 그래도 그놈은 겉 다르고 속 다른 위선이라도 안 떨지. 진짜 악질은 따로 있다고."

"누구?"

"누구긴 누구야. 고상한 편지로 우릴 물 멕인 대학 놈들이지."

미화원들은 입으로 올라가던 숟가락을 멈추고, 울음을 멈추고, 동시에 한씨를 쳐다보았다. 한씨의 말에 산발적으로 흩어져 있던 감정이 방향을 찾은 기분이었다.

"……맞아. 진짜 나쁜 새끼들은 바로 그놈들이야."

포문이 열리자 입속에 갇혀 있던 말들이 우르르 쏟아져나왔다.

"우리랑 아무 상관이 없다고? 우리가 누구를 위해 일하는데? 우리가 뭐 소장을 위해 일하나. 우리가 걸레질해주는 복도로 걸어다니고, 비질해주는 강의실에서 공부하고, 우리가 쓰레기 버리고 변기통까지 닦아주는 화장실에서 오줌똥 누면서, 뭐? 이제 와서 우리랑 자기네가 아무 상관이 없어? 지들 손으로는 쓰레기 하나 주울 줄 모르면서. 다들 버릴 줄만 알았지 복도에 떨어진 종이 한 장이라도 줍는 인간은 교수고 학생이고 본 적이 없어."

"화지특만 해도 그래. 문제는 지들이 일으키고 수습은 다 우리한테 하라 그러지 않았어. 내가 그거 지우면서 평생 듣도 보도 못한 욕이란 욕은 다 봤네. 그 추잡한 낙서들 다 지워준 게 누군데 그래? 나는 그때 삐끗한 허리가 아직까지 쑤신다고. 써먹을 때는 종처럼 부려놓고 좀 도와달라고 하니까 이렇게 내팽개쳐?"

"답장만 우리한테 직접 줬어도 일이 이 지경으로 되지는 않았을 거 아니야. 왜 그걸 소장한테 보내느냔 말이야. 편지에 버젓이 소장하고는 말이 안 통한다고 써놨는데. 알고 보니 아주 돌대가리들 아니야."

"대학에서 일한다고 시건방 떠는 거지. 그럼 뭐 우리는? 우리는 대학에서 일하는 사람들 아닌가?"

바람이 들어올 만한 곳은 없는데 공중에 매달린 전구가 좌우로 심하게 요동쳤다. 미화원들은 식은 음식을 밀어내고 상 위로 머리와 손을 휘저어가며 울분을 쏟아냈다. 가슴에 품고 있는지조차 몰랐던 반감들이 각기 다른 말투와 다른 억양으로, 그러나 같은 대상을 향해 터져나왔다. 미화원들의 눈동자 속으로 들어간 알전구가 번뜩거렸다. 고양이들이 지나다니는 A관 뒤뜰이나 창이 없는 이모네 다락방같이 사람 없는 곳을 찾아다니며 숨어서 하는 토론이 미화원들의 가슴 밑바닥에 묻혀 있던 것들을 캐내고 있었다.

"그럼 다들 그렇게 하기로 동의한 거지요?"

안에서는 보이지 않는 바깥세상에 어둠이 깔리기 시작할 때, 최 여사가 토론을 마무리 지으며 말했다.

"그딴 편지 갖고는 씨알도 안 먹힌다는 걸 알았으니까 이제는 행동으로 보여줍시다."

"그래, 쫓겨나는 한이 있더라도 소리라도 꽥 한 번 질러보고 쫓겨나자고."

"쫓겨나긴 왜 쫓겨나. 우리가 뭘 잘못했다고. 당당하게 우리의 권리를 말하고 소장한테 사과까지 받아내는 거야."

"단합합시다. 한 사람이라도 빠지지 말고 우리 모두가 똘똘

뭉쳐야 그놈들도 정신을 차릴 테니까."

미화원들은 마주 앉은 사람, 옆에 앉은 사람과 눈빛을 주고받으며 결의를 다졌다. 이제껏 같은 유니폼을 입고서도 한 번도 느껴보지 못한, 컨테이너의 피곤한 어둠과는 다른 다락방의 반항적 어둠 속에서 태어난 유대감이 미화원들을 하나로 묶어주었다. 결의를 다진 미화원들은 본격적인 대응방안을 모색했고, 다들 볼을 붉히며 앞으로의 일에 대해 한마디씩 늘어놓았다. 그런데 그때, 계단과 가까운 탁자 모서리에서 독특한 억양이 들려왔다.

"나는 안 할라요."

머리를 맞대고 이야기에 열을 올리던 미화원들은 난데없이 찬물을 끼얹은 목소리의 주인공을 향해 동시에 몸을 돌렸다.

"누구야?"

춘단이 침착한 목소리로 말했다.

"내…… 암만 생각해도 이건 아닌 것 같어라. 나는 안 할라요."

미화원들 중 누군가가 상을 꽝 쳐서 물컵을 쓰러뜨렸다.

"뭐야 이거. 다 된 밥에 찬물 끼얹는 것도 아니고."

"왜 혼자 빠지겠다는 거요? 이런 모욕을 당하고도 참고 넘어가겠다는 거요?"

춘단은 탁자 모서리에 배가 찔리는 불편함에도 불구하고 또렷한 목소리로 자기의 생각을 밝혔다.

"대학에 편지까지 보내서 그란 답장을 받았으면 우리가 할 수 있는 일은 다한 거 아니겠소? 나는 여적까지 별 탈 없이 잘 다닌

학교를 상황 좀 어려워졌다고 하루아침에 배신하는 사람이 되고 싶진 않어라."

누군가가 손가락질을 하며 춘단에게 소리쳤다.

"누가 누구를 배신한다고 그래? 지금 할마씨가 하고 있는 게 배신이야, 배신."

춘단은 지지 않았다.

"그건 아니지라. 돈 좀 깎이는 게 서운하긴 해도 상황이 어려워서 그란다니까 좋게 좋게 이해하고 넘어가야 하지 않겠소. 어려운 고비 넘기고 나면 또 좋은 날 오고 그러면 원래 값대로 쳐주고, 시상 일이란 게 다 그란 것인디. 나는 돈보다는 대학에 댕기고 싶은 마음이 더 크니께 이 일을 그만두고 싶진 않어라."

"이 양반이 무슨 속 편한 소리를 하고 있는 거야. 당장에 돈 없어서 굶어 죽고, 소장한테 맞아 죽게 생겼는데."

춘단 옆에 앉아 있던 사람들이 하나둘 떨어져 앉았다. 어느새 모서리 주변에는 춘단 혼자만 남았다. 전구의 빛이 충분히 닿지 않아 몸의 반은 어둠에 묻혔다. 뜻하지 않은 내부의 적과 맞닥뜨린 미화원들은 혼란스러웠다. 그때, 한 명의 이탈자 때문에 모임이 와해되는 것을 염려한 최 여사가 서둘러 나섰다.

"……됐어요. 하기 싫은 사람은 가라 그럽시다. 처음부터 우리랑은 밥도 같이 안 먹고, 교순지 뭔지 하는 남자랑만 방학내 쏘다니면서 혼자 유별나게 굴더니만. 혹시 양춘단 씨 말고 또 빠질 사람 있어요? 있으면 지금 손들어봐요."

어느 누구도 손을 들지는 않고 모두 춘단을 노려보기만 했다. 최 여사가 말했다.

"빠질 사람은 양씨 혼잔 것 같으니까 그럼 이제 가봐요."

"빨리 나가, 아, 빨리 나가라고."

"내, 참. 재수 털려서."

춘단은 입구에 높게 쌓인 가방들 사이에서 자신의 오렌지색 가방을 찾아 어깨에 둘러뗐다. 가파른 벽에 맞닿은 계단은 내려가기가 여간 힘든 게 아니었다.

오전 일곱 시. 정문에서 진입 차량을 정리하던 김범례 수위는 서른 명 정도 되는 사람들이 무리를 이루어 코끼리 상 쪽으로 걸어가는 것을 보았다. 똑같은 옷을 입은 사람들이 일렬로 줄을 서서 행진하는 모습이 전장에 나가는 병사들 같아서 김 수위는 무슨 일인가 싶어 오랫동안 그 무리에 눈길을 주다가 흰색 승용차가 들어오는 것을 보고 얼른 시선을 돌렸다.

미화원들은 코끼리 상 앞에서 걸음을 멈추었다. 코끼리의 그림자 안으로 발을 들이자 불을 끈 것처럼 푸른색 유니폼이 어두워지고 목으로 느껴지는 기온도 낮아졌다. 밑에서 올려다보니 코 양옆에 박혀 있는 상아가 사람 한 명 크기였다. 미화원들은 몸을 돌려 정문을 향해 두 줄로 섰다. 짝수의 구성원들은 벗어나는 사람 없이 가로가 긴 직사각형의 대열을 이루었다. 곧이어 미화원들은 품에 안고 있던 팻말을 하나둘 밖으로 꺼내놓았다. 흰색 하드보드지에 검은색과 붉은색, 두 가지 색깔의 굵은 유성펜으로 쓴 요구는 짧고 명확했다.

미화원들의 고용을 직접 사용자인 대학이 보장하라.
현재 수준의 임금을 유지하라.
폭언을 일삼는 김종래 소장은 각성하라.

모든 준비를 마친 미화원들은 혼잣말처럼 중얼거렸다. 이제 진짜 시작이네. 혼잣말이 26인의 입에서 동시에 나오자 하나의 구호처럼 바뀌었다.

미화원들의 돌발행동에 제일 먼저 반응을 보인 사람은 교내의 질서 유지를 맡고 있는 유제진 관리소장이었다. 코끼리 상 앞에 이상한 사람들이 한꺼번에 모여 있다는 연락을 받고 허겁지겁 달려온 그는 미화원들이 들고 있는 팻말을 빠르게 읽은 후 지금 여기서 뭘 하는 겁니까,라고 물었다. 항의를 하는 것이라고, 앞줄에 선 미화원 중 누군가가 대답했다. 시위하는 거요?라고 유제진이 바꿔 물으니 미화원들은 자기들끼리 의논을 주고받은 후 일제히 고개를 끄덕거렸다.

"허가는 받고 하는 거요? 나는 들은 게 없는데."

유제진의 물음에 미화원들은 끄덕거리던 고개를 갸웃거리며 되물었다.

"무슨 허가요?"

허. 유제진은 기가 막히다는 듯 바람 빠진 소리를 낸 뒤 학교 안에서 집회를 하려면 학교 측에 미리 신고한 후 허가를 받고 해야지, 그러지 않고서 제멋대로 시위를 하면 불법시위에 해당한다고 했다.

불법,이라는 말에 미화원들의 눈이 커지면서 일순간에 소란이 일었다. 뭐야, 여기서 하면 안 되는 거였어? 아니야, 학생들이 여기 모여서 뭔가 하는 걸 분명히 봤는데, 자네도 봐놓고 그래. 그러면 학생들은 되고 우리는 안 되는 거 아냐? 소란이 계속되자 반듯했던 미화원들의 줄도 조금씩 흐트러졌다. 잘못된 점을 공개적으로 건의하기 위해서는 신고와 허가라는 과정을 먼저 거쳐야 한다는 것을 알고 있는 사람이 단 한 명도 없었다. 그건 순전히 용기와 배짱 문제 아니었나? 공무원으로 일했던 한씨에게 질책이 쏟아졌다. 왜 진즉에 이런 얘기를 안 해줬어? 불법이라잖아. 한씨는 그런 얘기를 들어본 적은 있지만 자신은 산림청 소속이었기 때문에 한 번도 시위와 관련한 업무를 담당해본 적이 없고, 또한 개인적으로도 시위에 참가해본 적이 없어서, 또 어젯밤엔 경황이 없어서 그런 과정까지는 미처 생각하지 못했다고 했다. 아무리 그래도 그렇지 국가 녹을 받아먹던 사람이 그런 것도 모르면 어떡해? 여기저기서 한씨를 성토하는 말들이 나왔다. 졸지에 책임자로 몰린 한씨는 왜 자기한테만 그러는 거냐며 다들 모르고 있었지 않느냐고 억울함을 호소했다.

옆에서 미화원들의 소란을 지켜보던 유제진은 한심하다는 표

정을 지었다. 굳이 상대할 가치도 없다고 생각되었다. 뒷짐 지고
방관하고 있으면 곧 제풀에 꺾인 미화원들이 알아서 모임을 해
산하고 제자리로 돌아갈 게 분명했다.

미화원들이 유제진과 헐거운 대립을 하고 있을 무렵, 컨테이
너에 미화원들이 한 명도 없다는 것을 안 김종래 소장이 지하
주차장에서 걸어나왔다. 그는 코끼리 상 앞에 모인 미화원들을
보자마자 대뜸 삿대질을 하며 소리부터 질렀다.

"여기서 뭐하는 거야. 당장 안 들어가!"

자기들끼리 책임 소재를 따지며 언쟁을 벌이던 미화원들은
소장의 얼굴을 보자마자 조직 내의 분란을 멈추고 일사불란하
게 다시 대열을 정비했다. 폭언을 일삼는 김종래 소장은 각성하
라, 그 문구를 맡은 미화원들은 보란 듯이 팻말을 앞으로 내보였
다. 소장이 볼을 씰룩거렸다. 보는 눈 없는 지하 주차장에서라면
당장 엎드려뻗쳐, 소리가 나왔을 테지만 여기는 광장이었다. 소
장은 미화원들에게 코가 닿을 정도로 다가와서 낮은 목소리로
말했다.

"좋은 말로 할 때 당장 안 들어가?"

"못 들어가겠소."

소장은 어깨로 앞에 선 사람을 밀치며 어금니를 깨물었다.

"진짜 한 번 해보자는 거야?"

미화원들은 뒤로 밀리면서도 지지 않고 대답했다.

"끝을 보자는 심정으로 나왔으니까 들어가도 끝을 내고 들어

갈 거요. 우린 다 그렇게 하기로 이미 약속했소."

불법,이라는 말을 듣고 새가슴으로 오그라든 미화원들의 가슴이 소장의 막돼먹은 얼굴을 마주하자 분노로 팽팽하게 부풀어올랐다. 미화원들은 현실을 직시했다. 그래, 어차피 신고해야 한다는 걸 미리 알았다고 해도 신고하지 못했을 것이다. 신고라는 것을 어디 가서, 누구에게, 어떤 방법으로 한단 말인가. 편지 한 장 건네는 일도 그렇게 어려웠는데 하물며 정식 절차를 밟아야 하는 일을. 알았어도 어차피 못 했을 것이라는 생각이 들자 배짱이 두둑해지기 시작했다. 심지어 불법이라는 말도 알고 보면 무서워할 것이 못 된다는 생각까지 들었다. 누구는 하루아침에 시급을 깎는다 하고, 누구는 도와달랬더니 자기네를 위해 일하는 사람들을 자기네와 상관없다며 무시하고, 누구는 사람을 개처럼 바닥에 굴리는데. 그럼, 그건 불법이 아니란 말인가. 그게 불법이 아니라면 우리의 요구는 더욱더 불법이 아니다. 신고서 한 장 안 냈다고 정당한 일이 불법이 된다면, 까짓것 불법이래도 어쩔 수 없는 것이고.

미화원들이 김종래 소장과 기 싸움을 벌이는 사이 교정은 학생들로 번잡해지기 시작했다. 생소한 풍경을 본 학생들이 무리를 지어 천천히 미화원들 주위로 몰려들었다. 밝은 햇빛과 다수의 구경꾼, 소장과 원수처럼 마주 보고 선 26인의 미화원. 김종래 소장은 어금니를 꽉 깨문 채 몰려드는 학생들을 밀치고 사무실 쪽으로 걸어갔다.

미화원들은 부끄러웠다. 사천팔백 원을 원래대로 달라는 구호가 부끄러운 것이 아니라 수백 명의 학생들 앞에 서 있어야 하는 것이 부끄러웠다. 학생들은 미화원들을 동그랗게 둘러싸고 사진을 찍어댔다. 찰칵, 찰칵. 그 소리가 들릴 때마다 미화원들은 어깨를 흠칫거렸다.

학교에서 미화원들이란 보이지 않을수록 좋은 존재였다. 무난한 소장, 까다로운 소장, 김종래 같은 소장, 어떤 소장이 오든 미화원들이 지켜야 할 기본강령은 깨끗한 시설 유지와 최대한 사람들 눈에 띄지 않게 일하는 것이었다.

대학 성장 가능성을 평가하는 정부사절단이 방문한 몇 해 전, 그 전날 꼬박 야근을 하며 청소한 미화원들은 사절단이 일을 마치고 갈 때까지 알아서 대학 곳곳에 숨어 있으라는 지령을 받았다. 쓰레기 봉지를 지고 다니는 모습이나 복도에서 걸레질하는 모습이 절대로 사절단의 눈에 띄어서는 안 된다는 이유에서였다. 명령을 어기고 활개를 치다 걸리는 사람은 벌금 조로 그날 일당을 제한다는 특별 언급까지 있었다. 화장실 쓰레기통을 비운 후 계단 비상구에 숨어 있던 한 미화원은 남자 구둣발 소리가 들리자 혹시 사절단일지도 모른다는 두려움에 이리저리 숨을 곳을 찾다가 마땅한 곳이 없자 스스로 쓰레기통 안으로 들어가 뚜껑을 닫기도 했다.

더러운 화장실은 싫어하면서 청소하는 사람은 아무도 없고 그래서 청소를 하겠다고 온 건데, 이제는 청소하러 온 사람을 더

럽다고 싫어하는 꼴이잖아.

나무 위, 수풀 속, 벽과 벽 사이에 숨은 미화원들은 자신의 처지를 푸념했다. 쓰레기통 안으로 들어간 미화원은 비상구로 온 학생들이 담배를 다 태우고 갈 때까지 하나의 쓰레기통으로 복도에 놓여 있었다.

아홉 시가 넘어가자 코끼리 상 앞의 미화원들은 단순한 풍경을 넘어서 하나의 사건이 되었다. 학교 측은 학내에서 처음 벌어진 시위에 적당한 대응방법을 찾지 못하고 있었다.

엄밀히 말하면 처음은 아니지요. 87 때도 있지 않았어요? 그게 이거랑 같아? 학생들이 민주화하자고 뛰어나오는 거랑 청소부들이 돈 달라고 시위하는 게 같으냔 말이야.

학교 측은 가급적 돈 이야기는 하고 싶지 않았다. 한다 해도 전년도 결산 보고니 등록금 3.8퍼센트 인상이니 하는 식의 우회적인 게 좋았다. 교수들의 월급을 공개하라거나, 등록금 사용내역을 원 단위까지 밝히라는 주장은 고상하지 못한, 폭력적인 요구로 여겼다. 여기는 돈으로 환산할 수 없는 지식과 가치를 배우는 대학이 아닌가. 그런데 학생도 아닌 청소부들이 시급 사천팔백 원 유지를 주장하며 코끼리 광장을 점유하고 나서다니……. 있는 줄도 몰랐던 미화원들이 광장으로 나와 이 학교의 주인처럼 행세하는 건 설립 이래로 전례가 없는 사건이었다. 따라서 어떻게 대응해야 하는지에 대한 지침도 전혀 마련되어 있지 않다. 학교 측은 잘 닦인 유리창을 통해 푸른색의 움직임을 그저 내려다볼 뿐이었다.

열 시가 넘자 미화원들은 다리에 극심한 통증을 느끼기 시작했다. 한자리에 꼼짝 않고 서너 시간을 서 있는 건 쓰레기 봉지를 짊어지고 계단을 내려가는 것보다 더 고역이었다. 누군가의 입에서 앉아서 하는 게 어떻겠느냐는 의견이 나왔다. 텔레비전 보니까 앉아서도 많이 하던걸? 그러나 처음부터 앉아서 했으면 괜찮았겠지만 갑자기 중간에 슬금슬금 앉아버리는 건 사람들 보기에 기개가 꺾여 보일 수 있다는 반대 의견이 나왔다. 지켜보는 학생들 눈이 수백인데, 거기다 사진까지 찍고 있는데 무슨 말을 하면서 자리에 앉을 거냐는 얘기였다. 어른들이 수선스럽게 앉았다 일어났다 하면 괜히 꼴만 우스워지는 거라고, 몸이 이 정도 고생스러울 각오도 안 하고 나왔느냐고 따지듯 말하는 미화원의 다리가 가장 많이 떨리고 있었다. 결국 버틸 수 있는 데까지, 누구 하나 쓰러질 때까지 서서 하기로 했다. 그때는 분위기를 봐서 앉을 수도 있을 테니까.

"이럴 줄 알았으면 처음부터 앉아서 할 걸 그랬네."

"누가 언제 이런 걸 해본 적이 있어야 알지. 이젠 알았으니까 다음엔 꼭 앉아서 하자고."

"다음 같은 건 없으면 좋겠어."

다행히 날씨는 좋았다. 미화원들은 뻣뻣해진 다리를 번갈아 접으면서 서로를 격려했다. 조금만 견디면 점심시간이 지나니 무슨 해결방안이 나와도 나올 것이라는 의견이 힘을 주었다. 지금쯤 회사와 소장과 대학이 머리를 맞대고 사태를 해결하기 위해 의논하고 있겠지. 종이로 된 편지는 무시할 수 있어도 한두 명도 아닌 스물여섯이나 되는 사람이 직접 행동으로 나서는 것까지야 무시할 수 없을 테니까. 말은 희망을 자유자재로 만들어냈고 장밋빛 희망은 약간의 환각 효과를 일으켜 잠시나마 미화원들의 다리 통증을 잠재워주었다. 미화원들은 며칠 새 부쩍 높아진 하늘을 올려다보았다. 흠결 없이 파란 가을 하늘은 희망이 현실이 될 것이라는 좋은 징조처럼 느껴졌다.

점심시간이 되기 얼마 전, 열댓 명 되는 젊은이들이 미화원들에게 다가왔다. 무리 중 앞장선 남자는 자신을 이 대학의 총학생회장이라고 소개하고는 뒤따른 학생들을 가리키며 학생회 임원들이라고 말했다. 행정실장이나 소장을 기다리며 아픈 발을 구르던 미화원들은 그런데 무슨 일로? 모두 의아한 얼굴이 되었다. 회장은 학생회 차원에서 미화원들을 지원하고 싶다고 말했다. 미화원들은 자기들끼리 고개를 갸웃거렸다. 기다리는 곳에서는 아무런 연락도 없고 생전 처음 보는 학생회가 어째서? 회장은 이 문제는 단지 미화원들만의 문제가 아니라 우리 학생들의 문제, 나아가 이 사회 구성원들이 당면한 우리 모두의 문제라며 설명하고 나섰다. 미화원들은 여전히 고개를 갸웃거렸다. 누구든지 도와주겠다고 나서는 건 고맙지만 한편으로는 무엇을,

어떻게 돕겠다는 건지, 저들이 학교 대신 임금을 주고 소장을 혼내주겠다는 건지 혼란스러웠다. 선뜻 결정을 내리지 못하는 미화원들에게 학생회는 걱정하지 말라고, 이제부터는 자기들이 함께할 것이라고 안심시켰다. 우리 모두의 문제니까요. 그 말은 점심시간에 열린 긴급 회담에서도 똑같이 반복되었다.

"학우 여러분, 여기 스물여섯 명의 미화원들은 부당하게 빼앗긴 자신들의 권리를 찾고자 용감하게 이 자리에 섰습니다. 생계를 위협하는 최저임금, 부당한 고용관계, 이것이 비단 이분들만의 문제입니까? 아니요, 이것은 우리 만오천 학우들 모두와 대한민국 오백만 대학생들, 나아가 이 나라의 모든 피고용인이 당면한, 우리 모두의 문제입니다."

마이크를 쥔 학생회장은 가을 하늘에 금이 갈 정도의 큰 목소리로 외쳤다. 대통령과 연예인을 제외하고 태어나 긴급 회담이라는 것을 처음 보는 학생들이 흥분을 하며 코끼리 광장으로 몰려들었다. 미화원들은 학생회에서 마련해준 기다란 책상을 앞에 두고 의자에 앉았다. 몇 시간 만에 다리를 쉰 미화원들은 회장이 무어라고 외치는 소리는 뒤로 넘기고 아이고, 이제야 살겠네, 자기들끼리만 아는 눈짓을 주고받았다.

"지금부터 미화원 노동자들이 어떻게 이 광장까지 나오시게 됐는지 생생한 이야기를 듣고자 합니다. 우리 사회 곳곳에서 벌어지고 있지만 누구도 귀 기울여 듣지 않는, 듣고 싶지 않았던 이야기가 될 것입니다. 대표로 최궁실 미화원님 외 몇 분이 증언을 해주시겠습니다."

최 여사는 학생회장이 건네주는 마이크를 조심스레 받아들었다. 아, 아. 목소리는 잘 나왔다. 이제부터는 회장이 알려준 대로 말하기만 하면 되었다. 어려워하시지 말고 있었던 일을 그대로 증언해주시기만 하면 돼요. 있었던 일을 다? 지난 세월을 말하자면 한도 끝도 없을 텐데. 아무래도 힘들었던 일 위주로 얘기해주시는 게 좋겠죠. 그럼 여기 오기 전에 병원에서 간병일했던 것부터 얘기할까? 그 일도 참 힘들었는데. 아니요, 다는 말고 이 학교에서 일하면서 생긴 중요한 것들만요. 임금 얘기나 부당한 노동착취 같은, 소장이 그렇게 인권을 탄압했다면서요. 최 여사는 두 손으로 마이크를 꼭 쥐고 눈꺼풀을 몇 번 깜박였다. 눈을 감으면 수백의 학생들 앞에 마이크를 쥐고 앉아 있는 지금이 꿈속에서 일어나는 일이 되었다가 눈을 뜨면 이젠 어디로 숨을 수도 없는 살 떨리는 현실이 되었다.

"안녕하십니까. 나는 최궁실이고요, 이 대학에서 일한 지 올해로 이십 년째, 여기서 제일 오래 일한 사람입니다."

짝짝, 짜.

박수 칠 일은 아니지. 관중들 사이에서 빗나간 박수 소리가 잠깐 나왔다가 사라졌다. 최 여사는 목소리를 한 번 더 가다듬은 후 떨리는 목소리로 조곤조곤 이야기를 시작했다.

나는 최궁실. 식당일, 파출부, 간병일, 몸이 할 수 있는 일이란 일은 다 하다가 소개소에서 이 대학을 소개받아 청소를 시작했다. 여기서 번 돈으로 아들 둘을 대학에 보냈다. 첫째는 서울에 있는 대학을 갔고, 둘째는 제 형보다 약간 뒤떨어져서 사람들이 잘 모르는 지방대를 갔다. 나는 하루도 꾀를 부리지 않고 열심히 일해왔다. 사람들은 어느새 나를 이 대학의 최고참 최 여사라고 부른다. 그런데 새로 온 소장이 무턱대고 시급 오백 원을 깎겠다고 한다. 말투도 사납고 어린 사람한테 하듯 반말을 하며 자기 마음에 들지 않으면 우리를 땅바닥에 엎드려뻗쳐 시킨다. 대학에 편지를 보내 우리들의 사정을 살펴달라고 했더니 다시는 편지를 보내지 말라는 경고만 들었다. 이십 년 넘게 이 대학을 위해 일했는데, 배신당했다는 생각이 든다. 깎인 임금을 받아들이든지 싫으면 떠나든지, 그 둘 중에서 우리는 선택해야 한다. 하지만 우리는 도저히 그렇게는 못 하겠다. 임금을 원래대로 돌려놓고, 우리를 사람답게 대해달라, 이것이 우리가 코끼리 광장으로 나오게 된 그동안의 이야기다.

끝내 눈물을 보인 최 여사가 서둘러 건넨 마이크는 한 사람 한 사람을 돌며, 부끄러움에 말을 못 하고 마이크를 그냥 넘긴 사람도 상당수였지만, 나는 김백환이오, 나이 들어 세상에 나오니 할 일이 이것밖에 없어서 시작했는데 어느새 이게 내 일이 되었소. 아무리 일이 힘들어도 나는 여기를 떠날 수 없소, 이게 아니면 내 식구들이 당장 굶어 죽게 생겼으니까. 제 이름은 유순애인데요, 우리가 없는 사이 여기 있는 동료들이 소장한테 엎드려뻗쳐를 당하고 욕을 들었다는 얘길 들으니까 피가 거꾸로 솟는 게 가만히 있을 수가 없었어요. 나이도 어린 사람이 어떻게 자기 부모뻘 되는 어른들에게 그럴 수가 있나요. 무서워요, 여러분은 저 지하 컨테이너에서 무슨 일이 벌어지고 있는지 몰라요, 정말 무서워요. 나는 백진동, 말을 하자면 여기서는 다 하지도 못하게 길지만 꼭 해야 할 말을 하자면 우리가 아무리 더러운 걸 치우고 다닌다 해도 우리도 사람이란 말입니다. 사람이 같은 사람 보고 개돼지 하면 못쓰는 것 아닙니까. 김종래 소장뿐만이 아닙니다. 사람들이 우리를 어떻게 보는지 우리도 다 알고 있습니다, 치사해서 말을 안 할 뿐이지. 그러니까 내 말은 옷 좀 스친다고 병이 생기는 게 아니란 말입니다. 나는 강진숙, 꼭 한 번 물어보고 싶은 게 있었어요. 도대체 화장실은 왜 그렇게 더럽게 쓰는 거예요? 방금 치우고 돌아서면 반 시간도 못 돼서 난장판이 되는데, 얼굴들은 예쁘게 하고 다니면서 뒤처리는 왜 그렇게 못 하는지. 제발 화장실 좀 깨끗이 썼으면 좋겠어요. 미화원들은 가족에게도 털어놓지 못한 이야기를 광장에 울려퍼지게 했다.

긴급 회담은 점심시간이 지나도록 계속되었다. 점심 방송이 시작되자 교내 여기저기에서 음악이 흘러나왔다. 높은음자리의 노랫소리를 타고 긴급 회담 분위기도 한껏 달아올랐다. 부끄러워서 말을 하지 않고 넘어갔던 미화원까지 손을 들며 마이크를 달라고 했다. 자기소개를 생략한 그는 다짜고짜 소리부터 질렀다.

"나도요, 알고 보면 고등학교까지 다닌 사람입니다. 요즘 식으로 따지면 대학까지 나온 사람이라는 거예요. 근데 왜 나를 무시하는 거야, 왜."

회장은 흥분한 발언자를 진정시키며 마이크를 빼앗은 뒤 좋은 말씀 잘 들었습니다, 하며 급하게 마무리를 지었다. 긴급 회담은 미화원들과 학생회, 학생들이 한목소리로 구호를 외치는 것으로 막을 내렸다.

미화원들의 고용을 직접 사용자인 대학이 보장하라.

"보장하라, 보장하라."

현재 수준의 임금을 유지하라.

"유지하라, 유지하라."

폭언을 일삼는 김종래 소장은 각성하라.

"각성하라, 각성하라. 에잇, 그냥 해고해버려라."

창문을 통해 사태를 관망하던 대학 측은 당황하지 않을 수 없었다. 제풀에 지쳐 와해될 거라고 생각했던 문제가 예상치 못한 학생회의 개입으로 엉뚱하게 커지고 있었다.

28

　바닥까지 길게 늘어뜨려져 있는 휴지 한 필. 주로 공용 화장실로 납품되는, 거칠고 얇은 재질의 저가 화장지는 물에 닿자마자 심에 남아 있던 것까지 끌어당겨 바닥에 하얀 무덤을 만들었다. 화장실에 들어온 학생들은 자기도 모르는 새 신발 밑창에 휴지를 달고 화장실을 나갔다. 하이힐과 흙 묻은 운동화 뒤에 붙은 휴지는 대학 여기저기를 여행하고 다녔다. 화장실에 가지 않고서는 살 수 없는 사람들과 화장실 바닥에 떨어진 두루마리 휴지 한 필. 그것이 모두를 히스테리로 몰고 간 사건의 서막이었다.

　학생들은 무언가 예전과 달라졌다고 느꼈다. 휴지 찌꺼기와 시커먼 얼룩이 섞인 화장실 바닥은 눈 내리고 난 뒤 삼 일째 풍경 같았다. 세면대와 변기통 옆의 쓰레기통은 한참 전에 포화상태가 되었고 결국 과도한 유입물을 이기지 못하고 밖으로 내용물을 토해내고 말았다. 용변이 묻은 휴지, 피로 물든 생리대가 바닥에 쏟아져내렸다. 물에 녹을 것은 녹고 녹지 않는 것은 그대로 바닥을 굴러다녔다.

　변기에는 내려가지 않은 오물이 둥둥 떠 있었다. 볼일을 본 후 물을 내리지 않았거나, 휴지를 집어넣어 변기가 막혔거나, 물을 내려도 다 내려가지 못했거나 하는 몇 가지 이유에서였지만 편하게 이유 같은 것을 따지고 있을 여유가 없었다. 일곱 개의 변기 중 두 개가 사용 불가능한 상태여서 학생들은 쓸 수 있는 변기로 몰려들었고 그러자 정상적으로 작동했던 다섯 개의 변기마저 같은 이유들로 사용 불가능이 되어버렸다. 쓸 수 있는 변기가 네 개, 세 개, 두 개로 점점 줄었다. 화장실은 악취로 가득했다. 학생들은 화장실 들어가기를 두려워하며 피가 쏠리는 바지춤을 움켜잡았다. 세면대에서 넘친 물이 바닥으로 줄줄 흘러내렸지만 걸레를 들고 닦는 사람은 아무도 없었다. 물은 화장실을 넘어 복도로까지 흘렀다.

복도에 즐비한 음료 자판기는 하루에 수백 개의 알루미늄 깡통과 수천 개의 종이컵을 생산해냈다. 하루에도 쓰레기 자루를 다섯 번은 바꿔줘야 했지만 그날은 아무도 자루를 교체하는 사람이 없었다. 깡통을 버리려던 학생들은 자루가 꽉 찬 것을 보고 빈 용기를 처리할 수 있는 다른 방법을 쉽게 생각해냈다.

창틀에 대충 올려놓기.

복도 창틀에 올려진 붉은색 알루미늄 깡통은 하나의 비행에 불과했지만 곧 영감을 받은 모방범들이 무수히 태어났다. 붉은색 깡통 옆에 오렌지 맛 깡통이 놓이고, 커피가 남아 있는 종이컵이 그 위로 올라가고, 아무리 작은 공간이라도 컵을 올릴 만한 곳마다 빈 용기들이 놓이면서 햇빛을 가려 가을 햇살로 빛나야 할 복도가 점점 어둑해졌다. 밖에 있다가 실내에 들어온 학생들은 정전이 되었나 싶어 천장을 올려다보았다. 창을 가린 전시물들은 약한 바람에도 텅텅텅 빈 소리를 내며 바닥으로 떨어졌다. 굴러가기가 단연 특기인 원형 용기들은 복도를 타고 계단으로 내려가며 학생들 다리 사이로 파고들었다. 깡통이 지나간 자리마다 노란색, 빨간색, 검은색의 얼룩이 번졌고 걸음을 옮길 때마다 바닥에 끈적거리는 액체들이 신발을 쩍쩍 달라붙게 했다. 괴물이 입맛을 다시는 것 같은 괴상한 소리가 복도에 쉬지 않고 울려대자 학생들은 이명이 들리는 귓병에 걸린 줄 알고 자기 귓속을 마구 후벼댔다.

수업 하나가 끝날 때마다 강의실 책상에는 먹다 버린 과자 봉지, 빵 봉지들이 차곡차곡 쌓여갔다. 샌드위치에서 흘러나온 양배추나 과자 부스러기가 책상에 엉겨붙어 책을 올려놓을 수도 없었다. 노후한 강의실 칠판 턱에 쌓인 분필가루는 교수들이 분필을 내려놓을 때마다 백골가루처럼 공중으로 흩어졌다. 교수와 학생들은 번갈아 가며 재채기를 했다. 젊은 교수의 정수리가 몇 시간 만에 하얗게 세어버렸다.

교정에는 비둘기들이 떼로 몰려다니며 바닥에 널브러진 음식물 찌꺼기를 쪼아댔다. 곳곳에 숨어 있던 길고양이들까지 튀어나와 주린 배를 채웠다. 새와 고양이는 서로의 영역을 존중하며 만찬을 즐겼다. 쫓고 쫓기는 앙숙이라도 먹을 것이 넘치는 풍요로운 시대에는 휴전이 이루어지는 법이었다.

셀 수도 없을 만큼 많은 다리가 달린 생물체가 강의실 벽을 기어다니는 것을 본 학생이 수업 중에 비명을 지르고, 화장실 휴지가 떨어져서 볼일을 마치고도 변기에서 일어나지 못한 학생이 수업에 늦고, 교수들은 강의보다 재채기를 더 많이 하고, 진즉에 최신식 강의 설비로 교체해주지 않은 학교의 안일함을 성토하는 목소리가 나오고, 복도에 깔린 깡통들을 피해 다니는 것이 하나의 놀이가 된 이 일련의 모든 사건은 미화원들이 파업을 선언한 지 만 하루도 되지 않아 일어난 일들이었다.

29

춘단은 하던 일을 놔둔 채 옥상으로 몸을 숨겼다. 아무도 없는 곳에 피신해와서도 마음이 쉽게 진정되지 않았다. 춘단은 옥상 문에 기대고 서서 가쁜 숨을 골랐다. 귓가에서는 환청인지 아닌지 모를 소리가 계속 울려댔다. 화산처럼 폭발한 쓰레기통을 치워달라고, 아니 막힌 화장실 변기부터 뚫어달라고, 거기보다 우리가 먼저 불렀다고 외치는 사람들이 문을 부수고 들어와 다리를 잡고 끌어낼 것만 같았다. 춘단은 진짜로 발목이 잡히는 것 같아 몸을 떨었다.

학교는 좀비에게 장악된 것이나 마찬가지였다. 2층을 치우고 나면 3층이 난리가 났고 3층을 치우고 나면 4층이 난리가 났고 4층은 아직 치우지도 못했는데 다시 2층, 3층, 모든 층에 난리가 나 있었다. 버려진 것, 더러운 것, 쓸 수 없는 것들은 강한 생명력이 있었다. 죽이고 죽여도 깨끗한 것들에게서 생명력을 얻어 수를 늘려갔다. 학교는 전쟁터였다.

그러나 이 넓은 전장에서 걸레를 들고 좀비와 싸우는 사람은 춘단이 유일했다. 싸울 사람은 넘치고 넘쳤다. 하지만 자기 손에 직접 피를 묻히고 싶어 하는 사람은 없었다. 변기통이 막히든 쓰레기통이 넘치든 무조건 춘단부터 부르고 봤다. 푸른색 유니폼이 워낙 눈에 띄어서 멀리에서도 부르기 쉬웠다. 춘단이 출동하면 그들은 팔짱을 낀 채 저만치 물러서서 빨리 좀 치워주세요, 거기요 거기. 코를 막은 채 코맹맹이 소리로 재촉했다.

이틀 동안 춘단은 자기 구역도 아닌 곳까지 출장을 나갔다. 심지어 A관에서 걸어서 15분이나 걸리는 옥토푸스관까지 출장을 나가야 했고 문어발처럼 뻗어 있는 곳을 다 치우고 원래 구역으로 복귀하면 어디 가서 뭘 하고 왔느냐, 얼마나 찾았는지 아느냐, 왜 농땡이를 부리느냐는 항의를 들어야 했다. 변명할 시간도 없었다. 아, 빨리 여기 바닥부터 닦아주라고요. 사람들은 하루 만에 더 신경질적으로 변했다. 춘단은 최선을 다했다. 손바닥이 물에 퉁퉁 붓도록 최선을 다했다. 그러나 최선이 언제나 선한 결과를 가져오는 것은 아닌 모양이었다.

"저기 쓰레기는 언제 치워줄 거예요?"

막힌 변기를 뚫던 춘단은, 구정물이 구멍 속으로 빨려들어가는 모습을 보며 이제 한계에 이르렀다는 예감을 했다.

심장 박동이 잦아들고 귓가에 울리는 환청도 바람 소리로 바뀌었다. 어느 정도 마음을 안정시킨 춘단은 맞은편으로 걸어가 교정을 내려다보았다. 미화원들은 여전히 대열을 이루어 코끼리 상 앞에 앉아 있었다. 코끼리 머리가 만든 그림자 안에서는 어제와 마찬가지로 보장하라, 보장하라, 유지하라, 유지하라, 각성하

라, 각성하라, 구호가 흘러나왔다.

　미화원들 주위로 없던 물건들까지 많이 생겼다. 스탠딩 마이크, 책상, 의자. 코끼리의 두 다리에는 학내의 불공정한 노동착취를 고발한다, 급하게 만든 것 같은 현수막이 걸려 있었다. 구경하는 사람도 많았다. 공개적으로 후원하겠다고 밝힌 학생회는 미화원들을 비호하는 경호원처럼 둘러서서 학생들의 참여를 유도하고 있었다. 미화원들에게 희망을,이라는 제목이 적힌 장부에 학생 천 명의 서명을 받는 것이었다. 천 명의 서명이 완성되면 공식 경로를 통해 학교 측에 전달하고 그러면 미화원들의 바람이 모두 이루어질 것이라는 계획이었다.

　"천 명이라…… 무신 옛날 이무기 얘기 같구만."

　춘단은 미화원들에게서 눈을 거두고 다시 몸을 돌려 바닥에 주저앉았다. 강사와 함께 밥을 먹던 그 자리였지만 강사를 보지 못한 지도 오래되었다. 강의시간이 점심시간대로 바뀌어서 앞으로는 같이 점심을 못 먹을 것 같다고, 개강한 지 며칠 만에 나타난 강사는 죄송한 일도 아닌데 죄송해요,라고 한 그날 이후로 모습을 보이지 않았다. 춘단은 옆을 슬쩍 돌아보았다. 있었으면 좋겠다 싶은 사람 대신 기울어진 춘단의 그림자가 면목 없게 앉아 있었다. 춘단은 굳게 닫힌 회색의 강철 문을 바라보았다. 문이 열려 누가 들어오지나 않을까 두려워하는 마음과 문을 열고 누군가가 와주기를 바라는 마음이 손바닥과 손등처럼 붙어 있었다. 오랫동안 옥상 근처로는 아무런 인기척도 들리지 않았다. 그럴수록 바람 소리만 선명하게 커졌다. 서늘한 바람 속에는 미화원들의 뜨거운 구호가 섞여 있었다. 유지하라, 보장하라, 각성하라. 춘단은 그 구호를 혼자서 조용히 말해보았다. 유지하라, 유지하라. 보장하라, 보장하라. 각성하라, 각성, 그러다가 갑자기 배 속이 간지러워져 하, 웃음을 터뜨리고 말았다. 그러나 웃음은 오래가지 못하고 곧 허, 하는 한숨 소리로 바뀌었다.

춘단은 벽에 머리를 기댔다. 뺨에 닿는 바람이 갈수록 차가워졌다. 늦더위가 있더라도 이제 반팔 유니폼을 입기에는 무리였다. 다음 주부터는 긴팔 유니폼으로 갈아입으라 하겠구만. 다음 주를 떠올리던 춘단은 다리를 끌어안아 무릎 사이에 얼굴을 묻었다.

다음 주가 오긴 할랑가…….

춘단은 회색의 넓은 옥상 벽에 푸른 점처럼 묻어 있었다.

30

창에 격자무늬 창살을 덧댄 버스 한 대가 교문으로 들어선 이른 아침, 빵으로 아침밥을 해결한 미화원들은 천막에서 나와 옷을 입듯 자기 구호가 적힌 팻말을 찾아 품에 안았다. 버스가 정문에서 김 수위의 조회를 받는 동안 미화원들은 코끼리 상 앞에 모여 농성 대열을 맞추었다. 김 수위의 거수경례와 함께 진입을 허용하는 막대가 올라가자 버스는 비행장 활주로처럼 뻗은 길을 곧장 내달렸고 미화원들은 한목소리로 구호를 외치기 시작했다.

대학은 미화원들의 고용을 보장하라, 보장하라. 현재 수준의 임금을 유지하라, 유지하라. 김종래 소장은 각성하라, 각성하라.

입에서 단내가 났다. 단내 나는 구호였다. 농성이 사흘을 넘기면서 맨땅에서 자고 일어난 피로가 미화원들을 괴롭혔다. 벽 없는 방은 밤새 잠을 설치게 했고, 아침에 일어나면 뼈에 성에가 낀 것처럼 온몸이 으슬으슬거렸다. 아침부터 밤까지 주먹을 휘두르며 낡은 구호를 반복하는 동안 미화원들 사이에서는 오가는 말이 점점 줄어들었다. 이를 오득오득 갈며 씹어대던 분노도,

잘난 놈 못난 놈 따로 없다던 성토도 어쩐지 밝은 햇빛 아래에서는 모두 메마른 풀처럼 시들해졌다. 빛은 마음을 밝히는 것이 아니라 세상을 똑바로 보게 만들었다. 코끼리 광장 한복판에 앉아 있으니 사방으로 에워싼 건물은 새삼스레 겁이 날 정도로 웅장했고 호수는 건널 수 없는 바다처럼 일렁였으며 양복 차림에 가방을 든 사람들이 힐끔거리며 지나갈 땐 보장하라, 보장하라, 외치는 목소리가 약속이라도 한 듯 줄어들었다.

"……이건 아닌 것 같은데."

학생회가 마련해준 천막에서 첫 철야 농성을 감행한 밤, 달은 온 세상을 감싸줄 따뜻한 빛으로 떠 있는데 팔다리는 자꾸 떨려서 위에 덧입을 뭔가를 찾던 미화원들의 등 뒤로 뭔가 잘못되어가는 것 같다는 목소리가 희미하게 들렸다. 못 들은 척, 혼잣말이나 천막을 훑는 바람 소리로 무시해버릴 수도 있는 작은 소리였다. 그런데 미화원들 한두 명이 은근슬쩍 그 목소리의 주인 곁으로 다가갔다. 뭔가 잘못되어가는 것 같다. 그것은 26인의 속마음을 하나로 꿰는 창날이었다.

"긴급 회담에, 학생들의 지지 서명, 명절에 집에도 못 가고 이 밤중에 천막 농성이라니. 우리가 바란 게 이런 거였어?"

미화원들은 서로의 눈치를 살폈다. 그들이 바란 건 보장하라와 유지하라와 각성하라, 세 가지 구호뿐이었다. 또 서로 말은 안 했지만 내심 소장의 각성 같은 것은 없어도 괜찮다는 생각도 했다. 타고난 인성이란 게 하루아침에 손바닥 뒤집듯이 바뀌는

게 아니니, 데면데면한 사과 정도만 들어도 좋게 좋게 넘어갈 셈
이었던 것이다.

미화원들은 자신들이 앉아 있는 곳을 둘러보았다. 바람이 불
때마다 출입구로 터놓은 천막이 펄럭거렸고 대접할 것 하나 없는
곳에 달빛이 밤 손님으로 찾아왔다. 노랗고 다정한 달빛이 미화
원들을 더 울적하게 만들었다. 왜 일이 이렇게까지 커진 것일까.

"……그 애들이 마이크를 주고 우리를 의자에 앉히면서부터
다."

그 말이 들린 순간 모두 주위를 두리번거렸다. 발언자를 찾았
지만 나요, 하고 나서는 사람은 아무도 없었다. 다들 자기는 아
니라는 얼굴로 서로의 눈치만 살폈다. 끝까지 자수하는 사람이
없자 미화원들은 혹시 자기 입에서 그 말이 나온 건 아닌지 입
술을 더듬었다.

"죽이 되든 밥이 되든 우리끼리 꼿꼿이 서서 버텨볼 걸 그랬
어. 그러면 어떻게든 일이 빨리 끝났을지도 모르는데."

동료들의 동요를 감지한 누군가가 말했다.

"이제 와서 그게 무슨 소리야. 다들 정신 바짝 차리라고. 우리
편 들어주는 사람은 그 학생들뿐이야."

고마워서 절을 해도 부족할 학생회가 이상하게 원망스러운
이유가 농성이 예상보다 지나치게 길어지고 있기 때문이라며 미
화원들은 내일 아침이라도 해결책이 나오면 모든 것이 원래대로
돌아갈 수 있다고 서로의 시린 등을 다독이며 구호를 외쳤다.

보장하라, 보장하라.

토요일의 캠퍼스는 조용했다. 미화원들의 목소리는 아무런 방해도 받지 않은 채 캠퍼스를 점령했다. 그러나 좋아할 일만은 아니었다. 목청껏 외쳐봐도 들어주는 사람이 아무도 없었다. 목도 아픈데 괜히 헛고생만 하는 것 아니야, 구호를 외치더라도 사람이 보이면 외치자는 불평이 자연스레 나왔다. 그러나 미화원들은 이 느슨한 풍경 속에서도 누군가가, 이 시위를 계속 묵과하고 있을 수만은 없는 어떤 책임자가 저 많은 건물 중 어딘가에 숨어 자신들을 지켜보고 있다고 굳게 믿었다. 보든 안 보든 최선을 다하자. 그것은 미화원들이 지켜야 할 강령 중 하나이기도 했다. 그들은 지친 주먹을 다시 치켜들었다.

유지하라, 유지하라.

미화원들의 구호가 빈 캠퍼스에 다시 울릴 무렵 버스 한 대가 호수를 가리고 정면에서 멈추어 섰다. 버스의 외형을 본 미화원들은 본능적으로 몸을 움츠렸다. 창문에 좁은 격자무늬의 창살이 쳐져 있었다. 곧 버스 문이 양쪽으로 열리더니 한 남자가 나와 미화원들 앞으로 걸어왔다. 경찰복을 입은 남자였다. 남자는 소형 마이크를 입에 대고 말했다.

"저희는 서울 경찰청 206 전경대 소속입니다. 불법 파업을 하고 있다는 신고를 받고 출동했으니 지금 당장 자진 해산하지 않으면 연행할 수밖에 없습니다."

남자가 입은 제복과 그의 입에서 나오는 단어들의 힘에 겁을 먹은 미화원들은 도와줄 사람들을 찾아 교정을 두리번거렸다. 그러나 토요일의 교정에는 아무도 보이지 않았다. 학생회도 오늘은 온다는 말이 없었다. 광장에는 오로지 미화원들과 말 못 하는 코끼리뿐이었다. 그때 점잖은 한씨가 갑자기 바락 소리를 질렀다.

"잡아갈 테면 한번 잡아가봐라. 보장하라, 유지하라, 각성하라."

흐트러졌던 미화원들은 한씨의 외침에 일사불란하게 결집하며 다시 구호를 복창했다. 이제껏 외친 것 중 가장 큰 목소리였다. 그 순간, 잠자코 있던 경찰이 버스를 향해 손을 올렸다. 그것이 신호였는지 버스에서 한 무리의 전경들이 우르르 쏟아져나왔다. 전경들을 본 미화원들은 서로 팔짱을 끼며 허공에 발길질을 했다. 그러나 두 사람이 한 조가 된 전경들은 별로 힘들이지 않고 미화원들을 뚝뚝 떼어내어 한 명 한 명 발목을 끌어당겼다. 일시에 결집이 무너진 미화원들은 산발적으로 도주하기 시작했다. 그러나 피 끓는 이십대 젊은이의 힘을 당해낼 재간이 없었다. 대부분의 미화원은 몇 걸음 떼어보지도 못하고 전경들에게 목이 낚여 그대로 버스 안으로 끌려갔다. 토요일에 등교한 몇 안 되는 학생들은 처음 보는 광경에 놀라 얼른 휴대전화를 꺼내 들었다. 울부짖는 얼굴과 살려달라는 비명이 후에 삭제 버튼으로 사라질 인스턴트 사진 속으로 빨려들어갔다. 몇몇 미화원은 건물로 들어가 몸을 피했지만 푸른색 유니폼은 어디서도 자신의 정체를 완벽히 숨기지는 못했다. 책상 밑에 숨었다가 전경들에게 발각된 미화원들은 어깨를 붙들린 채 땅에 닿은 뒤축에서 열이 날 정도로 질질 끌려갔다. 간신히 포위망을 뚫은 미화원들은 코앞에서 동료들이 결박되는 것을 보고 사색이 되어 도망쳤다.

전경에게 쫓기던 이씨는 더 이상 갈 곳이 마땅치 않자 갑자기 눈앞에 보이는 코끼리 상을 오르기 시작했다. 코끼리 다리에는 계단처럼 밟고 올라갈 수 있는 주름이 수없이 많았다. 그 접힌 주름을 계단처럼 밟으며 이씨는 코끼리의 등을 향해 엉금엉금 올라갔다. 그러나 막상 코끼리의 가장 높은 곳에 섰을 때, 피신처가 될 줄 알았던 그곳은 세상의 끝을 보여주는 막다른 낭떠러지에 불과했다. 더는 갈 곳이 없었다. 이씨를 쫓아온 전경이 코끼리 다리를 타고 올라오고 있었다. 이씨는 한 발자국 뒤로 물러섰다.

"할아버지, 이제 그만 포기하세요. 다른 사람들도 다 잡혔다고요. 계속 도망가시면 도주 혐의까지 붙어서 진짜 쇠고랑 차요."

앳된 말투의 전경은 조부를 걱정하는 손자처럼 이씨를 회유했지만 얼굴이 사색이 된 이씨는 사치스런 감정을 느끼고 있을 여력이 없었다. 뒤에서 사람이 쫓아온다, 그것도 방망이를 허리에 차고 무장을 한 사람이 쫓아온다, 절대 잡히면 안 된다, 어디로든 달아나야 한다. 사슬처럼 연결된 그 생각들만이 이씨의 머릿속을 꽉 채우고 있었다. 코끼리 등까지 올라온 전경이 이씨를 향해 손을 뻗었다. 이씨는 코끼리 머리 쪽으로 물러섰다. 전경은 얼른 이쪽으로 오라며 손짓했다.

……결국 저 손에 잡혀갈 수밖에 없는 것인가.

이씨는 문득 전경에게서 등을 돌리고 호수 쪽을 바라보았다. 하늘에는 새들이 구름을 가르고 있었고 지상에서는 잉어들이 물장구를 치고 있었다. 이보다 더 평화로운 곳이 있을까. 이씨는 문득 기분이 좋아졌다. 자신이 왜 여기까지 올라왔는지, 어떻게 올라오게 되었는지, 여기서 무엇을 하고 있는지 그런 쓸데없는 기억들과 아픈 부인에 대한 걱정 같은 것은 다 지워지고 지금 이 순간 눈에 보이는 푸른 하늘, 환한 햇살, 무성한 나무들만이 자신이 누려야 하는 전부로 보였다. 이씨가 미풍에 몸을 맡기고 일어선 순간, 포복 자세를 하고 이씨 가까이로 다가온 전경의 몸에서 무언가 덜컹 흔들렸다. 그 소리에 문득 고개를 돌린 이씨가,

"어, 어, 어."

중심을 잡기 위해 공중에서 팔을 날개처럼 몇 번 허우적거리자 몸이 중력을 무시하고 파란 하늘로 붕 떠올랐다.

아아! 내가 지금 새처럼 날고 있구나.

그러나 순간의 환각이 착각으로 판명나기도 전, 시멘트 바닥에 무언가 쿵 부딪히는 소리가 났다.

31

안녕하십니까. 만오천 자랑스러운 천지인 여러분. 어느 덧 들에 뿌린 씨가 열매를 맺어 수확의 기쁨을 누리는 계절이 성큼 다가왔습니다. 우리 자랑스러운 학생 여러분들은 어떤 크기와 맛을 지닌 열매를 따게 될지, 총장으로서 매우 고대하지 않을 수 없습니다. 이렇게 모든 이들이 풍요를 맛보아야 하는 계절이건만 불행하게도 우리 학교는 지난주 내내 불미스러운 일로 홍역을 치러야 했습니다. 그 사건과 관련하여 인과관계를 철저히 규명하고자 담화문을 공고하기로 결정하였습니다.

9월 29일, 행정처장은 학내 미화원들에게서 편지 한 통을 받았습니다. 임금을 둘러싸고 용역업체 더클린 측과 불화를 겪고 있으니 중재를 바란다는 내용이었습니다. 그러나 우리 대학은 임금, 고용 문제 등 양측의 계약관계와 관련하여 어떠한 의무와 권리가 없는바 권한이 없는 중재 역할은 어렵다는 취지의 편지를 즉시 발송하였습니다.

9월 30일, 미화원들은 마땅히 거쳐야 하는 일련의 허가도 받지 않은 채 코끼리 광장을 무단 점거, 무기한 파업 농성을 시작하였습니다. 평화의 상징인 열린 광장이 불법 시위대에 의해 점거당한 것은 큰 충격이 아닐 수 없습니다. 저를 비롯한 교직원들은 사안의 중대성을 고려하여 적절한 대응조치를 취하기 위해 심사숙고하였습니다. 그런 와중에 여러분도 아시다시피 학생회가 불법 시위자들을 지지하는 성명을 발표하였습니다. 불법을 조장, 격려하는 행위는 학칙을 넘어서 법에 저촉되는 심각한 불법행위이며, 우리는 마땅히 모범을 보여야 할 학생회가 이러한 비행을 주도했다는 사실에 더 큰 충격을 받았습니다. 우리는 이것이 학생회 전체의 뜻이 아니며 몇몇 극단적이고 강성인 임원들이 주도했다는 것을 알고 있습니다.

그럼에도 우리가 나흘간 유보적인 태도를 취한 것은 이것이 자칫 학생회 내 고질적인 계파 문제를 들쑤시고 더불어 학생회 대 교직원 측의 대립으로 비화할 수 있다는 우려 때문이었습니다. 또한 교직자로서 학생들 스스로 자성하고 물러설 기회를 주고 싶었습니다. 그러나 실망스럽게도 학생회와 미화원들의 농성은 우리의 이런 뜻을 저버리고 오히려 날이 갈수록 격화되는 양상을 띠었습니다.

여러분이 눈으로 직접 보았듯이 미화원들이 불법 파업

을 한 지난 일주일간 우리 대학이 겪은 손실은 말로 다 할 수 없는 지경이었습니다. 화장실을 비롯한 강의실과 복도는 쓰레기장을 방불케 했고, 미화원들이 외치는 구호들로 학생들의 교육권은 심각하게 위협받았습니다.

우리는 미화원들의 불법 파업과 시위를 묵과하며 그들이 스스로 파업을 풀고 복귀할 충분한 시간을 주었다고 생각합니다. 그러나 학생회 일부가 세력 강화를 위해 자신들을 이용하는 것도 모르고 전체 학생들의 지지를 얻었다고 착각한 미화원들은 오히려 기고만장하게 굴며 학교 측의 관용을 무시하는 어리석은 행동을 계속하였습니다. 이에 우리는 더 이상의 관용은 학생들이 주인이어야 할 학교를 불법 시위자들에게 내주는 것밖에 되지 않는다고 판단하여 정당한 법 절차에 따라 공권력의 힘을 빌리기로 결정하였습니다. 학교 측이 과도한 공권력을 빌려 내부문제를 무리하게 해결했다는 일부 주장에 대하여, 우리는 교직원들이 직접 나설 때 벌어질 수 있는 학생회와의 반목을 미리 불식하고자 이러한 결정을 내리게 되었음을 알립니다.

10월 10일, 오전 여덟 시경, 서울 경찰청에서 파견된 전경들에 의해 시위대는 진압되었습니다. 그리고 이 과정에서 불행하게도 미화원 이목환 씨가 코끼리 상에서 낙상하는 사고가 발생하였습니다. 평화롭고 인도적인 방법으로 이루어진 진압이 예기치 않은 사상자를 낸 것은 이목환 씨가 무리하게 저항하며 학칙 제72조 3항에 의해 등반이 금지된 코끼리 상에 올라탔기 때문입니다. 정황은 이렇지만 어찌 됐든 우리는 교내에서 부상 사고가 일어난 것에 심심한 유감을 표하는 바입니다.

대학은 이번 사건과 관련하여 더클린에 강력히 항의, 계약을 즉시 해지하였고 새로이 조은청소와 용역관계를 맺었습니다. 우리는 새로운 미화원들이 좀 더 쾌적한 학습환경을 만들어주리라 고대하고 있습니다.

정의와 법질서를 문란하게 만든 일련의 사건에서도 우리는 한 명의 정의로운 의인을 발견하는 기쁨을 맛보았습니다. 미화원들이 조직적으로 불법 시위를 조장하였음에도 동료들의 잘못된 행위에 대하여 홀로 저항하며 끝까지 시위에 참가하지 않고 묵묵히 자신의 일에 매진한 미화원, 양춘단 님입니다. 양춘단 님은 시위에 참가하지 않는다는 이유로 동료들에게서 배척을 받았음에도 동료들의 일까지 모두 맡아 어지러운 교내를 홀로 청소하셨습니다. 자칫 묻힐 수도 있었던 양춘단 님의 희생이 세상에 드러나게 된 것은 경찰 조사과정에서 시위에 참가하지 않은 단 한 명의 미화원에 대한 신원이 밝혀졌기 때문입니다. 신원을 확보한 행정처장은 양춘단 님을 면담하여 왜 혼자 시위에 참가하지 않았느냐고 물었고 양춘단 님은 소박하게도 그것은 내 생각과 맞지 않았다, 나는 대학에 다니는 것이 좋다,라는 답을 하셨습니다.

우리는 양춘단 님의 기상을 높이 여겨서 새로이 계약한 조은청소에 양춘단 님의 지위 승계를 부탁하였습니다. 양춘단 님은 앞으로도 우리 학교의 미화를 위해 최선을 다해 정진해주실 것을 약속하셨습니다.

덧붙여 불법 시위를 조장한 학생회 임원들에게는 개별적으로 징계가 내려질 예정이며 다음 선거가 있을 때까지 학생회는 활동을 중지하게 될 것입니다. 차후에 학생회를 구성할 때에는 학생회 활동을 면밀히 감시하는 감사기구 역할을 더 강화하여 다시는 이러한 불미스러운 일이 일어나지 않게 예방에 나설 것입니다.

사랑하는 천지인 여러분, 이번 사건과 관련하여 저 역시 참으로 많은 생각을 하였습니다. 눈앞의 작은 이익을 얻기 위해 법을 어겨가며 집단행동에 나서고, 또 자신들의 권력을 이용해 그것을 부추기는 행태가 사회정의를 지향하는 우리 대학에서 벌어진 것은 저를 비롯한 많은 교직자들에게 무척 비탄한 일이 아닐 수 없습니다. 그러나 아픔은 인간을 성숙하게 한다지요. 저는 우리 천지인이 이번 경험을 통해 사회에 나가서 목격하는 여러 가지 불의에 대해 아니오,라고 말할 수 있는 정의로운 사람으로 거듭나기를 바랍니다.

천지인 한 명 한 명의 건강과 승리를 빕니다.

10월 12일 총장 한동수 올림

32

A관 좌측 외벽 2층과 5층 사이에 붙은 비상계단은 불이 났을 경우를 대비하여 화재 대피용으로 만들어진 것이다. 그러나 건물이 지어진 당시부터 지금까지 A관에는 단 한 차례의 화재도 발생하지 않았고, 불이 나지 않았다는 이유로 비상계단은 단 한 차례의 개보수도 없이 비바람에 방치되어 이제는 불이 난다고 해도 수백 명의 학생들이 뛰어내려오는 하중을 견딜 수 없을 정도로 낡아버렸다. 녹슨 계단은 이제 옛날 건축 양식과 소방법을 슬쩍 보여주는 장식품에 지나지 않았다. 봄에서 여름 동안 건물을 뒤덮었던 포플러나무가 바삭하게 마른 잎을 계단 위로 떨어뜨렸다. 계단은 부스러진 페인트 껍질을 낙엽 위로 떨어뜨렸다. 색과 질감이 비슷한 두 물질은 한 몸처럼 엉겨붙어 바닥을 뒹굴었다. 춘단은 물기 한 점 없이 오그라든 이파리를 주워 꼭지를 잡고 뱅글뱅글 돌렸다. 그 바람에 페인트 껍질이 낙엽처럼 날아갔다.

어느 날 등 뒤에서 느닷없이 불어온 찬바람은 나무의 잎사귀만 물들인 것이 아니라 푸른색에 흰 목깃이 달린 미화원들의 유니폼도 짙은 회색으로 바꾸어놓았다. 긴팔 와이셔츠의 오른쪽 가슴에는 조은청소,라는 글씨가 재봉틀로 박음질되어 있었다. 겨울에는 이 와이셔츠 위에 작업복 점퍼를 하나 더 걸쳐 입는데 점퍼의 오른쪽 가슴에도 역시 조은청소가 궁서체로 새겨져 있었다.

바람은 새 사람들을 무더기로 싣고 왔다. 새로 온 소장은 첫 조회에서 운동화 이야기부터 꺼냈다. 로퍼를 신은 그는 앞으로 모든 미화원은 남녀 불문하고 흰색 운동화만 신어야 한다고 힘을 주어 강조했다. 검은색이 허용되지 않는 이유는 검은색만 믿고 일 년 내내 운동화를 한 번도 빨지 않는 미화원들이, 믿을 수 없지만 자신이 청소 업계에 있으면서 본 바로는 꽤 많기 때문이라고 했다. 검은색 운동화를 신은 사람들은 괜히 첫날부터 더러운 사람이 된 것 같아 바짓단으로 발등을 감추려고 애썼다.

"미화원들이 누구보다 청결하게 하고 다녀야 해요. 그래야 학생들이 싫어하지 않는다고."

소장은 매주 월요일 조회마다 유니폼 외에 운동화 세탁 상태, 두발 청결, 손톱의 길이와 손톱 밑의 때 등을 검사할 것이며 경고를 세 번 받은 사람은 그 자리에서 옷을 벗게 될 것이라고 했다. 말이 지니는 모호성 때문에 미화원 하나가 옷을 벗는다는 게 더러운 옷을 벗게 한다는 겁니까? 아니면 해고를 한다는 겁니까, 하고 묻자 소장은 정확한 답변 없이 빙그레 웃으며 두고 보면 알 것이라는 더 모호한 답을 주었다. 입꼬리만 당겨 웃는 그의 미소 아닌 미소에서 그 말이 당연히 후자, 아니 어쩌면 양자를 동시에 의미할 수도 있음을 팔에 돋은 소름이 먼저 알아챘다.

컨테이너에 들어온 미화원들은 나지막하게 서로 통성명을 주고받았다. 이름을 주고받는 보통의 통성명이 아니라 여기 오기 전 자신이 무슨 일을 했었는지를 이야기하는 나이 든 사람들의 흔한 통성명이었다. 나이가 많은 그들은 이야기할 과거도 많았다.

나는 오 년 전까지는 병원에 누워서 일어나지도 못했어. 그래도 하늘이 도우셔서 나으셨네요. 하늘이 돕긴, 내가 일어나자마자 이번엔 간병해주던 마누라가 쓰러져버렸는데. 무슨 그런 일이. 마누라한테 내가 누워 있던 침대 인계해주고 바로 청소업에 뛰어든 거야. 별수 있어, 먹고살려면. 나는 공무원으로 있다가 삼 년 전에 은퇴한 후로 계속 집에 있었는데 식구들이 엄청 눈치를 줘서 찾은 게 이 일이에요. 일자리 찾기가 정말 쉽지 않아. 공무원 하던 사람이 그런 말 하면 나 같은 사람은 어떡하라고? 거긴 최소한 연금은 받아먹고 살 거 아니야? 나는 밖에 지어놓은 빚만 2억이야, 2억. 웬 빚을 그렇게 많이 지셨대? 노름이라도 하신 거 아니에요?

간병일을 한 적 있는 최 여사와 아픈 부인을 둔 빚이 많은 이씨와 공무원이던 한씨가 나간 자리에 역시나 병원 신세를 진 적 있고 한때는 국가를 위해 일했고 월급으로 빚을 갚아나가는 사람들이 들어왔다.

춘단은 낙엽을 한 번 더 빙글 돌렸다.

바람은 새로 사람들을 싣고 오면서 오래된 사람들을 몰고 갔다. 이곳에서 20년을 일한 최 여사와 13년을 일한 정씨, 9년을 일한 유씨가 흔적도 없이 사라져버렸다. 미화원들이 점령했던 코끼리 광장이 텅 비어 있던 월요일 아침, 게시판 앞으로 모여든 학생들 틈을 간신히 비집고 들어간 춘단은 총장이 내건 공고문에서 자신의 이름 세 글자를 발견했다. 그것은 이제껏 춘단이 보았던, 아버지 이름이나 남편 이름 밑에서나 보았던 글자들과는 비교도 안 되게 큰 글자였다. 그러나 춘단으로서는 자기 이름이 왜 거기 있는지 모를 노릇이었다.

……참말로 저 안의 양춘단이 나를 말하는 것인가.

그날 오후, 대학 홍보부의 남자 직원이 컨테이너로 찾아와 이야기 잘 들었다고 말하면서 대뜸 사진을 몇 장 찍겠다고 했다. 춘단이 허락하기도 전에 플래시를 팡팡 터뜨린 남자는 여기는 너무 어두워서 사진이 잘 나오질 않으니 밖에 나가서 찍는 게 낫겠다며 춘단을 코끼리 상 근처로 데려갔다. 춘단은 어디에 쓰일지도 모르는 사진을 위해 남자가 시키는 대로 코끼리 다리 가까이에 섰다. 남자는 춘단에게 코끼리 다리에 손을 대며 밝게 웃으라고 했다. 춘단은 치아가 다 드러나도록 입을 크게 벌려 웃었다. 그러자 남자는 고개를 갸웃거리더니 그냥 입을 다물고 빙긋이 미소만 머금으라고 했다.

사진 촬영을 끝낸 남자는 다음 달 학교 신문에 사진과 기사를

실을 예정이라고 했다. 그렇지만 다른 더 좋은 기사가 생기면 실을 공간이 없을 수도 있다는 말도 덧붙였다. 그래도 가급적 한 페이지라도, 그게 안 되면 토막 기사로라도 싣는 쪽으로 가닥을 잡을 테니 기대하고 있으라고 했다. 그러나 만에 하나 실리지 않더라도 너무 서운해하지 말라고, 기사란 게 다 밀리고 밀린다며 혼잣말인지 대화인지 모를 말을 쏟아놓은 후에 인사도 없이 대학본부 쪽으로 성큼성큼 걸어갔다.

코끼리 상 앞에 남은 춘단은 갑작스런 한기에 몸을 움칫거렸다. 둘러보니 해의 움직임에 따라 광장 바닥에 거대한 그림자가 만들어지고 있었다. 깊은 구멍 같은 그림자였다. 그러나 셀 수도 없이 많은 다리가 그 위를 왔다 갔다 하는데도 누구 하나 그 속으로 빠지지는 않았다. 다들 구멍을 피해가는 요령을 아는 것 같았다.

춘단은 물어보고 싶었다. 어제까지 저 그림자 속에 놓여 있던 그 많은 팻말은 어디로 갔는지, 천 명의 서명을 받는다던 공책은 누가 가져갔는지, 이곳을 떠나선 갈 데가 없다고 외치던 사람들은 어디로 떠났는지. 그러나 대답해주는 사람은 아무도 없었다.

춘단은 낙엽을 빙글빙글 돌렸다. 낡은 계단에서는 계속 삐그덕 삐그덕, 계절이 움직이는 소리가 났다.

춘단은 강사를 만나고 싶었다. 예전처럼 함께 밥을 먹으면서 사라져버린 사람들에 대해 이야기하고 싶었다. 그에게 묻고 싶은 것이 많았다. 강사라면 묻는 것마다 다정히 대답해줄 것이었다. 그러나 낙엽을 아무리 빙빙 돌려봐도 시간은 되돌려지지 않았고 강사는 나타나지 않았고 사라진 사람들에 대해 이야기하는 사람은 아무도 없었다.

38

　호수 다리를 건너던 어린 연인들은 무언가에 잔뜩 심통이 나 있었다. 두 사람은 팔각정에 가서 앉으려고 했지만 정자는 이미 다른 사람들이 차지한 뒤였다. 빈자리는 충분했지만 그들에게서 방해하지 말라는 무언의 압력이 느껴졌다. 할 수 없이 여자는 팔각정 근처 다리 중간에서 걸음을 멈추었다. 남자도 뒤따라 걸음을 멈추고 다리 난간에 기대어 섰다. 수면 위로 떨어진 잎사귀가 호수의 물을 자신의 몸과 비슷한 색으로 물들이고 있었다. 여름보다 다소 활동성이 떨어진 잉어가 물 위로 들썩일 때마다 낙엽이 잉어의 등에 무늬처럼 달라붙었다. 잉어는 계절의 한 부분에서 떨어져 나간 조각을 등에 지고 가볍지 않은 낙하의 무게를 견뎌내며 그렇잖아도 흔들리는 어린 연인들의 눈을 어지럽게 뒤흔들고 다녔다.

　여자 쪽에서 시작된 고성은 남자의 반박에 부딪쳐 더욱 커졌다. 몸을 부들부들 떨던 여자가 손을 들어 남자의 뺨을 때렸다. 남자도 똑같이 여자의 뺨을 때렸다. 하얀 피부 위에 단풍 든 나뭇잎이 떨어진 것 같은 붉은 자국이 서서히 부풀어올랐다. 끝내

울음을 터뜨린 여자가 막무가내로 달려들어 손을 휘두르자 남자는 한 손으로는 여자의 주먹을 막고 다른 손으로는 주머니에서 휴대전화를 꺼내 보란 듯이 호수로 집어던졌다.

서로의 뺨에 난 자국을 보며 자신이 방금 전 무슨 짓을 했는지 깨달을 만큼의 시간이 흐른 뒤, 분노와 후회로 어쩔 줄 모르던 여자와 남자는 바람 부는 호수 쪽으로 천천히 얼굴을 돌렸다. 차가운 호수의 수면이 떨어지는 햇빛을 얼음조각처럼 잘게 잘라놓고 있었다.

……어?

호수를 보던 여자와 남자의 시선이 한곳에 고정되었다. 신의 섭리든 물리의 법칙이든, 진즉에 호수 밑바닥으로 떨어져 사라졌어야 할 휴대전화가 수면 위에 그대로 떠 있었다. 그 희귀한 현상이 아직 싸움을 덜 끝낸 연인의 호기심을 건드렸다. 여자는 눈물 자국을 닦아내며 난간 위로 몸을 내밀었다. 남자도 여자를 따라 상체를 기울이며 눈을 가늘게 뜨고 초점을 맞추었다. 언뜻언뜻 다른 색이 보이긴 하지만 전체적으로 검은 물체가 밑에서 휴대전화를 떠받들고 있었다. 어느새 싸움의 의미와 목적, 서로의 얼굴에 만든 붉은 자국을 잊은 연인은 가까이 붙어 검은 물체를 유심히 지켜보았다. 그때 물살을 가르며 나타난 잉어가 미확인 물체를 툭 건드리자 마치 물풀이 춤을 추는 것처럼 가는 실 수만 가닥이 풀럭풀럭 흔들렸다.

꺄아아아악.

최초 목격자가 119와 112에 이중 신고를 한 후 경찰이 나타나서 먹구름처럼 몰려든 학생들을 떼어내고 접근 금지 바리케이드를 치기까지 걸린 십오 분여의 공백 동안, 경찰보다 앞서 나타난 호수 관리자가 죽은 잉어를 건져낼 때 쓰는 뜰채로 검은 물체를 건드리자 나침반 침처럼 빙글 돌아가는 물체의 찰나의 움직임 동안, 한꺼번에 수백 명의 하중을 견디기에는 너무 낭만적으로만 건설된 목조다리가 휘청거리며 휘어지는 동안, 거리상의 이유로 경찰보다 늦게 나타난 119 대원들이 잠수복을 입고 호수에 들어가 딱딱하게 굳은 검은 물체를 건져내는 동안, 경찰의 제지에도 불구하고 나무를 타고 올라간 학생들이 다분히 행정적이지만 어떤 면에서는 의식으로 보이는 시신 수습현장을 훔쳐보는 동안, 검은 물체를 끌고 호수 밖으로 나온 구급대원이 깨끗한 천으로 익사자의 얼굴을 가리는 동안, 시력이 좋거나 자리를 잘 잡은 학생 몇 명이 물에 부은 인간의 얼굴이 어떤 것인지 얼이 나간 표정으로 실감하는 동안, 그리하여 검은 물체가 공식적으로 인간의 시체로 판명되는 동안, 수풀 사이에서 발견된 구두 한 켤레로 미루어 더 조사해볼 것도 없이 자살이다,라는 경찰 측의 비공식 발언을 어디선가 나타난 기자가 무표정한 얼굴로 받아 적는 동안, 경찰의 별도 확인 없이도 그의 이름이 한도진이고 1학기에 동서양 고전 읽기를 가르친 시간강사라는 신상명세서가 시작점도 끝점도 없이 웅성거리는 기류가 되어 대학에 떠도는 동안,

춘단은 A관 뒤에 웅크리고 앉아 작은 무덤처럼 쌓인 폐지를 끈으로 열심히 묶고 있었다.

34

어느 여름, 막걸리 열 사발을 쉬지도 않고 마신 김수환이 속에서부터 올라오는 열을 이기지 못해 입고 있던 옷을 훌렁 벗고 팬티 한 장으로 방죽 물에 뛰어들었을 때, 수면 위로 나왔다가 사라지는 그의 살집 많은 엉덩이는 재밋거리가 적은 송정리에 좋은 유흥이 되어주었다. 한 집 한 집 돌아가며 품앗이를 해서 마을 모내기를 다 끝낸 송정리 사람들은 방죽 둑에 비스듬히 몸을 뉘인 채 흘러가는 구름을 올려다보며 꿀맛 같은 휴식을 누리고 있었다. 적당한 취기는 송정리 사람들을 무방비의 어린아이로 만들었고 한쪽에 매어둔 암소는 등에 달라붙은 초파리들을 쫓느라 연신 꼬리로 제 몸을 때려댔다. 바람을 타고 풍겨오는 풀냄새에 사람들은 자기 몸이 풀잎이 되어 바람에 흔들리는 무아지경에 이르렀다. 그때였다.

"사람 살려. 아이고, 사람 살려!"

별안간 송정리의 평화를 산산이 깨뜨리는 소리가 하늘로 울려퍼졌다. 너무나 상투적이어서 장난으로까지 들리는 비명을 듣고 머리에 풀잎이 엉긴 사람들이 하나둘 자리에서 일어났다. 그러고는 졸음과 술기운에 잠긴 눈으로 방죽을 내려다보니 김수환의 탐스러운 엉덩이는 간데없고 대신 수박만 한 머리통이 물속으로 사라졌다가 나타나기를 반복하고 있었다. 수영을 할 줄 아는 남자 네댓 명이 얼른 방죽으로 뛰어들어 김수환에게 헤엄쳐갔다. 그러나 거구의 김수환이 물귀신처럼 매달리는 바람에 구조를 하러 간 사람들마저 함께 물속으로 빨려들어가려고 했다. 발을 동동 구르며 지켜보던 누군가가 잽싸게 소를 맨 밧줄을 풀어서 방죽으로 던졌다. 그러고는 여자 남자 할 것 없이 일렬로 서서 어기영차 구령을 붙여 밧줄을 끌어당기자 물에 빠진 사람들이 곶감처럼 줄줄 매달려 땅으로 올라왔다. 송정리 사람들은 한동안 얼이 빠진 채 아무 말도 하지 못했다.

한참 뒤, 어느 정도 숨을 돌린 사람들이 발에 쥐가 났었느냐고 묻자 얼굴에 파란 녹이 슨 김수환은 여름의 따뜻한 햇볕에도 몸을 덜덜 떨면서 말했다.

"그게 아녀. 물이…… 생각보다 물이 무서워."

그러면서 물뱀 같은 것들이, 물뱀이 아니라 수초 같기도 한, 아니 억세기로는 사람 손아귀같이 억센, 미끈미끈하면서도 질긴 것이 자신의 다리를 사정없이 잡아당겼다고 했다.

"나를 아주 죽이려고 작정한 것처럼 끌어당기더라니께."

거대한 몸집과 어울리지 않게 겁을 잔뜩 먹은 김수환의 증언은 한가로운 오후의 휴식을 한순간에 쓸쓸하게 만들었다. 사람들은 방죽을 내려다보았다. 소동이 가라앉은 방죽에는 이보다 더 평화스러울 수 없는 따뜻한 빛이 수면에 흩어지며 순진무구하게 빛나고 있었다. 송정리 사람들은 갑자기 간담이 서늘해지는 것을 느꼈다. 가뭄 때마다 논에 물을 대고, 여름이면 고동을 채취하고, 갈증 난 소에게 물을 먹이고, 흙 묻은 손을 씻으러 왔다가 잠깐 다리까지 쉬어가는 방죽이 아니던가. 친하기로 치면 발로 밟고 곡식을 틔우는 땅이나 다름없었다. 그런데 저것이 사람을 죽이자고 끌어당겨?

"그라니께 속 모르는 물한테는 함부로 덤비면 안 되는 거여. 나는 옆에서 산 지 사십 년이 넘어가는 지금도 어쩌다 한 번씩 보면 무서운 생각이 들더만. 컴컴한 밤에는 더 말할 것도 없고."

나이 오십을 먹어서부터 방죽 할머니라고 불리게 된 방죽댁이 서서 뒷짐을 지고 말했다. 집에 가면 아그들 붙잡고 단단히 일러두라고. 이라고 인자해 보여도 어느 날 갑자기 사람을 덮치는 게 자연이니께 죽을 심산이 아니면 깊은 곳으로는 발 한짝도 들이지 말라고.

김수환은 여전히 풀밭에 드러누워 발가락을 오므린 채 숨을 헐떡이고 있었다.

숨이 나오고 들어갈 때마다 지진이라도 난 듯 땅이 흔들거린다. 그 진동에 풀밭에 선 사람들의 모습이 어딘가로 흩어진다. 파랗던 하늘이 부서지고, 구름이 깨지고, 바람결에 춤추던 풀들도 단 한 순간에 모두 시들어버린다. 정겨운 그 모든 것들이 사라진 자리에 마지막까지 남은 것이…… 방죽이다. 흐르지 않는 물, 잠자듯 멈추어 있는 물, 깊고 깊은 물, 죽은 물.

머리에 물풀을 뒤집어쓴 검은 형체가 바닥에 물을 뚝뚝 흘리며 걸어와서 춘단의 발목을 흔든다.

……엄마 ……엄마.

춘단은 눈을 떴다. 물에 들어갔다 나온 사람처럼 두 발이 흥건히 젖어 있었다.

35

날이 추워지면서 새벽마다 닭터 밥을 주러 옥상으로 올라가
는 일이 힘에 부친 영일은 며느리에게 작은 꼼수를 부렸다. 내
무릎이 심상치 않으니 이제부터 닭터 아침은 네가 주어야겠다.
밥솥 김을 빼다가 영일의 통보를 들은 유정은 수증기 때문인지
하얗게 질린 얼굴로 단번에 닭터의 집을 마당으로 내리는 것을
허락했다.

높은 곳에서 인간의 발이 드나드는 곳으로 하강했지만 닭터
는 여전히 옥상 턱에 올라 천하를 내려다보던 그 위용만은 잊지
않고 몸을 단도처럼 꼿꼿이 세우고 다녀 주인을 흐뭇하게 했다.
영일은 마당으로 난 거실 문을 열어젖히고 현관 문턱에 앉아 닭
터에게 찐 옥수수알을 던져주었다. 먹이는 만큼 살이 푸둥푸둥
오르는 자식을 보는 게 갈수록 야위어가는 이 계절의 유일한 낙
이었다. 날이 더 추워지고 눈이 내리면 집 안으로 들여야 할지도
몰랐다. 닭터에게 던져주려던 옥수수알 하나를 무심코 자기 입
으로 집어넣은 영일은 허기진 느낌이 들어 벽에 걸린 시계를 돌
아보았다. 벌써 두 시가 넘었다. 시계에서 내려온 눈길이 아직

하숙을 못 구하고 있는 작은방을 지나 큰방 문으로 옮겨졌다. 춘단은 여전히 방에서 나올 생각을 하지 않고 있었다.

"이젠 안 다닐라요."

나가야 될 시간이 진즉에 지났는데 아무 채비도 하지 않고 이불 속에만 박혀 있는 춘단을 보고 오늘은 쉬는 날이여? 영일이 이불을 들치고 물으니 춘단은 등을 지고 누운 채 이젠 안 다닐라요, 하며 기어들어가는 목소리로 대답했다. 워디 아픈 거여? 춘단은 입을 다물었다. 뭔 일 있었어? 묵묵부답이었다. 몸이 안 좋은 거면 병원에 가봐야 하는 거 아녀? 영일은 이불 귀퉁이를 잡아올려 춘단을 밖으로 끌어내려다가 늙은 오이처럼 바짝 오그라든 등을 보고 다시 이불을 덮어주고 방을 나왔다. 그토록 그만두라고 한 청소일을 자진해서 그만둔다는 사람에게 꼬치꼬치 더 물어봤자 무슨 소용 있겠는가. 무슨 일이 있어서 저러는지 궁금하긴 하지만 그건 나중에 점심을 먹다가 물어봐도 충분한 일이었다. 그러나 영일이 밥때를 기다리며 소일거리를 하는 동안 점심시간이 훌쩍 지났다.

옥수수 낟알이 들어갈 때마다 닭터의 울대가 들썩거리는 것을 보자 영일은 참을 수 없는 허기를 느꼈다. 아침은 우유 한 잔으로 때웠지만 점심까지 거를 수는 없었다. 영일은 열릴 기미가 보이지 않는 방문을 바라보며 생애 처음 춘단에게 구차함을 느꼈다. 방으로 들어가 아픈 사람에게 밥을 지어달라는 치사스런 말을 해야 하나. 영일은 닭터의 몫인 옥수수알 한 개를 다시 빌어먹었다. 아니면 위에 올라가 준영 에미한테 남은 밥이라도 달라고 할까. 한 알로는 성이 차지 않아 아예 엄지로 옥수수알을 우두둑 털어 한입에 밀어넣었다. 그냥 내가 냄비 밥이라도 지어봐? 알갱이가 다 털린 앙상한 옥수수자루를 손에 쥐고 이런저런 계산을 해보던 그때 대문 밖에서 오토바이 소리가 들렸다.

"양춘단 씨, 소포요."

영일은 손바닥을 바지에 문지르며 얼른 밖으로 나갔다. 몇 번 본 적 있는 집배원이 오토바이 시동을 끄지 않은 채 대문 밖에서 기다리고 있다가 영일이 나오는 것을 보고 양춘단 씨세요? 하고 물었다.

"아니, 양춘단은 내가 아니고 집사람인디."

집배원은 영일의 서명과 서류 크기의 소포를 교환한 뒤 금세 오토바이에 다시 올라타고 다세대주택 골목으로 빠르게 달려갔다. 영일은 소포를 앞뒤로 훑어보며 집 안으로 들어갔다. 시골, 서울 할 것 없이 소포를 받는 일은 언제나 가슴 두근거리는 일이었다. 더군다나 남의집살이를 하는 와중에 누가 소포를? 영일은 소포를 들고 거실을 지나 큰방 문을 열었다.

춘단은 아침처럼 창문을 등지고 누운 채 정수리 끝까지 이불을 뒤집어쓰고 있었다. 고작 반나절 문을 닫고 있던 것뿐인데도 방 안엔 벌써 나이 든 사람 몸에서 나는 냄새가 가득 차 있었다. 봉분처럼 봉긋이 솟은 이불과 폐쇄된 곳에서 나는 쾨쾨한 냄새. 향 두세 개만 꽂는다면 그대로 죽은 사람 방이 될 듯싶었다. 영일은 부러 호통치듯 말했다.

"아여, 그만 일어나보랑께. 뭔 사람이 잠을 이라고 오래 잔다냐."

"……"

"당신 앞으로 소포가 왔응께 이것 좀 보라고."

"……"

"한도진이가 누군데 이란 걸 보냈다냐. 첨 들어보는 이름인디, 아여, 한도진이가 누구여."

기백 좋게 소리를 치던 영일은, 그러나, 이불 속에서 기어나오는 춘단의 얼굴을 보고 뒤로 물러섰다가 뭔가에 걸려 방바닥으로 주저앉고 말았다. 시뻘게진 눈으로 달려드는 춘단의 모습은 반백 년을 함께 살아온 아내를 일순간에 모르는 사람으로 만들어버려 잠깐이지만 영일을 두렵고도 외롭게 했다.

하얗던 하늘에 어둠이 몰려올 때까지 생각해봐도, 먹이와 짝을 찾아 담장 밑에서 울던 고양이가 제풀에 지쳐 다른 곳으로 떠날 때까지 생각해봐도, 한도진이가 누군지 왜 말을 못 하느냐고 성을 내던 영일이 심하게 토라져 저만치 떨어진 데에 이불을 깔고 먼저 잠이 들 때까지 생각해봐도, 춘단은 교수 선생이 왜 자기에게 이 공책을 보냈는지 알 수가 없었다. 공책에 적힌 글들을 읽고 또 읽어봤지만 그럴수록 잘못 배달온 편지를 받은 것 같은 죄책감만 커졌다. 그러나 수신자란에 적힌 이름은 춘단의 이름이 분명했다. 춘단은 공책을 덮고 장롱에 기대어 눈을 감았다. 미세하지만 아직까지도 나무 냄새가 풍겼다. 고향의 오솔길을 지날 때 나던 향이었다. 그리운 향과 함께 가버린 사람의 마지막 밤이 물처럼 펼쳐졌다.

컴컴한 밤, 호수 앞에 선 젊은 사람.

겁나는 마음을 들키지 않기 위해 주머니에 두 손을 푹 찔러넣고 태연하게 섰을 것이다. 아슬아슬하게 당겨진 양극의 줄. 고작 한 발짝으로 결정되는 삶과 죽음의 친밀함. 갖은 수모를 당하더라도, 바로 쳐다볼 수도 없는 더러운 일들이 눈앞에서 행패를 부린다 해도, 자신이 아니라 부모 형제를 위해 살기로 마음먹고 욕 한 번 하고 뒤로 물러선다면 그리 못 살 건 또 없지 않은가. 바라던 꽃길은 아니어도 이럭저럭 걸을 만한 작은 길이 뒤에 마련되어 있다는 것을, 똑똑한 청년이 모를 리 없다. 그것이 그를 더 괴롭힌다.

호수 위로 떨어진 나뭇잎이 바람에 휘청댄다. 그것이 마음 여린 사람에게는 재촉으로 느껴졌을지도 모른다. 이 밤이 가기 전에 너도 이제 그만 결정을 내리라는.

사람의 운명이란 건, 어떻게 이루어지는 것일까. 하룻밤만의 생각으로 내리는 결정일까. 아니면 먼 훗날, 소중한 무언가를 지킬 수 없는 순간에 맞닥뜨리게 되면, 부모도 모르게, 형제도 모르게, 친구도 모르게 자신의 발목을 자르고 스스로 뛰어내리겠다고 신에게만 조용히 고백하면서 살아온 사람들의 오래된 결심일까. 만약 그런 것이라면 삶에 미련을 가지도록 달콤한 말들로 꾀어보는 게 무슨 소용이 있을까. 얼굴이 상해 보인다, 무슨 고민이 있느냐, 다 괜찮아질 것이다, 정도의 서툰 걱정이 무슨 위안이 될 수 있을까. 그 깊고 차가운 물 앞에 섰을 때는 이미 이 밤이 나의 마지막 밤이라고 결정지어놓은 것일 텐데.

호수는 산 사람의 따뜻한 체온을 제물로 집어삼키고, 달은 호수를 집어삼키고, 둘은 약속이라도 한 듯 아무 일도 없었다는 평온함으로 긴 밤을 꼬박 지켰을 것이다. 호수가 차갑게 식은 몸을 다시 뱉어낼 때까지.

"엄메 아베여. 그때, 나는 아무것도 못 했어라. 아무것도 못하고 이라고 바보 천치같이 앉아서…… 이상하게 눈물도 안 나데요."

36

1987년 7월 21일. 내가 날짜까지 다 기억허요. 마을 여자들이 랑 모여서 새밭 풀 뜯는 날이었지라. 점심밥 먹고 한참이나 지났 을까, 누가 동구 저만치를 보면서 그러는 거요, 저기 저 오는 거 춘단네 큰아들 종철이 아니여. 비싼 밥 먹은 힘으로 뭔 헛소리를 하느냐면서 나는 쳐다도 안 봤당께요. 이제 조금 있으면 개강해 서 학교 다닐 놈이 여길 뭐하러 내려오겄어. 그라고 땅바닥에 비 친 그림자가 이짝저짝으로 휘청휘청대는 게, 종철이 아니다, 내 아들 그림자가 얼마나 반듯하고 점잖은디 저라고 낮술 먹은 사 람처럼 비틀거리며 올 리가 없제. 그라고 큰소리를 떵떵 쳐놨는 디…… 아따, 종철이가 맞더만요. 내 자슥을 넘보다 늦게 알아보 기는 그게 처음이었어라.

방학 때 한번 내려오라고 해도 공부할 게 많다고 못 온다고 한 아이가 뭔 바람으로 기별도 없이 내려왔는지, 좋기도 했지만 으짠지 속으론 겁이 더럭 나더랑께요. 그래도 그런 내색은 전혀 안 비치고 아이고, 내 새끼 어서 온나, 했지요. 에미라는 사람이 지 자슥을 겁낸다면, 그건 참 스스로한테 부끄러운 일 아니오.

작은방에 걸레질도 다시 하고 끼니마다 반찬도 하나씩 새로 하고. 이 양반 밥 챙겨줄 때는 성가신 마음도 한 번씩 들더만 내 자슥 입에 들어갈 거라 생각하니까 마냥 좋기만 하데요. 그란디 이놈이 사흘, 나흘이 되도록 주는 밥만 먹고 이불 속에 틀어박혀서 밖으로 나올 생각을 안 하는 거요. 밥 쪼깐 먹는 것도 나한테 한소리 듣기 싫어서 억지로 먹는 게 눈에 다 보이고……. 지가 알아서 서울 올라갈 때까지는 가만히 냅둘라고 했는디 날이 갈수록 마음이 뒤숭숭해지는 게, 그래서 한 엿새째 되는 날에 내가 그랬지요. 종철아, 마을 사람들이 니 내려온 거 다 아는디 어른들한테 인사라도 다녀야 하지 않겠냐. 서울서 대학 다니는 얘기도 좀 해주고. 그라고까지 말을 했는디도 이렇다 저렇다 대답이 없는 거요. 그래서 내가 하도 답답해서 종철아, 에미 말 안 들리냐, 소리 좀 질렀더니 이놈이 그제야 기껏 입을 열어서 한다는 소리가,

……무서워요.

나는 그 말이 언능 이해가 안 가서, 아니, 벌건 대낮에 마을 사람들도 종철이라고 하면 다 즈그 자슥처럼 이뻐해주고 서로 먹을 것을 못 멕여서 안달인디 뭐가 무섭다는 건지, 당최 무서울 것이 없는디. 그래서 내가 가만히 물었지요. 종철아, 뭐가, 뭐가 그라고 무섭냐? 그라니께 그놈이 그러요.

서울도 무섭고, 경찰도 무섭고, 학교도 무섭고, 친구들도 무섭고, 교수들도 무섭고, 공부하는 것도 무섭다고. 죄 무서운 것들

뿐이라고.

　……엄메 아베여, 종철이는 어릴 때부터 좀 남달랐어라. 나는
첨 낳아본 아들이니께 다른 집 아그들도 다 종철이 같은 줄로만
알았지요. 그란디 종찬이를 낳고 키우다 보니까 보이데요. 이놈
이 어렸을 때 우물에서 돼지 잡는 걸 한 번 본 후로는 고기에는
일절 입을 안 대고, 장에 갔다가 구걸하는 거지 할마씨를 보고
와서는 며칠 밤이나 잠을 못 자고 끙끙 앓고, 노는 소리가 안 들
려서 뭐하고 있나 보면 혼자 화단에 앉아서 꽃잎 낱장이나 세고
있는 거요. 그제까지만 해도 아홉 장인지, 열 장이었는디 비가
온 후로 꽃잎이 몇 장 더 줄었다면서. 내가 그 소리를 듣는데 이
상하게 코가 시큰하고 눈물이 핑 도는 게……. 엄메 아베여, 이
시상이란 게…… 이 시상이란 게 혼자 오글씨고 앉아서 꽃잎 낱
장이나 세고 있어도 될 만한 그런 호락호락한 데가 아니지 않혀
요. 사내로 태어나서 저라고 마음이 여리고 약해서 나중에 워떻
게 살까. 그래서 종찬이한테 너 노는 데 혼자만 가지 말고 형도
데리고 가고 그래라, 여러 번 당부해도 어느새 보면 종철이는 혼
자 집에 돌아와서 책이나 읽고 강아지들 돌봐주고 있는 거요. 한
두 번은 억지로 억지로 바깥으로 내몰기도 했지만 그 짓도 계속
할 건 못 되더만요. 암만 낳아준 부모라고 해도 사람 타고난 성
질을 워떻게 바꾸겠어요. 그래, 독하고 나쁜 놈보다는 착하고 심
성 고운 게 백번 낫지, 넘한테 상처 주는 못된 것들보다는 저가
좀 손해보더라도 여리고 순한 게 아무럼 낫지. 이 양반이 고기

못 먹는 거 가지고 애한테 한 번씩 못된 소리 할 때나 지 친구들한테 가시내라고 놀림받을 때는 나도 모르게 화딱지가 나서 죄 없는 애한테 험한 말이 나오려다가도, 품행이나 생각하는 것이 저들 또래보다 월등히 뛰어나니께 언젠간 내 자슥이 이 송정리 애들 중에서 제일 큰일을 해낼 것이다, 그 믿음을 가지고 있었당께요.

내가 틀리지 않았지요. 종철이가 공부 하나는 참말로 기똥차게 잘했지 않허요. 종철이는 참말로 내 자랑이었어라. 갸가 백점 시험지 받아오면 내가 백점 맞은 것처럼 의기양양해지고, 갸가 상을 받으면 내가 선생들한테 칭찬받은 것 같고, 고만고만한 살림들 속에서도 내가 그래도 마을에 뭔 일 있으면 한소리 더 할 수 있었던 게 다 우리 종철이 덕분 아니었어요. 서울 애들도 들어가기 힘들어서 시험을 또 보고 또 보고 한다는 대학을 한 번에 턱 붙었을 때는, 마을 여자들이 을매나 나를 부러워했는지, 그때는 참말로 이 맛에 시상을 사는구나, 돌아보면 꿈 같은 날들이었소.

……그란디요, 그라고 기특하면서도 지는 한편으로 종철이가 좀 어렵기도 했어라. 부모 자슥 지간에 넘맨치로 어렵다 쉽다 하는 게 이상하긴 하지만 엄메도 유난히 큰오빠를 어려워했지 않허요. 아따, 아니라고는 허지 마쇼. 어린 내 눈에도 큰오빠 앞에선 유난히 점잔 떠는 게 다 보이더만. 큰오빠 앞에선 방귀도 한 번 시원하게 못 뀌지 않았어요. 나한텐 종철이가 그랬어라. 종찬

이한테는 욕도 하고 때리기도 했는디 종철이한테는 그게 안 되는 거요. 종찬이는 맨날 형이랑 지랑 차별한다고 악을 써대는데 그게 종철이를 더 예뻐해서가 아니라 기냥 갸한테는 나도 모르게 행동을 조심하게 돼서 그랬던 거요.

종철이는 어려서부터 워낙에 점잖은 애니까 나중에 사회에 나가면 넘들하고 부대끼면서 지내야 하는 직업보다는 얌전하게 혼자 학문하는 직업이 좋겠다, 잠 안 오는 밤이면 시간 가는 줄 모르고 이 양반하고 그런 얘기를 끝없이 했어라, 그라면서 종철이한테는 뭐니 뭐니 해도 대학교수가 딱이겠다고 생각했지요. 없는 집에 태어나서 해준 것도 없는디 내가 뭔 복을 타고나서 교수 아들을 두게 될지, 그날만 생각하면 내가 교수가 되는 것맨치로 설레서 잠도 싹 달아났어라. 그라제요, 나는 참말로 내 아들이 대학교수가 돼서 옛날 장원급제한 수재들이 머리에 꽃 달고 부모 뵈러 내려오듯이 그렇게 올 줄로만 알았지, 나이 스물셋에 그 꽃 같은 목숨을 지 손으로 끊을지는……. 시상에 어느 잘난 부모라도 그런 걸 알 수 있었어요.

그날 아침해가 뜬 지 얼마 안 돼서 방죽 할매가 우리 집 마당으로 뛰어들어왔을 때, 나는 뭔 일 때문에 그러는지 고게 궁금하지는 않고 저 양반이 아직도 저라고 뛸 힘이 남아 있구만, 엉뚱하게도 그 생각이 먼저 들데요. 뭔 말인지 알아들을 수도 없게 숨을 몰아쉬면서 방죽이 어떻고 종철이가 어떻고 횡설수설하다가 무작정 내 손을 잡고 뒷길로 뛰는디, 그이가 하는 말을 못 알아들었다고는 허지만 지금 생각하면 그 언덕길을 뛰어가면서 지는 이미 모든 것을 예감하고 있었는지도 모르겠어요. 그라지 않고서야 누가 심장을 쥐어뜯어내는 것처럼 그라고 가슴이 아팠을 리가 없지요.

엄메 아베요, 나는 지금도 종철이가 왜 그라고 차디찬 물속으로 들어가서 지 목숨을 끊었는지 그 이유를 모르오. 아주 나중에…… 종철이 가고 몇 달 지나서 종철이랑 이름도 학교도 나이도 똑같은 애가 그해 초에 경찰헌티 고문을 당해서 죽었다는 얘기를 어디선가 듣긴 했는디 그냥 참 벨일도 다 있다, 그라고 말았지요.

나는 자슥을 잃고도 그 이유를 알지 못하고 이날 이때까지 살았어라. 죽은 사람이 있으면 죽은 이유도 있을 턴디. 나는 그걸 알아볼 생각도 없이 참말로 천치마냥…….

교수 선생은 왜 부모 형제도 아닌 나한테 이란 걸 보냈을까요? 경찰의 도움을 바랐을 것이면 경찰에 보냈을 것이고 학교에 알리고 싶었으면 학교에 보냈을 것인디, 내가 무슨 일 하고 사는지 제일 잘 아는 사람이 나한테 이란 걸 보냈을 때는 내가 뭔가를 해주길 바라는 것이 있어서 그런 것일 턴디 그게 뭘까…… 그게 뭘까…….

아, 그란디 엄메 아베여, 어젯밤에 종철이가 다녀갔어라.

"……으짜든?"

"안 잤소? 자는 줄 알았는디."

"……으짜드냐니까."

"뭔 말이오. 자다 일어나서 갑자기 뭐가 으짜긴 으짜요."

"……종철이 말이여. 간밤에 다녀갔다메. 모습이 으짜드냔 말
이여."

"……."

"……안 좋아 뵈?……."

"……컴컴해서 잘 보지도 못했소……."

"……보지도 못했다믄서 워떻게 갸인지는 알았다냐."

"…….."

"잉?"

"……날 보고 엄마…… 엄마, 하는디…… 누구겄소?"

37

누구로부터인가 어디에서부터인가 죽은 사람이 되살아났다는 소문이 돌기 시작했다. 이미 한 번 죽었기 때문에 사람이 아니라 귀신이라고 해야 한다는 논리적인 정정이 덧붙여졌다. 죽은 사람이 다시 살아났다는 믿기 힘든 신화가 죽은 사람이 귀신이 되어 돌아왔다는 미신으로 변모하자 일변 묘하게, 그럴 수도 있겠다는 설득력을 가지기 시작했다.

호수 바닥이 너무 차가워서 나온 거래, 겨울이 되면 더 추워질 테니까. 얼음이라도 얼면 그대로 갇혀버리는 거 아니겠어? 하지만 시신은 이미 찾아서 꺼냈잖아. 바보야, 영혼이란 게 있잖아. 영혼은 아직도 우리 학교를 떠돌고 있다고.

대지가 차오르던 날들은 다 저물고 이제 계절은 빈 가지만 남은 을씨년스러운 날들을 향해 문을 열고 있었다.

시체가 발견된 호수 부근의 다리에는 접근금지를 상징하는 노란색 폴리스라인이 이중으로 둘러쳐졌는데 테이프는 경찰 수사가 공식적으로 끝난 뒤에도 제거되지 않은 채 학생들의 접근을 막았다. 경찰은 더 이상의 추가 수사는 없을 것이라고 선언하고 캠퍼스를 떠났지만 그들이 미처 뜯지 않고 간 그 노란 테이프 때문에 호수 부근에는 여전히 수사가 진행 중인 것 같은 긴장감이 일었다. 그러다 얼마 후 동아리 모임에서 가볍게 술을 몇 잔 마시고 밤중에 귀가하던 남학생 한 명이 그 노란 테이프를 보고 문득 공권력을 기만해야겠다는 반항심과 캠퍼스의 영토를 탈환한다는 영웅심, 무서울 것 없는 술기운이 발동하여 한쪽을 슬쩍 뜯어버렸다. 그런데 술에 취한 그 와중에도 혹여 발생할 수 있는 법적 책임을 회피하기 위해서는 변론의 여지를 조금 남겨두어야겠다는 계산을 했는지 다른 쪽까지는 마저 뜯지 않은 채 그대로 비틀거리며 학교를 떠났다.

그 뒤로 바람이 많이 부는 날이면 한쪽 매듭이 끊긴 폴리스라인이 낙엽들과 한데 섞여 어떤 불길한 주의보처럼 펄럭거렸다. 학생들은 그 노란 테이프가 공중으로 솟구쳐오를 때마다 경찰과 구급대원이 뒤섞여 들것을 운반하고 살아 있는 사람들이 죽은 사람의 이름을 속삭이던 그날을 떠올려야 했다. 몇몇은 이유 없이 우울하다면서 학교를 결석, 친구에게 대리 출석을 부탁하기도 했다. 보다 못한 호수 관리자가 나뭇가지를 칠 때 쓰는 가위로 교각 기둥에 매인 테이프의 다른 한쪽을 마저 싹둑 잘라버리고 나서야 법적으로는 아무 효력이 없음에도 살아 있는 발들의 출입을 막고 있던 금계가 풀렸다.

호수가 다시 돌아왔다. 그러나 학생들은 돌아오지 않았다. 붕괴를 염려해야 할 정도로 늘 만원이던 팔각정은 떨어지는 나뭇잎들에 묻혀 유배지로 변해버렸다. 실상 호수의 출입을 막고 있던 것은 경고의 의미를 가진 노란 테이프 따위가 아니라 이 으스스한 계절에 구두를 벗어두고 호수로 걸어 들어간 한 남자였던 것이다.

타살 혐의 없는 단순 자살에 방점을 찍고 종결된 수사는 몇 개의 짧은 토막 기사를 생산해냈다. 서울 소재 C 대학교 시간강사 한씨가 본교 호수에서 익사한 채 발견되었다, 유서는 발견되지 않았지만 평소 주위 사람들과 어울리기 힘들어했다는 동료들의 증언으로 미루어 우울증에 의한 자살로 경찰은 추정하고 있다, C 대학교는 학생들에게 당분간 호수 출입을 자제해줄 것을 요청했다는 내용이었다. 모든 기사의 말미에는 더 정확한 사고원인을 조사 중이라는 경찰의 입장이 들어가 있었지만, 그 기사를 접한 사람이라면 누구나 수사가 이미 종결되었음을 알 수 있었다.

기사는 육하원칙에 따른 몇 줄의 문장으로 상황을 종결했지만, 그 뒤에는 살아 있는 사람들이 있었다. 더군다나 그들 대부분은 이제껏 한 번도 죽음을 목격해본 적 없는 젊은이들이었다. 퍼렇게 부은 시체가 회항해오는 배처럼 호수 위로 떠올랐을 때 그들의 튼튼한 다리는 휘청거렸고 목청은 한 번도 질러본 적 없는 음파의 비명을 질렀다.

그리고 묵념의 시간이 있었다.

학생들은 아주 사소한 기억이라도 끄집어내어 죽은 사람을 추억해내려고 애썼다. 강사의 수업을 받은 학생들 대부분의 기억 속에서 그는 지적이고 엄격하고, 시험을 어렵게 내는 사람이었다. 그리고 소수의 학생들 기억 속에서는 미혼에, 항상 비슷한 양복을 입고 다니고, 제출한 리포트는 꼭 코멘트를 달아 돌려주며, 비가 많이 오는 날에는 지각하는 것을 눈감아주는 사람이었다. 학생들은 알고 싶었다. 갈 길 먼 배가 왜 돌아왔는지, 온화한 소문을 가진 사람이 왜 어느 날 갑자기 물속으로 걸어 들어갔는지.

교직원들로서는 학교의 자랑스러운 제1 명물에 시체가 떠오르고 아무리 형식적이라고는 하지만 꽁무니에 기자를 단 경찰들이 학교 이곳저곳을 드나들며 주변인 조사를 하는 상황이 달가울 리 없었다. 물도 많고 산도 많은 나라에서 하필 보란 듯이 학교 안 호수를 골라 죽었다는 것은, 그가 한때 학생들을 가르치는 강사였다는 점을 생각해볼 때 대단히 무책임하고 폭력적인 행위로 여겨졌다. 학생들은 기자들이 다 밝히지 못한 죽음의 진짜 동기를 궁금해했지만 교직원들은 그 이유를 밝혀낼 계획이 조금도 없었다. 이제 와서 그 이유를 알아낸다 한들 죽은 사람이 살아 돌아오는 것도 아니지 않는가. 섣불리 이유를 캐다가 다른 사람까지 죽일지도 모를 일이고. 교직원들의 유일한 걱정거리는 학문과 취업 준비로 가득 차 있어야 할 학생들의 일과에 죽음, 그것도 자살이라는 불순한 냄새가 퍼져 있다는 사실이었다. 교직원들은 어떻게 해서든 그 냄새를 하루속히 없애야 한다는 책임감을 느꼈다. 다행히도 그건 그렇게 어려운 일이 아니었다. 과거에도 학생들의 정신을 흩뜨려놓는 사건들이 여러 번 있었기 때문이다. 복직을 호소하는 교수가 상복을 입은 채 정문에서 일인시위를 하고, 신입생 환영회 때 폭음을 한 학생이 옥상에서 떨어져 급사를 하는 등등 원인은 모두 달랐지만 처방책은 동일했다. 학생들에게 전혀 다른, 더 좋은 볼거리 제공하기.

특별운영비 중 비상비를 써가며, 그마저도 부족해 총장과 교수가 가진 인맥을 백분 활용하여 특별 연사로 초대된 인기 아나운서의 강연은 명성에 어울리는 흥행을 거두었다. 천 석의 좌석이 부족할 정도로 학생들이 몰려들어 교직원들은 네 군데로 난 계단에 임시 좌석을 만들어주었다. 꿈에 대해, 열정에 대해, 미래에 대해 문답을 주고받는 광경은 그곳에 모인 모두의 가슴을 설레게 했다. 질문이 빗발쳤고 땀이 난 연사는 웃옷을 벗어젖혔고 청중들은 기립박수를 보냈다. 대학은 죽음과는, 더욱이 스스로 목숨을 끊고 나간 삶의 중퇴자에게는 어울리지 않는 곳이었다.

특별 연사의 강연이 성공리에 막을 내린 후 학생들은 교직원들의 바람대로 도서관에 몰려가 저마다의 특성을 계발할 공부에 몰두했고, 1층에 있는 카페에서는 '그 자살한 강사 있잖아'라는 말 대신 갓 내린 커피 향이 진하게 퍼진 공기 속에 '너도 그거 사려고?'라는 평화로운 대화가 다시 재개되었다. 그렇게 가을은 속절없이 깊어갔고, 화장실은 항상 깨끗함을 유지했다. 더는 학교를 뒤흔드는 스캔들 같은 건 없을 것 같았다.

그러던 어느 날, A관 2층 여자 화장실 세 번째 칸에서 볼일을 보던 한 여학생이 문짝에 적힌 몇 줄의 글을 발견했다.

드디어 강의 하나를 맡게 되었다. 감사 인사를 드리기 위해 선생님을 찾아뵈었다. 선생님이 내게 악수를 청했다. 나는 손을 잡았다. 내 손도 이제 더는 깨끗하지만은 않은 것이다.

그것이 죽은 사람을 불러들인 제(祭)의 초문이었다. A관 남자 화장실 세 번째 칸 왼쪽 벽 하단에서.

선생님에게 설 인사로 드린 선물이 쓰레기통에 들어가 있는 것을 보았다. 일부러 교수실로 부른 것이 나에게 그걸 보여주려는 뜻인 것 같다. 유진이에게 이야기했더니 고작 건새우 세트를 보냈느냐며 오히려 나를 혼냈다. 자기가 돈을 보태줄 테니 추석에는 갈비를 보내라고 했다. 현금 이야기가 안 나오는 걸 보니 유진이도 어쩔 수 없이 순진한 여자다. 어머니께 죄송스럽다.

A관 여자 화장실 두 번째 칸 정면 벽에서.

P 대학교에 있던 강사가 자살했다는 소리를 들었다. 나보다 열다섯 살이 많은 분이다. 결국 나의 15년 후도 별반 다르지 않은 것이다.

A관 여자 화장실 네 번째 칸 오른쪽 벽에서.

수업이 끝나고 학생 두 명이 찾아왔다. 중간고사에 결석을 했는데 리포트로 대체하면 안 되느냐고 물었다. 리포트를 내도 다른 학생들과의 형평성 때문에 차등을 둘 수밖에 없다고 대답해주었다. 알겠다고 하더니 돌아서서 강사 주제에,라고 말했다. 오늘도 둘 다 결석했고 리포트도 내지 않았다. 다닐 필요도 없는 아이들이 대학을 너무 많이 다니고 있다. 나 역시 그렇지 않은가, 요즘 들어 늦은 후회가 부쩍 많이 든다.

A관 남자 화장실 첫 번째 칸 벽에서.

학생 때는 내가 가장 존경했고, 나를 교직으로 이끈 사람이 부끄럼도 없이 제자에게 손을 내민다. 나에게 그만한 돈이 없다는 걸 모를 리가 없다. 그를 '선생님' 하고 부를 때마다 혀를 삼키는 기분이다.

38

학생들 사이에서는 인문대 건물인 A관 화장실을 찾아다니며 비슷한 종류의 글을 찾아내는 것이 삽시간에 유행처럼 번졌다. 예술대학, 체육대학, 공과대학, 자연과학대학 학생들도 귀신이 적어놓는다는 글을 구경하기 위해 한 번도 와본 적 없는 A관에 몰려들었다. 증축이나 개축을 한 번도 한 적 없는 대학의 최고(最古) 건물은 벽돌 몇 개가 부스러져 나간 외관 그대로 유서 있는 명소가 되었다.

대자보 파동으로 홍역을 치르다 화지특에 의해 겨우 본래 상태를 회복한 화장실 벽은 다시 만민을 위한 만민에 의한 만민의 게시판으로 변했다. 하늘색 보드는 학생들이 끼적거려놓은 기호와 숫자, 전공서의 문구, 성(性)에 대한 각종 비방으로 넘쳐났지만 그 사이에서 죽은 사람이 써놓고 간 글을 분별해내는 것은 조금도 어려운 일이 아니었다. 일관되게 사용된 필기도구의 재질, 일기 형식의 단문, 그리고 낙서로 치부하기에는 한 획 한 획 지나치게 단정한, 화장실에는 격이 맞지 않는 필체. 글은 여자 화장실, 남자 화장실을 가리지 않았다. 성을 초월하는 죽은 자의 자유로움이 학생들에게는 더 매력적으로 느껴졌다.

누가 장난을 치는 게 분명해.

어느 정도 시간이 흐른 뒤 이성을 되찾은 학생들 사이에서는 글의 진짜 주인을 찾으려는 움직임이 조용히 일었다. 죽은 자의 영혼이 되살아났다느니, 그 귀신이 사인펜을 쥐고 캠퍼스 화장실에 글을 쓰고 다닌다느니, 하는 이야기를 그대로 믿는 것은 명문대로 꼽히는 대학 간판과 수능 1등급을 받은 자신의 명예를 동시에 모욕하는 일이었다. 그러나 그 움직임은 대세를 이루지 못했다. 그 움직임보다 몇 배나 많은 학생들이 상식적인 논리를 거부하며 반대편에 섰기 때문이다. 논리를 거부하면서도 그들 역시 논리적인 정황을 들어 죽은 자의 존재를 변호하고 나섰다.

강사의 활동구역이던 A관 건물에서만 글이 발견되는 점, 강사의 수업을 들은 학생 중 그의 필체를 기억하는 이들이 그 교수님 글씨가 맞다고 증언한 점, 본인이 아니면 쓸 수 없을 정도로 글이 일관되게 구체적이고 마음을 아프게 한다는 점.

죽은 사람이 돌아왔다고 믿는 학생들의 마음속에는 음모론을 선호하는 젊은 사람들 특유의 사고와 평온한 일상을 부수는 괴상한 일이 자신의 인생에도 한 번쯤 일어나기를 바라는 사춘기적 소망이 숨어 있었다. 그 소망이 죽은 사람으로 하여금 산 사람들에게 끊임없이 말을 걸게 하고 있었다.

A관 여자 화장실 1층 세 번째 칸 왼쪽 벽에서.

대자보를 건 사람이 김 교수라는 것을 알면서도 다들 모르는 척 눈치만 살피고 있다. 에밀 졸라를 흉내낸 구호에 사적 운운하는 것, 자아비판으로 눈속임하는 전개가 치졸하기 짝이 없다. 명예를 잃은 주 교수와 최 조교가 걱정이다.

A관 화장실에서 시작된 죽은 자의 글은 산 사람들의 손에 의해 복제가 되어 다른 건물 화장실로까지 점점 세력을 넓혀갔다. 메마른 땅에 질러놓은 들불처럼 시작된 말이 어느새 신화에서나 나올 법한 거대한 불기둥이 되어 대학 캠퍼스에 뜨거운 소용돌이를 일으키려 하고 있었다.

39

춘단은 사인펜 뚜껑을 꾹 눌러 닫았다. 손바닥에 묻은 까만 잉크가 손금을 타고 길을 내듯 번졌다. 춘단은 일기장에 잉크가 묻지 않게 공책 끄트머리를 조심해서 잡은 후 웃옷을 들치고 바지 고무줄을 잡아당겼다. 허리 안쪽에 공책을 넣을 만한 큰 속주머니가 있었다. 춘단은 속주머니에 공책을 반듯하게 넣었다.

언제 어디서나 공책을 품고 다니기 위해 춘단은 공식적으로 금지된 유니폼 개량까지 감행했다. 주머니를 만들기 전까지는 허리 고무줄 사이에 공책을 끼워넣고 다녔는데 한 발 한 발 걸음을 옮길 때마다 배에서 느껴지는 공책의 촉감이 강사를 생각나게 했다. 그러다가 며칠 전 교수회관 화장실을 청소한 뒤 쓰레기 봉지를 메고 복도를 걸어가던 춘단은 문득 허리가 휑한 것을 느꼈다. 놀란 춘단은 얼른 쓰레기 봉지를 내려놓고 몸을 더듬어보았다. 어디에도 공책이 없었다. 아무래도 허리를 접고 펴는 사이 통 넓은 바지를 타고 공책이 다리 밑으로 빠져나간 모양이었다. 춘단은 혼비백산하여 온 길을 되돌아 뛰어갔다. 복도에는 보이지 않아 화장실로 들어가니 다행히 한 남자가 세면대 앞에 서서 공책을 보고 있었다. 풍채로 보나 무엇으로 보나 교수가 분명했다. 춘단은 머리를 조아리고 걸어가서 공책을 돌려주십사 손을 내밀었다. 남자는 춘단을 빤히 내려다보더니 물었다.

"할머니 거예요?"

춘단은 고개를 끄덕인 다음 남자의 손에서 공책을 집어들고는 먼저 자리를 피했다.

다행히 속주머니를 만든 뒤부터는 아무리 험하게 움직여도 공책을 잃어버릴 염려가 없었다. 춘단은 방금 전 자신이 쓴 것을 다시 한 번 읽어보았다.

요즘 인기가 많은 명사가 학교에 특강을 왔다. 그는 죽을 고비마다 희망을 봤다고 했다. 희망이 작은 불씨를 일으켜 자기를 살렸다고 했다. 그의 고백에 감동받지 않은 사람은 나 하나뿐인 것 같다. 희망은 살아남은 자들이 즐기는 만찬 같은 것이다. 나에겐 아무 희망도 없었노라고, 죽은 사람은 아무 말도 할 수가 없다.

춘단은 볼일을 본 척 변기 물을 내리고 화장실을 나왔다. 수업이 시작되어서 복도에는 아무도 없었다. 강의실 벽을 따라 걷는 춘단을 춘단보다 조금 작은 그림자가 뒤따라 걸어왔다. 춘단이 화장실 쓰레기를 담은 봉지를 어깨에 메면 그림자도 봉지를 어깨에 멨고 빗자루를 들면 함께 빗자루를 들었고 걸레질을 하면 따라서 걸레질을 했다. 춘단은 걸음을 멈추고 이제껏 살면서 한 번도 눈여겨본 적 없는 그림자를 가만히 들여다보았다. 희미한 형체지만 분명 살아 있기는 한데 말을 걸어오지는 않고, 아무것도 없는 것처럼 다들 밟고 다니니……

나로구나.

시간이 아무리 흘러도 절대 나이 들지 않을, 영원히 젊고 배운 사람들로만 가득 차 있을 이곳에서 쓰레기 봉지를 어깨에 멘채 복도를 오가는 춘단은 벽에, 바닥에, 때로는 누군가의 발등위에 겹쳐지는 작은 그림자였다. 수업이 끝나자 강의실에서 학생들이 우르르 빠져나왔다. 춘단은 얼른 복도의 가장자리로 물러섰다. 학생들은 춘단의 쓰레기 봉지를 툭툭 건드리며 빠르게지나갔다. 쓰레기 봉지가 있다는 것은 알아도 그것을 들고 있는사람이 있다는 것은 알지 못했다. 그리고 아무리 똑똑한 머리를가진 사람들이라 해도 감히 있어도 없는 것 같은 그림자 따위가죽은 사람을 대신해서 글을 쓰고, 연필을 쥐는 것조차 낯선 손으로 올곧은 필체를 옮기고 있다는 것을 추리하지 못했다.

춘단은 자신이 하고 있는 일의 의미를 알지 못했다. 죽은 사람의 일기를 화장실 여기저기에 옮겨 쓰고 다니는 것이 무엇을이루기 위한 것인지, 가끔은 자신이 하는 일이 너무나 비루하게느껴져 펜을 버리고 변기 위에 주저앉아 운 적도 있었다. 한 젊은이가 죽어가며 남긴 유산을 기껏 이 으슥한 곳에 가지고 들어와 베껴 쓰는 게 무슨 소용이 있단 말인가. 그러나 한바탕 눈물을 쏟고 난 춘단은 코를 훌쩍이면서 다시 사인펜 뚜껑을 열고 강사의 글을 계속 옮겨 적었다.

　누군가의 처벌을 원했으면 경찰에 보냈을 것이고, 세상에 알리고 싶었으면 신문사에 보냈을 것이고, 유품이 될 것이었으면 부모 형제한테 보냈을 것이다. 그러나 그이는 나 이 양춘단에게 보내지 않았는가. 한 자 한 자 힘을 주어, 강사의 필체를 그대로 흉내내 쓰다 보면 때로는 이것이 죽은 사람을 살리는 일처럼 느껴지기도 했다.

40

"날이 추워지니까 몸도 굼뜨고 따뜻한 데만 찾아 들어가고 싶고, 거기다 해까지 일찍 지니까 낮인데도 괜히 밤처럼 느껴져서 근무시간보다 더 오래 일하는 것 같아 억울하죠? 이상하게 몸도 무겁고 잠만 오고? 그것 봐, 내가 귀신이라니까. 난 눈만 봐도 저 사람이 속으로 무슨 생각을 하고 있나, 다 아는 사람이에요. 하지만 이럴 때일수록 몸을 더 부지런히 움직여야 해요. 안 그랬다가는 쓰레기 봉지에 깔려서 계단에서 비명횡사하는 수가 있어. 그랬다가는 정말 난리가 나는 거지. 온 천지에 쓰레기랑 사람이랑 뒤섞여서 누가 누군지 알게 뭐야. 그러면 그 쓰레기는 또 누가 치워야 하는 거겠어? 바로 여러분 동료의 일로 돌아오는 거라고요. 그러니 일을 두 배로 만들고 싶지 않으면 우리 모두 정신 똑바로 차리고 최선을 다하도록 합시다."

장황한 소장의 훈화가 더 잘되라고 하는 건지 아니면 골탕 한 번 먹어보라고 하는 건지 묘하게 거슬려서 미화원 몇몇이 소장이야말로 정신 똑바로 차리쇼,라고 속으로 훈계하던 11월의 어느 아침, 조회를 마친 소장이 뿔뿔이 흩어지는 미화원들 사이에서 춘단을 따로 불러세워 점심 먹고 난 뒤 사무실에 잠깐 들르라고 했다. 입사 후 처음으로 소장의 호출이란 것을 받은 춘단은 가슴이 덜컹거려 무슨 일 때문이냐고 물었다. 소장은 춘단의 어깨를 툭툭 두드리며 그건 그때 가서 이야기합시다, 하며 더 물어볼 여지도 주지 않고 빠르게 지하 주차장 밖으로 올라갔다.

쓰레기통을 비우고 비질을 하는 내내 춘단의 온 신경은 소장의 그때 가서 이야기합시다,와 체구만큼 작은 손이 치고 간 어깨에 쏠려 있었다. 할 말을 참으며 꾹 다문 입 모양과 어깨에 얹은 손의 무게로 미루어 뭐가 됐든 반가운 소식은 아닌 것 같은데 그게 무엇 때문인지 도통 짐작이 가지 않았다.

숟가락질 몇 번으로 점심밥을 급하게 해치운 춘단은 1층에 있는 소장의 사무실로 올라갔다. 누군가와 밝은 기운으로 전화 통화를 하던 소장은 아니나 다를까 춘단을 보자마자 웃고 있던 흔적을 급하게 지운 뒤 지금부터 나 안 좋은 이야기 좀 할 거요, 라는 얼굴을 억지로 꾸며내며 춘단을 맞았다.

소장은 소파에 앉고 춘단은 맞은편 철제 의자에 앉았다. 유리 깔린 탁자에는 청결을 강조하는 소장의 평소 훈화대로 티슈통 외에는 아무것도 놓여 있지 않았다.

"양춘단 씨."

"네, 소장님."

"요즘 왜 그래? 집안에 무슨 우환 있어요?"

소장의 말은 없는 우환도 내가 곧 만들어줄 테요,라고 들려

춘단의 마음을 더 뒤숭숭하게 만들었다. 춘단은 아무런 영양가 없는 소장의 빈 걱정에 아무 일 없이 식구들 모두 잘 지내고 있다고 역시 빈말로 응수했다.

"그런데 왜 그래요?"

"뭐가 으짠디요?"

소장은 언성을 높였다.

"양춘단 씨 앞으로 쌓인 불만이 한두 개가 아니잖아요."

"지한티 불만이 쌓였다고요?"

"그래, 도대체 정신을 어디다 팔고 있는 거야."

"무슨 불만인디요?"

소장은 대뜸 춘단의 얼굴 앞으로 삿대질을 했다.

"화장실 낙서!"

춘단은 저도 모르게 무방비로 방치해둔 손을 얼른 마주 잡아 손바닥을 가렸다. 땀도 잘 안 나는 손바닥에 괜히 식은땀이 흐르는 것 같았다. 소장이 마디 짧은 손가락으로 삿대질하며 외쳤다.

"화장실 낙서는 도대체 왜 안 지우는 거예요?"

다행히 소장이 뭘 알고 하는 소리는 아니었다. 춘단은 지지 않고 응수했다.

"안 지우는 게 아니라 지운다고 지우는데 지가 온종일 화장실만 감시하고 있을 수도 없고 하나 지우고 나면 도로 하나 쓰여 있고 잠깐 나갔다 와보면 또 하나 쓰여 있는데 무슨 수로 그걸 감쪽같이 없앨 수 있겄어요."

변명을 하는 내내 춘단은 스스로가 참 많이 뻔뻔해졌다는 생각이 들었다.

"예전에 낙서 파동이 일어났을 때는 다 지웠다고 하던데, 내가 지난 일이라고 모를 줄 알아?"

그러나 큰일을 하기 위해선 이보다 더 뻔뻔해져야 했다.

"아따, 참말로 소장님, 그건 온 인력이 총동원돼서 그 뭐냐 화지특인가 뭔가 군대처럼 조직해서 특별업무까지 했으니까 간신히 한 거제요. 저 혼자서는 감당할 재간이 없당께요."

"그러니까 내 말도 화장실에 있는 모든 낙서를 다 지우라는 게 아니야."

"그라믄요?"

"뭘 모르는 척을 해. 온 학교가 귀신이 써갈기는 낙서 때문에 정신이 없는데. 내 말은 다른 건 그냥 놔두더라도 그렇게 유해한 낙서는 미화원의 명예를 걸고 꼭 지워야 한다는 말이야."

"……아따, 소장님. 지가 한눈에 요 낙서는 사람이 쓰고 요 낙서는 귀신이 썼는지를 어떻게 안다요. 참말로 내가 귀신도 아니고."

소장은 다시 삿대질을 했다.

"그걸 왜 몰라. 이번 낙서는 대자보 때에 비하면 많은 것도 아닌데."

춘단은 비록 대놓고 삿대질을 할 수는 없지만 마음만은 삿대질을 하는 심정으로 대꾸했다.

"그라니께, 지가 하고 싶은 말이 바로 그거여요. 전번 것하고 비교하면 요번 낙서는 몇 개 되지도 않고 새 발의 핀디 뭘 그라고 쥐 잡듯이 잡을라고 하는지. 또 위에서 화지특인가를 결성하라던가요?"

"그게 아니야. 이번엔 개인적인,"

소장은 딸꾹질을 하듯 가슴을 움찔거리더니 하려던 말을 삼키고 벽 쪽을 쳐다보았다. 거기에 창문이라도 있었다면 소장의 행동이 바깥 풍경을 바라보려는 자연스러운 기재가 될 수 있었겠지만 소장이 바라본 쪽에는 창문도, 그림도, 하다못해 날짜 지난 달력 한 장 걸려 있지 않았다. 막막한 벽에 부딪힌 소장의 눈은 목적을 잃고 애매해졌다. 마땅히 시선 돌릴 만한 데를 찾지 못하자 다시 춘단을 보며 소장은 침착한 목소리로 말을 이었다.

"이게 다가 아니에요."

춘단은 부여잡은 손을 더 꽉 붙들었다.

"……또 뭐가 있는디요?"

"복도가 홍수 난 것처럼 물이 질척거려서 지나다니는 사람들이 넘어질 뻔하고, 창틀은 한 번이라도 걸레질을 하는지 마는지 먼지가 풀풀 날리고, 강의실 쓰레기통은 넘치다 못해 폭발하기 직전이고, 아예 화장실 변기는 닦지도 않는다고 하더라고. 거기다가 또 뭐냐, 그래, 이제는 교수학관에도 쓰레기를 질질 흘리고 다닌다던데."

춘단은 작정하고 몰아붙이는 소장의 말 세례를 가만히 받고

만 있었다. 소장은 가쁜 숨을 씩씩 내뱉으며 말을 이었다.

"이것도 다가 아니에요."

"……또 있소?"

"내가 몇 번이나 주의를 주려다가도 그냥 참고 넘어갔는데, 일하다 말고 도둑고양이마냥 강의실을 훔쳐보는 건 왜 그러는 겁니까? 시간만 났다 하면 자기 멋대로 이 계단 저 계단에 앉아 있고. 아, 참. 내가 오기 전에도 그런 걸로 유명했다지요? 컨테이너가 싫다고 점심시간마다 혼자 옥상에 가서 밥 먹고 다른 미화원들이랑은 어울리지 않으면서 어떤 남자랑만 유독 친하게 지냈다고. 그리고 듣자 하니…… 그 남자가 지난번에 호수에서 죽은 그 강사라던데?"

좁은 사무실에 죽은 사람이 몰고 온 이질적인 바람이 훅 불어왔다. 춘단은 소장의 많은 이야기를 듣고서도 도대체 그가 무슨 이야기를 하고 싶은 건지 갈피를 잡을 수가 없었다. 도대체 무슨 이유로 청소를 감독하는 소장의 입에서 죽은 사람의 이름까지 나온단 말인가. 복도에서 들려오는 학생들의 명랑한 말소리가 사무실의 침묵을 더 불편하게 만들었다.

한참 후, 소장은 삿대질하던 손가락으로 자신의 턱을 괸 채 넌지시 물었다.

"목적이 뭡니까?"

"……무신 목적요?"

"이 대학에 온 목적이 뭐냐고요?"

"아, 뭔 목적이 있었어요. 청소하는 사람이 청소하러 왔제요."

"아니, 난 그렇게 생각하지 않아요. 지난번 미화원들이 다 해고됐을 때도 양춘단 씨 혼자만 살아남지 않았어요? 이십 년, 십년 일한 사람들은 다 쫓겨났는데 이제 막 입사한 초짜만 살아남은 거란 말이야. 난 그게 보통 일이라고는 생각하지 않아요. 뭔가 있어. 우리가 모르는 뭔가가 분명 있다고. 내 말이 맞죠?"

춘단은 가늘게 뜬 소장의 눈에서 모르는 사람 이름을 대며 왜 모르느냐고 추궁하던 형사의 눈빛을 보았다. 소장은 범인을 취조하는 말단 공무원처럼 엄중하면서도 어딘가 모르게 교만한 표정을 짓고 있었다.

그러나 춘단에게는 모든 것이 모함이었다. 물 한 방울 흘리고 다니지 않는 복도에서 학생들이 정말 허우적대는지, 자기 집보다 더 깨끗이 닦아놓은 창틀에 정말 아무도 살지 않는 빈집처럼 먼지가 쌓였는지, 시간마다 비우는 강의실 쓰레기통이 정말 폭발하기 직전인지, 그리고 걷는 것도 무서워 깨금발로 다니는 교수회관에 쓰레기를 흘리고 다닐 정도로 간이 부었는지 아닌지는 당장 가서 확인해보면 될 일이었다.

그러나 소장은 진실을 알면서도 그것과 전혀 다른 말을 하고 있었다. 진실을 눈앞에 펼쳐놓고 보여줘도 똑바로 볼 의지가 없는 사람이라면 그 고집 센 무지 앞에서는 황금 들녘이 황무지로 둔갑하고 찢어진 모자를 쓴 허수아비가 경찰관 노릇을 하는 것 아닌가. 춘단은 궁금했다. 어제까지만 해도 유니폼 목깃의 청결을 강조하는 것 외에는 아무 말도 하지 않던 소장이 왜 갑자기 경찰관 흉내를 내고 있는지.

"그라믄 소장님…… 지가 뭘 어떻게 해야겄어요?"

소장은 그 말을 기다렸다는 듯 의식적으로 몸을 뒤로 젖히고 다리를 꼬았다.

"근로 계약서에도 나와 있듯이 임무에 성실히 임하지 않은 사람은 이 자리에서 바로 잘려도 할 말이 없어요. 알고 있죠?"

"……소장님. 소장님이 누구한테서 무슨 불만을 워떻게 들었는지는 모르겠지만요, 지는요, 참말로 단 하루라도,"

"어, 어, 어. 아직 내 말 다 안 끝났어요. 사람이 왜 이렇게 성미가 급해."

소장은 바지 밑단으로 삐져나온 실오리를 툭 잡아 뜯으며 말을 이었다.

"사실 우리 규정대로 하자면 바로 잘려도 할 말이 없긴 한데 양춘단 씨는 명예 미화원인지 뭔지로 뽑혀서 나도 여간 골치 아픈 게 아니에요. 학교 측에서 계약기간을 보장해달라고 부탁한 것도 있고, 여기서 그만두라고 하면 양춘단 씨 성격에 들고 일어날 게 분명하기도 하고 말이야. 지난번 그 난리가 해결된 지 얼마나 됐다고 또 청소하는 사람이 학교를 시끄럽게 할 수는 없잖아. 안 그래요?"

"그라믄 지가 뭘 워떻게……."

"그래서 오래 생각한 끝에 이번에는 징계 정도로 끝낼까 합니다."

"징계요? 징계가 뭐요?"

"뭐긴 뭐예요, 벌이지, 벌."

"지한테 벌을 내린다고요?"

소장은 고개를 끄덕였다. 춘단은 자신이 선생님에게 꾸중 듣는 진짜 학생이 된 것 같았다. 바지를 걷어놓고 종아리에 회초리질이라도 하려는 건가.

"그 벌이란 것을 어떻게 내리실 건데요?"

소장은 단호했다.

"내일부터 야간반으로 옮기세요."

"야간반으로요? 허지만 야간반은 밤에 일할 수밖에 없는 사정이 있는 사람만 지원하는 거 아니었어라? 지원하는 사람이 없을 때만 돌아가면서 맡는다고 들었는디."

"그러니까 벌이지요. 좋으면 벌이겠어요?"

"……그라믄 그 벌을 언제까지 받아야 하는디요?"

"무기한이죠, 일단은."

"그 말은…… 기한이 정해져 있지 않다는 말이어라?"

소장은 은근한 미소를 띠었다.

"못 하겠어요? 못 하겠으면 자진해서 관두시든지요. 오히려 양춘단 씨한텐 그쪽이 나을 거예요. 말이야 쉽지 사람이 밤에 일한다는 게, 더군다나 젊은 사람도 아니고 나이 들어서 밤일하는 게 얼마나 못 해먹을 짓이야. 저녁시간에 지원한 사람들도 그게 좋아서 하는 게 절대 아니야. 낮에 버는 걸로는 한참 부족하니까 밤에라도 조금 더 벌어야겠는데 다른 데 가봐도 나이 든 사람들한테는 밤일을 잘 시켜주지도 않으니까 다들 울며 겨자 먹기로 하는 거라고. 보아하니 양춘단 씨는 생활이 어려운 것도 아닌 것 같은데 솔직히 말해 그렇게 악쓰면서 일할 필요가 뭐가 있어요. 내가 모르는 딴 목적이 있다면 모를까…… 안 그래요?"

춘단은 각이 없이 유난히 동그랗기만 한 소장의 얼굴을 물끄러미 쳐다보았다. 열다섯, 열여섯 살 정도 되는 사내아이가 하루아침에 나이를 먹어 중년으로 건너뛴 것 같은 얼굴이었다. 딴에는 능수능란하게 사람을 다룬다고 수를 부리지만 어쩔 수 없는 얕은 속이 얼굴 위로 드러났다. 이 사람이 이제 대놓고 나를 쫓아내려고 하는구만. 춘단은 궁금해졌다. 어쩌다 일이 빨리 끝나는 날에 계단에 앉아 잠깐 쉬는 것을 가지고, 요즘 학생들은 무엇을 공부하는지 궁금해서 문틈으로 몰래 들여다본 것을 가지고, 사람끼리 마음이 맞아 친하게 지낸 것을 가지고 올가미를 만들어 자신을 쫓아내려는 소장의 뒤에 도대체 무엇이 있는지. 그만두라는 말을 권유처럼 하는 소장의 면전에 대고 춘단은 호쾌히 대답했다.

"그라믄 내일부터는 오후 다섯 시까지 출근하면 되는 거지요? 이참에 아침잠도 실컷 자고, 아따, 벌이 아니라 상이네요, 상."

41

저녁 일곱 시가 넘자 한 층, 두 층 소등 예식을 하는 것처럼 캠퍼스의 불이 꺼지기 시작했다. 어둠 깔린 캠퍼스에 오로지 야간 수업을 하는 몇몇 강의실만이 촛불 같은 빛을 밝히고 있었다. 이 시간쯤이면 체육관 뒤쪽에서는 본격적으로 쇠 두드리는 소리가 들리기 시작했다. 지난 몇 달 동안 포클레인 석 대가 쉴 새없이 흙을 파낸 결과, 소나무가 무성했던 조그만 동산은 드디어 지하 3층 깊이에 이르는 넓고 반반한 구멍으로 탈바꿈했다. 주어진 임무를 완수한 포클레인은 새벽안개를 헤치며 겸손하게 물러갔고 그 많은 나무와 흙들이 어디로 사라졌는지 궁금해할 겨를도 없이 이제는 가방에 연장을 담은 인부들이 몰려와 안전모를 쓰고 땅에 철근을 심는 중이었다. 공사 초기에는 도서관에서 밤늦게까지 공부하던 학생들의 반발로 작업에 문제도 많았다. 그런데 어느 정도 시간이 흐르자 망치 소리에 자신의 필기 속도를 맞추어가는 학생들이 하나둘 생겨나기 시작했고, 이제는 시멘트 건조를 이유로 공사가 며칠 중단되기라도 하면 노동자들이 이렇게 사보타주를 해서야 되겠느냐는 민원전화가 익명으로 걸려오는 지경에 이르렀다.

비상계단으로 나온 춘단은 벽에 머리를 기댔다. 교정에는 사방에 밤이 내려앉았다. 일정한 간격을 두고 드문드문 켜진 가로등이 지킬 것 많은 밤 보초를 서고 있었다. 인부들이 망치를 한 번 휘두를 때마다 어둠과 가로등 빛이 중간색으로 섞였다.

일은 오히려 야간반이 수월했다. 날이 어두워지자 복도 바닥에 난 신발 자국도 함께 희미해졌고 화장실 쓰레기는 낮에 배출되는 양의 반도 안 되었으며 미화원과 접촉하는 걸 병이 옮는 것처럼 싫어하는 학생들을 피해 곡예를 부릴 필요도 없었다. 일을 빨리 끝내면 걸레를 내려놓고 이렇게 인적 없는 계단에 앉아 잠시 쉴 수도 있었다. 송정리에서처럼 별은 보이지 않지만 그래도 밤은 밤이었다.

학교 버스가 도서관에서 나온 학생 한 명을 태우고 교문 밖으로 사라지고 있었다. 이제는 인적이라곤 어디에도 보이지 않았다. 캠퍼스의 밤이 주는 정취에 빠져 있던 춘단은 갑자기 몸을 부르르 떨었다. 찬바람이 목 뒤를 훑고 지나가긴 했지만, 온전히 바람 때문만은 아니었다. 불현듯 춘단은 이 한밤에 모두에게서 떨어져나와 낡아빠진 철제 계단에 혼자 앉아 있는 자신의 모습을 발견했다. 춘단은 두려움에 무릎을 꼭 끌어안았다.

춘단은 혼자 있는 것에 익숙하지 않았다. 어려서부터 방은 늘 동생들로 득실거렸고 마당은 마을 사람들이 제집처럼 지나다녔으며 대문을 나서면 하다못해 마을 개들이라도 뒤를 쫓아왔다.

시집와서도 혼자 있을 공간이 따로 없었다. 농사꾼은 늘 문을 열어두고 살아야 한다는 이야기를 시부모에게서, 시부모가 돌아가신 뒤에는 영일에게서 귀에 딱지가 앉을 정도로 들었다. 춘단이 열어놓은 문으로 아침저녁 쉬지 않고 마을 사람들이 찾아왔다. 마을 사람들은 좋을 때도 서로 도와가며 좋아했고 싸울 때도 서로 도와가며 싸워댔다. 모두가 사람이 아니라 '사람들'로 태어난 것 같았다. 춘단이 아는 혼자 지내는 사람은 오직 한 명뿐이었다.

"춘단아, 나는 시방은 니 아비가 아니다. 준식이, 준호, 춘애, 준수 아비도 아니여. 느이 엄메 정순규 서방도 아니다."

"……그라믄 누군디요?"

"나는 고독한 인간 양호익이다. 알겄냐."

이제 그만 집에 돌아와 밥 먹으라는 어머니의 말을 전하러 작업장을 찾은 춘단은 아버지가 분명한 남자가 자기 아버지임을 부정하고 형제들의 아버지임을 부정하고 나아가 어머니의 서방인 사실까지 부정하는 것에 충격을 받아 눈물을 흘리고 말았다. 사다리에 올라 돌을 쪼던 양호익은 딸의 눈물에도 전혀 흔들리는 기색 없이 밥 생각이 없으니 어서 나가보라고 했다. 작업장을 나가기 전 춘단은 눈물 자국이 난 얼굴을 양호익에게 돌리며 그란디 고독이 뭐여요?라고 물었다. 양호익은 다른 말 없이 자신이 올라서 있는 사다리를 내려다볼 뿐이었다. 집에 돌아온 춘단

은 왜 아버지 없이 혼자 집에 왔느냐고 묻는 어머니에게 아버지
는 이제 그만 잊어버리고 엄메도 새 출발을 하는 편이 좋을 것
같다고 이야기하며 마루에 드러누웠다. 큰딸의 뜬금없는 대답을
듣고도 정순규는 아무런 동요 없이 차려놓은 밥상에 보자기를
덮었다.

그런데 다음 날이 되자 집으로 영영 돌아오지도 않고 밥숟가
락도 평생 들지 않을 것같이 굴던 양호익이 언제 왔는지 모르게
와서 새벽부터 고봉밥을 먹고 있었다. 잠에서 깬 춘단이 조심스
레 아버지에게 다가가 이젠 고독하지 않은 거여요? 물으니 양호
익은 이번에도 다른 말 없이 양반다리를 하고 앉아 넓은 평상을
내려다볼 뿐이었다. 곧 오빠 동생들도 하나둘 깨어나 자기 밥그
릇을 들고 평상에 둘러앉았다. 양호익은 사내는 모름지기 제 식
솔들을 먹여 살릴 줄 알아야 한다는 말로 훈화를 시작했다. 그러
면서 이 아비는 간밤에도 너희 몫으로 쌀 다섯 섬을 해놓고 오는
길이라며 잠도 덜 깬 자식들 앞에서 무척이나 잘난 체를 했다.

춘단이 앉아 있는 계단이 바람에 끽끽 소리를 내며 울어댔다.
건물 외벽에 간신히 달라붙어 있는 녹슨 계단. 춘단은 고향을 떠
나 아무도 찾지 않는 이런 곳에 홀로 앉아 있는 자신의 처지가
믿기지 않았다.

춘단은 어둠에 대고 나지막이 물었다. 이것이 고독이어요? 그
렇다면 춘단은 고독이 싫었다. 춘단은 아들의 어머니이자 손주

들의 할머니이며 영일의 안사람인 자신의 자리를 부정할 마음
은 추호도 없었다. 그럴 만한 용기도 없었다. 춘단은 얼른 집으
로 돌아가고 싶었다. 불을 켜두고 자기를 기다리는 식구들 속으
로 섞여 들어가고 싶었다. 보일러가 돌고 있을 훈훈한 방 안을
생각하니 한기가 송곳처럼 몸을 뚫었다. 그나마 있던 달빛마저
다 사라져버린 것 같았다. 춘단은 추위와 고독을 이기려고 몸을
더 작게 웅크렸다. 그 순간 팔꿈치에 무언가가 걸렸다. 춘단은
고개를 들고 바지 고무줄을 당겨 속주머니에 든 것을 꺼냈다.

A관에 갔다가 청소를 하고 계시는 아주머니를 보았다. 인사도 하
지 않고 몰래 길을 피해 와버렸다. 수업시간이 바뀌어 같이 점심을
못 먹는다고 거짓말한 게 죄송스럽다. 도서관 담당이 아니신 게 얼
마나 다행인지. 지나고 보니 아주머니와 함께 옥상에 앉아 도시락
을 먹던 그 한 시간이 가장 평화로운 때였다. 요즘 아주머니는 누구
와 함께 밥을 먹고 계실까…….

춘단은 몸 한가운데서 따뜻한 온기가 퍼지는 것을 느꼈다. 구
름에 가린 달빛도 다시 나타나 친구가 되어주었다.

야간반 일을 하게 된 이래로, 소장은 춘단이 일하는 구역마
다 따라다니며 힘들지 않느냐고 물었다. 춘단이 이런저런 이유
를 대며 낮보다 훨씬 수월하다고 대답하니 소장은 어쩐지 아쉬

운 얼굴이 되어 처음이라 그렇지 내일부터는 부쩍 더 힘들 거라고 겁을 주었다. 다음 날도, 그다음 날도 소장은 춘단의 어깨 뒤로 불쑥 나타나 똑같은 말을 물었다. 춘단은 그때마다 지지 않으려고 부러 더 힘차게 쓰레기 봉지를 들쳐 멨다. 소장이 기가 막힌 듯 탄식하는 소리가 등 뒤로 들렸다.

열한 시가 다 되어 일을 마친 춘단이 지하 컨테이너로 돌아왔다. 춘단은 옷을 갈아입기 위해 입고 온 옷을 개어둔 가방을 꺼냈다. 그런데 지퍼를 열려던 춘단의 손이 가방 앞에서 멈칫 멈추었다. 가방이 출근할 때와 달라져 있었다. 춘단은 가방을 바짝 끌어당겼다. 가방 끝까지 내려가 있어야 할 지퍼가 손가락 한 마디 정도 위로 올라와 있고 겉에 달린 주머니 지퍼는 아예 완전히 열려 있었다. 가방 지퍼를 단속하는 데 실수가 있을 리 없었다. 춘단은 오늘 아침, 지퍼를 내리고 끝에 달린 장식 술까지 밑으로 가지런히 정리해놓은 것을 똑똑히 기억해냈다. 유니폼을 입는 것처럼 매일 당연히 하는 일이었다. 춘단은 어찌 된 영문인지 몰라 얼른 가방 속을 살펴보았다. 가지런히 개어 넣어둔 옷매무새도 미세하게 열린 지퍼처럼 흐트러져 있었다. 다른 사람이라면 눈치채지 못할 만큼 대수롭지 않은 차이였지만 자기 손으로 옷을 갠 춘단이 그걸 알아채지 못할 리가 없었다. 누군가가 가방에 손을 댄 것이 분명했다.

여러 사람이 모인 곳이니 그중에 한두 명 손버릇이 남다른 사람이 있어도 놀랄 일은 아니다. 하지만 지금껏 낮시간에 일할 때는 한 번도 일어나지 않던 일이었다. 남의 물건으로 향하는 손이 어둠 속에서 부끄러움을 덜 탄다는 사실이 새삼 새로울 건 없지만, 굳이 부끄러움을 무릅쓰고 가난한 가방에까지 손을 댈 이유는 없었다. 미화원들은 자신들을 일컬어 돈을 가지고 다니지 않는 부류라고 칭했다. 도시락을 싸가지고 다니니 밥값이 필요 없고 차비도 교통카드 한 장이면 충분했다. 몸에 천 원, 오천 원 정도는 비상용으로 갖고 다닌다 해도 여러 사람이 들락날락거리는 컨테이너에 돈을 놓고 다닐 만큼 세상물정 모르는 사람은 한 명도 없었다. 다른 사람의 가방에 뭐가 들어 있나 궁금해할 것 역시 없었다. 가방에 있는 거라고는 옷과 빈 도시락 통, 땀을 닦을 수건이나 냄새나는 양말뿐이란 걸 모두가 아는데 남의 가방에 손을?

춘단이 가방을 붙들고 있는 사이 일을 마친 다른 미화원들이 하나둘 컨테이너로 들어왔다. 춘단은 조심스런 눈길로 사람들을 살폈다. 그러나 평소와 다른 행동을 보이는 사람은 아무도 없었다. 모두 지친 몸을 추스르며 옷을 갈아입느라 서로 쳐다보지도 않았다. 춘단은 없어진 것도 없는데 괜한 유난을 떨고 싶지는 않았다. 얼른 집으로 가 잠잘 궁리만 하는 동료들을 의심하는 것도 미안했다. 춘단은 자기가 한 번 실수한 셈 치고 벗다 만 옷이나 마저 갈아입기로 했다. 춘단이 바지를 벗으며 허리춤에 넣어둔 공책을 꺼내려는 찰나,

"가방에 넣어놔도 될 텐데 얼마나 소중한 공책이면 몸에다 품

고 다니세요?"

누군가가 등 뒤에서 지나가듯 말을 걸었다. 그러나 춘단이 고
개를 돌렸을 땐 다들 자기 짐 챙기는 일에만 몰두하고 있어서
누가 건넨 말인지 알 수가 없었다. 춘단은 어느새 표지 밑부분이
하얗게 닳은 공책을 쓰다듬으며 내 목숨만큼이나 소중하제,라고
혼잣말을 했다. 넋이 나간 듯 공책을 손으로 쓸고 또 쓸던 춘단
은 시간이 지나도 대꾸를 해주는 이가 없자 겸연쩍은 웃음을 지
으며 가방에 공책을 넣고 옷을 마저 갈아입었다.

춘단의 인사이동은 신입 미화원들에게 좋은 본보기가 되었
다. 학교로부터 명예 미화원으로 뽑힌 최고참도 예외 없이 징계
를 받는다는 사실을 눈앞에서 목격한 미화원들은 새삼스레 소
장의 권력을 높이 평가하며 잊지 않고 손톱을 정리하고 일주일
에 한 번씩 열심히 운동화를 빨아 신고 다녔다. 그중 몇몇 셈이
빠른 이들은 춘단이 소장의 눈 밖에 났다고 수군거리며 어울리
기를 꺼리기도 했다. 춘단은 자기가 다가가기만 하면 한창 떠들
던 사람들이 헛기침을 해가며 등을 돌려 앉거나 집에서 가져온
찐 달걀을 자기들끼리만 나눠먹는 것을 몇 번이나 목격했다. 그
러나 춘단은 개의치 않았다. 오히려 그들이 불편해할까 봐 서둘
러 밥을 먹고 자리를 비켜주기까지 했다. 춘단은 해야 할 일이
있었다. 춘단은 화장실로 들어갔다.

내 죽음이 누군가를 위한 희생이 될 수 있을까. 내 죽음이 부정한 것을 몰아낼 수 있을까. 내 죽음이 잊히지 않고 정의로운 일로 기록될까. 그러나 이렇게 몸이 떨려오는 건 역시나 불가능한 일이라는 두려움 때문인가……

공책의 글이 화장실 벽으로 옮겨진 지 한 달째 되던 날, 중앙 게시판에는 한도진 강사의 사건을 밝히려는 진상위원회와 함께 시간강사의 처우와 관련한 학교, 교수, 학생 간의 삼자 비상대책위원회를 구성한다는 공지가 붙었다. 삼삼오오 게시판으로 모여든 사람들이 즉석에서 간이 토론을 벌였다. 그 모습을 춘단이 멀찌감치 뒤에서 지켜보고 있었다.

춘단이 버스 막차를 타고 집 근처 정류장에 내렸을 때는 이미 자정에 가까운 시간이었다. 신호등이 바뀌기를 기다리는 동안 닭터처럼 고개를 움찔움찔거리던 춘단은 쏟아지는 졸음을 몰아내기 위해 하품을 크게 했다. 대로에 있는 음식점들도 모두 파장 분위기여서 밖에 놓아둔 의자들을 거두고 있었다. 거리에는 몇 사람 보이지 않았다. 건널목을 지나 춘단은 집으로 가는 골목길에 들어섰다. 좁은 길 양쪽으로 늘어선 집들 대부분은 큰길보다 먼저 잠이 들어 창에는 컴컴한 어둠만 끼어 있었다. 곧 등을 바꿔야 할 것 같은 가로등 불빛 하나만 언덕의 굴곡을 희미하게 비추고 있었다. 느릿하게 걷는 발소리와 경삿길을 버거워하는 나이 든 숨소리가 어둠 속에서 교차했다. 집까지 얼마 남지 않았다. 그런데 언덕의 볼록한 지점에 오른 춘단은 문득, 걸음을 멈추고 뒤를 돌아보았다.

"……누구 있소?"

어둠은 춘단의 물음을 듣고도 시치미를 뗐다. 길 양옆에는 차들이 일렬로 주차되어 있었다. 그 차량들 주위에는 어두운 하늘과는 또 다른 종류의 어둠이 숨을 죽이고 있는 것 같았다. 비좁은 틈이나 컴컴한 바퀴 밑, 혼자서만 눈을 밝히고 모든 것을 관찰하는 고양이 같은 어둠이었다. 춘단은 처음으로 자신이 그다지 우호적이지 않은 도시의 변두리, 그것도 인적 없는 밤의 한가운데에 혼자 서 있다는 것을 피부로 실감했다. 귀신이 말을 걸어와도 무섭지 않고 오히려 그쪽 사는 근황을 물어보며 심심한 밤길에 길동무로 삼던 송정리가 아니었다.

밤이라고 쓸데없이 귀만 예민해졌구만.

춘단이 막 몸을 돌려 다시 집으로 걸어가려던 그때였다. 갑자기 뒤에서 빠른 발걸음 소리가 들리더니 무언가가 어깨에 멘 춘단의 가방을 세게 잡아당겼다. 순식간에 왼쪽 팔에서 가방이 빠져나가자 춘단은 악 소리를 지르며 나머지 어깨끈을 잡고 매달렸다. 그러고는 재빨리 가방을 빼앗아가려는 그 무언가를 쳐다보았다. 마스크와 모자로 얼굴을 가린 강도는 가방을 잡아당기며 춘단을 뒤로 밀쳐냈다. 덩치에 밀린 춘단은 힘도 한 번 못 써보고 바닥으로 내팽개쳐지고 말았다. 강도는 춘단의 가방을 들고 어둠 속으로 쏜살같이 사라졌다.

강도가 사라진 지 한참이 지나도록 춘단은 멍한 얼굴로 바닥에 엎드려 있었다. 아무 생각도 나지 않았다. 보고 있는 것과 머릿속에 떠오르는 모든 것이 컴컴하기만 했다. 그때 큰길을 지나던 대형 트럭에서 큰 경적이 울려퍼졌다. 그제야 춘단은 번뜩 정신을 차리고 사람 살려, 강도야, 도둑이야, 도둑 잡아라, 하고 힘겹게 외치며 도움을 청했다. 그러나 밖으로 나와 살펴보는 사람은 아무도 없었다. 춘단의 목소리는 애초에 숙면과 무신경함에 빠진 사람들을 깨우기에는 너무 작고 힘이 없었다. 허망하게 앉아 있던 춘단은 자리에서 일어나 가방 없이 빈 몸으로 집을 향해 걸어갔다.

종찬의 신고 전화를 받고 집으로 온 경찰은 춘단에게서 자세한 설명을 들은 뒤, 돈이 많이 있을 리 없는 노인의 가방을 탈취한 점, 등 뒤에서 야구방망이로 사람 머리를 치고 도망가는 이른바 퍽치기를 하지 않은 점으로 미루어 원한 관계 없는 초행범의 단순 강도로 보인다고 했다. 그러나 마스크와 모자를 미리 준비했다는 점에서는 전과범의 소행일 수도 있다고 덧붙였다. 경찰은 경제적인 손실을 파악하는 것에 주력했다. 춘단은 잃어버린 가방의 색깔과 크기, 지퍼에 달린 술 등을 상세하게 설명했다. 금품을 잃어버리지 않았느냐는 질문에 춘단은 바지 주머니에 든 교통카드를 꺼내 보이며 이게 전 재산이오,라고 대답했다. 의욕을 상실한 얼굴이 된 경찰은 색은 오렌지, 크기는 사람 등만하고 겉에 달린 술 장식이 특징,이라고 기록한 뒤 사이렌을 울리지 않고 조용히 돌아갔다.

경찰이 가고 난 뒤 가족들은 모두 한편이 되어 춘단을 몰아세웠다. 이게 다 여자가 한밤중에 밖으로 나다니니까 생기는 일 아니여, 가방 하나 뺏기고 끝났응께 천만다행이제 참말로 몸이라도 해쳤으면 어쩔 뻔했어. 그러게 저희가 그렇게 그만두라고 했을 때 그만두셨어야죠. 야간반까지 자원하시더니 도대체 이게 무슨 일이에요. 그런데 이상하네, 우리 동네가 집값은 싸도 그렇게 험한 데는 아닌데, 살다 살다 강도를 다 당하고…… 놀란 가슴을 진정시키느라 거실 바닥에 드러누운 춘단을 둘러싸고 식구들은 제멋대로 떠들어댔다. 춘단은 들리는 모든 소리를 흘려보내며 심장이 진정되기만을 기다렸다. 그때 초인종 소리가 울렸다. 열두 시도 지나 이미 새벽의 문이 열렸는데 이 시간에 벨이? 춘단 주위로 앉아 있던 영일과 종찬 유정 세 사람은 영문을 모르겠다는 얼굴로 서로를 쳐다보았다. 누워 있던 춘단도 몸을 일으켰다. 벨이 한 번 더 울렸다. 갑작스레 겁이 났는지 유정이 팔을 웅크리며 종찬의 등 뒤에 달라붙었다. 종찬이 작게 속삭였다.

"내가 나가볼 테니까 가서 골프채 좀 가져와."

"이이가, 우리 집에 골프채가 어딨어."

"비슷한 거라도 아무거나 가져와봐."

종찬은 유정이 쥐여주는 구둣주걱을 야구방망이처럼 잡고 자리에서 일어났다. 두려운 얼굴로 현관을 나간 종찬은 잠시 뒤 꽤

스레 손만 부끄러워졌다는 겸연쩍은 표정으로 아까 다녀간 경찰들과 함께 들어왔다. 그중 한 명이 춘단의 가방을 들고 있었다.

"여기 골목 지나서 큰길 나오는 데 가로등 하나 있죠, 거기를 지나가는데 이 가방이 쓰레기 더미 위에 버려져 있더라고요. 돈이 하나도 없는 걸 보고 도둑이 그냥 버리고 갔나 봅니다. 색깔이 튀어서 눈에 띈 게 다행이지 못 보고 지나쳤으면 새벽에 미화원들이 다 치워버릴 뻔했어요. 잃어버린 거 없나 한 번 확인해보세요."

춘단은 경찰이 건네주는 가방을 받아들고 안을 뒤졌다. 겉 지퍼에 달린 장식 술과 수건 한 장, 비누…… 모두 그대로인데 가장 중요한 것만 보이지 않았다.

"잃어버린 것 없으시죠?"

춘단은 아예 가방을 뒤집어 까서 속에 든 것들을 모조리 탈탈 털어냈다. 수건이 떨어지고 비눗갑에서 분리된 동그란 비누가 탈출해 데굴데굴 굴러갔다. 있는 줄 몰랐던 작은 옷핀까지 핑, 소리를 내며 자신의 정체를 밝혔다. 그러나 공책은 보이지 않았다. 속이 뒤집힌 채 바닥에 널브러진 가방은 밤의 야수에게 잡아먹히고 남은 동물 가죽 같았다. 내장을 잃은 껍데기뿐인 가방과 자신을 둘러싼 채 운이 좋았어요,라고 말하는 가족들, 경찰관의 회색 유니폼, 살벌하게 내리쬐는 형광등의 강한 빛……. 춘단은 무엇 때문인지 속이 울렁거려 헛구역질을 하고 말았다. 원한 관계가 없는 단순 강도는 아닌 것이다.

42

저는 여그서 청소를 하는 양춘단이라는 사람입니다. 저는 어젯밤 집 앞 언덕에서 소중한 공책 하나를 강도당했습니다. 저는 어짠지 여그 대학을 다니는 사람이 범인이라는 생각이 듭니다.

뭔 일로다 내 공책을 가져갔습니까?

그 공책이 뭔 공책인지 알고나 있습니까?

내 공책을 도로 가져다놓으십시오.

A관 게시판에는 춘단의 호소문 말고도 각종 공지, 안내, 경고, 분실신고, 예고, 축하문 등이 학생들의 관심을 얻기 위해 애를 쓰고 있었다.

국토대장정에 참가할 대원 20명 모집합니다, 자격에 제한은 없으나 패기 있고 설거지, 빨래, 요리 같은 가사에 능통하신 분을 기다립니다. 대학 바둑의 부활을 위해 일인 일 바둑판 캠페인을 실시합니다. 4분기 동아리 지원 심사에서 탈락한 동아리는 15일까지 동아리 방을 비워야 하며 불이행 시 강제 철수하겠습니다.

긴 달력 종이 뒷면에 쓴 춘단의 글은 한곳에 오래 서 있을 시간이 없는 바쁜 학생들로부터 철저히 외면당했지만 시간이 조금 지나자 게시판 앞을 지나쳤다가 다시 돌아오는 몇몇 한가로운 학생들도 있었다. 모든 게시물은 일정한 규격을 따라야 한다는 규칙을 어기고 한 글자당 오백 포인트의 크기로 쓴 춘단의 호소문은 형식 면에서도 파격이었지만 내용 면에서도 즉각적인 관심을 끌기에 충분했다.

청소를 하는 미화원? 일단 작성자부터가 지금껏 게시판을 이용한 주체들과는 확연히 다른 전대미문의 인물이었다. 다음 문구는 더 흥미진진했다. 미화원의 당위적인 소지품인 빗자루나 두루마리 휴지가 아니라 공책을 잃어버렸다고? 미화원과 공책의 관계는 이 글을 작성한 주체와 게시판의 관계만큼이나 생경한 조합이었다. 우리 대학을 다니는 사람 중에 범인이 있을 것 같다니? 그건 또 왜? 집 앞에서 도둑맞은 공책을 아무런 근거도 없이 이 대학 사람의 소행이라고 추정하는 건 이 대학을 다니고 있지만 결코 도둑질 따위는 하지 않는 대부분의 선량한 학생들의 기분을 상하게 했다.

뭔 일로다 내 공책을 가져갔습니까?

그러나 구경꾼들은 그 투박한 글에서 거짓이나 속임수 따위를 부리지 않는 어떤 진실한 면을 발견하였다. 만약 이 양춘단이라는 사람 말이 맞다면 도대체 누가 미화원의 공책 따위를 훔쳐 갔을까? 학생들은 옆에 선 사람과 눈짓을 주고받으며 의문스러운 표정을 지었다. 도대체 그 공책이 무슨 공책이기에?

게시판 앞에 모여 웅성거리는 사람들의 모습은 수업이 끝나 강의실을 나오던 다른 학생들의 발까지 그쪽으로 이끌었다. 후발대로 합류한 학생들은 춘단의 호소문을 보며 이전 학생들이 그런 것처럼 같은 단계에서 같은 의문을 품었다. 그 와중에 양춘단이라는 이름을 희미하게 기억하는 학생이 나타났다.

이거 그 사람 아니야? 누구? 아는 사람이야? 있잖아, 혼자서 파업 안 했다고 총장 담화문에 실린. 맞아, 이 아줌마. 우리 동네 중국집 이름이랑 비슷해서 기억하고 있었거든.

그러자 진실 여부를 놓고 떠들던 판세가 급격하게 바뀌면서 춘단의 호소문은 깨끗한 화장실만큼이나 높은 신뢰를 얻었다. 양춘단 님이라면 총장도 인정한 이 시대의 의인 아닌가. 몇몇 학생들은 강의실 칠판에다가 양춘단 님 공책을 가져간 사람은 빨리 돌려줍시다,라고 썼고 다른 누군가가 그 밑에 지성인답게,라고 덧붙였다. 하교 시간과 맞물린 게시판의 흥행은 얼마 뒤 사회학과 조교가 빠른 걸음으로 나타나 동계 답사 예정지를 춘단의 호소문 위에 덧붙일 때까지 계속되었다.

일이 끝난 뒤 컨테이너로 돌아온 춘단은 혹시 공책이 돌아와 있지 않을까 기대하며 가방을 열어보았지만 가방에는 갈아입을 옷과 수건뿐이었다. 빈자리를 보자 유독 허리 부근이 허전했다.

집에 돌아가는 길에 춘단은 게시판 쪽으로 갔다. 생각해보니 범인의 인상착의를 써놓지 않은 게 마음에 걸렸다. 비록 얼굴을 보지는 못했지만 마스크와 모자로 위장한 강도의 행색을 덧붙이면 아예 없는 것보다는 도움이 될 것 같았다. 그런데 게시판 앞에 선 춘단은 펜을 쥐는 대신 가방끈을 꽉 붙들었다. 춘단이 붙여놓은 호소문이 온데간데없었다. 다른 게시물은 모두 그대로인데 춘단의 글만 어디론가 사라져버렸다. 도깨비놀음 같은 일이었다. 그런데 그보다 더 뜻밖인 건 그 이상하고 비합리적인 광경에 춘단이 별반 놀라지 않았다는 사실이다. 춘단은 꽉 붙든 가방끈을 더 꽉 붙들었다. 의심 반 확신 반이던 마음이 이제 더는 흔들리지 않을 만큼 단단해졌다.

……요 많은 종이 중에 내 것만 감쪽같이 사라졌다는 것은 여그 대학 안에 범인이 있다는 소리 아니여, 암, 그라제. 도둑이 제발 저린 거여.

춘단은 내일도, 모레도, 그다음 날도 공책이 돌아올 때까지 호소문을 붙이고 또 붙이겠다고 마음먹었다. 달력 종이는 충분했다. 이번 해 것을 다 쓰면 다음 해 달력까지 모조리 뜯어 쓰면 된다.

교정으로 나오자 달빛을 받은 코끼리 등이 은빛으로 빛나고 있었다. 춘단은 저도 모르게 고개를 숙였다. 그러나 한밤중에 마스크까지 쓰고 나타나 사람을 밀치면서 공책을 훔쳐간 자가 이깟 종이 한 장이 무서워 벌벌 떨며 공책을 돌려줄지는 춘단 스스로도 고개를 저을 일이었다.

버스 안에서 내내 머리가 어지러웠던 춘단은 집에 돌아오자마자 양말도 벗지 않고 베개에 머리를 뉘었다. 눈꺼풀이 감기고 숨이 느려지면서 방 안 풍경이 가는 섬광으로 변해 어둠 속을 스쳐 지나갔다. 마지막으로 가장 뒤에 서 있던 의식까지 불을 끄고 이불로 들어왔을 때쯤 춘단은 마당으로 뭔가가 떨어지는 것 같은 둔탁한 소리를 들었다. 그러나 그 소리마저 살짝 열린 문을 닫고 잠을 재촉하는 밤의 신호처럼 느껴져 모든 생각을 문밖에 두고 잠 속으로 깊이 빠져들었다.

머리가 깨져 죽어 있는 닭터의 주검 앞에서 영일은 쌀을 담아 온 그릇을 떨어뜨렸다. 조그만 몸에서 나온 피가 차가운 시멘트를 적시다가 결국엔 딱딱하게 응어리져 있었다. 붉은 피 위로 떨어진 흰 쌀알은 고대 종교의 의식처럼 잔혹해 순간 아름다워 보이기까지 했다. 영일은 닭터가 흘린 피를 밟고 걸어가 닭터의 머리를 짓이기고 있는 돌을 두 손으로 들어올렸다. 차마 볼 수 없는 처참한 모습에 영일은 그만 손에서 돌을 놓치고 말았고, 돌은 닭터의 목을 한 차례 더 짓이기며 고여 있던 피를 터뜨렸다.

으아아악.

영일은 몸속의 모든 장기를 토해내듯 오열했다. 사람의 몸에서 나올 법한 소리가 아니었다. 아직 잠도 다 깨지 않은 식구들은 짐승 우는 소리에 깜짝 놀라 잠옷 바람으로 뛰어나왔다.

준희는 피가 낭자한 마당을 보자마자 눈을 가리고 고성의 비명을 질렀다. 아예 몸을 놓아버리고 마당에 주저앉은 영일을 종찬이 안으로 부축해 들어갔다. 손에 잡히는 갈비뼈가 마른 나뭇가지처럼 부서질 것 같았다. 유정은 준희에게 안으로 들어가 있으라고 한 뒤 닭터 곁으로 다가갔다.

"어떤 정신 나간 놈이 이런 미친 짓을."

유정은 닭터를 짓이긴 돌을 집어들었다. 한눈에 알아볼 수 있는 낯익은 돌이었다. 언덕에 주차해놓은 차가 뒤로 미끄러지지 말라고 종찬이 일부러 뒷산에까지 가서 주워 바퀴에 고여놓았던 돌 두 개 중 하나였다.

"어제는 강도가 가방을 훔쳐가고 오늘은 닭이 죽고. 진짜 이 집에 망조가 들려고 이러나. 에잇, 재수 없어."

화단으로 돌을 집어던지는 유정을 보고 춘단이 말했다.

"돌이 무신 죄냐……. 돌이라고 살아 있는 거를 죽이고 싶었겄냐……."

춘단은 버리려고 내놓은 어제 신문으로 닭터의 시신을 싸서 한쪽에 옮겨두었다. 그러고는 호스로 마당의 피를 씻어내렸다. 닭터의 몸에서 빠진 깃털이 수챗구멍을 막아 하수구에 핏물이 흥건하게 고였다.

방으로 들어온 영일은 이불 위에 드러누워 크게 오열했다. 눈물과 침으로 이불이 축축하게 젖어들었다. 배에 난 수술 자국도 도려내듯 욱신거렸다. 중년의 아들이 바로 옆에서 지켜보고 있었지만 영일은 아비로서 체면이고 뭐고 아랑곳없이 악을 써대며 울었다. 종찬은 갓난아기가 된 것처럼 정신을 놓고 우는 아버지가 측은하면서도 한편으로는 쉽게 이해가 되지 않았다. 죽은 아들을 물에서 끌어냈을 때도 담담하던 양반이 도대체 왜 이런담. 그깟 닭 한 마리가 뭐라고. 종찬의 속마음은 영일의 얇은 피부로 고스란히 전해졌다.

……아니다. 그게 아니여.

영일은 고개를 저었다.

당시에는 지켜주어야 할 것들이 많아 떠난 아들을 두고도 마음놓고 울 수가 없었다. 젊은 아내와 또 한 명의 아들과 경작할 넓은 땅이 영일을 울 수 없게 했다. 그러나 지금은 닭터 하나뿐이다. 오직 닭터만이 영일이 주는 밥을 먹고 무럭무럭 자라고 있었다. 그런데 자기 힘으로 보살펴줄 수 있는 단 하나의 존재가, 아무 죄도 짓지 않은 귀엽기만 한 아기가 마른하늘에서 떨어진 돌을 맞고 죽어버린 것이다. 영일은 악을 써가며 달게 잔 간밤을 원망하고 또 원망했다. 닭터가 피를 흘리며 고통스럽게 죽어가는 사이, 어쩌면 안 나오는 목소리로 힘겹게 자신을 불렀을 수도 있는 그 시각에 아무것도 모르는 천치마냥, 모든 세상이 그저 밤처럼 평온한 줄만 알고 미련스럽게 잠만 자고 있었던 것이다.

또다시!

수업이 시작된 시각이어서 교정은 한산했다. 마른 잎까지 다 떨어뜨린 나무는 앙상한 나뭇가지를 공중으로 뻗어올려 하늘의 푸름까지 황량하게 만들어버렸다. 계절에 상관없이 사시사철 늘 우거진 현수막만 바람에 펄럭이며 12월에 어울리지 않는 활기를 애써 만들고 있었다. 방으로 들어갈 용기가 나지 않아 일찌감치 집을 나서 학교에 온 춘단은 눈에 띄는 아무 벤치나 찾아 앉았다. 삶의 무게가 뒷목을 묵직하게 내리눌렀다. 잠시 뒤, 멀리서 누군가를 부르는 소리에 춘단은 엉겁결에 고개를 들었는데 늘 실눈을 뜨고 피해 다녔던 호수가 발 앞에 바로 펼쳐져 있었다.

춘단은 무서웠다. 지금껏 일어난 모든 일이 무서웠고 앞으로 일어날 많은 일들이 무서웠다. 빗자루에 쓸리는 먼지만도 못하게 사라진 사람들과, 얇은 공책 하나만을 남기고 목숨을 끊은 강사와, 냉담해지는 계절과 잃어버린 공책과 닭터의 죽음이 하나의 큰 수레바퀴 아래서 일어난 일들처럼 느껴졌다. 춘단은 무너지듯 등을 굽혔다. 그때였다.

그러니까 주제를 알아야지. 여기가 어딘 줄 알고 멋대로 설쳐대. 건방지게.

순간 목덜미에 벌레가 기어가는 것처럼 온몸의 털이 곤두섰다. 춘단은 천천히 뒤를 돌아보았다. 광장에는 손을 잡은 남녀 한 쌍과 어린 남학생, 양복을 입은 중년 남자, 빗자루를 든 미화원이 걸어가고 있었다. 그 무서운 목소리의 주인으로 보이는 사람은 아무도 없었다. 한참 동안 주위를 살피던 춘단은 문득 자신이 앉아 있는 곳 주변이 유독 어두운 것을 느끼고 고개를 들어 가만히 위를 올려다보았다. 너무 커서 있는 줄도 몰랐던 코끼리의 시커먼 그림자가 춘단을 덮치고 있었다.

……이걸 봤었던 거요?

43

　보는 사람들마다 감탄해 마지않던 양호익의 예수상은 평지와 언덕이 소 등처럼 이어진 남평구를 상징하는 대표적인 지표가 되었다. 절에서 밤새 예불을 올리고 산을 내려오던 어떤 이는 새벽 푸른빛 속에 고요히 서 있는 예수상을 보고 신이 자신에게 부여한 운명적인 사명을 느끼며 그날 당장 교회를 찾아와 개종했다. 신도들의 수가 늘어나고 주일이 거듭될수록 목사의 설교도 유려해졌다. 바른 언행과 깨끗한 옷태를 한 목사는 이전에는 보지 못한 새로운 인간상의 출현이었다. 마을 남자아이들은 술만 마시면 마누라를 구타하고 살림을 엎어대는 자신들의 아버지와는 다르게 언제 어디서나 신사 같은 목사의 모습에 큰 감명을 받았다. 한편 남자아이들보다 교회 활동에 더 적극적이던 여자아이들은 목사의 도시적인 외양에 홍역을 앓는 단계를 이미 다 거친 다음, 고난 끝에 승리로 귀결되는 찬송가의 극적인 전개에 감동하여 교회 안이나 밖에서나, 고무줄놀이를 하면서도 목청껏 하느님을 찬양하는 진정한 기독교인으로 거듭났다.

　하루하루 밥을 먹으며 살아남는 것이 유일한 목표이던 시대에 목사는 하늘에서 내려온 사람처럼 죽음 이후의 세계를 이야기했다. 도시에서는 이미 진부한 이야기가 된 것이 땅끝 작은 마을에서는 새로운 사상처럼 받아들여졌다.

천국에서 영원히 죽지 않고 살 그 영겁의 시간에 비하면 이 좁은 땅덩어리에 씨를 뿌려 고구마 따위나 캐 먹고 사는 여기의 인생은 억울할 정도로 짧고 하찮은 것 아니냐. 마을 남자들은 담배를 태우는 시간에 설익은 토론을 벌이기도 했다. 개중에는 농사의 권태로움을 호소하는 사람도 있었다. 몸 성한 데 없이 종살이를 하듯 땅을 일구어도 돌아오는 것은 별로 없고 자식들은 많고 앞으로 살 날은 컴컴하기만 했다. 다시 전쟁이라도 일어난다면 대포 한 방에 사라질 허망한 것들이었다. 몸에 밴 습성에 따라 어쩔 수 없이 낫을 쥐고 벼는 베지만 문득 허리를 폈다가 세상 모든 고통을 감내하고 있는 예수상을 마주하면, 일을 하는 동안 잊었던 현실의 고통들이 일시에 몰려오면서 땡볕 아래에서 벼를 베고 탈곡을 하는 이 모든 것이 부질없어 보이기도 했다.

교회가 부흥하면서 신도들은 주일 헌금 외에도 십일조, 추수감사 헌금, 성탄절 헌금, 상시적인 기부금이 있다는 것을 새로이 알게 되었다. 전주댁, 영남댁, 정순이네, 혹은 이놈의 여편네라고 불리던 마을 여자들은 교회에 다니고서부터는 서로를 이 집사님, 박 권사님이라고 불러가며 교회와 마을을 잇는 오솔길을 바쁜 걸음으로 오갔다. 사회적인 직책과 그에 상응하는 각종 임무를 부여받은 남평구 여자들은 생애 처음으로 살림과 농사에서 벗어나 공적이고 영적인 활동에 참여했다. 여자들이 겨드랑이에 성경책을 끼고 움직일 때마다 교회 살림은 하나씩 늘어났고 집 안 부엌 찬장은 휑해졌다.

교회가 세워진 지 5년째 되던 가을, 교회는 거룩한 오배수의 첫 번째 기념일을 맞아 진취적이고 범마을적인 전도 운동을 거행했다. 오일장이 열리는 날이면 마을 여자들은 내다 팔 것들을 바리바리 챙겨 장에 나가 물건을 팔면서 예수를 믿으라는 믿음도 공짜로 주었다. 그러면서 다른 교회에 가서 믿어도 좋지만 이왕이면 멋진 예수상이 있는 자기네 마을에 와서 믿는 게 더 좋을 것이라는 충고를 장바구니에 같이 넣어주었다. 여자들이 대외 활동을 펼치는 동안 마을에서는 훗날 새벽종이 울리는 노랫소리에 일어나 일제히 새싹이 그려진 초록 모자를 맞춰 쓰고 농촌을 정비하고 다니는 일꾼들의 전신이 될 남자들이 교회의 지붕을 더 높고 뾰족하게 개축하는 데 손을 보탰다.

그렇게 교회 잔치 준비로 마을이 시끄럽던 어느 날, 작업장 앞에 앉아 있던 양호익은 사촌동생의 부인이 자기 집으로 울며 뛰어들어가는 것을 보았다. 양호익이 서둘러 집으로 가보니 눈물범벅이 된 제수가 정순규를 붙잡고는 남편이 다섯 번째 추수 감사절을 기념한답시고 일 년 농사의 반이 넘는 쌀 오십 섬을 교회에 헌금하기로 했으니 자기는 이제 어쩌면 좋겠느냐는 하소연을 하고 있었다. 그 말을 들은 양호익은 그대로 냅다 사촌동생 양호일의 집으로 달려갔다. 마당에서 깨를 털고 있던 동생을 보자마자 양호익은 다짜고짜 멱살부터 잡아올렸다.

"오십 석? 오십 석? 멕여 살릴 새끼들이 다섯이나 되는 놈이 쌀 오십 석을? 이 쓸개 빠진 놈."

양호익은 동생을 몰아세우면서 협박하듯 말했다.

"당장 가서 못 물러오냐."

양호익이 부여잡은 양호일의 목대가 터질 듯 부풀어올랐다.

"이놈이 이래도 말을 안 해. 안 해? 지금 당장 가서 물러온다고 언능 말 못 하냐."

얼굴이 빨개진 양호일이 튀어나오는 눈을 하고 간신히 입을 열었다.

"요, 요걸 놔줘야 뭐 뭔 말이라도 허지요."

양호익이 목을 조르던 손을 놓자 양호일은 숨을 컥컥거리며 마당으로 침을 한 무더기 뱉었다.

"촉새 같은 여자가 고새 가서 일러바쳤구만. 성님은 상관 마시오. 나도 다 은혜를 받자고 하는 일이니께."

"은혜? 자식 굶기고 마누라 눈에서 눈물 빼는 게 은혜냐? 그라믄 내 은혜도 한번 받아봐라."

양호익은 막무가내로 달려들어 양호일을 바닥에 내팽개치며 씩씩댔다. 다리가 머리와 붙을 정도로 나부라진 양호일이 소리를 내지르며 반발했다.

"성님이 뭘 안다고 이러요. 성이 내 속을 아요? 아무리 피를 나누고 한동네에 살면 뭐하오. 성은 암것도 모르오."

"내가 뭘 모른다냐. 그려, 이놈. 말 한번 잘했다. 내가 뭘 모르는지 한번 말해봐라."

아무 말도 못 하던 양호일은 한참 뒤, 더는 악이 바치지 않는 목소리로, 오래 헤매다 길을 찾은 사람처럼 입을 열었다.

"내가 전번에 성님 집에 낫 한 자루 빌려달라고 갔을 때…… 나락 베서 먹고사는 농꾼 집에 낫 하나가 없어서 돌질하는 성님한테 빌리러 간 게 말이나 되오. 그란디 성님은 어쩌셨소. 성님 일에만 빠져 나한티는 눈길 한번 안 주고 집에 가서 형수한테 달라고 혀, 그라지 않았소. 성님이 암말 안 하고 낫을 빌려주면 나는 이대로 죽는 것이고, 그래도 성님이 날 가만히 불러놓고 호일아, 뭔 일 있냐, 그라고 한 번이라도 물어봐주면 워떻게든 도로 살아보는 것이고, 그라고 갔응께 나는 이러나저러나 죽어야 하는 팔자였제……. 내가 그날 산에 올라가서 낫으로다 내 목을 그어불라고 했는디 목사님한티 하느님을 영접받고 마음을 고쳐 먹었소. 이제는 새로 태어나서 천국에서 영원히 살게 됐는디 그 값은 치러야 하지 않겠소."

낫을 빌리러 온 것조차 기억 못 해 꿀 먹은 벙어리처럼 서 있던 양호익은 그 순간 부활과 영생의 기쁨을 말하는 동생의 얼굴에서 스치듯 지나가는, 아직 해결되지 않은 고통의 흔적을 보았다. 그것은 그가 손수 새겨넣은 신의 표정과 사뭇 닮아 있었다.

추수감사절 날, 마을 신도들은 가져온 오곡백과를 예수상 앞에 쌓아놓고 하루 종일 통성기도를 올렸다. 날이 갈수록 어려워지는 농사꾼의 삶에서부터 기대한 만큼은 영특하지 못한 자식들, 병원에서도 답을 내주지 않는 병, 두 개로 갈린 나라까지, 온갖 고통을 토로하며 울부짖던 사람들의 기도가 극에 달하자 그곳은 억장이 무너지는 비명과 혼절도 보기 좋은 예절로 통용되는 상갓집으로 바뀌었다. 자신이 만든 상 앞에서 벌어지는 가을 잔치를 구경하기 위해 교회에 간 양호익은 술을 좋아하고 노래를 즐겨 부르던 남평구 사람들의 얼굴이 사는 기쁨은 하나도 없이 고통으로만 일그러져 있는 것을 목격했다. 목사는 앞에 서서 기도회를 주관하며 성경의 말을 전하고 있었다. 구하라, 그러면 얻을 것이다. 두드려라, 그러면 열릴 것이다.

그로부터 얼마가 지난 늦가을, 새도 날아들지 않던 농한기 하늘에 요란한 천둥벼락 소리가 울려퍼졌을 때 그것이 말로만 듣던 지진인 줄 알고 땅에 머리를 박고 엎드려 있던 사람들은 잠시 후 무너진 것이 땅이 아니라 예수상이라는 어린아이들의 호외를 듣고 헐레벌떡 교회 쪽으로 뛰어갔다. 뒷동산에 도착했을 때 사람들은 가쁜 호흡 때문이 아니라 눈앞에 보이는 그 믿을 수 없는 광경 때문에 할 말을 잃었다. 어제까지만 해도, 아니, 당장 오늘 새벽 기도를 드릴 때까지만 해도 말짱히 서 있던 예수상이 온데간데없이 사라지고 바닥엔 돌덩이들만 수북이 쌓여 있었다.

……이게 뭔 일이다냐.

주먹만 한 크기의 돌멩이로 돌아간 신을 내려다보며 사람들은 귀신과 사탄 같은 기적에 반대되는 모든 말들을 떠올렸고 심장이 약한 몇몇은 반 기절 상태가 되어 바닥에 쓰러졌다. 곧이어 신도들과 목사, 교회 임원들이 모두 한자리에 모여 머리를 맞댔지만 생각이 모두 달라서 시간이 갈수록 소문만 무성할 뿐 수습이 잘되지 않았다.

얼마 뒤, 새벽 기도를 다녀오던 길에 문득 예수상이 사라진 자리 뒤에서 오만 가지 색으로 빛나는 위대한 자연과 그 속에서 영원히 이어질 삶의 회귀성, 이번 생에서 자신이 무심코 저지른 업을 발견한 어떤 이는 잠시나마 속세에 흔들렸던 방종을 뉘우치며 개종을 철회하고 본래의 믿음으로 돌아갔다. 이불을 둘러쓰고 돌아가며 옛날이야기를 하는 것으로 추위를 나는 남평구 사람들은 겨우내 예수상에 대한 갖가지 소설을 만들어냈지만 어느덧 더 아래쪽에서 불어온 바람이 눈을 녹이고 씨를 뿌릴 계절이 왔음을 알리자 몸이 시키는 대로 냄새나는 이불을 걷어차고 기지개를 켜며 밭으로 나갔다. 호미를 쥔 손이 빠르게 움직였고 봄을 기뻐하는 노랫소리가 누군가의 선창으로 시작되었다. 비가 내리고 새싹이 돋아났다.

가을밤 내내 작업장에 간다던 양호익이 몰래 망치와 사다리를 들고 오솔길로 걸어가는 것을 본 사람은 춘단뿐이었다.

44

복도의 구석진 곳마다 손전등을 비추며 순찰을 돌던 수위는 뒤에서 들리는 어떤 소리에 놀라 손에 힘을 꽉 줬다가 실수로 불을 끄고 말았다. 찰나의 암흑 속에서 수만 가지의 환영과 공포를 목격한 후 서둘러 손전등을 다시 켰을 때는 이미 모든 유령이 자취를 감춘 뒤였다. 수위는 다시 몇 걸음 걸어가다가 자기를 놀랜 그 어떤 소리가 자신의 발걸음 소리였다는 것을 깨달았다. 그는 겨울이 지긋지긋했다. 조금의 틈도 없이 바짝 긴장한 복도 표면에 발을 내려놓으면 자신의 몸에서 나는 소리조차도 괴기스럽게 들렸다. 수위는 서둘러 건물 순찰을 끝내고 밖으로 나왔다.

교정 역시 지나다니는 사람이 한 명도 없었다. 날씨가 부쩍 추워지면서 학교의 공동화 현상도 일찌감치 노을이 질 때쯤부터 시작되었다. 사람으로 넘쳐나던 곳이 한순간에 텅 비어버리는 것보다 무서운 것은 없었다. 거기다 어둠까지 몰려오면…….

그나마 마음을 달래주는 것이 있다면 체육관 지붕 너머로 보이는 철근들이었다. 공사현장은 불야성을 이루었다. 낮과 밤을 바꿔 일하는 사람들이 후문을 통해 들어와 훗날 캠퍼스에서 가장 높은 건물이 될 자재들을 쌓아올리고 있었다. 소음을 최소화하기 위해 설치된 방음 차단막은 소리뿐만 아니라 현장 조명이 밖으로 새어나오는 것까지 함께 막아주었다. 늦게까지 학교에 남아 공부하는 학생들은 공사 소리에 책장 넘기는 것을 방해받았지만 홀로 긴 밤을 지내야 하는 수위에게 방음 차단막을 뚫고 나오는 소음은 먼 데서 들리는 기차 소리처럼 무언가를 그립게 하는 데가 있어 설핏 잠이 들었다가 살면서 잊어버린 기억들을 꿈속에서 되찾기도 했다.

잔디밭과 잡목들 주변, 코끼리 다리 사이, 특히 호수 주변을 유심히 둘러본 수위는 아무 이상이 없는 것에 안심한 뒤 밤마다 이교대로 반복되는 순찰을 마치고 코끼리를 지나 수위실로 돌아갔다.

하아아.

그 순간 코끼리의 등에서 하얀 입김이 올라왔지만 거대한 석상에서 피어나오는 한 줄기 김은 평범한 사람이 인지할 수 있는 현상이 아니므로 작은 손전등 하나를 들고 순찰을 도는 수위의 책임 소관에서 한참이나 벗어나 있었다.

춘단은 열이 오른 뺨을 코끼리 등에 갖다댔다. 열기는 금방 사라지고 얇게 뜬 얼음조각을 댄 것처럼 살갗을 찢는 냉기가 올라왔다. 차가웠지만 춘단은 왠지 마음이 편안했다. 그 거칠고도 부드러운 느낌은 익숙한 것이었다. 잠시 뒤 춘단은 코끼리 등에 바싹 붙인 상반신을 천천히 일으켰다. 시멘트로 이루어진 도시의 야경이 바로 보였다. 지루한 색을 감추기 위해 여기저기서 켜놓은 총천연색 빛 덩어리들이 날벌레처럼 어둠 속을 둥둥 떠다니고 있었다.

시력이 허용하는 한도 내에서 가장 끝점을 바라보던 춘단의 시선이 점점 가까이 있는 것들로 옮겨졌다. 사람들이 자고 있을 주거지역에서 상업지구, 내부순환도로, 굳이 담장을 두르지 않아도 밖과 안을 분명히 구분 짓는 대학의 문, 그 문을 통과해 걸어가는 사람에게 과잉의 자부심을 불러일으키는, 한군데 흐트러진 곳 없는 일직선의 대로, 호수.

그리고 그 호수에서 물을 길어올리려는 것처럼 무언가가 공중으로 뻗어 있었다. 그 높이 솟은 것을 향해 멈추어 있던 춘단의 시선이 마침내 자신에게로 돌아왔다. 그러나 몸에서 눈을 떼어내어 자기를 볼 수는 없는 노릇이라 춘단은 부분이 아닌 전체로서의 자신이 지금 어떤 모습을 하고 있는지 알 수 없었다. 춘단은 자기가 있는 곳을 더듬어보는 방법으로 스스로를 직시했다. 자기가 어떤 모습인지 깨닫고 나니 현기증이 일려고 했다.

기어이 내가 여기를 올라왔구만.

춘단은 하늘에 떠서 세상을 비추는 은빛 구(球)가 거울 역할까지는 하지 않는 것이 천만다행이라고 생각했다. 그 크고 선명한 반사판 속에서 코끼리를 탄 늙은 사람의 모습을 보았다가는 그것이 자기 모습인 것을 알아채기도 전에 고꾸라졌을 것이다.

크기는 겁나게 크구만. 암, 무섭도록 커.

새 건물을 짓는 쪽에서 여러 가지 목재와 금속을 두드리는 소리가 들려왔다. 춘단은 잠시 눈을 감고 그 소리에 귀를 기울였다. 배 속에서부터 망치 소리를 듣고 태어난 춘단에게 무언가를 만들어내기 위한 쇳소리는 심장 박동 소리만큼이나 익숙했다.

춘단은 메고 온 가방에서 망치를 꺼냈다.

45

닭터의 죽음에서 사는 것의 무용(無用)을 본 영일은 자신의 몸을 전혀 돌보지 않고 스스로 죽음을 재촉하는 사람처럼 행동했다. 계절은 죽음을 향한 그의 망상을 더욱 부추겼다. 한번 내렸다 하면 폭설로 변하는 눈이 죽은 땅에 하얀 상복을 입히면, 어두운 옷깃에 머리를 파묻은 사람들은 무인(無人)의 관을 따라 장례 행렬에 나서는 조문객들이 되고, 빈 가지를 흔드는 겨울 휘파람은 우울한 만곡을 연주하는 것이었다. 달마다 정기검진을 받으러 현관을 나서던 영일은 함박눈이 내리는 것을 보고 그대로 문턱에 앉아 발목에서부터 무릎까지 눈으로 덮이도록 몇 시간을 꼼짝 않고 앉아 있었다. 마당에 나왔다가 눈에 파묻히고 있는 시아버지를 본 유정이 깜짝 놀라 눈을 털어주며 왜 아직까지 병원에 가시지 않았느냐고 물으니 영일은 들릴 듯 말 듯한 목소리로 말했다.

……눈이 발을 잡고 놓아주질 않으니 앞으론 병원에 못 가겠다…….

바람에 흔들리는 영일의 머리털이 부쩍 가늘고 숱이 없어 보였다. 유정은 시아버지의 힘없는 머리털을 보며 가족을 넘어서 인간에 대한 연민의 정을 느꼈다. 며칠 뒤 유정은 일부러 서울 근교의 농장까지 가서 닭터와 비슷한 크기의 수탉 한 마리를 구해왔지만 영일은 눈길 한 번 주지 않았다.

……도로 갖다줘라…….

영일의 눈은 초점을 잃어가고 있었다. 사람이든 사물이든 어느 것 하나에도 오래 머물지 않고 바람처럼 스치듯 지나갔다. 그리고 결국에는 모든 것에서 눈을 감아버리고 말았다. 하루의 반을 잠자는 데만 허비하게 만들었다고 의사의 수술 실력을 몰아세우던 영일은 눈만 뜨면 다시 눈을 감은 세계로 돌아가려고 방문을 닫았다. 식구들은 이제 기운을 차리실 때도 되지 않았느냐며 큰 소리로 다그치고도 싶었지만 그랬다가는 아예 그 고요한 세계에 이불을 펴고 누워 이쪽으로는 고개도 돌릴 것 같지 않아 잠에 빠진 영일을 보고서도 아무 말도 할 수가 없었다. 어느 밤 영일은,

……이제 얼마 남지 않은 것 같다…….

담담한 목소리로 자신의 죽음을 예언하기까지 했다.

눈을 뒤집어쓴 코끼리는 성물이 든 하얀 보따리를 싣고 어딘가로 떠날 것처럼 보였다. 춘단은 늦가을부터 겨울까지 매일같이 코끼리 등에 올라탔지만 눈이 내리고서부터는 등으로 올라갈 재간이 없었다. 그러나 고작 눈 때문에 작업을 중단할 수는

없었다. 올라갈 수 없다면 코끼리 다리 사이로 들어가면 되었다. 바람에 눈이 들이닥치긴 해도 등보다야 다리 밑이 훨씬 아늑했다. 춘단은 두툼하게 늘어진 코끼리의 배에 망치질을 했다. 밤의 막이 떨렸다. 잠을 못 자고 번민하는 누군가는 그 떨림을 알아챌지도 모를 일이었다. 춘단은 그 떨림이 영일에게도 전해지길 빌었다. 자신의 망치질 소리에 영일이 이불을 걷어차고 벌떡 깨어나길 소망했다. 혹한이 불어닥쳤다. 춘단은 곱아든 손에 입김을 불며 쉬지 않고 망치질을 했다. 급격하게 노쇠해진 영일의 몸을 부스러뜨리지 않으려면 조심스럽게 정성껏 두드려야 했다.

겨우내 집 안에 들여놓은 화분을 밖으로 내놓은 뒤 마당을 쓸던 유정은 준영이 대문을 열고 들어오면서 자신과 눈도 마주치지 않고 들어가버리는 것에 속이 터질 지경이었다. 계단을 올라가는 준영을 노려보던 유정은 아직도 겨울 외투를 입고 다니는 아들의 주머니에서 얇은 오렌지색 끈이 살짝 흘러내리는 것을 보았지만 대수롭지 않게 여기며 하던 일을 계속했다.

잠시 후, 비질을 끝내고 장독대를 닦으려던 유정은 쥐고 있던 빗자루를 내팽개치고 혼비백산한 얼굴로 2층 계단을 뛰어올라갔다. 준영의 방문 손잡이를 돌렸지만 잠겨 있었다. 유정은 세게 문을 두드렸다. 그러나 안에선 아무런 응답이 없었다. 유정은 안방 서랍장에서 열쇠를 찾아서 준영의 방 문을 열었다. 문을 연 순간 유정이 본 것은 바닥에서 15센티미터쯤 떨어져 공중에 매달려 있는 아들의 맨발이었다. 얼굴에 핏기가 말라버린 유정은 무작정 준영의 다리를 잡고 바닥으로 끌어내리려고 했다. 살려고 손으로 끈을 잡고 최대한 시간을 벌고 있던 준영의 입에서 고통스런 신음이 흘러나왔다. 유정은 그제야 자기가 아들의 목을 더 죄고 있다는 것을 깨닫고 발을 붙들어 위로 올리면서 온힘을 다해 소리를 질렀다.

준영이가 죽어요. 우리 준영이가 죽어요.

괴성을 듣고 2층으로 올라온 춘단은 며느리와 손자가 벌이는, 촌극 같은 그 몸짓에 졸도를 할 뻔했지만 얼른 목에 감긴 끈을 풀라는 유정의 고함에 기절하는 것을 잠시 미뤄두고 바닥에 널브러진 의자를 세우고 그 위에 올라가 준영의 목을 감고 있는 오렌지색 노끈을 풀었다. 유정과 함께 바닥으로 쓰러진 준영은 참았던 숨을 몰아쉬면서 울부짖었다.

……삼수생이 살아서 뭐해…… 살아서 뭐해…….

세 사람은 오늘 일을 절대 아무에게도 이야기하지 않기로 약속했지만 그날 밤, 얼굴이 터질 것처럼 부풀어오른 종찬이 준영의 방으로 들어가 그렇게 죽고 싶으면 내가 널 죽여주겠다며 방안에 가득 쌓인 수험서를 집어던졌다가, 잠시 후 아들과 부둥켜안고 소리 내어 엉엉 울었다.

코끼리 등에 올라 어둠 속에서 피어오르는 봄꽃들을 바라보던 춘단은 이 세상에 완벽하게 새로운 사람이란 없구나, 생각했다. 다들 자신의 피에 담긴 누군가를 흉내내고 있었다. 실패는 반복되고 인간은 대를 이어 똑같은 고통을 맛보게 되는 것이다. 춘단은 그 어느 때보다 힘차게 코끼리를 두드렸다. 아버지에게서 아들에게로 이어진 그 나쁜 고리를 끊어내려면 손이 부서지도록 망치질을 해야 했다. 공사현장에서 철근이 서로 부딪치며 요란한 소리를 냈다. 춘단은 그 소음과 자신의 망치 소리가 구별되도록 정성스럽게 망치를 내리쬤었다.

제주 서귀포 경찰서는 YD 공장 불법폭력시위를 주도한 혐의로 전국에 지명 수배 중이던 장대열을 6일 오전 네 시경 검거했다고 밝혔다. 검거 당시 장씨는 낚시꾼으로 위장한 채 사자머리 해안 근처에서 밤낚시를 하고 있었던 것으로 알려졌다. 공교롭게도 밤낚시하는 사람들 중에 서귀포 경찰서의 이길위 경사가 있었다. 이 경사는 미끼도 못 끼우는 젊은 남자가 혼자 낚시하는 것을 수상히 여겨 몰래 장씨의 동태를 살폈으며, 다른 낚시꾼들과 달리 개인 소지품을 절대 몸에서 내려놓지 않는 그가 범상치 않은 사람이라는 것을 직감적으로 느꼈다고 한다. 담뱃불을 빌려달라고 접근한 이 경사와 눈이 마주친 장씨는 다짜고짜 도주했고 이 경사는 그 순간 자신의 추측이 맞았음을 결정적으로 확신했다. 하마터면 그대로 놓칠 수도 있는 급박한 상황이었지만 그때 근처에 있던 한 낚시꾼이 노련하게 낚싯줄을 던져 장씨의 가방을 낚으며 극적으로 체포하게 되었다. 장씨는 왜 연고도 없는 제주도까지 내려와 그 시각에 낚시를 하고 있었는지에 대해서는 아직도 함구중이며, YD 공장 시위 당시 전경 두 명에게 각각 전치 4주, 6주의 상해를 입힌 혐의에 대해서는 강력하게 부인하는 것으로 알려졌다. 장씨는 다음 주 내에 서울로 압송될 것으로 보인다. 한편 장씨의 검거에 결정적인 역할을 한 낚시꾼 이모 씨(62)는 용감한 시민상을 수여하겠다는 경찰청의 제안에도 극구 사양, 기사에도 익명을 요청하였고 자신은 장씨가 누구인지도 모르며 다만 새벽에 낚시터에서 소란을 피우는 예의 없는 사람들이 싫었을 뿐이라고 말했다고 한다.

코끼리를 두드리는 망치질이 잃어버린 그림 한 조각을 다시 기억의 틀에 끼워놓았다. 첫 출근을 하던 날 다정스레 등 뒤로 와서 가방끈을 줄여주던 하숙생에 대한 기억이었다. 좋은 말로 사람을 돌려세워놓고 뒤에서 수작을 벌였을 것을 생각하니 춘단은 사람의 간교함에 몸서리가 쳐졌다. 그런데 문득 쫓아오는 사람들을 피해 어둠에서 어둠으로 옮겨다니는 뒷모습이 아른거리더니 아무것도 모른다고 해주세요,라고 했던 목소리가 밤의 유령이 되어 춘단을 찾아왔다. 춘단은 그날 미처 하지 못한 말을 해주었다. 아무것도 모른다고 해주는 게 아니라 나는 진짜 아무것도 몰라야. 그러자 이번에는 그 목소리가 또 다른 기억을 불러들였다. 도끼가 사람 머리를 자르고 백 명이 넘는 구경꾼들이 모였는데도 아무도 모른다는 상경 첫날의 기억이었다. 정말 모르는 거여, 아니면 다들 모르는 척하는 거여. 코끼리의 목을 두드리던 중 후드득, 빗방울이 떨어지자 춘단은 코끼리 다리 사이로 내려가서 다시 망치를 휘둘렀다. 장마가 시작되었다.

이제껏 컨테이너를 방문한 사람 중에 양복을 입은 사람은 밤에 상갓집에 가야 해서 검은색 정장을 입고 온 소장이 유일했다. 그런데 어느 아침 조회 때, 소장이 회색 양복을 입은 키 큰 남자와 함께 컨테이너로 내려왔다. 미화원들은 자신들과 같은 색의 옷을 입은 남자에게서 이유 모를 위화감을 느꼈다. 앞으로 걸어나온 남자는 검지로 박씨를 가리켰다.

박씨의 죄는 컸다. 교수가 책장 정리를 하느라 복도에 잠시 내놓은 책들을 무단으로 갈취해갔다는 것이었다. 그 책들 사이에는 한 학기 동안 모든 것을 바쳐 쓴, 값을 매길 수도 없는 논문이 섞여 있다고 했다.

아니에요. 소장님, 믿어주세요. 저는 정말 그런 적 없어요.

박씨는 자기 죄를 부인했다. 아무런 증거나 목격자도 없이 단순히 자기가 그 구역 미화원이라는 것 때문에 억울하게 죄를 뒤집어쓴다는 항변이었다. 교수는 당신이 아니면 누가 그런 걸 가져가겠느냐고 밀어붙였고 박씨는 자기가 왜 그런 쓸데없는 걸 가져가겠느냐며 방어에 나섰다가 쓸데없는 거,라는 발언 때문에 교수의 심기를 더 건드리고 말았다. 교수와 박씨는 소장의 중재 아래 폐지를 쌓아두는 A관 뒤꼍으로 현장 검증을 나갔다. 나머지 미화원들도 세 사람 뒤를 수군거리며 따라갔다. 오래 다닌 학교에 이런 비밀스런 곳이 있는 줄 몰랐던 교수는 좁은 마당에 수북이 쌓인 방대한 양의 폐지를 보고 이 안에 자신의 책과 논문이 섞여 있으리라는 확신을 더욱 굳혔다. 소장은 교수의 지휘 아래, 미화원들은 소장의 지휘 아래 노끈으로 단단히 묶어놓은 폐지들을 모두 파헤쳐서 교수의 책을 찾기 시작했다. 휘날리는 종이들 사이에서 각종 비밀 문건, 예산서, 사업보고서, 학생들의 리포트를 발견한 교수는 미화원들이 학교의 지적 재산을 침해하고 있다며 노발대발했다. 미화원들은 자신들은 다만 버리라고 내놓은 것들을 가져온 것뿐이며 당신이야말로 우리의 노동시간을 침해하고 있지 않느냐고 항의하고 싶었지만 다들 묵묵히 검은색으로 장정된 교수의 책만 찾았다.

끝내 책은 발견되지 않았다. 교수는 값이 나가 보이니 벌써 고물상에 팔아넘긴 게 분명하다며 이 구조적인 병폐를 절대 묵과하지 않겠다고 경고한 뒤 돌아갔다. 다음 날, 미화원들의 폐지 수집은 학교의 재산을 무단으로 취득하는 불법행위라는 결정이 내려져서 앞으로는 학교에서 폐지사업을 관할하겠다는 공고가 붙었고 박씨는 해고 통지를 받았다. 유니폼으로 갈아입으려다

이제는 그럴 필요가 없으니 집으로 가라는 소장의 지시를 들은 박씨는 돌아서서 눈물을 닦은 뒤 벗은 옷을 다시 챙겨 입었다.

이건 너무 억울한 거 아니야……. 우리도 사람이라고…….

그날 이모네 다락방에 모인 미화원들은 박씨의 복직을 위해, 폐지수집 권한을 되찾기 위해, 그리고 잃어버린 자신들의 명예를 회복하기 위해 무슨 일이라도 해야 하는 거 아니냐는 토론을 벌였지만 술이 얼마쯤 들어가자 학교와 교수 욕을 몇 번 하는 것으로 흐지부지 모임을 끝내고 집으로 돌아갔다.

춘단의 징계가 풀렸다. 계절이 헐벗은 날에 시작되어 다시 계절이 헐벗은 날에 끝난 것이다. 소장은 그동안 아무 말썽 없이 성실히 일을 해왔으니 내일부터는 아침 시간에 출근해도 좋다고 했다. 그러나 춘단은 전혀 기뻐하는 기색 없이 소장의 권유를 거절했다. 소장은 감옥에서 꺼내주겠다는데도 도로 문을 닫고 버티는 춘단을 세상에서 제일 미련한 사람으로 여기면서도 자신에게는 전혀 손해날 것이 없기 때문에 춘단이 하고 싶은 대로 하게 내버려두었다. 춘단에게는 밤 근무가 감옥이 아니었다. 오히려 밤은 내내 수그리고만 다녔던 고개를 높이 치켜들고 가장 높은 곳에 올라 망치질을 할 수 있는 해방의 시간이었다. 춘단이 망치로 내려쩍을 때마다 코끼리의 등에서 미세한 파동이 일었다.

46

    겨울이 다시 눈을 내렸다. 춘단은 일 년 전과 같은 자세로 여전히 코끼리를 두드렸다. 춘단은 파괴라는 것을 해본 적이 없었다. 늘 거친 땅에서, 빈 솥에서, 작은 동굴에서 먹을 것과 입을 것과 살 것을 만들어내는 창조자였다. 그러나 춘단은 컴컴한 밤에 홀로 코끼리를 두드렸다. 두드리고 두드리는 동안 계절이 바뀌고, 사람이 바뀌고, 앙상하게 철골만 있던 건물이 세상 무섭지 않은 탑으로 변신했다. 두드리고 두드리다가 어느 순간에는 자신의 손등을 두드리기도 했다. 다시 정신을 차리고 두드리는데, 어느 밤 손전등을 든 수위가 환한 불빛을 코끼리 상에 비추는 바람에 코끼리 대신 쿵쾅쿵쾅 심장을 두드리기도 했다. 코끼리를 두드리는 긴 시간 동안에도 춘단은 자신이 두드리고 있는 것의 실체가 무엇인지 알 수 없었다. 그걸 알아내기 위해서는 그저 더 열심히 두드릴 수밖에 없었다.

    봄 여름 가을 겨울이 다시 한 번 반복되었다.

    코끼리의 영원성 앞에서 춘단의 망치 소리는 점점 힘을 잃어갔다.

춘단이 대학에 온 지 네 번째 봄이 시작되었다.

영일에게 주려고 캠퍼스에 핀 진달래꽃 하나를 꺾어간 날, 영일의 몸에서는 검은 혹이 다시 발견되었다.

다음 날, 춘단은 망치를 내려놓았다.

47

예술학부 교수들과 그 제자들의 공연이 주축이 된 몇 차례의
대학 후원인의 밤 행사. 사람들이 가장 많이 드나드는 행사장 길
목에 놓여 있던 무시할 수 없는 크기의 후원금 모금함. 동문 중
에서도 전현직 정치경제 주요 인사들 위주로 돌린 기부금 독촉
전화. 등록금을 2.8퍼센트 인상해 마련한 백억 원 단위의 자본.
일용직 근로자 취업률 상승에 기여한 노동력. 이 모든 것에 더해
근래 철근값 오름세의 원인으로 지목될 정도로 막대한 양의 철
근이 투입된 신관 건설은 이제 최후의 극적인 공개를 위해 쳐놓
은 장막이 벗겨질 날만 손꼽아 기다리고 있었다.

신관 설계도면을 그린 건축가 세 명과 현장의 작업반장은 산
을 깎아야 하는 선행작업과 야간작업만 할 수 있는 특수한 작업
조건 등을 고려해 신관의 완공일을 2년 뒤로 추정하고 있었다.
그러나 공사 중간에 토지 기부자가 제기한 토지반환 소송 및 재
판은 깎은 산을 다시 원래대로 세워달라는 원고 측과 줄 때는
언제고 이제 와서 딴소리하느냐는 피고 측 간에 갈등을 일으켜
애꿎은 포클레인만 흙을 푸다 말다 하게 만들었고 그사이 완공

날짜에 준하는 2년이라는 시간이 더 흐르고 말았다. 더는 일정을 미룰 수 없었던 학교가 마침내 신관 건물에 밀레니엄이니 레인보우니 하는 서양식 명칭이 아닌 기부자의 이름, 박봉덕을 붙여 봉덕관이라고 명명할 것을 제안한 법원의 조정안을 힘겹게 받아들임으로써 그 후로는 큰 방해 없이 순조롭게 공사가 진행되었다.

캠퍼스는 봄을 완성하는 5월의 빛깔로 물들어 있었다. 학교 안의 유일한 불완전지대인 신관도 최종 완공일까지 단 한 달밖에 남겨두지 않았다. 그런데 다른 곳에서 문제가 불거졌다. 신관의 완공 예정일인 6월 말일이 하필이면 여름방학이었다. 학생들이 바다로 떠나고 남은 빈 캠퍼스에서 총장과 교직원 몇 명만 모여 조출하게 '그들만의 기념사진'을 찍는다는 것은 공사에 투입한 시간과 노동력, 토지 기부자, 적극적으로 조정에 나서준 법원 모두를 모독하는 일처럼 느껴졌다. 고심 끝에 학교 측은 재학생과 복학생, 휴학생, 라이벌 대학교 학생들까지 대거 방문하는 축제 기간에 완공일을 맞추기로 했다. 현장 측과는 아무런 협의도 없이 서류에서 서류로 내려진 그 결정에 따라 인부들은 야간작업에 이어 새벽작업까지 밀어붙이며 비가 오면 비가 오는 대로 잠이 오면 잠이 오는 대로 공사를 진행했고, 혹여 날짜를 못 맞출까 가슴졸이며 기다리던 대학은 바라던 대로 축제 바로 며칠 전, 과로로 기절한 인부 두 명과 함께 유리성처럼 빛나는 신관을 얻을 수 있었다. 공사가 다소 무리하게 진행된 탓에 건물

뒤쪽에는 아직 유리를 끼우지 못한 창이 두세 군데 뚫려 있고, 강의실도 교구 자재들을 하나도 들이지 못해 텅 비었지만, 쏟아지는 빛의 각도에 따라 시시각각 변하는 신관의 광경에 홀린 사람들에게는 아무런 문제도 되지 않았다.

그날, 하늘은 물들 대로 물든 5월의 하늘이었고 최첨단 유리로 치장한 신관은 하늘보다 더 파랗게 하늘을 흉내내고 있었다. 며칠 동안 장마처럼 내리다가 당일 새벽에 멈춘 봄비는 축제를 위한 선물처럼 여겨졌다. 새싹들의 이파리 틈, 창틈, 돌로 만들어진 건물 틈으로 스며들어간 빗물은 캠퍼스에 물기와 광채를 더해주었다.

교정은 어디를 가든 사람들로 가득 찼다. 술병을 든 학생들은 길고양이들이 다니는 뒷길까지 몰려가서 낮잠 자는 주인을 몰아내고 술판을 벌였다. 라일락 나무 아래에 비스듬히 누워 한창 술을 들이켜던 그들은 뒤쪽에서 무언가가 슥슥 하고 지나가는 소리를 들었다. 무슨 일인가 싶어 뒤를 돌아보았지만 보이는 거라곤 이끼 낀 낡은 담장뿐이었다. 어린 학생들은 자신의 손에 들린 술병을 들여다보며 얼마 마시지도 않은 술이 제법 환각 효과를 낸다며 감탄해 마지않았다.

길고양이들이 다니는 길보다 더 뒤쪽, 벽과 바싹 붙어 있어 길이라고 할 수도 없는 그 작은 틈새 사이로 슥슥, 옷깃이 바람을 가르는 소리를 내며 잠깐 나타났다가 사라지는 회색 무리가 있었다. 그 무리가 지나간 자리에는 어김없이 과거의 괴도들이 새겨넣었던 표식 같은 흔적이 남았다. 변기통에 묻어 있던 노란 오줌자국이 지워지고, 복도 한가운데에 웅덩이처럼 고여 있던 음료가 증발하고, 더는 버릴 공간이 없던 쓰레기 봉지가 눈 깜짝할 새에 새것으로 교체되고……. 그러나 그 표식을 알아채는 사람은 많지 않았고, 알아챈다 하더라도 그 숙련된 제거 기술을 신비롭게 생각하기보다는 당연하게 받아들였다.

명랑한 축제 분위기를 깨트리지 않도록 가급적이면 사람들 앞에 나서지 말 것을 명령받은 미화원들은 작고 재빠른 야생동물처럼 자신들만 아는 길로 숨어 다니며 슥슥 쓰레기통을 비웠다. 그러나 때로는 몸집보다 큰 쓰레기 봉지가 자꾸 벽과 벽 사이에 턱턱 걸려 조용한 임무를 방해하기도 했다.

교정 곳곳에 설치된 서른두 개의 스피커에서는 온종일 음악이 흘러나왔다. 음악은 사람을 신과 만나게 했다. 그들은 평소에 없던 용기를 발휘해 모르는 사람 손을 잡고 몸을 흔들었다. 그러나 음악보다 힘이 강한 것은 쓰레기였다. 방송실에서 틀어주는 음악은 때때로 느리고 빠르게 잠깐의 침묵 뒤에 흘러나왔지만 쓰레기는 일정하게 빠른 속도로 쉬지 않고 흘러나왔다. 쓰레기를 버리는 데는 특별한 용기도 필요하지 않아서 사람들이 지나간 자리에는 개인의 족적처럼 특색 있는 쓰레기가 남았다. 미화원들에게 축제가 의미하는 것은 경이적인 쓰레기 배출량이었다.

교정은 사람들로 넘쳤지만 수백 개의 강의실에는 어제 미처 지우지 못한 칠판의 판서와 온기 없는 빈 의자들만 덩그러니 놓여 있었다. 학교에서 보낸 공문에 따라 오전 강의는 원래대로 진행해야 했지만 이미 마음이 창밖으로 넘어간 학생들은 이 멋진 날에 강의실에 틀어박혀 젊음을 낭비하고 있을 수만은 없었다. 그건 직무유기였다. 그들은 급기야 단체로 손바닥으로 책상을 두드리며 교수에게 도전장을 내밀었고 그것이 별로 효과가 없자 지금 당장 휴강을 해주지 않으면 나중에 분명 후회할 일이 생길 것이라는 무언의 눈짓을 보냈다. 군홧발 소리 같은 소음에도 꿋꿋이 수업을 하던 교수들은 강의 평가를 나쁘게 줄 거라고 얘기하는 그 섬뜩한 눈빛을 받고서야 마지못해 보강 없는 휴강을 선언하며 마커펜을 내려놓았다. 책도 안 가지고 뛰어나가는 학생들을 보며 교수들은 복도 자판기에서 커피를 한 컵 빼 마신 후 축제가 시작되기 전 일찌감치 가방을 챙겨 교문을 나섰다. 그들에게 축제란 비공식적이지만 합의하에 쉴 수 있는 특별휴가였다.

지금 이 자리에 계신 여러분은 훗날 역사적인 순간의 목격자들로 기록될 것입니다.

축배 없는 개회사에 이어 리본 커팅을 마친 총장은 오래 기다린 이 순간을 이렇게 끝마치기에는 무언가 아쉽다는 생각이 들었다. 그때 문득 총장의 눈에 자신의 엄지와 검지 사이에 낀 가위가 들어왔다. 어떻게 하면 이 작은 도구로 많은 사람에게 강렬한 인상을 남길 수 있을까, 가윗날을 움직이며 고심하던 총장은 생각이 미처 끝나기도 전에 즉흥적으로 목에 매고 있던 넥타이를 반으로 잘라버렸다. 예상치 못한 총장의 행보에 커팅 대열에 함께한 각 학과장 및 교직원들은 경악했지만 정작 총장은 반이 잘린 넥타이를 높이 들어올리며 오늘은 저도 이 넥타이에서 해방되어 신나게 놀아보겠습니다,라는 진보적인 문장을 날려 젊은 관중들을 환호하게 만들었다. 날을 잡아 제일 좋은 넥타이를 매고 온 남성들은 서로 눈치를 보다가 하나둘 울며 겨자 먹기로 넥타이를 자를 수밖에 없었고, 여성 인사들은 치맛단이라도 잘라야 구색을 맞출 수 있는 건지, 남성들의 서걱거리는 가위질 소리를 들으며 묘한 성적 불평등을 느꼈다. 제물로 바쳐진 넥타이 열두 개가 축제의 신호탄을 쏘았다.

축제의 낮은 여기저기서 손님들의 손목을 잡아끄는 합법적인 호객행위로 이루어졌다. C 대학교를 처음 와본 방문객들은 말로만 듣던 호수와 코끼리 상을 보고 그 크기와 구성 면에서 감탄을 하지 않을 수 없었다. 며칠 동안 내린 비로 수위가 높아진 호수는 잉어들의 천국이었다. 구경꾼이 주는 먹이를 받아먹는 데 익숙해질 대로 익숙해진 생물들은 빵 부스러기 한쪽이라도 더 먹기 위해 꼬리를 흔들며 갖은 교태를 부렸다. 잉어에게 간식을 던지던 사람들은 동물원에서 배운 습관대로 코끼리에게도 먹이든 손을 올렸다가 딱딱한 그의 코를 보고 민망한 웃음을 터뜨리며 손을 거둘 수밖에 없었다. 빗물로 목욕을 마친 코끼리는 미세한 주름들 사이에 쌓여 있던 묵은 먼지까지 다 벗어버리고 그 어느 때보다 말끔한 모습으로 구경꾼들을 맞았다. 방문객들은 순서를 다퉈가며 코끼리 앞에서 셔터를 눌렀지만 휴대전화 화면을 확인해보면 그 광활한 은빛에 모든 빛이 반사되어 사진에는 주인공들이 사라지고 오직 하얗게 퍼진 빛줄기만 남았다. 사람들은 자신의 얼굴이 지워졌음에도 오히려 영험해 보이는 코끼리의 위용에 더 즐거워했다.

해가 저물고 모두가 기다려온 축제의 밤이 열렸다.

인디밴드 록앤해머가 명성이 자자한 가수들을 제치고 마지막 순서로 무대에 오른 것은 그들의 인지도나 인기 때문이 아니라 매니저 없이 서울 변두리 연습실에서 버스 타고 오느라 지각을 했기 때문이었다.

제시간에 오지 않아서 무대에 올라갈 수 없을뿐더러 약속한 비용도 당연히 지급할 수 없다는 진행팀의 통보에 얼굴이 어두워진 밴드 리더는 팀원들을 한쪽으로 조용히 데리고 가서 잠깐 의논한 후에 리듬을 타듯이 다시 걸어와 이왕 시간과 차비까지 들여 여기까지 온 것, 공연비는 받지 않더라도 차비와 저녁식사비만 주면 연주를 하겠다고 말했다. 진행팀은 일언지하에 필요 없다고 했다. 우리 같은 명문 대학의 축제, 그것도 마지막 무대에는 아무나 오를 수 없을뿐더러 오르는 것만 해도 홍보효과가 큰데 무슨 선심 쓰듯이 올라가주겠다고 하는 거냐며, 프로가 되고 싶으면 시간 약속부터 잘 지키라는 독설 같은 충고를 곁들였다.

……명문대는 무슨, 좆만 한 데 다니면서 드럽게 유세 떠네.

그때 또래로부터의 충고를 비아냥으로 바꾸어 들은 밴드의 한 멤버가 검은색 가죽워커 밑창을 땅에 비비며 혼잣말을 했다. 명문대까지만 듣고 그다음 단어는 정확히 듣지 못했지만 특유의 입 모양에서 욕설이라고 추정한 진행팀은 나는 욕해도 내가 다니는 학교를 욕하는 건 참을 수 없다는 비장함으로 밴드에게 다가갔다. 무대 뒤는 곧장 싸움이라도 일어날 것처럼 긴장감이 감돌았다. 밴드 리더는 순간적으로 험악해진 분위기를 감지하고 무대 뒤로 비집고 들어와 진행팀을 향해 허리를 굽히며 돈은 한 푼도 받지 않을 테니 제발 공연을 하게 해달라고 했다.

들어본 적 없는 밴드의 들어본 적 없는 노래가 땅거미가 내려앉은 코끼리 광장에 울려퍼졌다. 종잡을 수 없는 가사와 무슨 이유가 있어서인지 아니면 원래 그러는 건지 악이 오를 대로 오른 보컬의 목소리는 앞선 공연으로 지친 학생들을 다시 일으켜세워 무작정 하늘로 뛰어오르게 했다.

교정에 만개한 라일락 꽃잎이 우수수 떨어졌다. 학생들의 가벼운 도약이 만들어내는 진동은 오래 기다려 핀 꽃잎을 한순간에 몰락시킨 후 다른 먹잇감을 찾아나섰다. 몸속에 차오른 열을 어떻게 분출해야 할지 몰라 방방 뛰기만 하던 수천 명의 학생들 눈에 문득 큰 북이 들어왔다. 바가지를 덮어놓은 듯 불룩하면서 여러 명의 연주자가 한꺼번에 두드릴 수 있을 정도로 크고, 아무리 두드려도 절대 부서지지 않는 북, 코끼리 엉덩이였다. 흥분한 학생들은 누가 먼저랄 것도 없이 코끼리 주위로 몰려들어 뜨거워진 손바닥을 큰 엉덩이에 갖다대고 리듬을 타기 시작했다. 엉덩이, 뒷다리, 앞다리는 물론이고 틈새를 공략할 줄 아는 학생에게는 숨어 있는 뱃가죽도 북이 되었다. 얼마 가지 않아 손바닥이 얼얼해진 몇몇 학생은 아예 주먹을 쥐고 코끼리를 무작정 때리기도 했다. 돌을 두드리는 둔탁하고 납작한 소리가 밴드의 드럼과 묘한 경합을 벌이며 이중의 화음을 만들어내고 있었다.

코끼리를 보호할 의무가 있는 교정 관리자는 분위기에 밀려 진즉에 수위실로 돌아와 소형 텔레비전을 틀어놓은 채 신문을 읽었다. 그는 수년간 대학 축제를 겪으면서 이날만큼은 무슨 일이 일어나도, 어떤 소리가 들려도, 발가벗은 학생들이 무리 지어 뛰어다닌다 해도 놀라지 않을 정도로 단련이 되어 있었다. 재작년에 술에 취한 한 학생이 호수로 들어가 잉어를 산 채로 잡아먹으려 한다는 급박한 신고를 받았을 때도 그는 눈 하나 깜짝하지 않고 유유히 출동해서 어깨에 걸치고 온 뜰채로 학생의 머리를 낚아 안전하게 육지로 건져올렸다. 오히려 그는 해가 갈수록 참여율이 저조해지고 얌전해지는 학교 축제가 걱정스러웠다.

밴드가 두 번째 곡을 연주하기 시작할 무렵이었다. 코끼리를 두드리던 학생들은 흥을 넘어 이상하게 화가 나기 시작했다. 가슴 한가운데에 엉겨붙은 뜨거운 쇠붙이 같은 것이 자꾸만 열을 부추겼다. 그러나 오늘같이 즐거운 날에 도대체 왜 화가 나는 건지 도무지 이유를 찾을 수가 없었다. 새로 지은 건물은 멋지고 넥타이를 자른 총장은 웃기고 등록금은 벌써 냈고 날씨도 좋고 오기 싫은 날은 맘대로 안 와도 뭐라고 할 사람 하나 없는 이 좋은 곳에서.

……아, 왜 이러지.

있는 줄도 몰랐던, 어디서 온 것인지 모를 분노가 치솟은 학생들은 코끼리를 두드리며 서로를 밀치고 괴성을 질러댔다. 그러나 말리는 사람은 없었고 경미한 폭력은 다른 한편으로 축제 분위기를 돋우는 의식처럼 여겨졌다.

밴드는 두 번째 노래를 지나 예정에 없던 세 번째 곡까지 계속해서 연주했다.

달이 떴다. 바람은 잠잠했다. 한번 흐른 땀은 식을 줄 몰랐다. 학생들은 축축해진 신발을 벗어 던지고 혹시 밤에 추울까 봐 허리에 두른 카디건까지 공중으로 집어던졌다. 몸에 달고 있던 것들을 하나둘 내려놓고 나니 한 번도 경험해본 적 없는 가벼움이 느껴졌다. 이대로라면 날개가 없어도 하늘로 날아오를 수 있을 것 같았다. 손발은 뜨거운 음을 내는 악기가 되었고 목은 안에서 치받치는 열을 빼내는 통이었다. 수천 개의 통에서 빠져나온 방대한 양의 에너지가 흡수될 곳 없이 학생들의 머리 위에 그대로 쌓여 구름이 되었다. 캠퍼스는 평상시의 기상 상황에서 완전히 벗어나 시시각각 다른 모양과 온도로 변하는 예측 불가능한 기체의 영향 아래 놓였다. 무대에서는 세 번째 연주곡의 불안정한 리듬이 밴드들의 손놀림을 엇갈리게 만들었다. 그러지 않아도 예정에 없던 곡을 연주하는 것에 잔뜩 긴장한 기타 연주자가 한순간 코드를 잘못 잡고 말았다. 빗나간 전자기타의 음이 삐익, 날카롭게 창공을 긁었다. 그때였다.

그때였어요.

다음 날 당시 상황을 증언하고 나선 한 여학생은 경보음 같은 소리가 삐익, 하고 울려 저는 얼굴을 찡그리고 친구는 귀를 막고 옆에 있던 남학생은 뭣도 모르고 코끼리를 계속 두드리고 있던 그때였어요,라며 하루가 지났어도 무슨 일이 일어난 건지 모르겠다는 막막한 표정으로 부스러진 돌덩어리 잔해가 쌓여 있는 교정 쪽을 물끄러미 응시하며 말했다.

그날은 정말 평생 잊지 못할 거예요.

그 누구도 성공적인 축제의 개최와 모교의 무궁한 번성을 의심하지 않았던 날, 며칠간 내린 비가 초대받지 않은 황사를 몰아내고 빛나는 에메랄드빛 하늘을 여왕처럼 모셔온 그날, 각 과에서 경쟁하듯 차린 주점이 모두 기대 이상의 수익을 올려 호프집에서 뒤풀이가 예정되어 있던 그날, 모든 쾌락을 참아가며 도서관에서 행정학 따위를 뒤적거리며 공부를 해야 하는 고학번들이 세상에서 가장 불행한 사람들로 생각되었던 그날, 입학에서부터 졸업까지 마냥 올려다보기만 했던 코끼리를 처음 손으로 만져보고 아, 이런 느낌이구나, 꽃잎 같은 입술을 살짝 벌린,

그날.

어?

갑자기 어디선가 쩍—쩍— 갈라지는 소리가 들려 땅에 금이
가는 줄 알고 발을 들어올렸을 때, 가만히 귀를 기울여보니 소리
의 진원지가 다리 밑이 아니라 자신이 손을 대고 있는 코끼리라
는 것을 깨달았을 때, 손바닥을 울리는 떨림에서 무언가를 느낀
학생이 지진을 감지한 고양이처럼 재빨리 코끼리의 뒷다리에서
손을 뗐을 때, 코끼리의 몸이 순간 출렁거리는 것을 보고 술에
취한 학생들이 자신의 비틀거리는 눈동자를 탓하며 뒤로 물러
서서 눈을 비볐을 때, 천둥소리라고밖에는 표현할 수 없는, 식상
하지만 그렇게 설명할 수밖에 없는 굉음이 들리더니, 어슴푸레
한 5월의 밤이 갑자기 저주를 받은 것처럼 깜깜해지고, 그때까
지도 정신을 차리지 못하고 코끼리 다리를 붙들고 있던 학우를
누군가가 용감하게 뒤로 끌어냈을 때, 무대에 있던 밴드도 이상
한 낌새에 하나둘 연주를 멈추어 기타 소리가 사라지고 드럼 소
리가 사라지고, 헉헉.

헉, 헉······.

오직 수천 명이 숨을 몰아쉬는 소리만 교정의 공기층에 정체
모를 두려움을 만들어내고 있을 때,

정말 눈 깜박하는 사이였지.

눈을 한번 감았다 떠보니 그 위대한 코끼리가 폭격을 맞은 듯
와르르 내려앉고 있었고, 잠시 허공에 떠 있던 코끼리 얼굴이 무
너진 몸을 따라 막 낙하하려는 찰나, 유골에서 피어나오는 뿌연
분진이 안개 같은 장막으로 코끼리의 마지막 모습을 가렸고, 잠

시 후 막이 걷히고 나자 광장 한가운데에는 집채만 한 돌무덤이 생겼고, 코끼리에 막혀 있던 캠퍼스 저쪽의 풍경이 처음 드러나는 가운데 공중을 떠돌던 라일락 꽃잎이 돌무덤 위로 내려앉았다. 코끼리의 신원을 확인할 수 있는 단서는 직립 때의 형상을 그대로 유지하고 있는 코뿐, 그 믿을 수 없는 광경을 바로 앞에서 목격한 수천 명의 학생들은 라일락 향기를 맡고 집단으로 최면에 걸린 것은 아닌가 하는 착각이 들어 자신의 뺨을 세게 때렸지만 최면은 풀리지 않고 발갛게 부은 볼만 욱신거렸다.

코끼리에 대한 추억은 저마다 달랐지만 그곳에는 언제나 변함없이 코끼리가 서 있었다는 기억만은 누구도 부정할 수 없는 진실이었기에 불변의 진실이 자디잘게 부스러진 돌조각 따위가되어 약간의 비탈길을 따라 데구루루 굴러가는 것을 보고는,

흑, 흑흑.

어디에선가 하나둘 터져나온 울음이 순식간에 온 교정으로 번져 으아아악, 목을 놓아 우는 곡소리로 바뀌었지만 울음의 정체가 무엇인지는 울고 있는 본인도 모르고 울지 말라고 위로하는 친구도 몰라 그저 함께 부둥켜안고 울기만 할 때, 무슨 소리를 들어도 놀라지 않을 자신이 있던 수위가 축제와 어울리지 않는 집단 곡소리를 듣고 밖으로 나왔다가 문득 캠퍼스 어딘가가 허전해진 것 같다는 생각을 하고서도 그게 무엇 때문인지 몰라 7년을 근무한 직장을 한참이나 둘러보고 있을 때, 울다 못해 실신한 학우를 위해 급히 앰뷸런스를 부르고, 아직 의식이 있는 사

람은 의무실로 이송되고 넘어진 사람들이 밟히지 않도록 뒤로 끌어내느라 서 있는 사람들과 쓰러진 사람들이 한데 엉겨 라일락 향기 나는 광장이 아비규환으로 변하던 그 순간, 마침내 캠퍼스에서 무엇이 사라졌는지 알게 된 수위가 무슨 일이 일어나도 놀라지 않을 자신이 있다던 스스로의 맹세를 저버리고 온몸의 힘이 풀려 땅으로 주저앉고 만 그 순간,

죽었다!

누군가가 선동처럼 뱉어낸 말이, 죽었다, 코끼리가 죽었다, 울분 섞인 외침으로 변하자 이제는 누구도 진정시킬 수 없는 집단 히스테리가 되어 세계의 종말을 목격한 것과 같은 공포심과 희열이 온 캠퍼스를 휩쓸던 그날,

그날,

A관 뒤에서 쓰레기 분리수거를 하던 춘단은 무슨 소리를 듣고 잠시 고개를 돌려 광장 쪽을 바라보았다.

48

저주예요, 저주. 이 정도면 재앙급 아닙니까? 나는 선전포고라고 생각합니다. 어쩌면 신의 계시일지도. 아니라니까요, 이건 그냥 부실공사일 뿐이에요.

'코끼리 폭탄(가제)의 실체를 밝히기 위한 사회과학부 교수 차원의 진상규명위원회'가 발족된 지 수일이 지났지만 명패를 앞세우고 원탁에 앉은 위원들은 처음과 다르지 않은 의견만을 고수하고 있었다. 달라진 것이 하나 있다면 맨 처음 '저주'라는 용어를 사용한 모 학과의 모 교수가 '저주'도 폭넓게 보아 재앙의 일종으로 볼 수 있다며 모 학과장의 의견을 지지하고 나섰다는 것, 그러나 모 교수가 모 학과장의 직속 후배라는 점에서 누구나 예상하던 줄타기였다는 것 정도였다. 저주든 재앙이든 토론의 가치가 없는, 보고서의 한 줄을 차지하기 위한 선정적인 발언에 지나지 않는다는 것에 모두 암묵적으로 동감했기 때문에 의제는 자연스럽게 다음으로 넘어갔다.

누가 감히 명문사학인 우리 대학에 선전포고를 하는가.

선전포고라고 주장한 자는 누구로부터의 선전포고이냐를 명

확하게 밝혀야 했다. 그리하여 개개의 추천에 의해 주적(主敵) 명단이 만들어졌는데 '21세기 신리더십을 고양하고 증진하기 위한 글로벌 선진대학 사업'에서 탈락한 모 대학, 모 대학 이사장, 이사장의 졸개들, 졸개들과 결탁한 급진 성향의 학생회, 학생회를 지지하는 우매한 2만 학우. '21세기 국가 경쟁력을 확보하기 위한 정부—대학 연대의 멀티커뮤니케이션 사업'에서 탈락한 모 대학, 이사장, 졸개들, 학생회, 2만 학우. '21세기 선진문화인의 시초인 아름다운 캠퍼스 화장실 만들기 사업'에서 탈락한 모 대학, 이사장, 졸개들, 급진 성향의…….

이걸 언제 다 씁니까?

사업 하나당 기하급수적으로 늘어나는 적의 수에 기겁한 위원들은 점심시간이 얼마 남지 않은 시곗바늘을 보며 아무래도 선전포고는 가능성이 매우 낮으니 배제하는 게 좋겠다는 모 교수의 의견에 적극적으로 수긍하고 나섰다.

그렇다면 정말 신의 계시라도 된단 말인가?

1950년대 후반, 전쟁으로 폐허가 된 조국의 교육을 부흥하기 위해 몇몇 동지들과 모 대학을 설립한 창립자 신 아무개는, 초창기 자금 조달을 위해 방문하는 곳에 따라 조직의 수장답게 종교적으로 유연한 태도를 견지한 것을 제외하면 태어나서 죽을 때까지 무교였다고 알려져 있었다. 신의 계시라면 마땅히 예수나 부처, 단군의 이념을 실현하려는 저기 저 모모 대학에 떨어져야지 왜 애면 우리 대학에 떨어졌겠느냐, 인간들에게 계시를 내릴 정도의 능력자가 대한민국 일병도 눈 감고 하는 그 조준 하나 못 하나,라고 말한 모 교수의 웅변은 동료들로부터 우레와 같은 박수까지 받았다.

하지만 무신론자를 향한 신의 계시일 수도 있지 않을까요?

그때 모 교수가 끼어들었다. 그렇다면 먼저 신의 정체부터 밝혀봅시다. 신도 종류가 여러 가지 아닙니까. 서쪽에서 온 신, 동쪽에서 온 신, 아니면 우리나라 신토불이 신. 만약 이것이 정말 신의 계시일 경우 저 개인적으로는 우상숭배를 금지하는 종교로부터의 도발이라는 것에 높은 가능성을 두지만, 그에 앞서 이 코끼리가 우상이냐 아니냐, 또한 우리의 태도가 숭배의 형태로 발현되었는지 아닌지에 대해서도 부차적으로 충분한 토론을 해봐야…….

회의가 끝날 기미가 보이지 않자 그보다 연배가 높은 위원들은 모 교수에게 공개적으로 모욕을 줌으로써 입을 다물게 했다.

사람이 원, 눈치가 있어야지. 그렇게 쓸데없는 일까지 따지고 드니까 부학과장 심사 때마다 매번 탈락하는 거 아니야.

위원회 활동에 대한 보고서가 오늘이 마감인지라 위원들은 신경질적으로 변해갔다.

그렇다면 역시 가장 높은 가능성은 부실공사밖에 없군요.

처음부터 부실공사임을 일관되게 주장했던 모 교수는 이것 봐라, 자식들아, 처음부터 내 말 들었으면 시간 낭비 안 하고 진즉에 점심 먹으러 갔지 않았겠느냐,라는 속마음을 누른 채, 이 사건은 아무 의미도 목적도 없는 단순 부실공사라고 자신 있게 목소리를 높였다. 그에 대한 근거로 첫째, 코끼리의 몸을 건축학적으로 해부해봤을 때 후방보다 전방의 코 무게가 지나치게 거대한 비대칭이라는 점, 둘째, 지금은 금지되었지만 십년 전까지만 해도 코끼리 등 위에 올라가서 졸업사진을 찍으면 취업 대통이라는, 학생들 사이에서 전해지는 미신 때문에 코끼리 등에 올라타는 일이 성행했다는 점, 무엇보다도 셋째, 코끼리의 본적이 메이드 인 타일랜드라는 점.

모 교수는 의기양양했고 위원들은 오, 과연 그렇군, 고개를 끄덕거렸다. 그렇게 부실 공사로 결론 날 것 같았던 위원회 모임은, 그러나 원탁 한구석에 말없이 앉아 있던 퇴직 예정의 명예교수가 입을 엶으로써 장애물을 만났다.

이, 이이, 이거, 슨 부, 부실, 고, 공사가 아, 아…… 아니오.

지팡이를 짚고 노교수의 입에서 나오는 말을 빠르게 옮겨보면 첫째, 코끼리는 원래 코가 큰 비대칭 동물인바, 인간의 간교한 눈을 만족시키기 위해 황금비율을 고려해서 코를 작게 만들었다면 그것이야말로 자연의 법칙을 무시한 부실공사 아닌가? 둘째, 학생들의 코끼리 등반은 이 사건에 영향을 미쳤다고 보기에는 너무 미미한 과거의 일이거니와 설령 그렇다 하더라도 한라와 설악의 바위를 보라, 수천만 등산객의 하중을 받았다고 영생의 존재라는 바위가 어느 날 갑자기 폭탄처럼 터졌다는 이야기를 들어본 적이 있는가? 무엇보다도 셋째, 코끼리의 본적이 타일랜드라고 소문난 것은 1970년대 초반에 학교가 타일랜드의 소쿰타빗이라는 지역에 학업 봉사를 나간 데 대한 고마움의 표시로 태국 국왕으로부터 코끼리 상을 받았다는 것에서 시작된 것인데 사실 코끼리는 국왕에게서 직접 받은 게 아니라 국왕의 자본을 받아 국내에서 제작했으며 그 석공의 이름은 지금은 작고한 무형문화재 고모 옹, 살아생전 선생의 행적, 업적, 인품을 두루 살펴볼 때 부실공사는 절대 있을 수 없는 일이거니와, 코끼리의 본체 격인 바위 역시 인왕산 것으로써 엄밀히 본적을 따지자면 코끼리는 메이드 인 인왕산인데, 그동안 코끼리가 메이드 인 타일랜드라는 소문이 나도는 것을 학교 측에서 암묵적으로 묵과해온 것은, 대내외적으로 코끼리의 나라라고 일컬어지는 남방의 국왕이 직접 비행기에 실어 코끼리를 하사했다는 사연이 더 그럴듯해 보였기 때문이라고 했다.

이, 이, 이…… 건 지, 지, 금도 아, 아, 아는 사람만 아, 아, 아는 얘기니 이, 입조심하시오.

노교수의 느리고 쓸데없는 참견으로 시계는 이미 점심시간을 훌쩍 넘겼고 토론은 다시 원점으로 돌아갔다.

저주인가? 재앙인가? 선전포고인가? 신의 계시인가? 혹시 전문적인 테러리스트의 소행은 아닐까요? 코끼리는 맛보기로 건드려본 것이고 다음엔 더 큰 걸 터뜨릴지도…….

끝이 보이지 않는 토론이 이어지는 가운데, 학생들은 현장 보존을 위해 남겨둔 돌을 기념품이랍시며 주머니에 슬쩍 집어넣었고, 어제의 비극을 쉽게 망각하는 젊음이 캠퍼스에 다시 웃음소리를 만들었고, 단상만 남은 광장에는 누가 갖다놓았는지 흰 국화가 5월의 햇살에 말라가고 있었다.

49

인자 가야제…… 있을 만큼 있었응께. 볼 만큼 봤응께. 배울 만큼 배웠……. 아따, 시방 뭔 소리를 하는 거여. 이건 아니제. 제아무리 듣는 사람 없다고 허튼 말을 해서는 안 되는 건디 어린 학생들맨치로 몇 년 학교 댕긴 걸 가지고 워디서 감히 나 좀 배웠단 소리를 하려는 거여. 송정리 가서도 혹시라도 이런 허풍은 떨면 안 돼야. 넘들처럼 책가방 메고 다님서 학문에만 매진한 건 아니었잖어. ……그건 나 스스로가 가장 잘 알지 않어. 암, 알다마다. 그라도 자영네가 집 비워줌서 서울살이가 워땠냐고 물어오면 대학에 댕겼다고 말은 할 순 있제. 그거는 괜찮어. 넘들처럼 의자에 얌전히 앉어서 들은 건 아니지만 오다가다 수업도 듣고 그 넓디넓은 교정도 걸어댕겨보고 볕 좋은 데 앉어서 밥도 먹고…… 훌륭한 친구도 사귀고 했응께.

대학 한가운데에 돌로 만든 집채만 한 코끼리가 있었다고 얘기해주믄 사람들이 을매나 놀랄까. 간이 콩알만 한 명진네는 뒤로 나자빠지는 건 아닐랑가 몰라. 이 순진한 사람들아, 그건 암것도 아녀. 그 코끼리가 눈 깜짝할 새에 두부 으깨지는 것맨치로

산산이 부서져버렸다니께, 그라믄? 아따, 믿을랑가나. 서울 바람
쐬더니 사람이 허풍만 늘어서 못쓰게 돼 왔다는 소리나 안 들음.

그라도 안 믿어준대도 다 사실잉께……. 내가 이 두 눈으로
똑똑히 봤응께……. 보기만 했나. 국화꽃 한 다발 제일 실한 걸
로다 사서 죽은 코끼리 무덤 앞에 놓아주기도 했지 않어. 눈 감
고 기도도 드렸제. ……미안허다 ……미안허다, 코끼리야. 내가
니를 미워해서 그란 게 아니다. 니가 뭘 잘못해서 그란 것도 아
니다. 기냥 나는…… 그래야만 했다. 나는 니를 부숴야만 했다.
그러니께 니 넓은 맘으로 부디 이 가련한 인간을 용서해주어라.
다음 생엔 고독한 돌로 태어나지 말고 천지분간 못 하는 저 나
비나 구름으로 태어나라. 미안허다, 미안혀……. 그라고 사죄했
는디, 이제 용서해주었을라나……. 아직은 너무 이르제?

그만치 내 소원 아니, 이제는 이상이라고 해야제. 한 자라도
세상 나와서 써먹을라고 학교에 다니는 건디 배운 건 그때그때
써먹어야 혀. 그만치 내 이상이던 대학에도 가봤응께 이제 가슴
에 남은 한도, 미련도 없구만. 대학이란 데서 뭘 가르치고 배우
는지 이제 알았응께.

……그란디 여기 마음 한구석이 영 얼떨떨한 게…… 왜 대학
에 댕기기 전보다 대학에 댕기고 난 지금, 대학이란 데가 워떤
곳인지를 더 모르겠는 걸까. 이라믄 고향 가서 대학생활 좀 말
해보라고 해도 꿀 먹은 벙어리맨치로 있을 수밖에 없을 턴디.
입 꽉 다물고 있으면 다들 내가 대학 댕긴 걸 안 믿으려고 들 거

아녀. 그라믄 억울한디. 암, 억울하다마다……. 아따, 그라고 보니께 한 자라도 내가 앞서서 당당히 갈쳐줄라믄 지금서부터 미리 알아내야겠고만. 대학이란 데가 어떤 곳인지를. 그라니께 여봐라, 가슴을 이라고 활짝 펴고, 대학이란 데는 말이다, 손도 좀 올릴까, 대학이란 데는…… 그라니께 쉽게 말해 이 대학이란 데는……. 잉! 어멈아, 나 여그 큰방에 있다.

나 찾아댕겼냐? 가긴 워딜 가. 아침 먹고 내려와서 내내 여그에 있었는디. 하긴 뭘 혀. 보믄 모르냐, 걸레질하고 있지 않어. 손? 아니, 요 손은 왜 저 혼자 올라가 있다냐. 방 한 번 더 닦고 나갈 텅께 먼저 거기 보따리 들고 아범 차에 실어놔라. 이상하긴 뭐가. 방 비운다고 청소 안 하냐. 떠나는 사람이 남은 흔적 없이 깨끗하게 치우고 나가야 뒤에 올 사람이 복받을 거 아녀. 아니다, 아녀. 괜시리 니까지 손에 물 묻힐 거 없어야. 내가 이것만 마치고 얼릉 따라갈 텅께 니는 먼저 나가 있기나 혀. 잉, 그려……. 어멈아! 어멈아! 갸는 두고 보따리만 가지고 나가. 책가방은 내가 난중에 메고 갈랑께. 아따, 두말함 잔소리. 어딜 가든 본인 책가방은 본인이 메야제. 그래, 요것만 마치고 바로 나갈 텅께 가 있어라.

하아……

장롱 치우고 나니께 이 방도 이상 크구만.

아니…… 사람이 난 자리라서 그런가.

엄메 아베여, 듣고 있소?

종철아, 잘 지내냐?

교수 선생도 이제는 마음 편히 잘 있고요?

……종찬 아부지, 거기는 워떻소?
나 남겨두고 그라고 핑 하니 가버리더니……
혼자 지낼 만허요?

대학 다닐 때, 미화원 아주머니 한 분이 강의실을 청소하시는 걸 봤다. 비질을 하고 쓰레기통을 비우고 칠판을 닦고. 특별한 모습도 아니었는데 이상하게 그 장면이 오래 기억에 남았다. 아마 그때 느낀 감정이 이 이야기의 모태가 되었을 것이다.

3년 전, 여러 출판사에 원고를 보냈지만 모두 거절당했다. 그래서 이 묵은 이야기를 몇 년이 지난 지금에서야 내놓는다. 책이 나올 수 있게 여러모로 도와주신 김태희 팀장님, 사계절출판사 분들께 특별히 감사드린다.

소설과 관련해서는 한 가지만 밝혀두고 싶다.

양춘단은 실제 인물이다. 김영일, 양호익도 실제 인물이다. 한도진과 김종철, 서성환이라는 가명으로 숨어 산 장대열도 실제 인물이다. 이름 없이 성씨로만 불리는 김씨, 이씨, 박씨……. 도시를 누비는 경찰 기동대, 파업 노동자들, 새벽일을 나가는 가방 군단, 도서

관에서 밤늦게까지 행정학을 공부하는 학생들 그리고 여기서조차
언급되지 못한 수많은 이들까지, 모두 실제 인물이다.

분명, 본 적 있을 거다.

2014년 1월

박지리

양춘단 대학 탐방기

2014년 2월 21일 1판 1쇄
2014년 11월 30일 1판 2쇄

지은이 : 박지리

편집 : 김태희, 김태형, 이혜재 | 디자인 : 권지연
제작 : 박흥기 | 마케팅 : 이병규, 최영미, 양현범, 정은숙

출력 : 한국커뮤니케이션 | 인쇄 : 천일문화사 | 제책 : 정문바인텍

펴낸이 : 강맑실
펴낸곳 : (주)사계절출판사 | 등록 : 제406-2003-034호
주소 : (우)413-120 경기도 파주시 회동길 252
전화 : 031)955-8588, 8558 | 전송 : 마케팅부 031)955-8595 편집부 031)955-8596
홈페이지 : www.sakyejul.co.kr | 전자우편 : skj@sakyejul.co.kr
독자카페 : 사계절 책 향기가 나는 집 cafe.naver.com/sakyejul
페이스북 : facebook.com/sakyejul | 트위터 : twitter.com/sakyejul

ⓒ 박지리 2014

값은 뒤표지에 적혀 있습니다. 잘못 만든 책은 구입하신 서점에서 바꾸어 드립니다.
사계절출판사는 독자 여러분의 의견에 늘 귀 기울이고 있습니다.
이 책은 저작권법에 따라 보호받는 저작물이므로 무단전재와 무단복제를 금합니다.

ISBN 978-89-5828-719-3 03810

이 도서의 국립중앙도서관 출판시도서목록(CIP)은 e-CIP 홈페이지(http://www.nl.go.kr/cip.php)에서
이용하실 수 있습니다.(CIP제어번호: CIP2014003899)